HEYNE BÜCHER

Von Dean R. Koontz sind
als Heyne-Taschenbücher erschienen

Unheil über der Stadt · Band 01/6667
Das Haus der Angst · Band 01/6913
Die Maske · Band 01/6951
Die Augen der Dunkelheit · Band 01/7707

DEAN R. KOONTZ

WENN DIE DUNKELHEIT KOMMT

Ein unheimlicher Roman

Deutsche Erstausgabe

WILHELM HEYNE VERLAG
MÜNCHEN

HEYNE ALLGEMEINE REIHE
Nr. 01/6833

Titel der amerikanischen Originalausgabe
DARKFALL
Deutsche Übersetzung von Irene Holicki

8. Auflage

Printed in Germany 1992
Umschlagfoto: Gerd Weissing, Nürnberg
Umschlaggestaltung: Atelier Ingrid Schütz, München
Satz: IBV Satz- und Datentechnik GmbH, Berlin
Druck und Bindung: Ebner Ulm

ISBN 3-453-02444-3

Widmung

Da der eigentliche Preis zu schwer zu erringen war, widme ich dieses Buch Freunden – Oliviero und Becky Migneco und Jeff und Bonnie Paymar –, in der aufrichtigen Hoffnung, daß eine solche Widmung ein annehmbarer Ersatz ist.
(Auf diese Weise ist wenigstens die Gefahr eines Prozesses viel geringer.)

Besonderen Dank schulde ich Mr. Owen West dafür, daß er mir die Möglichkeit gab, diese Variation über ein Thema unter meinem Pseudonym zu veröffentlichen.

Prolog

1

Mittwoch, 8. Dezember, 1.12 Uhr

Penny Dawson schreckte auf und hörte, wie sich etwas durch das dunkle Schlafzimmer bewegte.

Zuerst dachte sie, das Geräusch gehöre noch zu ihrem Traum. Sie hatte von Pferden geträumt und von langen Geländeritten, und es war der herrlichste, schönste, aufregendste Traum gewesen, den sie in den elfeinhalb traumerfüllten Jahren ihres Lebens jemals gehabt hatte. Als sie allmählich aufwachte, wehrte sie sich dagegen, versuchte, den Schlaf festzuhalten, damit der wundervolle Traum nicht verschwand. Aber sie hörte einen ungewohnten Laut, und das machte ihr Angst. Sie sagte sich, es sei nichts als ein Pferd, was sie da hörte, oder das Rascheln des Strohs im Stall in ihrem Traum. Nichts, worüber man erschrecken müßte. Aber sie konnte sich selbst nicht davon überzeugen; sie konnte den fremden Laut nicht in ihren Traum einordnen, und so wurde sie schließlich ganz wach.

Das sonderbare Geräusch kam von der anderen Seite des Zimmers her, von Daveys Bett.

Was machte er da? Was heckte er jetzt wieder für einen Streich aus?

Penny setzte sich im Bett auf. Sie blinzelte in die undurchdringlichen Schatten, sah nichts, legte den Kopf schief und lauschte gespannt.

Ein Rascheln und Seufzen durchbrach die Stille.

Dann herrschte wieder Ruhe.

Sie hielt den Atem an und lauschte noch angespannter.

Ein Zischen. Dann ein unbestimmtes Geräusch, schlurfend und kratzend.

Es war stockfinster. Die Tür war angelehnt.

Sie ließen sie immer ein paar Zentimeter weit offen, wenn sie schliefen, damit Daddy sie besser hören konnte, wenn sie in der Nacht nach ihm riefen. Aber in der übrigen Wohnung brannte nirgends Licht, und durch die angelehnte Tür drang keine Helligkeit herein.

Penny sagte leise: »Davey?«

Er antwortete nicht.

»Davey, bist du das?«

Raschel-raschel-raschel.

»Davey, hör auf damit.«

Keine Antwort.

Siebenjährige Jungens waren manchmal wirklich eine Plage. Sie konnten einem gewaltig auf den Wecker gehen.

Sie sagte: »Wenn das so ein blödes Spielchen ist, dann wird dir das noch sehr leid tun.«

Ein trockenes Geräusch. Wie ein altes, verdorrtes Blatt, das knisterte und knackte, weil jemand mit dem Fuß darauf trat. Es war jetzt näher als vorher.

»Davey, laß den Unsinn.«

Noch näher. Etwas kam durch den Raum auf das Bett zu.

Davey war das nicht. Er mußte immer lachen; er hätte inzwischen bestimmt nicht mehr an sich halten können und sich verraten.

Ihre Augen tränten, weil sie so angestrengt ins Dunkel starrte. Sie tastete nach dem Schalter der kegelförmigen Leselampe, die am Kopfende ihres Bettes befestigt war. Sie konnte ihn schrecklich lange nicht finden. Verzweifelt fummelte sie im Dunkeln herum.

Die unheimlichen Geräusche kamen jetzt aus der Schwärze neben ihrem Bett. Das Ding hatte sie erreicht.

Plötzlich fanden ihre tastenden Finger den metallenen Lampenschirm und dann den Schalter. Ein Lichtkegel fiel über das Bett und auf den Fußboden.

In der Nähe war nichts zu sehen, vor dem sie sich hätte fürchten müssen.

Davey lag in seinem Bett auf der anderen Seite des Zimmers, er schlief in einem Durcheinander von Decken, unter großen Postern von Chewbacca, dem Wookie, aus dem ›Krieg der Sterne‹ und E.T.

Penny hörte das seltsame Geräusch nicht mehr. Sie wußte, daß sie es sich nicht eingebildet hatte, und sie war auch kein Mädchen, das einfach das Licht ausschalten, sich die Decken über den Kopf ziehen und die ganze Sache vergessen konnte.

Daddy behauptete, sie sei neugieriger als tausend Katzen. Sie warf die Decke zurück, stieg aus dem Bett, stand im Schlafanzug mit bloßen Füßen reglos da und lauschte.

Kein Laut.

Schließlich ging sie zu Davey hinüber und sah ihn sich genauer an. Das Licht ihrer Lampe reichte nicht so weit; er lag größtenteils im Schatten, schien aber fest zu schlafen. Sie beugte sich dicht über ihn, beobachtete seine Augenlider und entschied schließlich, daß er nicht simulierte.

Das Geräusch begann wieder. Hinter ihr.

Sie wirbelte herum.

Jetzt war es unter dem Bett. Ein zischendes, kratzendes, leise rasselndes Geräusch, nicht besonders laut, aber auch nicht mehr verstohlen.

Das Ding unter dem Bett wußte, daß sie es hörte. Es machte absichtlich Lärm, wollte sie reizen, versuchte, sie zu ängstigen.

Nein! dachte sie. Das ist ja albern.

Das war nur ein... eine Maus. Ja! Das war es. Nur eine Maus, die wahrscheinlich viel mehr Angst hatte als sie.

Sie fühlte sich ein wenig erleichtert. Sie mochte zwar keine Mäuse und wollte sie ganz bestimmt nicht unter ihrem Bett haben, aber wenigstens war eine einfache kleine Maus nicht allzu beängstigend.

Sie stand da, die kleinen Hände an den Seiten zu Fäusten geballt, und versuchte zu entscheiden, was sie als nächstes tun sollte.

Da wäre noch Daddy.

Penny wollte ihren Vater erst aufwecken, wenn sie absolut und hundertprozentig sicher war, daß da tatsächlich eine Maus war. Wenn Daddy kam, um nach einer Maus zu suchen, das Zimmer auf den Kopf stellte und dann keine fand, würde er sie behandeln, als wäre sie ein *Kind*, du meine Güte. Bis zu ihrem zwölften Geburtstag waren es nur noch zwei Monate, und sie haßte nichts mehr, als wie ein Kind behandelt zu werden.

Sie konnte nicht unter das Bett sehen, weil es darunter sehr dunkel war und die Decken seitlich heruntergerutscht waren; sie hingen fast bis auf den Boden und versperrten die Sicht.

Das Ding unter dem Bett – die *Maus* unter dem Bett! zischte und machte ein gurgelnd-kratzendes Geräusch. Es klang fast wie eine Stimme. Eine kratzige, kalte, böse kleine Stimme, die in einer fremden Sprache etwas zu ihr sagte.

Konnte eine Maus so ein Geräusch machen?

Sie warf einen Blick auf Davey. Er schlief immer noch.

An der Wand, neben dem Bett ihres Bruders, lehnte ein Baseballschläger aus Plastik. Sie packte ihn am Griff.

Sie machte ein paar Schritte auf ihr Bett zu und ließ sich auf Händen und Knien auf den Fußboden nieder. Sie nahm den Plastikschläger in die rechte Hand, streckte sie aus, schob das andere Ende unter die herabhängenden Decken, hob sie hoch und stieß sie auf das Bett zurück, wo sie hingehörten.

Sie konnte da unten immer noch nichts sehen. Der niedrige Raum war schwarz wie eine Höhle.

Die Geräusche hatten aufgehört.

Penny hatte das unheimliche Gefühl, daß aus diesen ölig-schwarzen Schatten etwas zu ihr herausspähte ... etwas, das mehr war als nur eine Maus ... schlimmer als nur eine Maus... etwas, das wußte, daß sie nur ein schwaches, kleines Mädchen war... etwas mit Köpfchen, nicht nur ein dummes Tier, etwas, das mindestens so schlau war wie sie, etwas, das wußte, daß es herausstürmen und sie bei lebendigem Leibe verschlingen konnte, wenn es das wirklich wollte.

Himmel. Nein. Kinderkram. Blödsinn.

Sie biß sich auf die Unterlippe, nahm sich vor, sich nicht wie ein hilfloses Kind zu benehmen, und stieß mit dem dicken Ende des Baseballschlägers unter das Bett. Sie fuhr damit hin und her, um die Maus entweder zum Quieken zu bringen oder herauszutreiben.

Plötzlich wurde das andere Ende des Plastikschlägers gepackt und festgehalten. Penny wollte ihn wegziehen. Es ging nicht. Sie ruckte und drehte daran – vergeblich.

Dann wurde er ihr aus der Hand gerissen. Er verschwand mit einem dumpfen Rasseln unter dem Bett.

Penny fuhr wie der Blitz zurück und rutschte über den Fußboden – bis sie gegen Daveys Bett prallte. Sie wußte nicht einmal mehr, daß sie sich bewegt hatte. Vor einer Sekunde hatte sie noch auf Händen und Knien neben ihrem eigenen Bett gelegen; in der nächsten stieß sie mit dem Kopf gegen Daveys Matratze.

Ihr kleiner Bruder ächzte, schnaubte, prustete und schlief dann einfach weiter.

Unter Pennys Bett bewegte sich nichts.

Jetzt hätte sie gerne nach ihrem Vater geschrien, wäre mit Freuden das Risiko eingegangen, für ein Kind gehalten zu werden, wirklich mit Freuden, und sie schrie tatsächlich, aber die Worte hallten nur in ihrem Kopf: ›Daddy, Daddy, Daddy!‹ Von ihren Lippen kam kein Laut. Sie hatte plötzlich die Sprache verloren.

Das Licht flackerte. Das Kabel führte nach unten zu einer Steckdose in der Wand hinter dem Bett. Das Ding unter dem Bett versuchte, den Stecker herauszuziehen.

»Daddy!«

Diesmal brachte sie zwar einen Laut zustande, aber viel war nicht zu hören; die Worte kamen nur als heiseres Flüstern heraus.

Und die Lampe erlosch.

Sie hörte eine Bewegung in dem lichtlosen Raum. Etwas kam unter dem Bett hervor und wollte über den Fußboden.

»Daddy!«

Es war immer noch nicht mehr als ein Flüstern. Sie schluckte, merkte, daß es ihr schwerfiel, schluckte noch einmal und versuchte, ihre halb gelähmte Kehle wieder unter Kontrolle zu bringen.

Etwas knarrte.

Penny spähte schaudernd ins Dunkel.

Dann merkte sie, daß das Knarren ihr vertraut war. Die Tür zum Schlafzimmer. Sie mußte unbedingt mal geölt werden.

In der Dunkelheit bemerkte sie, daß die Tür aufschwang; sie spürte es mehr, als daß sie es sah. Die Angeln hörten auf zu quietschen.

Das unheimliche Kratzen und Zischen entfernte sich immer weiter. Das Ding wollte sie doch nicht angreifen. Es ging fort.

Jetzt war es in der Türöffnung, an der Schwelle.

Jetzt war es im Korridor.

Jetzt mindestens zehn Fuß von der Tür weg.

Und jetzt... fort.

Was war das gewesen?

Keine Maus. Kein Traum.

Was dann?

Irgendwann stand Penny auf. Ihre Beine waren wie aus Gummi.

Sie tastete um sich und fand die Lampe an Daveys Kopfende. Der Schalter klickte, Licht ergoß sich über den schlafenden Jungen. Schnell drehte sie den kegelförmigen Schirm von ihm weg.

Sie ging zur Tür, blieb auf der Schwelle stehen und horchte in die Wohnung hinein. Stille. Immer noch zitternd schloß sie die Tür. Das Schloß schnappte leise ein.

Ihre Hände waren feucht. Sie wischte sie am Schlafanzug ab.

Nun fiel genügend Licht auf ihr Bett, und sie ging zurück und schaute darunter. Da unten hockte nichts Bedrohliches.

Sie holte den Baseballschläger hervor, der hohl und sehr leicht war. Das dicke Ende, das sie unter das Bett geschoben hatte, war an drei Stellen eingedellt. In zwei der Dellen waren kleine Löcher. Das Plastik war durchbohrt worden. Aber... wovon? Von Klauen?

Was war das gewesen?

Je länger sie darüber nachdachte, desto unwirklicher kam ihr das Ganze vor. Vielleicht hatte sich der Baseballschläger nur irgendwie im Bettrahmen verfangen; vielleicht waren die Löcher durch Schrauben oder Nägel entstanden, die aus dem Rahmen hervorragten. Vielleicht war die Tür zum Korridor von nichts Unheimlicherem als einem Luftzug geöffnet worden.

Vielleicht...

Endlich stand sie, ganz kribbelig vor Neugier, auf, ging in die Diele, knipste das Licht an, sah, daß sie alleine war, und schloß sorgfältig die Schlafzimmertür hinter sich.

Stille.

Die Tür zum Zimmer ihres Vaters war wie üblich angelehnt. Sie stellte sich daneben, legte das Ohr an den Spalt und lauschte. Er schnarchte. Davon abgesehen konnte sie nichts, keine fremden, raschelnden Geräusche hören.

Wieder überlegte sie, ob sie Daddy wecken sollte. Er war Kriminalbeamter, Lieutenant Jack Dawson. Er hatte eine Pistole. Wenn wirklich etwas in der Wohnung war, konnte er es in tausend Stücke schießen. Andererseits, wenn sie ihn aufweckte und sie fanden nichts, würde er sie necken und mit ihr sprechen wie mit einem Kind, Gott, noch schlimmer, wie mit einem *Säugling*. Sie zögerte, dann seufzte sie. Nein. Es lohnte sich einfach nicht, eine solche Demütigung zu riskieren.

Mit pochendem Herzen schlich sie durch die Diele zur Eingangstür und probierte sie. Sie war immer noch fest verschlossen.

An der Wand neben der Tür war ein Garderobenständer befestigt. Sie nahm einen zusammengerollten Schirm von einem der Haken. Die Metallzwinge war spitz genug, um als einigermaßen gute Waffe zu dienen.

Sie hielt den Schirm vor sich und schlich ins Wohnzimmer, schaltete alle Lichter an und sah überall nach. Sie durchsuchte die Eßnische und auch die kleine, L-förmige Küche.

Nichts.

Bis auf das Fenster.

Das Küchenfenster über der Spüle war offen. Kalte Dezemberluft strömte durch den zehn Zoll breiten Spalt.

Penny war sicher, daß es noch nicht offen gewesen war, als sie zu Bett ging. Und wenn Daddy es aufgemacht hatte, um frische Luft hereinzulassen, hätte er es später wieder geschlossen; er war in solchen Dingen sehr gewissenhaft.

Sie trug den Küchenhocker zur Spüle, stieg hinauf und schob das Fenster weiter hoch, so weit, daß sie sich hinausbeugen und einen Blick nach unten werfen konnte. Vier Stockwerke tiefer war der Durchgang an den dunkelsten Stellen schwärzer als schwarz, an den hellsten aschgrau. Nur das Rauschen des Windes in der Betonschlucht war zu hören. Sonst regte sich nichts.

Ein Stück weiter, in der Nähe des Schlafzimmerfensters, führte eine Feuertreppe zum Durchgang hinunter. Aber hier, am Küchenfenster, gab es keine Feuertreppe, kein Sims, keine Möglichkeit für jemanden, der einbrechen wollte, das Fenster zu erreichen, keine Stelle, wo er stehen oder sich hätte festhalten können, um sich Zugang zu verschaffen.

Ein Einbrecher war es jedenfalls nicht gewesen. Einbrecher waren nicht klein genug, um sich unter dem Bett einer jungen Dame zu verstecken.

Sie schloß das Fenster und stellte den Hocker an seinen Platz zurück. Den Schirm hängte sie wieder an den Garderobenständer im Gang, obwohl es ihr ein wenig widerstrebte, sich von der Waffe zu trennen. Unterwegs schaltete sie die Lichter aus, schaute aber nicht zurück in die Dunkelheit und kehrte in ihr Zimmer zurück, ging wieder ins Bett und zog sich die Decke bis zum Kinn.

Davey schlief immer noch fest.

Der Nachtwind drückte gegen das Fenster.

Weit weg, auf der anderen Seite der Stadt, sang eine Sanitäts- oder Polizeisirene ihr trauriges Lied.

Penny blieb eine Weile im Bett sitzen, gegen die Kissen gelehnt; die Leselampe warf einen schützenden Lichtkreis um sie. Sie war müde und wollte schlafen, aber sie fürchtete sich davor, das Licht auszuschalten. Sie ärgerte sich über ihre Angst. War sie nicht fast zwölf Jahre alt? Und war sie mit zwölf nicht zu groß, um sich vor der Dunkelheit zu fürchten? War sie jetzt nicht die Hausherrin, war sie nicht schon seit mehr als anderthalb Jahren die Hausherrin, seit ihre Mutter gestorben war? Nach etwa zehn Minuten hatte sie sich wieder soweit unter Kontrolle, daß sie die Lampe ausschaltete und sich hinlegte.

Ihre Gedanken konnte sie nicht so einfach ausschalten.

Was war es gewesen?

Nichts. Ein Überbleibsel aus einem Traum. Oder ein Luftzug. Nur das, weiter nichts.

Dunkelheit.

Sie horchte.

Nichts.

Sie schlief ein.

2

Mittwoch, 1.34 Uhr

Vince Vastagliano war auf halbem Wege die Treppe hinunter, als er erst einen Schrei und dann ein heiseres Kreischen hörte. Es war nicht schrill. Es war nicht durchdringend. Es war ein erschrockener, gutturaler Schrei, den er vielleicht gar nicht gehört hätte, wenn er oben gewesen wäre; trotzdem drückte er nacktes Entsetzen aus. Vince blieb stehen, eine Hand am Treppengeländer, ganz still, den Kopf zur Seite geneigt, und horchte angespannt; sein Herz hämmerte plötzlich, und er war vorübergehend in Unschlüssigkeit erstarrt.

Noch ein Schrei.

Ross Morrant, Vinces Leibwächter, war in der Küche und richtete für sie beide einen späten Imbiß her, und es war Morrant, der geschrien hatte. Die Stimme war unverkennbar.

Vince hörte auch Geräusche eines Kampfes. Ein Krachen und Klirren, als etwas umgeworfen wurde. Einen harten Schlag. Das scharfe, dissonante Klirren zerbrechenden Glases.

Ross Morrants verzweifelte, von Angst verzerrte Stimme hallte im unteren Korridor von der Küche her wider, zwischen Stöhnen, Keuchen und entnervenden Schmerzenslauten waren Worte zu hören: »Nein... nein... bitte... Jesus, nein... Hilfe.... zu Hilfe... O mein Gott, mein Gott, bitte... nein!«

Vince trat der Schweiß auf die Stirn.

Morrant war ein großer, starker, gemeiner Scheißkerl. Seit vierzehn Monaten arbeitete er für Vince als Einpeitscher, Geldeintreiber und Leibwächter; in dieser Zeit hatte Vince nie erlebt, daß er Angst hatte. Er konnte sich nicht vorstellen, daß Morrant sich vor irgend jemand oder irgend etwas fürchtete. Und daß Morrant um Gnade bettelte... nein, das war einfach undenkbar; selbst jetzt, als Vince den Leibwächter wimmern und flehen hörte, konnte er es nicht fassen; es schien einfach nicht wirklich zu sein.

Etwas kreischte schrill. Das war nicht Morrant. Es war ein gräßlicher, unmenschlicher Laut. Ein schneidender, durchdringender Ausbruch von Wut, Haß und einem fremden Wollen, der in einen Science-fiction-Film gehörte, der entsetzliche Schrei eines Wesens aus einer anderen Welt.

Vince stieg schnell zwei weitere Stufen hinunter und schaute den Korridor entlang zur Eingangstür. Der Weg war frei. Er konnte wahrscheinlich die letzten Stufen hinunterspringen, durch den Gang rennen, die Eingangstür aufschließen und das Haus verlassen, ehe die Eindringlinge aus der Küche kamen und ihn sahen. Aber ein kleiner Rest von Zweifel blieb, und wegen dieser Unschlüssigkeit zögerte er ein paar Sekunden zu lange.

In der Küche kreischte Morrant noch entsetzlicher, ein letzter Aufschrei trostloser Verzweiflung und Todesqual, der abrupt abriß.

Vince wußte, was Morrants plötzliches Schweigen zu bedeuten hatte. Der Leibwächter war tot.

Dann gingen überall im Haus die Lichter aus. Offenbar hatte jemand im Sicherungskasten unten im Keller die Hauptsicherung ausgeschaltet.

Vince wagte nicht, noch länger zu zögern, und wollte im Dunkeln die Treppe hinunter, aber er hörte, wie sich im unbeleuchteten Korridor hinten bei der Küche etwas bewegte und in seine Richtung kam, und blieb wieder stehen. Es war nichts so Normales wie sich nähernde Schritte, was er da hörte, es war vielmehr ein fremdartiges, unheimliches Zischen-Rascheln-Klirren-Brummen, das ihn frösteln ließ und ihm eine Gänsehaut über den Rücken jagte. Er spürte, daß etwas Gräßliches, etwas mit bleichen, toten Augen und kalten, klammen Händen auf ihn zukam. Eine solch phantastische Vorstellung war für Vince Vastagliano, der die Phantasie eines Baumstumpfs hatte, völlig untypisch, aber er konnte die abergläubische Furcht, die ihn überfallen hatte, nicht abschütteln.

Er drehte sich um und kletterte die Treppe hinauf. Einmal stolperte er im Dunkeln, wäre fast gestürzt, fand aber das Gleichgewicht wieder. Als er das große Schlafzimmer erreichte, klangen die Geräusche hinter ihm wilder, näher, lauter – und hungriger.

Zerfließende schwache Lichtfinger krochen durch die Schlafzimmerfenster, verirrte Strahlen von den Straßenlaternen draußen, die einen leichten Schimmer auf das italienische Baldachinbett aus dem achtzehnten Jahrhundert und die anderen Antiquitäten warfen und auf den schräggeschliffenen Kanten der Kristallbriefbeschwerer glitzerten, die auf dem Schreibtisch zwischen den beiden Fenstern aufgereiht waren. Wenn Vince sich umgedreht und nach hinten geschaut hätte, hätte er wenigstens einen Umriß seines Verfolgers erkennen können. Aber er sah nicht hin. Er hatte Angst davor.

Ein übler Geruch stieg ihm in die Nase. Schwefel? Nicht ganz. Aber etwas Ähnliches.

Er eilte durch die Schatten in das große Bad, das sich an das Schlafzimmer anschloß. In der klebrigen Dunkelheit prallte er unsanft gegen die halbgeschlossene Badezimmertür. Mit einem Krachen flog sie ganz auf. Etwas betäubt von dem Stoß taumelte er in den großen Raum, tastete nach der Tür, warf sie zu und verschloß sie hinter sich.

In jenem letzten, ungeschützten Augenblick, als die Tür zuschwang, hatte er alptraumhafte, silbrige Augen in der Dunkelheit glühen sehen. Nicht nur zwei Augen. Ein ganzes Dutzend. Vielleicht auch mehr.

Jetzt schlug etwas gegen die andere Seite der Tür. Wieder und wieder. Das waren mehrere da draußen nicht nur einer. Die Tür bebte, und das Schloß klirrte, aber es hielt.

Die Wesen im Schlafzimmer kreischten und zischten jetzt beträchtlich lauter. Obwohl ihre eisigen Schreie völlig fremdartig klangen, anders als alles, was Vince je gehört hatte, war klar, was sie bedeuteten; es war offensichtlich ein Jaulen des Zorns und der Enttäuschung. Die Wesen, die ihn verfolgten, waren sicher gewesen, ihn in der Falle zu haben, und sie waren nicht bereit, es wie sportliche Verlierer hinzunehmen, daß er ihnen entkommen war.

Die Geschöpfe scharrten an der anderen Seite der Tür, bohrten und kratzten am Holz und rissen Splitter heraus. Dem Geräusch nach zu urteilen hatten sie scharfe Klauen. Verdammt scharf.

Was zum Teufel waren das für Wesen?

Vince war immer auf Gewalttätigkeit gefaßt, denn Gewalttätigkeit war ein wesentlicher Bestandteil der Welt, in der er sich bewegte. Man konnte nicht erwarten, als Drogenhändler das beschauliche Leben eines Oberschullehrers zu führen. Aber mit einem solchen Angriff hatte er nie gerechnet. Ein Mann mit einer Pistole – das ja. Ein Mann mit einem Messer – auch damit konnte er fertig werden. Eine an die Zündung seines Wagens angeschlossene Bombe – das lag sicherlich im Bereich des Möglichen. Aber das hier war schierer Wahnsinn.

Während die Wesen draußen versuchten, sich mit Zähnen, Klauen und Schlägen durch die Tür zu arbeiten, suchte Vince in der Dunkelheit herum, bis er die Toilette fand. Er klappte den Deckel herunter, setzte sich und griff nach dem Telefon.

Als er zwölf Jahre alt gewesen war, hatte er zum erstenmal das Telefon im Bad seines Onkels Gennaro Carramazza gesehen, und von diesem Augenblick an war ein Telefon auf dem Klo für ihn *das* Symbol für die Bedeutung eines Menschen, der Beweis, daß er unentbehrlich und reich war. Sobald Vince alt genug gewesen war, um sich eine eigene Wohnung zuzulegen, hatte er in jedem Raum einschließlich des Lokus ein Telefon anschließen lassen. Jetzt war er froh, daß er den Apparat griffbereit hatte, um Hilfe herbeizurufen.

Aber es kam kein Freizeichen.

Er rüttelte im Dunkeln an der Gabel, wollte dem Apparat befehlen zu funktionieren.

Die Leitung war tot.

Die unbekannten Wesen im Schlafzimmer kratzten, drückten und hämmerten weiter gegen die Tür.

Vince sah zu dem einzigen Fenster hinauf. Es war viel zu klein, um als Fluchtweg zu dienen. Das Glas war undurchsichtig und ließ fast kein Licht ein.

Sie werden nicht durch die Tür kommen, redete er sich verzweifelt ein. Irgendwann werden sie es satt haben, sie werden aufgeben, und dann werden sie weggehen. Bestimmt werden sie das. Natürlich.

Ein metallisches Quietschen und Klirren ließ ihn aufschrecken. Das kam von innerhalb des Badezimmers. Von diesseits der Tür.

Er stand auf, die Hände zu Fäusten geballt, verkrampft, und spähte nach rechts und nach links in die Dunkelheit.

Irgendein Metallgegenstand krachte auf den Fliesenboden, und Vince fuhr zusammen und schrie überrascht auf.

Der Türknopf. O Gott. Irgendwie hatten sie den Knauf und das Schloß abmontiert!

Er warf sich gegen die Tür, fest entschlossen, sie zuzuhalten, stellte aber fest, daß sie immer noch standhielt; der Knopf war noch dran; das Schloß war eingerastet. Mit zitternden Händen tastete er hektisch im Dunkeln umher und suchte nach den Türangeln; auch sie waren noch da und unbeschädigt.

Aber was war dann auf den Boden geklirrt?

Keuchend drehte er sich um, stemmte sich mit dem

Rücken gegen die Tür, blinzelte in den pechschwarzen Raum und versuchte, das, was er gehört hatte, zu deuten.

Er spürte, daß er im Bad nicht länger alleine und in Sicherheit war. Angst kroch ihm wie ein Tausendfüßler den Rücken hinauf.

Das Gitter vor dem Auslaß des Heizungsrohrs – *das* war es, was heruntergefallen war.

Er drehte sich um und schaute hinauf zu der Wand oberhalb der Tür. Zwei strahlende Silberaugen funkelten ihn aus der Schachtöffnung an. Mehr konnte er von dem Geschöpf nicht sehen. Augen ohne Unterscheidung zwischen Weiß, Iris und Pupille. Augen, die schimmerten und flackerten, als bestünden sie aus Feuer. Augen ohne eine Spur von Erbarmen.

Eine Ratte?

Nein. Eine Ratte hätte das Gitter nicht entfernen können. Außerdem hatten Ratten doch rote Augen – oder nicht?

Es zischte ihn an.

»Nein«, sagte Vince leise.

Er konnte nirgendwohin.

Das Ding stieß sich von der Wand ab und segelte auf ihn herunter. Es traf sein Gesicht. Klauen durchbohrten seine Backen, drangen in seinen Mund, kratzten an seinen Zähnen und gruben sich in seinen Gaumen. Der Schmerz überfiel ihn plötzlich und heftig.

Zähne rissen an seiner Kopfhaut.

Sein Schrei wurde von dem namenlosen Wesen erstickt, das sich an seinen Kopf krallte, und er bekam keine Luft mehr. Er griff nach der Bestie. Sie war kalt und schmierig wie ein Meerestier, das aus den Tiefen des Wassers emporgestiegen war. Er riß es sich vom Gesicht und hielt sie auf Armeslänge von sich weg. Das Ding kreischte, zischte und schnatterte unartikuliert, es wand und drehte sich, zappelte und zuckte und biß ihn in die Hand, aber er ließ nicht los, weil er fürchtete, es würde ihn sofort wieder anspringen und diesmal auf seine Kehle oder auf seine Augen losgehen.

Was *war* das? Wo kam es her?

Etwas biß ihn in den linken Knöchel.

Etwas anderes begann an seinem rechten Bein hinaufzuklettern und riß ihm dabei die Hose auf.

Noch mehr solche Kreaturen waren aus dem Rohr in der Wand gekommen. Als ihm das Blut aus den Schädelwunden die Stirn herunterlief und ihm den Blick trübte, begriff er, daß viele Silberaugen im Raum waren. Dutzende.

Die Eindringlinge krochen voller Gier seine Brust, seinen Rücken hinauf auf seine Schultern, alle waren so groß wie Ratten, aber es waren keine Ratten, und alle kratzten und bissen. Sie waren überall, zogen ihn zu Boden. Er fiel auf die Knie. Er ließ die Bestie los, die er in den Händen hielt, und schlug mit den Fäusten auf die anderen ein.

Er hörte sich selbst genauso erbärmlich flehen wie vorher Ross Morrant, dann wurde die Dunkelheit noch dichter, und ewiges Schweigen senkte sich über ihn.

TEIL EINS

Mittwoch,
7.35 Uhr bis 15.30 Uhr

Heilige Männer sagen, ein Geheimnis sei das Leben.
Und sie wollen sich diesem Gedanken gerne ergeben.
Doch manches Geheimnis bellt und beißt,
Es kommt aus dem Dunkel und fasset dich dreist.

THE BOOK OF COUNTED SORROWS

Ein Regen von Schatten, ein Sturm, ein Orkan!
Des Tages Licht weicht; die Nacht jagt heran.
Strahlt hell alles Gute, scheut das Böse das Licht,
Nehmen Mauern des Bösen der Welt alle Sicht.
Nun nahet das Ende, die Öde, Finsternis.

THE BOOK OF COUNTED SORROWS

Kapitel eins

1

Als erstes sagte Rebecca am nächsten Morgen zu Jack Dawson: »Zwei Leichen.«

»Hm?«

»Der Anruf kam grade rein.«

»Hast du zwei Leichen bestellt?«

»Sei doch mal ernst.«

»*Ich* habe keine zwei Leichen bestellt.«

»Die Uniformierten sind schon am Tatort«, sagte sie.

»Unsere Schicht fängt erst in sieben Minuten an.«

»Soll ich wirklich sagen, wir fahren nicht raus, weil die zwei so rücksichtslos waren, so früh am Morgen zu sterben?«

»Haben wir denn nicht mal mehr Zeit für den Austausch von Höflichkeiten?« fragte er zurück.

»Nein.«

»Paß auf, es sollte eigentlich so sein... du müßtest sagen: ›Guten Morgen, Lieutenant Dawson.‹ Und dann sage ich: ›Guten Morgen, Lieutenant Chandler.‹ Dann sagst du: ›Wie geht es Ihnen heute morgen?‹ Und ich zwinkere und sage...«

Sie runzelte die Stirn. »Es ist genauso wie bei den beiden anderen, Jack. Blutig und – sonderbar. Genau wie der Fall am Sonntag und der gestern. Aber diesmal sind es *zwei* Männer. Beide mit Beziehungen zu kriminellen Familienclans, wie es scheint.«

Jack Dawson stand in dem schmuddeligen Bereitschaftsraum des Polizeidezernats; er hatte seinen schweren grauen Mantel halb ausgezogen und ein schiefes Lächeln aufgesetzt und starrte sie nun ungläubig an. Es überraschte ihn nicht, daß es wieder ein oder zwei Morde gegeben hatte. Er war Beamter beim Morddezernat; es gab *immer* noch einen Mord. Oder zwei. Es überraschte ihn nicht einmal, daß es sich wieder um einen *sonderbaren* Mord handelte; schließlich waren sie in New York City. Was er nicht glauben konnte, war ihre Haltung, die Art, wie sie ihn behandelte – ausgerechnet an diesem Morgen.

»Zieh deinen Mantel lieber wieder an«, sagte sie.

»Rebecca...«

»Sie erwarten uns.«

»Rebecca, gestern nacht...«

»Noch so ein Verrückter«, sagte sie und schnappte sich ihre Handtasche von einem etwas ramponierten Schreibtisch.

»Haben wir nicht...«

»Diesmal haben wir es wirklich mit einem Kranken zu tun«, sagte sie und ging zur Tür. »Wirklich krank.«

»Rebecca...«

Sie blieb in der Tür stehen und schüttelte den Kopf. »Weißt du, was ich mir manchmal wünsche?«

Er starrte sie an.

Sie sagte: »Manchmal wünsche ich mir, ich hätte Tiny Taylor geheiratet. Dann säße ich jetzt da oben in Connecticut gemütlich in meiner voll automatisierten Küche, hätte Kaffee und Hörnchen zum Frühstück, die Kinder wären in der Schule, die Zugehfrau würde sich um den Haushalt kümmern, und ich könnte mich auf das Mittagessen im Country Club mit den anderen Mädels freuen...«

Warum tut sie mir das an? fragte er sich.

Sie bemerkte, daß er seinen Mantel immer noch halb ausgezogen hatte und sagte: »Hast du nicht gehört, Jack? Wir haben einen Anruf bekommen.«

»Ja. Ich...«

»Wieder zwei Leichen.«

Sie verließ den Bereitschaftsraum, der danach noch kälter und schäbiger wirkte.

Er seufzte.

Er schlüpfte wieder in seinen Mantel.

Er folgte ihr.

2

Jack fühlte sich grau und ausgelaugt, teilweise, weil Rebecca sich so seltsam benahm, aber auch, weil der Tag selbst grau war und er immer sehr empfindlich auf das Wetter reagierte.

Er stieg einen halben Block vor der Park Avenue aus dem Zivilwagen, und ein kalter Windstoß fuhr ihm ins Gesicht. Die Dezemberluft roch schwach nach Friedhof. Er steckte die Hände in die tiefen Taschen seines Mantels.

Rebecca Chandler stieg auf der Fahrerseite aus und schlug die Tür zu. Ihr langes blondes Haar flatterte im Wind. Sie hatte ihren Mantel nicht zugeknöpft; er schlug ihr um die Beine. Die Kälte und das allgegenwärtige Grau, das sich wie Asche über die ganze Stadt gesenkt hatte, schienen sie nicht zu stören.

Eine Wikingerfrau, dachte Jack. Stoisch. Resolut. Man sehe sich nur dieses Profil an!

Widerwillig wandte er den Blick von Rebecca und schaute zu den drei Streifenwagen hinüber, die schräg am Randstein parkten. Auf einem blinkten die roten Warnlichter, der einzige Farbfleck an diesem öden Tag.

Harry Ulbeck, ein Polizist in Uniform, den Jack kannte, stand auf der Treppe vor dem hübschen Ziegelhaus im georgianischen Stil, in dem die Morde passiert waren. Er trug einen dunkelblauen Dienstmantel, einen Wollschal und Handschuhe, aber trotzdem zitterte er.

Dem Ausdruck auf seinem Gesicht konnte Jack entnehmen, daß das nicht von der Kälte kam. Harry Ulbeck fröstelte wegen der Dinge, die er im Haus gesehen hatte.

»Schlimm?« fragte Rebecca.

Harry nickte. »Ganz schlimm, Lieutenant.«

Er war erst dreiundzwanzig oder vierundzwanzig, aber im Augenblick schien er Jahre älter; sein Gesicht wirkte abgespannt und verfroren.

»Wer sind die Verstorbenen?« fragte Jack.

»Ein Kerl namens Vincent Vastagliano und sein Leibwächter Ross Morrant.«

Jack zog die Schultern hoch und neigte den Kopf nach vorne, als ein heftiger Windstoß durch die Straßen fegte. »Wohlhabende Gegend«, meinte er.

»Warten Sie mal ab, bis Sie es von innen sehen«, sagte Harry. »Da drin sieht es aus wie in einem Antiquitätenladen an der Fifth Avenue.«

»Wer hat die Leichen gefunden?« erkundigte sich Rebecca.

»Eine Frau namens Shelly Parker. Sieht klasse aus. Vastaglianos Freundin, glaube ich.«

»Ist sie jetzt hier?«

»Drin. Aber ich bezweifle, daß sie Ihnen eine große Hilfe sein wird. Wahrscheinlich kriegen Sie aus Nevetski und Blaine mehr raus.«

Rebecca stand mit immer noch offenem Mantel in dem ständig umspringenden Wind und fragte: »Nevetski und Blaine? Wer ist das?«

»Drogendezernat«, erklärte Harry. »Sie haben diesen Vastagliano überwacht.«

»Und dann wurde er vor ihrer Nase umgebracht?« fragte Rebecca.

»Das sollten Sie lieber nicht so ausdrücken, wenn Sie mit ihnen reden«, warnte Harry. »Da sind sie furchtbar empfindlich. Ich meine, sie waren nicht nur zu zweit. Sie leiteten ein Sechs-Mann-Team, das alle Eingänge des Hauses beobachtete. Hatten alles abgeriegelt. Aber jemand ist trotzdem irgendwie reingekommen, hat Vastagliano *und* seinen Leibwächter getötet und ist wieder rausgekommen, ohne gesehen zu werden. Nevetski und Blaine, die Ärmsten, stehen jetzt da, als hätten sie geschlafen.«

Jack taten sie leid.

Rebecca nicht. Sie sagte: »Tja, von mir haben sie, verdammt noch mal, kein Mitgefühl zu erwarten. Hört sich so an, als hätten sie tatsächlich gepennt.«

»Glaub' ich nicht«, sagte Harry Ulbeck. »Sie waren wirklich schockiert. Sie schwören, daß sie das Haus nicht aus den Augen gelassen haben.«

»Was sollten sie denn sonst sagen?« fragte Rebecca mürrisch.

»Man sollte im Zweifelsfall immer zu einem Kollegen halten«, mahnte Jack.

»Ach ja?« gab sie zurück. »Den Teufel werd' ich tun. Ich halte nichts von blinder Loyalität. Ich erwarte sie nicht, und ich gebe sie nicht. Ich habe gute Polizisten kennengelernt, und wenn ich *weiß*, daß sie gut sind, dann tue ich alles, um ihnen zu helfen. Aber ich habe auch ein paar richtige Blödmänner erlebt, bei denen man sich nicht mal drauf verlassen konnte, daß sie ihre Hosen richtig rum anziehen.«

Jack seufzte.

Harry starrte Rebecca entgeistert an.

Ein dunkler Zivilkombi fuhr am Randstein vor. Drei Männer stiegen aus, einer trug eine Kameratasche, die beiden anderen kleine Koffer.

»Die Laborleute sind da«, sagte Harry.

Jack Dawson schauderte.

Der Wind pfiff wieder durch den Tag. Am Straßenrand schlugen die nackten Äste der entlaubten Bäume gegeneinander. Bei dem Geräusch kam einem ein gespenstisches Bild lebender Skelette in den Sinn, die einen Totentanz aufführen.

3

Der Leichenbeschauer und zwei weitere Männer aus der Pathologie waren in der Küche, wo Ross Morrant, der Leibwächter, in einem Durcheinander aus Blut, Mayonnaise, Senf und Salami lag. Er hatte offensichtlich gerade einen Mitternachtsimbiß hergerichtet, als man ihn angegriffen und getötet hatte.

Im zweiten Stock, im großen Badezimmer, war auch noch der letzte Winkel mit Blut verziert: Spritzer, Flecken und Tropfen; blutige Handabdrücke an den Wänden und auf dem Rand der Wanne.

Jack und Rebecca standen in der Tür und spähten hinein, ohne etwas anzufassen. Nichts durfte verändert werden, bis die Spurensicherung fertig war.

Vincent Vastagliano lag, vollständig bekleidet, zwischen Badewanne und Waschbecken eingeklemmt, sein Kopf lehnte am Fuß der Toilette. Er war groß und etwas aufgedunsen gewesen, mit dunklem Haar und buschigen Augenbrauen. Seine Hosen und sein Hemd waren blutdurchtränkt. Ein Auge war aus der Höhle gerissen. Das andere war weit geöffnet und starrte blicklos ins Leere. Eine Hand war geballt. Die andere war offen und entspannt. Gesicht, Hals und Hände waren von Dutzenden von kleinen Wunden übersät. Seine Kleider waren an mindestens fünfzig oder sechzig Stellen zerrissen, und durch die schmalen Schlitze im Gewebe konnte man weitere dunkle, blutige Verletzungen erkennen.

»Schlimmer als die drei anderen«, sagte Rebecca.

»Viel schlimmer.«

Das war die vierte, gräßlich zerfleischte Leiche, die sie in den vergangenen vier Tagen gesehen hatte. Rebecca hatte wahrscheinlich recht: Da wütete ein Psychopath.

Aber hier war nicht bloß ein wahnsinniger Killer am Werk, der in einem Tobsuchtsanfall oder in geistiger Umnachtung Menschen abschlachtete. Dieser Irre war noch schrecklicher, er schien nämlich ein Psychopath zu sein, der ein Ziel hatte, vielleicht sogar einen heiligen Kreuzzug führte: Alle vier Opfer hatten auf die eine oder andere Weise mit illegalem Rauschgifthandel zu tun gehabt.

Es gingen Gerüchte um, daß sich ein Bandenkrieg anbahnte, ein Streit um Einflußbereiche, aber Jack hielt nicht viel von dieser Erklärung. Zum einen waren die Gerüchte... sonderbar. Außerdem sahen diese Fälle nicht wie Bandenmorde aus. Das Werk eines professionellen Killers waren sie sicher nicht; nichts an ihnen war sauber, effizient oder professionell. Es war ein wüstes Abschlachten, das Produkt einer bösen, abgründigen, verkorksten Persönlichkeit.

»Die Anzahl der Wunden paßt in das Schema«, stellte Jack fest.

»Aber es sind nicht die gleichen Verletzungen, wie wir sie vorher gesehen haben. Damals waren es Stichwunden. Das hier sind eindeutig keine Stichverletzungen. Dafür sind die Wundränder zu zerfetzt. Vielleicht ist der Mord doch nicht von derselben Hand ausgeführt worden.«

»Doch«, sagte er.

»Das kann man noch nicht sagen.«

»Es ist derselbe Fall«, beharrte er.

»Das klingt so sicher.«

»Ich *spüre* es.«

»Komm mir nicht mit der mystischen Tour, so wie gestern.«

»Gestern haben wir brauchbare Anhaltspunkte verfolgt.«

»In einem Voodoo-Laden, in dem man Ziegenblut und magische Amulette kaufen kann.«

»Na und? Trotzdem war es ein brauchbarer Anhaltspunkt«, sagte er.

Sie musterten schweigend die Leiche.

Dann meinte Rebecca: »Sieht fast so aus, als hätte ihn irgend etwas an die hundertmal gebissen. Er sieht so ... *zerfressen* aus.«

»Ja. Etwas Kleines«, stimmte er zu.

»Ratten?«

»Das hier ist wirklich eine gute Gegend.«

»Ja, sicher, aber sie gehört auch zu der einen, großen, glücklichen Stadt, Jack. Die guten und die schlechten Gegenden teilen sich die gleichen Straßen, die gleichen Abwasserkanäle und die gleichen Ratten. Das ist praktizierte Demokratie.«

»Wenn das Rattenbisse sind, dann sind die verdammten Biester dahergekommen und haben ihn angeknabbert, nachdem er schon tot war; der Blutgeruch muß sie angelockt haben. Ratten sind im Grunde Aasfresser. Sie sind alles andere als mutig. Sie sind nicht aggressiv. Die Leute werden nicht im eigenen Heim von Rattenhorden angefallen. Hast du so was schon mal gehört?«

»Nein«, gab sie zu. »Die Ratten kamen also, nachdem er schon tot war, und sie haben ihn angenagt. Aber es waren nur Ratten. Versuch nicht, etwas Mystisches draus zu machen.«

»Habe ich irgendwas *gesagt?*«

»Du hast mich gestern wirklich beunruhigt.«

»Wir haben doch nur brauchbare Anhaltspunkte verfolgt.«

»Und uns zu diesem Zweck mit einem Hexenmeister unterhalten«, sagte sie verächtlich.

»Der Mann war kein Hexenmeister. Er war...«

»Verrückt. Genau das war er. Verrückt. Und du bist dagestanden und hast ihm mehr als eine halbe Stunde lang zugehört.«

Jack seufzte.

»Das sind Rattenbisse«, sagte sie. »Und sie haben die eigentlichen Verletzungen kaschiert. Wir müssen die Autopsie abwarten, um die wirkliche Todesursache zu erfahren.«

»Ich bin jetzt schon sicher, daß es die gleiche sein wird wie bei den anderen. Eine Menge kleiner Stichwunden unter diesen Bissen.«

»Wahrscheinlich hast du recht«, sagte sie.

Jack verspürte eine leichte Übelkeit und wandte sich von dem Toten ab.

Rebecca sah sich weiter um.

Der Rahmen der Badezimmertür war zersplittert, und das Türschloß war aufgebrochen.

Während Jack den Schaden untersuchte, sprach er einen bulligen, rotgesichtigen Streifenbeamten an, der in der Nähe stand. »Sie haben die Tür so vorgefunden?«

»Nein, nein, Lieutenant. Sie war fest verschlossen, als wir herkamen.«

Rebecca drehte sich um und sah den Streifenbeamten an. »Verschlossen?«

Der Beamte sagte: »Sehen Sie, diese Mieze, die Parker... hm, ich meine, diese Miß Parker... sie hatte einen Schlüssel. Sie hat aufgesperrt, ist ins Haus gegangen und hat nach Vastagliano gerufen, dann dachte sie, er schläft noch und ist heraufgekommen, um ihn zu wecken. Sie fand die Badezimmertür verschlossen, bekam keine Antwort und kriegte Angst, daß er vielleicht einen Herzanfall gehabt haben könnte. Sie schaute unter der Tür durch, sah seine Hand, irgendwie ausgestreckt, und das ganze Blut. Sie hat sofort 911 angerufen und es gemeldet. Ich und Tony – mein Partner – waren als erste hier, und wir haben die Tür aufgebrochen, für den Fall, daß der Bursche noch lebte; aber wir haben auf einen Blick gesehen, daß das nicht der Fall war. Dann fanden wir den anderen in der Küche.«

»Die Badezimmertür war von innen verschlossen?« fragte Jack.

Der Streifenpolizist kratzte sich sein breites, gespaltenes Kinn. »Tja, sicher, sie war von innen verschlossen. Sonst hätten wir sie doch nicht aufzubrechen brauchen, oder? Und sehen Sie sich das mal an. Dieses Schloß *kann* gar nicht von außen zugesperrt werden.«

Rebecca blickte ihn finster an. »Der Mörder kann also unmöglich zugesperrt haben, nachdem er Vastagliano erledigt hatte?«

»Nein«, sagte Jack und untersuchte das zertrümmerte Schloß genauer. »Sieht so aus, als hätte sich das Opfer selbst eingeschlossen, um dem, der hinter ihm her war, zu entkommen.«

»Aber es hat ihn doch erwischt«, sagte Rebecca.

»Ja.«

»In einem verschlossenen Raum?«

»Ja.«

»Wo das größte Fenster nicht mehr ist als ein schmaler Schlitz.«

»Ja.«

»Zu schmal, als daß der Mörder auf diesem Weg hätte flüchten können.«

»Viel zu schmal.«

»Wie ist es dann passiert?«

»Keine verdammte Ahnung«, sagte Jack.

Sie warf ihm einen finsteren Blick zu.

»Es gibt eine Erklärung.«

»Sicher gibt es die.«

»Eine *logische* Erklärung.«

»Natürlich.«

4

Als Penny Dawson an diesem Morgen zur Schule kam, passierte etwas Schlimmes.

Die Wellton-Privatschule befand sich in einem großen dreistöckigen Sandsteingebäude an einer gepflegten, von Bäumen gesäumten Straße in einer recht achtbaren Gegend. Das Erdgeschoß war zu einem Musiksaal mit perfekter Akustik und einer kleinen Turnhalle umgestaltet worden. Der erste Stock beherbergte die Klassenräume für die Klassen eins bis drei, während die vierten bis sechsten Klassen im zweiten Stock unterrichtet wurden. Im dritten Stock befanden sich die Büros und das Archiv.

Penny besuchte als Sechstkläßlerin den Unterricht im zweiten Stock. Hier, im Trubel der etwas überheizten Garderobe, passierte es.

Um diese Zeit, kurz vor Unterrichtsbeginn, war die Garderobe voller schwatzender Kinder, die sich aus dicken Mänteln, Stiefeln und Überschuhen schälten. An diesem Morgen war zwar kein Schnee gefallen, aber der Wetterbericht sagte für den Nachmittag Niederschläge voraus, und alle waren entsprechend angezogen.

Schnee, der erste Schnee in diesem Jahr! Auch wenn die Stadtkinder keine Felder, Hügel und Wälder hatten, wo sie Ski oder Schlitten fahren konnten, war der erste Schnee des Jahres doch ein magisches Ereignis. Und die Aussicht auf einen Schneesturm steigerte die übliche morgendliche Aufregung noch.

Peggy stand mit dem Rücken zu dem aufgeregten Treiben, zog sich gerade die Handschuhe aus und nahm dann den langen Wollschal ab, als sie bemerkte, daß die Tür ihres hohen, schmalen Metallspinds unten eingedellt und an einem Rand leicht nach außen gebogen war, als hätte jemand versucht, sie aufzustemmen. Bei näherem Hinsehen stellte sie fest, daß auch das Kombinationsschloß kaputt war.

Stirnrunzelnd öffnete sie die Tür – und wich überrascht zurück, als ihr eine Papierlawine vor die Füße fiel. Sie hatte ihren Spind sauber und ordentlich zurückgelassen. Jetzt war alles wie Kraut und Rüben durcheinandergeworfen. Schlimmer noch, jedes einzelne ihrer Bücher war auseinandergerissen und die Seiten herausgetrennt worden; einige Seiten waren auch zerfetzt und einige zerknüllt. Ihr gelber, linierter Block war zu einem Haufen Konfetti zerschnipselt. Ihre Bleistifte waren in kleine Stücke zerbrochen.

Ihr Taschenrechner war zertrümmert.

Mehrere Kinder standen nahe genug, um zu sehen, was da aus ihrem Spind gefallen war. Der Anblick dieser Zerstörung erschreckte sie und ließ sie verstummen.

Wie betäubt kauerte Penny sich nieder, griff in den unteren Teil des Spinds und holte einiges Gerümpel heraus, bis sie schließlich auf ihr Klarinettenetui stieß. Sie hatte das Instrument am Abend zuvor nicht mit nach Hause genommen, weil sie einen langen Aufsatz schreiben mußte und keine Zeit zum Üben gehabt hatte. Die Schnappschlösser an dem schwarzen Kasten waren aufgebrochen.

Sie wagte nicht, hineinzuschauen.

Sally Wrather, Pennys beste Freundin, beugte sich zu ihr nieder. »Was ist passiert?«

»Ich weiß es nicht.«

»Du warst es nicht?«

»Natürlich nicht. Ich ... ich fürchte, meine Klarinette ist kaputt.«

»Wer würde denn so was machen? Das ist doch richtig gemein.«

Zögernd öffnete Penny den beschädigten Klarinettenkasten. Die Silberklappen waren abgerissen. Außerdem war das Instrument in zwei Teile zerbrochen.

Sally legte eine Hand auf Pennys Schulter.

Penny starrte die Klarinette an, sie hätte am liebsten geweint, nicht, weil sie zerbrochen war (obwohl das schlimm genug war), sondern weil sie sich fragte, ob jemand sie kaputtgemacht hatte, um ihr damit zu sagen, daß sie hier nicht erwünscht war.

In der Wellton-Schule waren sie und Davey die einzigen, die sich eines Vaters rühmen konnten, der Polizist war. Die anderen Kinder waren Sprößlinge von Anwälten, Ärzten, Geschäftsleuten, Zahnärzten, Börsenmaklern und Werbemanagern. Einige der Schüler hatten die snobistische Einstellung ihrer Eltern übernommen und fanden, daß die Kinder eines Bullen in einer teuren Privatschule wie Wellton eigentlich nichts zu suchen hatten. Glücklicherweise gab es von dieser Sorte nicht viele. Den meisten Kindern war es egal, womit sich Jack Dawson sein Brot verdiente, und es gab sogar ein paar, die es toll, aufregend und besser fanden, das Kind eines Polizisten zu sein, als einen Bankier oder einen Buchhalter zum Vater zu haben.

Inzwischen hatten alle in der Garderobe mitbekommen, daß da etwas Schlimmes passiert war, und alle waren verstummt.

Penny stand auf, drehte sich um und musterte sie der Reihe nach.

Hatte einer von den Snobs ihren Spind demoliert?

Sie entdeckte zwei der schlimmsten – zwei Mädchen aus der sechsten Klasse, Sissy Johansen und Cara Wallace –, und plötzlich hätte sie sie am liebsten gepackt, sie geschüttelt und ihnen ins Gesicht geschrien, was in ihr vorging, damit sie endlich begriffen.

›Ich habe nicht darum gebeten, in eure verdammte Schule kommen zu dürfen. Mein Dad kann sich das auch nur leisten, weil das Versicherungsgeld meiner Mutter und die Abfindung von dem Krankenhaus da war, wo sie sie getötet haben. Glaubt ihr, ich wollte, daß meine Mutter stirbt, nur damit ich nach Wellton kann? Mein Gott! Heiliger Gott! Glaubt ihr denn, ich würde Wellton nicht sofort aufgeben, wenn ich dafür meine Mutter wiederkriegen könnte? Ihr schleimigen, rotzfressenden Erzreaktionäre! Glaubt ihr denn, um Himmels willen, daß ich froh bin, daß meine Mutter tot ist? Ihr blöden Kriecher! Was ist bloß los mit euch?‹

Aber sie schrie nicht.

Sie weinte auch nicht.

Ein paar Sekunden später war sie froh, daß sie die Mädchen nicht angefaucht hatte, denn sie begriff allmählich, daß nicht einmal Sissy und Cara, so boshaft sie manchmal sein konnten, zu einer solchen Dreistigkeit und Gemeinheit wie der Verwüstung ihres Spinds und der Zerstörung ihrer Klarinette fähig waren. Nein. Das war weder Sissy noch Cara, noch einer von den anderen Snobs gewesen.

Aber wenn nicht sie... wer dann?

Ein Junge hatte sich vor Pennys Spind gehockt und kramte in dem Verhau herum. Jetzt stand er auf und hielt einen Packen übel zugerichteter Seiten aus ihren Schulbüchern in der Hand. »He, seht euch das an. Das Zeug ist nicht nur zerrissen. Sieht ganz so aus, als ob es jemand *angefressen* hätte.«

»Angefressen?« fragte Sally Wrather.

»Seht ihr diese Spuren von kleinen Zähnen?«

Penny sah sie.

»Wer sollte denn wohl Bücher anfressen?« fragte Sally.

Spuren von Zähnen, dachte Penny.

»Ratten«, sagte der Junge.

Wie die Löcher in Daveys Plastikbaseballschläger.

»Ratten?« sagte Sally und schnitt eine Grimasse. »Oh, pfui Teufel.«

Letzte Nacht. Das Ding unter dem Bett.

»Ratten...«

Das Wort flog durch den Raum.

Ein paar Mädchen kreischten hysterisch.

Mehrere Kinder schlüpften aus der Garderobe, um den Lehrern zu erzählen, was geschehen war.

Ratten.

Aber Penny wußte, daß es keine Ratte gewesen war, die ihr den Badeballschläger aus der Hand gerissen hatte. Es war... etwas anderes gewesen.

Ebensowenig hatte eine Ratte ihre Klarinette zerbrochen. Etwas anderes.

Aber was?

5

Jack und Rebecca fanden Nevetski und Blaine unten in Vincent Vastaglianos Arbeitszimmer. Sie durchsuchten gerade die Schubladen und Fächer eines Sheraton-Schreibtischs und eine Wand voll kunstvoll geschnitzter Eichenvitrinen.

Roy Nevetski sah aus wie ein Englischlehrer an der High School circa 1955. Weißes Hemd. Ansteckfliege. Grauer Pullover mit V-Ausschnitt.

Im Gegensatz dazu wirkte Nevetskis Partner Carl Blaine wie ein Schläger. Nevetski war eher schmal, aber Blaine war untersetzt, mit breitem Brustkorb, mächtigen Schultern und einem Stiernacken. Roy Nevetskis Gesicht schien Intelligenz und Empfindsamkeit auszustrahlen, Blaine hingegen wirkte ungefähr so empfindsam wie ein Gorilla.

»Bleibt uns bloß aus dem Weg«, schnaubte Nevetski gereizt. »Wir werden jeden Spalt und jede Ritze in dieser verdammten Hütte durchwühlen. Wir gehen erst weg, wenn wir gefunden haben, was wir suchen.« Er hatte eine überraschend harte Stimme, ganz tief, mit metallisch kratzenden Tönen, wie eine kaputte Maschine. »Also, haltet euch zurück.«

»Eigentlich«, sagte Rebecca, »seid ihr, nachdem Vastagliano jetzt tot ist, doch wohl ziemlich aus der Sache raus.«

Jack zuckte bei dieser Unverblümtheit und der nur allzu vertrauten Kaltschnäuzigkeit zusammen.

»Langsam, langsam, langsam«, sagte er schnell und beschwichtigend. »Wir haben hier alle Platz. Selbstverständlich.«

Rebecca warf ihm einen giftigen Blick zu.

Er tat, als sähe er ihn nicht. Er konnte sehr gut so tun, als sähe er die Blicke nicht, die sie ihm zuwarf. Er hatte genügend Übung darin.

Zu Nevetski sagte Rebecca: »Es besteht kein Grund, das Haus in einen Schweinestall zu verwandeln.«

»Vastagliano ist so tot, daß ihm das egal ist«, entgegnete Nevetski.

»Ihr macht es Jack und mir nur schwerer, wenn wir das ganze Zeug selbst durchsuchen müssen.«

»Hören Sie«, sagte Nevetski, »ich hab's eilig. Außerdem gibt es, wenn ich so 'ne Suchaktion mache, keinen Scheißgrund, daß jemand noch mal hinter mir hersucht. Ich übersehe nie was.«

»Sie müssen Roy entschuldigen«, sagte Carl Blaine, in Tonfall und Gestik ebenso beschwichtigend wie Jack. »Er meint es nicht so.«

»So wie er sich aufführt«, sagte Rebecca, »könnte man fast meinen, er hätte seine Tage.«

Nevetski funkelte sie wütend an.

›Es gibt nichts Schöneres als den Kameradschaftsgeist bei der Polizei‹, dachte Jack.

Blaine sagte: »Es ist ja nur, weil wir Vastagliano streng überwachten, als er getötet wurde.«

»Wohl doch nicht streng genug«, meinte Rebecca.

»So was kommt in den besten Familien vor«, sagte Jack und wünschte gleichzeitig, er hätte den Mund gehalten.

»Irgendwie«, erklärte Blaine, »ist der Mörder an uns vorbei sowohl rein- wie rausgekommen. Wir haben nichts von ihm gesehen.«

»Gibt verdammt noch mal keinen Sinn«, sagte Nevetski und knallte wütend eine Schreibtischlade zu.

»Die Parker sahen wir gegen zwanzig nach sieben hier reingehen«, sagte Blaine, »'ne Viertelstunde später fuhr der erste Schwarzweiße vor. Da erfuhren wir erst, daß jemand Vastagliano das Licht ausgeblasen hat. Ganz schön peinlich. Der Captain wird uns was erzählen.«

»Verdammt, der Alte schneidet uns die Eier ab und macht Christbaumkugeln draus.«

Blaine nickte zustimmend. »Wäre schon gut, wenn wir

Vastaglianos Geschäftsunterlagen finden und die Namen seiner Partner und Kunden auftreiben könnten, vielleicht sogar genügend Indizien sammeln, um einen von den Drahtziehern zu verhaften.«

»Dann könnten wir sogar noch als Helden aus der Sache rauskommen«, sagte Nevetski, »aber im Moment wäre ich schon zufrieden, wenn ich meinen Kopf aus der Scheiße rauskriegte, ehe ich drin ersticke.«

Rebeccas Gesicht drückte tiefe Mißbilligung über Nevetskis obszöne Redeweise aus.

Jack betete zu Gott, daß sie Nevetski nicht wegen seiner dreckigen Sprache rüffeln würde.

Sie fragte: »Dieser Vincent Vastagliano war also im Drogenhandel?«

»Verkauft MacDonalds Hamburger?« fragte Nevetski zurück.

»Er gehörte zur Carramazza-Familie«, erklärte Blaine.

Von den fünf Mafia-Familien, die das Glücksspiel, die Prostitution und andere illegale Geschäftszweige in New York kontrollierten, waren die Carramazzas die mächtigsten.

»Ja«, sagte Blaine, »Vastagliano war der Neffe von Gennaro Carramazza persönlich. Sein Onkel Gennaro hatte ihm die Gucci-Clique zugeteilt.«

»Die was?« fragte Jack.

»Die feinste Kundschaft im Drogengeschäft«, erklärte Blaine.« »Die Leute, die zwanzig Paar Gucci-Schuhe im Schrank stehen haben.«

Nevetski sagte: »Vastagliano hat keinen Shit an Schulkinder verkauft. Sein Onkel hätte nicht zugelassen, daß er so was Mieses macht. Vince gab sich nur mit dem Showgeschäft und mit Leuten aus der besten Gesellschaft ab. Hochgestochene Snobiety.«

»Nicht etwa, daß Vince Vastagliano dazugehört hätte«, fügte Blaine schnell hinzu. »Er war nichts weiter als ein billiger Ganove, der sich nur deshalb in den richtigen Kreisen bewegte, weil er den Zucker besorgen konnte, hinter dem einige von diesen Limousinentypen her waren.«

»Er war ein Dreckskerl«, sagte Nevetski. »Dieses Haus, die ganzen Antiquitäten, das war nicht *er*. Das war nur so eine Fassade, die er einfach für notwendig hielt, wenn er der Bonbonverkäufer für den Jet-set sein wollte.«

»Wir sind schon lange hinter Vastagliano her«, fuhr er fort. »Wir hatten ihn auf dem Kieker. Er schien ein schwaches Glied zu sein. Der Rest der Carramazza-Familie ist so diszipliniert wie das Scheiß-Marine-Corps. Aber Vince trank zuviel, hurte zuviel rum, rauchte zuviel Pot und nahm gelegentlich sogar Kokain.«

Blaine sagte: »Wir dachten, wenn wir ihm was anhängen, genügend Material sammeln könnten, um ihm 'ne Gefängnisstrafe zu garantieren, würde er klein beigeben und uns helfen, anstatt den harten Burschen zu markieren. Wir glaubten, wir könnten über ihn endlich ein paar von den Klugscheißern vom harten Kern der Carramazza-Organisation in die Finger kriegen.«

»Das Ding ist geplatzt«, sagte Rebecca. »Das ist aus und vorbei. Warum kümmert sich also nicht jeder um seinen Kram, und ihr überlaßt die Sache uns?«

Nevetski warf ihr seinen patentierten Zornesblick zu.

Selbst Blaine sah so aus, als würde jetzt auch er auf sie losgehen.

Jack sagte: »Laßt euch Zeit. Sucht, was ihr braucht. Ihr stört uns nicht. Wir haben hier auch so noch 'ne Menge zu tun. Komm, Rebecca. Mal sehen, was uns die Leute von der Leichenbeschau zu erzählen haben.«

Widerstrebend ging Rebecca in die Halle hinaus.

Ehe Jack ihr folgte, blieb er an der Tür stehen und schaute zu Nevetski und Blaine zurück. »Ist euch an der Sache irgendwas Ungewöhnliches aufgefallen?«

»Zum Beispiel?« fragte Nevetski.

»Irgendwas«, sagte Jack. »Irgendwas, das aus dem

Rahmen fällt, irgendwas Sonderbares, Unheimliches, Unerklärliches.«

»Ich kann nicht erklären, wie zum Teufel der Killer hier reinkam«, sagte Nevetski gereizt. »Das ist verdammt sonderbar.«

»Sonst noch was?« fragte Jack weiter. »Irgendwas, was euch auf die Idee bringt, daß das hier mehr als nur ein gewöhnlicher Mord im Drogenmilieu ist?«

Sie sahen ihn verständnislos an.

Er sagte: »Gut, was ist mit dieser Frau, Vastaglianos Freundin oder was immer sie ist...«

»Shelly Parker«, sagte Blaine. »Sie wartet im Wohnzimmer, wenn Sie mit ihr sprechen wollen.«

»Haben Sie schon mit ihr gesprochen?« fragte Jack.

»Ein wenig«, antwortete Blaine. »Sehr gesprächig ist sie nicht.«

»Eine richtige Schlampe, mehr nicht«, sagte Nevetski.

»Nicht sonderlich gesprächig«, sagte Blaine.

»Eine wenig kooperative Schlampe. Aber ein tolles Weib.«

Jack fragte: »Hat sie mal einen Haitianer erwähnt?«

»Einen was?«

»Meinen Sie... jemanden aus Haiti? Von der Insel?«

»Von der Insel«, bestätigte Jack.

»Nein«, antwortete Blaine. »Von einem Haitianer hat sie nichts gesagt.«

»Ein Bursche namens Lavelle«, erklärte Jack. »Baba Lavelle.«

»Baba?« fragte Blaine.

»Hört sich an wie ein Clown«, sagte Nevetski.

»Hat Shelly Parker ihn erwähnt?«

»Nein.«

»Wie paßt dieser Lavelle da rein?«

Darauf antwortete Jack nicht. Statt dessen erklärte er: »Hört mal, hat Miß Parker euch was erzählt über... na ja, hat sie was erzählt, das euch irgendwie *sonderbar* vorkam?«

Nevetski und Blaine sahen ihn stirnrunzelnd an.

»Wie meinen Sie das?« fragte Blaine.

Gestern hatten sie das zweite Opfer gefunden: einen Schwarzen namens Freeman Coleson, einen Drogenhändler mittlerer Größenordnung, der siebzig oder achtzig Straßendealer in einem Bezirk in Manhattan belieferte, den ihm die Carramazza-Familie übertragen hatte, welche als Arbeitgeber allen die gleichen Chancen bot, um böses Blut und Rassenkämpfe in der New Yorker Unterwelt zu vermeiden. Coleson war tot aufgefunden worden, aus mehr als hundert kleinen Stichwunden blutend, genau wie das erste Opfer am Sonntagabend. Sein Bruder Darl Coleson hatte völlig durchgedreht und war so nervös gewesen, daß ihm der Schweiß in Strömen herunterlief. Er hatte Jack und Rebecca eine Geschichte über einen Haitianer erzählt, der versuchte, den Kokain- und Heroinhandel unter seine Kontrolle zu bringen. Es war die wildeste Geschichte, die Jack je gehört hatte, aber Darl Coleson hatte ganz offensichtlich jedes Wort davon geglaubt.

Wenn Shelly Parker Nevetski und Blaine etwas Ähnliches erzählt hätte, hätten sie das nicht vergessen. Sie hätten nicht zu fragen brauchen, was er mit ›sonderbar‹ eigentlich meinte.

Jack zögerte. Dann schüttelte er den Kopf. »Schon gut. Ist auch gar nicht so wichtig.«

6

Letzte Woche, am Donnerstagabend, bei der zweimal im Monat stattfindenden Pokerpartie, an der Jack seit mehr als acht Jahren teilnahm, war er in die Situation gekommen, Rebecca verteidigen zu müssen. Während einer Spielpause hatten die anderen Spieler – Al Dufresne,

Witt Yardman und Phil Abrahams – sich den Mund über sie zerrissen.

»Ich verstehe nicht, wie du es mit ihr aushältst, Jack«, sagte Witt.

»Sie ist richtig kalt«, sagte Al.

»Direkt eine Eisjungfrau«, sagte Phil.

Während Al geschäftig die Karten schnalzen ließ, ergingen sich die Männer in weiteren Beschimpfungen.

Schließlich sagte Jack: »Ach, so schlimm ist sie gar nicht, wenn man sie genauer kennt.«

»Die entmannt jeden«, meinte Al.

»Hört mal«, sagte Jack. »Wenn sie ein Mann wäre, würdet ihr sagen, sie ist einfach ein abgebrühter Bulle, und ihr würdet sie deshalb irgendwie sogar bewundern. Aber weil sie ein abgebrühter *weiblicher* Bulle ist, sagt ihr, sie ist ein eiskaltes Biest.«

»Die schneidet jedem die Eier ab, das sieht man auf hundert Meter gegen den Wind«, sagte Al.

»Sie hat durchaus ihre guten Seiten«, widersprach Jack.

»Ja?« zweifelte Phil Abrahams. »Welche denn?«

»Sie beobachtet scharf.«

»Das tut ein Geier auch.«

»Sie hat Grips. Sie ist tüchtig«, sagte Jack.

»Das war Mussolini auch. Er hat dafür gesorgt, daß die Züge pünktlich fuhren.«

Jack sagte: »Und sie würde ihren Partner nie im Stich lassen, wenn es draußen auf der Straße mal brenzlig wird.«

»Verdammt, *kein* Bulle würde seinen Partner im Stich lassen«, sagte Al.

»Einige schon«, meinte Jack.

»Verdammt wenige. Und wenn, dann bleiben sie nicht lange Bullen.«

»Sie arbeitet hart«, sagte Jack. »Und sie hat's nicht gerade leicht.«

»Okay, okay«, sagte Witt. »Ihre Arbeit macht sie vielleicht ganz gut. Aber warum kann sie dabei nicht auch ein Mensch sein?«

»Ich glaube, ich habe sie noch nie lachen hören«, meinte Phil.

»Wo ist ihr Herz?« fragte Al. »Hat sie denn kein Herz?«

»Doch, sicher«, sagte Witt. »Ein kleines Steinherz.«

»Na schön«, sagte Jack. »Ich glaube, Rebecca ist mir als Partner lieber als einer von euch geschniegelten Lackaffen.«

»Tatsächlich?«

»Ja. Sie ist empfindsamer, als ihr ihr zutraut.«

»Oho! *Empfindsam!*«

»Jetzt kommt's raus!«

»Er spielt nicht nur den Kavalier!«

»Er ist *vergafft* in sie.«

»Die schneidet dir die Eier ab und trägt sie als Halskette, Kumpel.«

»So, wie er aussieht, hat sie das wohl schon gemacht.«

Jack wehrte sich: »Hört mal, Jungs, zwischen Rebecca und mir ist nichts, außer...«

Er wußte, daß es keinen Sinn hatte zu widersprechen. Seine Beteuerungen würden sie nur amüsieren und erst recht reizen. Er lächelte und ließ die Welle gutmütiger Schmähungen über sich hinwegrollen, bis sie das Spiel schließlich leid waren.

Irgendwann sagte er: »Na schön, ihr habt euren Spaß gehabt. Aber ich will nicht, daß daraus irgendwelche dummen Gerüchte entstehen. Ich möchte klarstellen, daß zwischen Rebecca und mir nichts ist. Ich glaube, daß sie unter ihrer dicken Haut ein wirklich empfindsamer Mensch ist. Hinter dieser Pose der kalten Unnahbarkeit, um die sie sich so bemüht, verstecken sich Wärme und Zärtlichkeit. Das glaube ich, aber ich weiß es nicht aus persönlicher Erfahrung. Verstanden?«

»Vielleicht ist wirklich nichts zwischen euch beiden«, sagte Phil, »aber so, wie dir die Zunge raushängt, wenn du von ihr redest, wünschst du dir ganz offensichtlich, daß es anders wäre.«

»Ja«, sagte Al, »du sabberst ja richtig, wenn du von ihr redest.«

Die Neckerei begann wieder von vorne, aber diesmal kamen sie der Wahrheit viel näher als vorher. Jack wußte nicht aus eigener Erfahrung, daß Rebecca ein empfindsamer, besonderer Mensch war, aber er spürte es, und er wollte ihr näherkommen. Er hätte fast alles darum gegeben, mit ihr zusammenzusein, nicht nur in ihrer Nähe – in ihrer Nähe war er seit fast zehn Monaten fünf oder sechs Tage in der Woche –, sondern wirklich *mit* ihr *zusammen*, und ihre innersten Gedanken zu teilen, die sie immer eifersüchtig hütete.

Hin und wieder, selten, nicht mehr als einmal in der Woche, gab es einen unbewachten Augenblick, ein paar Sekunden, da öffnete sich ihre harte Schale ein wenig und ließ ihn hinter dem bekannten, kalten Äußeren ganz kurz eine zweite, ganz andere Rebecca sehen, jemanden, der verletzlich und einmalig war, den kennenzulernen sich lohnte und den man vielleicht festhalten sollte. *Das* faszinierte Jack Dawson: dieser kurze Augenblick der Wärme und Zärtlichkeit, dieses helle Leuchten, das sie immer sofort abschaltete, wenn sie bemerkte, daß sie es durch ihre strenge Maske hatte schlüpfen lassen.

Jetzt, weniger als eine Woche später, wußte Jack, was unter der Maske lag. Er wußte es aus persönlicher Erfahrung. Aus *sehr* persönlicher Erfahrung. Und was er gefunden hatte, war noch aufregender, anziehender, einzigartiger als das, was er zu finden gehofft hatte. Sie war wundervoll.

Aber an diesem Morgen war nicht die geringste Spur der anderen Rebecca zu sehen, es gab nicht die leiseste Andeutung, daß sie mehr war als die kalte, abweisende Amazone, die sie mit solchem Eifer darstellte.

Es war, als hätte es die vergangene Nacht nie gegeben.

In der Halle vor dem Arbeitszimmer, wo Nevetski und Blaine immer noch nach Beweisen suchten, sagte sie: »Ich habe gehört, was du sie gefragt hast – nach dem Haitianer.«

»Und?«

»Oh, um Himmels willen, Jack!«

»Tja, Baba Lavelle ist doch bisher unser einziger Verdächtiger.«

»Es stört mich nicht, daß du nach ihm gefragt hast«, sagte sie. »Nur die Art, *wie* du gefragt hast.«

»Ich habe englisch gesprochen, oder nicht?«

»Jack...«

»War ich nicht höflich genug?«

»Jack...«

»Ich verstehe eben einfach nicht, was du meinst.«

»Doch, du verstehst.« Sie äffte ihn nach, tat so, als spräche sie mit Nevetski und Blaine: »Ist euch an der Sache etwas *Ungewöhnliches* aufgefallen? Irgendwas, was aus dem Rahmen fällt? Etwas *Sonderbares?* Etwas *Unheimliches?*«

»Ich habe nur einen Anhaltspunkt verfolgt«, verteidigte er sich.

»So wie gestern, als du den halben Nachmittag in der Bücherei vertrödelt und dich über Voodoo informiert hast.«

»Wir waren nicht mal eine Stunde in der Bibliothek.«

»Und dann sind wir nach Harlem rausgefahren, damit du dich mit diesem Hexenmeister unterhalten konntest.«

»Er ist kein Hexenmeister.«

»Dieser *Irre.*«

»Carver Hampton ist kein Irrer«, sagte Jack.

»Ein richtiger Irrer«, beharrte sie.

»In dem Buch stand ein Artikel über ihn.«

»Auch wenn über ihn in einem Buch geschrieben wird, macht ihn das nicht automatisch respektabel.«

»Er ist ein Priester.«

»Das ist er nicht. Er ist ein Betrüger.«

»Er ist ein Voodoo-Priester, der nur weiße Magie, gute Magie praktiziert. Ein *Houngon.* So nennt er sich jedenfalls.«

»Ich kann behaupten, daß ich ein Obstbaum bin, aber deshalb brauchst du nicht zu erwarten, daß mir Äpfel an den Ohren wachsen«, sagte sie. »Hampton ist ein Scharlatan. Nimmt Leichtgläubige aus.«

»Seine Religion mag vielleicht exotisch erscheinen...«

»Sie ist albern. Der Laden, den er da führt! Jesus. Er verkauft Kräuter und Flaschen mit Ziegenblut, Amulette und Zaubersprüche und lauter solchen Unsinn...«

»Für ihn ist es kein Unsinn. Er glaubt daran.«

»Weil er verrückt ist.«

»Du mußt dich entscheiden, Rebecca. Entweder ist Carver Hampton verrückt oder ein Betrüger. Ich glaube nicht, daß du beides haben kannst.«

»Na schön. Vielleicht hat dieser Baba Lavelle tatsächlich alle vier Opfer getötet.«

»Er ist bisher unser einziger Verdächtiger.«

»Aber er hat es nicht mit Voodoo gemacht. So etwas wie schwarze Magie gibt es nicht. Er hat sie erstochen, Jack. Er hat Blut an den Händen, genau wie jeder andere Mörder.

»Der Leichenbeschauer sagt, die Waffe, die bei diesen beiden ersten Morden verwendet wurde, kann nicht größer als ein Taschenmesser gewesen sein.«

»Na schön. Dann war es eben ein Taschenmesser.«

»Rebecca, das ergibt doch keinen Sinn.«

»Mord ergibt nie einen Sinn.«

»Welcher Mörder geht denn, um Himmels willen, mit einem Taschenmesser auf seine Opfer los?«

»Ein Irrer.«

»Geistesgestörte Mörder bevorzugen gewöhnlich dramatische Waffen – Schlachtermesser, Beile, Schrotflinten...«

»Im Kino vielleicht.«

»In der Wirklichkeit auch. Und wie überwältigt er sie? Wenn er nur ein Taschenmesser hat, warum können seine Opfer sich dann nicht gegen ihn wehren oder flüchten?«

»Es gibt eine Erklärung«, sagte sie stur. »Und wir werden sie finden.«

Im Haus war es warm, und es wurde immer wärmer. Jack zog seinen Mantel aus.

Rebecca ließ den ihren an. Die Hitze schien ihr nicht mehr auszumachen als die Kälte.

»Und in allen Fällen«, sagte Jack, »hat das Opfer versucht, sich gegen seinen Angreifer zu wehren. Es gab immer Anzeichen für einen heftigen Kampf. Und doch scheint es keinem der Opfer gelungen zu sein, seinen Angreifer zu verletzen; es war nie Blut zu sehen – außer dem des Opfers. Das ist verdammt sonderbar. Und was ist mit Vastagliano – der in einem verschlossenen Badezimmer ermordet wurde?«

Sie starrte ihn plötzlich an, antwortete aber nicht.

»Paß auf, Rebecca, ich will nicht sagen, daß es Voodoo oder sonst etwas auch nur im mindesten Übernatürliches ist. Ich bin nicht besonders abergläubisch. Ich will nur sagen, daß diese Morde das Werk von jemandem sein könnten, der an Voodoo glaubt, daß sie etwas Ritualistisches an sich haben könnten. Der Zustand der Leichen weist bestimmt in diese Richtung. Ich habe nicht behauptet, daß Voodoo funktioniert, ich will damit nur andeuten, daß der Killer vielleicht *glaubt*, daß es funktioniert, und sein Glaube an Voodoo könnte uns zu ihm führen und uns Material verschaffen, das wir brauchen, um ihn zu überführen.«

Sie schüttelte den Kopf. »Jack, ich weiß, daß du so einen bestimmten Zug an dir hast.«

»Und was für ein Zug soll das sein?«

»Nennen wir es mal – ›übermäßige Aufgeschlossenheit‹.«

»Wie kann man ›übermäßig aufgeschlossen‹ sein? Das ist, als wäre man *zu* aufrichtig.«

»Als Darl Coleson sagte, daß dieser Baba Lavelle den Drogenhandel unter seine Kontrolle bringen wolle, indem er Voodooverwünschungen anwendet, um seine Konkurrenten zu töten, da hast du zugehört... nun... du hast zugehört wie ein Kind, du warst ganz gebannt.«

»Das stimmt nicht.«

»Doch. Und ehe ich mich's versehe, sind wir unterwegs nach Harlem zu einem Voodoo-Laden!«

»Wenn dieser Baba Lavelle sich wirklich für Voodoo interessiert, dann ist es durchaus sinnvoll, davon auszugehen, daß jemand wie Carver Hampton ihn kennen oder in der Lage sein könnte, für uns etwas über ihn herauszufinden.«

»Ein Verrückter wie Hampton kann uns überhaupt nicht helfen. Glaubst du an Geister, Jack?«

»Du meinst, ob ich an ein Leben nach dem Tode glaube?«

»An Geister.«

»Ich weiß es nicht. Vielleicht. Vielleicht auch nicht. Wer kann das sagen?«

»*Ich* kann es sagen. Ich glaube nicht an Geister. Aber deine Ausflüchte beweisen mir, daß ich recht habe.«

»Rebecca, es gibt Millionen von völlig normalen, achtbaren, intelligenten Menschen mit klarem Verstand, die an ein Leben nach dem Tode glauben.«

»Ein Detektiv hat vieles mit einem Wissenschaftler gemeinsam«, sagte sie. »Er muß logisch denken.«

»Aber er braucht doch in Gottes Namen kein *Atheist* zu sein!«

Ohne seinen Einwurf zu beachten sagte sie: »Logik ist das beste Werkzeug, das wir haben.«

»Ich sage doch nur, daß wir etwas Sonderbarem auf der Spur sind. Und da der Bruder eines der Opfer glaubt, daß Voodoo mit hineinspielt –«

»Ein guter Kriminalbeamter muß vernünftig und systematisch vorgehen.«

»... sollten wir die Sache verfolgen, auch wenn es lächerlich scheint.«

»Ein guter Detektiv muß unsentimental und realistisch sein.«

»Ein guter Detektiv muß auch phantasievoll und flexibel sein«, konterte er. Dann fragte er, unvermittelt das Thema wechselnd: »Rebecca, was ist mit gestern nacht?«

Sie bekam einen roten Kopf. Dann wich sie aus: »Wir sollten uns mit der Parker unterhalten«, und wollte sich von ihm abwenden.

Er packte sie am Arm und hielt sie zurück. »Ich dachte, daß letzte Nacht etwas ganz Besonderes geschehen ist.«

Sie antwortete nicht.

»Habe ich es mir nur eingebildet?« fragte er.

»Wir wollen jetzt nicht darüber sprechen.«

»War es wirklich so furchtbar für dich?«

»Später«, sagte sie.

»Warum behandelst du mich so?«

Sie wollte ihm nicht in die Augen schauen; das war ungewöhnlich für sie. »Es ist ein wenig kompliziert, Jack.«

»Ich meine, wir sollten darüber reden.«

»Später«, sagte sie. »Bitte.«

»Wann?«

»Wenn wir Zeit dazu haben.«

»Wann wird das sein?« beharrte er.

»Wenn wir Zeit zum Mittagessen haben, dann könnten wir darüber reden.«

»Wir werden uns die Zeit nehmen.«

»Komm, wir haben zu tun«, sagte sie und entzog sich ihm. Diesmal ließ er sie gehen.

Sie ging eilig auf das Wohnzimmer zu, wo Shelly Parker wartete.

Er folgte ihr und überlegte dabei, worauf er sich da eigentlich eingelassen hatte, als er mit dieser anstrengenden Frau eine intime Beziehung anfing. Vielleicht war sie selbst verrückt. Vielleicht war sie all den Ärger, den sie ihm machte, gar nicht wert. Vielleicht würde sie ihm nur weh tun, und vielleicht würde er irgendwann den Tag verwünschen, an dem er sie kennengelernt hatte.

Aber, wie Nevetski sagen würde: ›Zum Teufel damit.‹

Er würde nicht einen anderen Partner anfordern.

So leicht gab er nicht auf.

Außerdem hatte er das Gefühl, irgendwie verliebt zu sein.

Kapitel zwei

1

Sie verhörten Vince Vastaglianos Freundin seit fünfzehn Minuten. Nevetski hatte recht. Sie war ein wenig kooperatives Biest.

Jack hockte auf dem Rand eines Queen-Anne-Stuhls, beugte sich vor und sprach endlich den Namen aus, den Darl Coleson ihm gestern genannt hatte. »Kennen Sie einen Mann namens Baba Lavelle?«

Shelly Parker blickte ihn an, dann schaute sie schnell auf ihre Hände hinunter, die ein Glas Scotch umklammerten, aber in diesem unbewachten Moment sah er die Antwort in ihren Augen.

»Ich kenne niemanden, der Lavelle heißt«, log sie.

Rebecca saß in einem zweiten Queen-Anne-Stuhl, die Beine übereinandergeschlagen, die Arme auf den Lehnen, sie wirkte entspannt, selbstbewußt und unendlich viel beherrschter als Shelly Parker. Sie sagte: »Vielleicht *kennen* Sie Lavelle nicht, aber gehört haben Sie vielleicht von ihm. Ist das möglich?«

»Nein«, sagte Shelly.

Jack sagte: »Passen Sie auf, Ms. Parker, wir wissen, daß Vince mit Dope handelte, und vielleicht könnten wir Ihnen im Zusammenhang damit etwas anhängen...«

»Damit hatte ich nichts zu tun!«

»...aber wir haben gar nicht vor, Ihnen irgend etwas anzuhängen...«

»Das können Sie auch nicht!«

»...wenn Sie mit uns zusammenarbeiten.«

»Sie haben nichts gegen mich in der Hand«, sagte sie.

»Wir können Ihnen das Leben sehr schwer machen.«

»Das können die Carramazzas auch. Über die sage ich kein einziges Wort.«

»Wir verlangen ja auch gar nicht, daß Sie über sie reden«, sagte Rebecca. »Sie sollen uns nur von diesem Lavelle erzählen.«

Shelly schwieg. Sie kaute nachdenklich an ihrer Unterlippe.

»Er ist Haitianer«, sagte Jack, um sie zu ermutigen.

Shelly hörte auf, an ihrer Lippe zu nagen, und lehnte sich auf dem weißen Sofa zurück. Sie versuchte, lässig zu wirken, aber es gelang ihr nicht. »Was für ein -aner ist er?«

Jack blinzelte sie an. »Wie?«

»Was für ein -aner ist dieser Lavelle?« wiederholte sie. »Japaner, Burmaner, Pakistaner... Sie sagten doch, er sei Asiat.«

»*Haitianer*. Er ist aus Haiti.«

»Ach so. Dann ist er ja gar kein -aner.«

»Überhaupt kein -aner«, stimmte Rebecca zu.

Shelly hörte offenbar die Verachtung in ihrer Stimme heraus, denn sie rutschte nervös herum, obwohl sie anscheinend nicht ganz begriff, womit sie diese Verachtung herausgefordert hatte. »Ist er ein schwarzer Kerl?«

»Ja«, sagte Jack, »und das wissen Sie ganz genau.«

»Ich treibe mich nicht mit schwarzen Kerlen rum«, sagte Shelly, hob den Kopf, straffte die Schultern und setzte eine gekränkte Miene auf.

Rebecca sagte: »Wir haben gehört, daß Lavelle den Drogenhandel unter seine Kontrolle bringen will.«

»Davon weiß ich nichts.«

Jack fragte: »Glauben Sie an Voodoo, Ms. Parker?« Rebecca seufzte gelangweilt.

Jack sah sie an und bat: »Hab Nachsicht mit mir.«

»Das ist doch sinnlos.«

»Ich verspreche dir, nicht übermäßig aufgeschlossen zu sein«, sagte Jack lächelnd. Zu Shelly Parker gewandt fragte er: »Glauben Sie an die Macht des Voodoo?«

»Natürlich nicht.«

»Ich dachte, daß Sie vielleicht deshalb nicht über Lavelle sprechen wollten – weil Sie Angst haben, er könnte Sie mit dem bösen Blick oder sonst etwas verfolgen.«

»Das ist doch alles bloß Quatsch.«

»Wirklich?«

»Das ganze Voodoo-Zeug – Quatsch.«

»Aber von Baba Lavelle haben Sie schon gehört?« fragte Jack.

»Nein, ich habe doch eben gesagt...«

»Wenn Sie nichts über Lavelle wüßten«, erklärte Jack, »wären Sie überrascht gewesen, als ich etwas so Ausgefallenes wie Voodoo erwähnte. Sie hätten mich gefragt, was zum Teufel Voodoo denn mit der ganzen Sache zu tun hätte. Aber Sie waren nicht überrascht, und das bedeutet, daß Sie etwas über Lavelle wissen.«

Shelly hob eine Hand an den Mund, steckte einen Fingernagel zwischen die Zähne und begann fast, daran zu kauen, dann zögerte sie und entschied, daß die Erleichterung, die ihr das Hineinbeißen bringen würde, es nicht lohnte, die Maniküre für vierzig Dollar zu ruinieren.

Sie sagte: »Na schön. Ich weiß von Lavelle.«

Jack blinzelte Rebecca zu. »Siehst du?«

»Nicht schlecht«, gab sie zu.

»Raffinierte Verhörtechnik«, sagte Jack. »*Fantasie*.«

Shelly fragte: »Kann ich noch 'nen Scotch haben?«

»Warten Sie, bis wir mit dem Verhör fertig sind«, sagte Rebecca.

Shelly stand vom Sofa auf, ging zur Bar, nahm eine Waterford-Karaffe und goß sich noch einen Scotch ein.

Diesmal war eigentlich nicht Rebecca schuld an der Feindseligkeit, die in der Luft lag. Sie war mit Shelly nicht so kalt und scharf umgegangen, wie es in ihrer Macht stand. Sie war sogar fast freundlich gewesen, bis Shelly mit dem Gerede über die ›-aner‹ anfing. Offenbar hatte Shelly sich jedoch mit Rebecca verglichen und war zu der

Ansicht gelangt, daß sie nur als Zweitbeste abschnitt. Und *das* hatte die Feindseligkeit erzeugt.

Jack glaubte zu wissen, warum sie sofort eine Antipathie gegen Rebecca entwickelt hatte. Shelly war die Art Frau, die viele Männer begehrten, von der sie träumten. Rebecca war andererseits die Frau, die die Männer begehrten, von der sie träumten, *und die sie heirateten.*

Er konnte sich vorstellen, mit Shelly Parker eine heiße Woche auf den Bahamas zu verbringen, o ja. Aber nicht mehr als eine Woche. Am Ende dieser Woche würde sie ihn, trotz ihrer sexuellen Energie und ihrer zweifelsohne glänzenden Leistungen auf sexuellem Gebiet höchstwahrscheinlich langweilen. Am Ende dieser Woche wäre ein Gespräch mit Shelly wahrscheinlich weniger lohnend als ein Gespräch mit einer Steinmauer. Rebecca hingegen würde nie langweilig werden; sie war eine Frau mit unendlich vielen Facetten, bei der man endlos neue Entdekkungen machen konnte. Auch nach zwanzig Jahren Ehe würde er Rebecca sicher immer noch faszinierend finden.

Ehe? Zwanzig Jahre?

Mein Gott, hör mich nur an! dachte er erstaunt. Hat's mich erwischt, oder bin ich reingefallen?

Zu Shelly sagte er: »Und was wissen Sie denn nun über Baba Lavelle?«

Sie seufzte. »Aber ich sage nichts über die Carramazzas.«

»Nach denen fragen wir auch nicht. Nur nach Lavelle.«

»Und dann vergessen Sie mich. Ich gehe hier weg. Keine faulen Tricks, kein Festhalten als wichtige Zeugin.«

»Sie waren ja nicht dabei, als die Morde passierten. Sagen Sie uns nur, was Sie über Lavelle wissen, dann können Sie gehen.«

»Na schön. Er ist vor ein paar Monaten aus dem Nichts aufgetaucht und hat angefangen, mit Koks und Schnee zu handeln. Und nicht in kleinen Mengen. Innerhalb eines Monats hatte er ungefähr zwanzig Straßendealer organisiert, belieferte sie und machte deutlich, daß er eine Ausweitung des Geschäfts beabsichtige. Wenigstens hat Vince mir das erzählt. Aus erster Hand weiß ich es nicht, weil ich nie mit Drogen zu tun hatte.«

»Natürlich nicht.«

»Nun, in dieser Stadt dealt niemand, aber auch wirklich niemand, ohne Absprache mit Vinces Onkel. Das habe ich jedenfalls gehört.«

»Ich habe das auch gehört«, sagte Jack trocken.

»Deshalb ließen ein paar von Carramazzas Leuten Lavelle wissen, er solle mit dem Dealen aufhören, bis er sich mit der Familie geeinigt hätte. Ein freundschaftlicher Rat.«

»Wie von der Briefkastentante«, sagte Jack.

»Ja«, sagte Shelly. Sie lächelte nicht einmal. »Aber er hörte nicht auf, als man es ihm sagte. Statt dessen schickte der verrückte Neger Carramazza eine Nachricht und bot ihm an, das New Yorker Geschäft aufzuteilen, jeder sollte die Hälfte bekommen, obwohl Carramazza doch schon *alles* hat.«

»Ziemlich unverfroren von Mr. Lavelle«, sagte Rebecca.

»Es war Klugscheißerei, weiter nichts«, sagte Shelly. »Ich meine, Lavelle ist doch ein Niemand. Wer hatte denn zuvor schon irgendwas von ihm gehört? Nach dem, was Vince sagte, glaubte der alte Carramazza, Lavelle hätte die erste Botschaft einfach nicht verstanden, deshalb schickte er ein paar Burschen rüber, um sie ihm genauer zu erklären.«

»Sie wollten Lavelle die Beine brechen?« fragte Jack.

»Oder schlimmer.«

»Schlimmer wird es immer.«

»Aber mit den Boten ist etwas passiert«, sagte Shelly.

»Tot?«

»Ich bin nicht sicher. Vince glaubte wohl, sie seien einfach nicht mehr wiedergekommen.«

»Das heißt tot«, sagte Jack.

»Wahrscheinlich. Jedenfalls hat Lavelle Carramazza gewarnt, er sei so was wie ein Voodoo-Zauberdoktor, und nicht einmal die Familie könne ihm etwas anhaben. Natürlich lachten alle darüber. Und Carramazza schickte fünf von seinen besten Leuten hin, große, gemeine Schweinehunde, die wissen, wie man beobachtet, abwartet und den richtigen Moment abpaßt.«

»Und auch mit denen ist etwas passiert?« fragte Rebecca.

»Ja. Vier davon kamen nie zurück.«

»Was ist mit dem fünften?« wollte Jack wissen.

»Den hat man auf dem Gehsteig vor Gennaro Carramazzas Haus in Brooklyn Heights abgeladen. Lebend. Schlimm zerschlagen, zerkratzt, zerschnitten – aber lebend. Das Problem war nur, er hätte genausogut tot sein können.«

»Wieso?«

»Er war hinüber.«

»Was?«

»Verrückt. Tobsüchtig, völlig irre«, sagte Shelly und drehte das Scotch-Glas nervös in ihren langfingrigen Händen herum. »Nach dem, was Vince hörte, muß der Bursche mit angesehen haben, was mit den vier anderen passiert ist, und was immer es war, es hat ihn eindeutig um den Verstand gebracht, er war restlos hinüber.«

»Wie hieß er?«

»Das hat Vince nicht gesagt.«

»Wo ist er jetzt?«

»Ich nehme an, Don Carramazza hat ihn irgendwo hingebracht.«

»Und er ist immer noch ... verrückt?«

»Das nehme ich an.«

»Hat Carramazza noch ein drittes Killerkommando geschickt?«

»Soviel ich weiß, nicht. Dieser Lavelle hat dem alten Carramazza daraufhin wohl eine Botschaft geschickt:

›Wenn Sie Krieg wollen, dann können Sie ihn haben.‹ Und er hat die Familie davor gewarnt, die Macht des Voodoo zu unterschätzen.«

»Und diesmal hat keiner mehr gelacht«, sagte Jack.

»Keiner«, bestätigte Shelly.

Sie schwiegen einen Augenblick.

Jack sah sich Shelly Parkers Augen an. Sie waren nicht rot. Die Haut ringsherum war nicht verquollen. Es gab keine Anzeichen dafür, daß sie um Vince Vastagliano, ihren Liebhaber, geweint hatte.

Er fragte: »Ms. Parker, glauben Sie, daß das alles tatsächlich durch... Voodoo-Verwünschungen oder so etwas gemacht wurde?«

»Nein. Vielleicht. Verdammt, ich weiß es nicht. Nach allem, was in den letzten Tagen passiert ist, wer kann das sagen? An eines glaube ich sicher: Ich glaube, daß dieser Baba Lavelle ein raffinierter, heimtückischer und ganz übler Typ ist.«

Jetzt schaltete sich Rebecca ein: »Wir haben gestern ein wenig von seiner Geschichte gehört, vom Bruder eines weiteren Opfers. Nicht so ausführlich, wie Sie sie uns erzählt haben. Er schien nicht zu wissen, wo wir Lavelle finden können. Wissen Sie's?«

»Er hatte früher eine Wohnung im Village«, erklärte Shelly. »Aber da ist er nicht mehr. Seit das alles angefangen hat, kann ihn keiner mehr finden. Seine Straßendealer arbeiten noch für ihn und werden auch noch beliefert, das hat jedenfalls Vince gesagt, aber niemand weiß, wo Lavelle sich verkrochen hat.«

»Die Wohnung im Village, wo er mal war«, sagte Jack. »Wissen Sie zufällig die Adresse?«

»Nein. Ich habe Ihnen doch gesagt, ich habe mit diesem Drogengeschäft eigentlich nichts zu tun. Ehrlich. Ich weiß es nicht. Ich weiß nur, was Vince mir erzählt hat.«

Jack warf Rebecca einen Blick zu. »Noch was?«

»Nein.«

Zu Shelly sagte er: »Sie können gehen.«

Sie trank endlich einen Schluck Scotch, stellte das Glas ab, stand auf und zog ihren Pullover zurecht. Dann verließ sie den Raum, und sie hörten ihre Schritte im Korridor.

2

Der Leichenbeschauer, der den Fall übernommen hatte, hieß Ira Goldbloom und sah eher wie ein Schwede als wie ein Jude aus. Er war groß, mit heller Haut und so blondem Haar, daß es fast weiß wirkte; seine Augen waren blau mit vielen grauen Einsprengseln.

Jack und Rebecca fanden ihn oben im großen Schlafzimmer. Er hatte die Untersuchung der Leiche des Leibwächters in der Küche abgeschlossen, einen Blick auf Vince Vastagliano geworfen und holte gerade einige Instrumente aus seinem schwarzen Lederkoffer.

»Für einen Mann mit schwachem Magen«, sagte er, »habe ich mir den falschen Beruf ausgesucht.«

Jack sah, daß Goldbloom noch bleicher wirkte als gewöhnlich.

Rebecca sagte: »Wir glauben, daß diese beiden, der Charlie-Novello-Mord am Sonntag und der Coleson-Mord gestern etwas miteinander zu tun haben. Können Sie da eine Verbindung herstellen?«

»Vielleicht.«

»Nur vielleicht?«

»Ja, nun, es gibt da tatsächlich eine Möglichkeit, eine Beziehung herzustellen«, sagte Goldbloom. »Die Anzahl der Verletzungen... die Verstümmelung... es sind einige Ähnlichkeiten vorhanden. Aber wir müssen den Obduktionsbericht abwarten.«

Jack war überrascht. »Aber was ist mit den Wunden selbst? Stellen die kein Verbindungsglied dar?«

»Von der Anzahl her ja. Aber nicht vom Typ. Haben Sie sich die Verletzungen angesehen?«

»Auf den ersten Blick«, sagte Jack, »scheinen es irgendwelche Bisse zu sein. Rattenbisse, dachten wir.«

»Aber wir glauben, daß sie die *wirklichen* Verletzungen nur verdecken«, sagte Rebecca.

»Die Ratten kamen offensichtlich erst, nachdem die Männer schon tot waren. Richtig?« fragte Jack.

»Falsch«, widersprach Goldbloom. »Soweit ich nach einer Voruntersuchung feststellen kann, hat keines der beiden Opfer Stichverletzungen. Vielleicht ergeben sich bei Gewebeschnitten derartige Verletzungen unter einigen der Bisse, aber ich bezweifle es. Vastagliano und sein Leibwächter wurden heftig gebissen. Sie verbluteten an diesen Bissen. Dem Leibwächter wurden mindestens drei Arterien zerrissen, große Gefäße: die äußere Halsschlagader, die linke Armschlagader und die Femoralarterie am linken Oberschenkel. Vastagliano sieht noch schlimmer aus.«

Jack sagte: »Aber Ratten sind doch nicht so aggressiv, verdammt. Man wird einfach nicht in seinem eigenen Haus von Ratten überfallen.«

»Ich glaube auch nicht, daß es Ratten waren«, sagte Goldbloom. »Ich meine, ich habe schon Rattenbisse gesehen. Hin und wieder betrinkt sich ein Saufbruder in irgendeinem Durchgang und bekommt einen Herzanfall oder einen Schlaganfall direkt hinter der Mülltonne, wo ihn vielleicht zwei Tage lang niemand findet. Inzwischen gehen die Ratten dran. Daher weiß ich, wie Rattenbisse aussehen, und das hier scheint in mehreren Punkten einfach nicht dazuzupassen.«

»Könnten es... Hunde gewesen sein?« fragte Rebecca.

»Nein. Schon allein, weil die Bisse zu klein sind. Ich glaube, wir können auch Katzen ausschließen.«

»Irgendeine andere Idee?« fragte Jack.

»Nein. Es ist komisch. Vielleicht findet man bei der Obduktion etwas heraus.«

Rebecca sagte: »Wußten Sie, daß die Badezimmertür versperrt war, als die Polizisten eintrafen? Sie mußten sie aufbrechen.«

»Das habe ich gehört. Das Geheimnis des verschlossenen Zimmers«, sagte Goldbloom.

»Vielleicht ist es gar nicht so geheimnisvoll«, meinte Rebecca nachdenklich. »Wenn Vastagliano von irgendeinem Tier getötet wurde, dann war es vielleicht klein genug, um unter der Tür durchzukommen.«

Goldbloom schüttelte den Kopf. »Dazu hätte es *wirklich* klein sein müssen. Nein. Es war größer. Viel größer als der Spalt unter der Tür.«

»Wie groß, würden Sie ungefähr meinen?«

»Wie eine große Ratte.«

Rebecca überlegte einen Augenblick. Dann: »Da drin ist ein Ventil von einem Heizungsrohr. Vielleicht kam das Wesen durch das Rohr.«

»Aber über der Öffnung ist ein Gitter«, wandte Jack ein. »Und die Schlitze im Gitter sind noch schmäler als der Spalt unter der Tür.«

Rebecca machte zwei Schritte zum Bad hin, beugte sich durch die Tür und verdrehte sich den Hals, um hineinschauen zu können. Dann kam sie zurück und sagte: »Du hast recht. Und das Gitter sitzt fest an seinem Platz.«

»Und das kleine Fenster ist geschlossen.«

»Und verriegelt«, fügte Goldbloom hinzu.

Rebecca strich sich eine schimmernde Haarsträhne aus der Stirn. »Was ist mit den Abflußrohren? Könnte eine Ratte durch den Badewannenabfluß heraufkommen?«

»Nein«, sagte Goldbloom. »Nicht bei modernen Installationen.«

»Die Toilette?«

»Unwahrscheinlich.«

»Aber möglich?«

»Vorstellbar, nehme ich an. Aber wissen Sie, ich bin sicher, daß es nicht nur ein Tier war.«

»Wie viele?« wollte Rebecca wissen.

»Ich kann Ihnen unmöglich eine genaue Zahl nennen. Aber... ich würde meinen, was immer es war, es müssen mindestens... ein Dutzend gewesen sein.«

»Gütiger Himmel«, sagte Jack.

»Vielleicht zwei Dutzend. Vielleicht auch noch mehr.«

»Wieso glauben Sie das?«

»Nun ja«, meinte Goldbloom. »Vastagliano war ein großer Mann, ein kräftiger Mann. Mit ein, zwei oder auch drei Tieren von der Größe einer Ratte wäre er fertig geworden, ganz gleich, was für Wesen das waren. Ja, höchstwahrscheinlich hätte er auch ein halbes Dutzend geschafft. Sicher, er wäre ein paarmal gebissen worden, aber er hätte sich wehren können. Vielleicht hätte er nicht alle töten können, aber ein paar hätte er erledigt und die übrigen in Schach gehalten. Deshalb sieht es für mich so aus, als müßten es so viele von den Wesen gewesen sein, eine solche Horde, daß sie ihn einfach überwältigten.«

»Und Ross, der Leibwächter«, fragte Rebecca. »Glauben Sie, daß er auch von vielen angegriffen wurde?«

»Ja«, sagte Goldbloom. »Hier gilt genau das gleiche.«

Rebecca stieß als Ausdruck ihrer Frustration ihren Atem durch die zusammengebissenen Zähne. »Damit ist das verschlossene Badezimmer noch schwieriger zu erklären. Nach allem, was ich gesehen habe, sind Vastagliano und sein Leibwächter offenbar beide in der Küche gewesen, um sich einen Mitternachtsimbiß herzurichten. Anscheinend begann der Angriff dort. Ross wurde schnell überwältigt, Vastagliano rannte davon. Er wurde gejagt, konnte die Eingangstür nicht erreichen, weil sie ihm den Weg abschnitten, und so lief er nach oben und schloß sich im Badezimmer ein. Nun, die Ratten – oder was immer – waren nicht da drin, als er die Tür zusperrte. Wie kamen sie also hinein?«

»Und wieder hinaus?« erinnerte Goldbloom.

»Es müssen die Abflußrohre sein, die Toilette.«

»Diese Möglichkeit habe ich wegen der Anzahl der Beteiligten ausgeschlossen«, sagte Goldbloom. »Selbst wenn es keine Siphons gäbe, die so gebaut sind, daß sie eine Ratte aufhalten können, und selbst wenn sie den Atem angehalten hätte und durch alle vorhandenen Wassersperren geschwommen wäre, kaufe ich Ihnen diese Erklärung einfach nicht ab. Denn wir reden hier von einem ganzen Rudel von Lebewesen, die auf diese Weise hereingerutscht sind, eins hinter dem anderen, wie ein Kommandotrupp meinetwegen. Ratten sind einfach nicht so schlau oder so... entschlossen. *Kein* Tier ist das. Es ergibt keinen Sinn.«

Endlich sagte Jack: »Noch etwas. Selbst wenn Vastagliano und sein Leibwächter von Massen dieser... dieser Dinger überwältigt worden wären, hätten sie doch ein paar getötet, oder nicht? Aber wir haben keine einzige tote Ratte und auch sonst nichts Totes gefunden – außer toten Menschen natürlich.«

»Und auch keinen Kot«, sagte Goldbloom.

»Keinen was?«

»Kot. Ausscheidungen. Wenn Dutzende von Tieren beteiligt gewesen wären, würde man Kot finden, wenigstens ein paar Häufchen, wahrscheinlich ganze Berge von Kot.«

»Wenn Sie Tierhaare finden...«

»Wir werden bestimmt danach suchen«, versicherte Goldbloom. »Wir saugen natürlich den Boden um jede Leiche herum ab und analysieren den Kehricht. Wenn wir ein paar Haare finden könnten, würde uns das sicher weiterhelfen.« Der Leichenbeschauer fuhr sich mit einer Hand über das Gesicht, als könne er damit seine Anspannung und seinen Ekel wegwischen und fortwerfen. Er rieb so fest, daß tatsächlich rote Flecken auf seinen Wangen entstanden, aber der gequälte Ausdruck wich nicht aus seinen Augen. »Da ist noch etwas, was mich beunruhigt. Die Opfer wurden nicht... gefressen. Gebissen, zerfleischt, aufgerissen... all das... aber soweit ich sehen kann, wurde kein Gramm Fleisch verzehrt. Ratten hätten die weichen Teile gefressen: Augen, Nase, Ohrläppchen, Hoden... Sie hätten die Körper aufgerissen, um an die Organe zu kommen. Das hätte auch jedes andere Raubtier und jeder Aasfresser gemacht. Aber in diesem Fall gab es nichts dergleichen. Diese Wesen töteten zielbewußt, rationell, systematisch... und verschwanden dann einfach wieder, ohne einen Fetzen ihrer Beute zu verschlingen. Das ist unnatürlich. Unheimlich. Welches Motiv, welche Kraft trieb sie? Und *warum?*«

3

Mrs. Quillen, Pennys Lehrerin in der Wellton-Schule, konnte nicht begreifen, warum ein Zerstörungswütiger nur einen Spind verwüstet haben sollte.

»Vielleicht wollte er sie alle kaputtmachen, bekam aber dann Bedenken. Oder vielleicht hat er mit deinem Spind angefangen, Penny, dann ein Geräusch gehört, hat gedacht, es käme jemand, hat Angst bekommen und ist davongelaufen. Aber die Schule ist nachts doch bombensicher verschlossen, und dann ist da außerdem noch die Alarmanlage. Wie ist er nur rein- und wieder rausgekommen?«

Penny wußte, daß es kein Zerstörungswütiger gewesen war. Sie wußte, daß es etwas viel Schlimmeres war. Sie wußte, daß die Verwüstung ihres Spinds irgendwie mit dem unheimlichen Erlebnis letzte Nacht in ihrem Zimmer zusammenhing. Aber sie wußte nicht, wie sie dieses Wissen artikulieren sollte, ohne daß sie sich anhörte wie ein Kind, das sich vor Gespenstern fürchtet, deshalb versuchte sie gar nicht erst, Mrs. Quillen die Dinge zu erklären, die sie, wenn sie ehrlich war, nicht einmal sich selbst erklären konnte.

Nach einigen Diskussionen, vielen Bekundungen von Mitgefühl und noch mehr Unverständnis schickte Mrs. Quillen Penny ins Untergeschoß, wo auf wohlgeordneten Lagerregalen die Lehrmittel und die Ersatzbücher aufbewahrt wurden.

»Hol dir alles, was kaputtgemacht wurde, Penny. Alle Bücher, neue Bleistifte, ein Ringbuch und Blätter dazu und einen neuen Block. Und trödle bitte nicht, in ein paar Minuten fängt die Mathematikstunde an, und du weißt, daß du in diesem Fach am meisten arbeiten mußt.«

Penny ging die Vordertreppe hinunter ins Erdgeschoß und blieb am Haupttor stehen, um durch die Facettenglastüren in die wirbelnden Schneeflocken hinauszuschauen, dann eilte sie durch den Gang zur Rückseite des Gebäudes, an der verlassenen Turnhalle und am Musiksaal vorbei, wo gerade eine Stunde anfing.

Die Kellertür befand sich ganz am Ende des Korridors. Sie öffnete sie und schaltete das Licht ein. Eine lange, schmale Treppe führte nach unten.

Sie erreichte den Fuß der Treppe. Ihre Schritte klangen hart und klar auf dem Betonboden und hallten hohl in einer entfernten Ecke wider.

Das Kellergeschoß zog sich unter dem ganzen Gebäude hin und war in zwei Räume unterteilt. Von der Treppe aus gesehen lag am anderen Ende der Heizungsraum, hinter einer schweren Feuertür aus Metall, die immer geschlossen war. Der größere der beiden Räume befand sich diesseits der Tür. In der Mitte stand ein Arbeitstisch, an den Wänden zogen sich freistehende Lagerregale aus Metall entlang, alle randvoll mit Büchern und Schreibmaterial.

Penny nahm sich einen Faltkorb von einem Ständer, klappte ihn auf und suchte sich die Sachen zusammen, die sie brauchte. Sie hatte gerade das letzte Schulbuch gefunden, als sie hinter sich ein seltsames Geräusch hörte. *Jenes* Geräusch. Das Zischen-Scharren-Brummeln, das sie letzte Nacht in ihrem Schlafzimmer gehört hatte.

Sie wirbelte herum.

Soweit sie sehen konnte, war sie allein.

Das Problem war, daß sie nicht überallhin sehen konnte. Unter der Treppe ballten sich dichte Schatten. In einer Ecke des Raumes, drüben bei der Feuertür, war eine Deckenlampe ausgebrannt. In diesem Bereich hatten sich Schatten breitgemacht. Außerdem stand jedes Metallregal auf sechs Zoll hohen Füßen, und der Raum zwischen dem untersten Regalbrett und dem Fußboden wurde vom Licht nicht erfaßt. Es gab eine Menge Stellen, wo etwas Kleines, Flinkes sich verstecken konnte.

Sie wartete wie erstarrt, horchte; zehn lange Sekunden vergingen, dann fünfzehn, zwanzig, das Geräusch kam nicht wieder, und sie fragte sich schon, ob sie es wirklich gehört oder es sich nur eingebildet hatte; wieder vertickten ein paar Sekunden so langsam wie Minuten, aber dann hörte sie über sich, oben an der Treppe, einen dumpfen Knall: die Kellertür.

Sie hatte die Tür offengelassen.

Jemand oder etwas hatte sie soeben zugeworfen.

Den Korb mit Büchern und Schreibmaterial in einer Hand, ging Penny auf die Treppe zu, blieb aber unvermittelt stehen, als sie oben auf dem Treppenabsatz erneut Geräusche hörte. Zischen. Knurren. Murmeln. Klickende und kratzende Bewegungen.

Letzte Nacht hatte sie sich einreden wollen, daß das Wesen in ihrem Zimmer nicht wirklich dagewesen war, daß es nur die Nachwirkung eines Traumes gewesen war. Jetzt wußte sie, daß es mehr war als das. Aber was war es denn? Ein Geist? Aber ein Geist folgte einem doch nicht von einem Ort zum anderen. Nein, es war umgekehrt. Nicht *Menschen* wurden vom Spuk heimgesucht. In *Häusern* spukte es, und die Geister, die spukten, waren an einen Ort gebunden, bis ihre Seelen endlich Ruhe fanden; sie konnten diesen besonderen Ort, an dem sie spukten, nicht verlassen, konnten nicht einfach überall in der Stadt umherstreifen und ein bestimmtes junges Mädchen verfolgen.

Und doch war die Kellertür zugezogen worden.

Vielleicht war sie einfach von selbst zugefallen.

Vielleicht. Aber oben auf dem Treppenabsatz, wo sie nicht hinsehen konnte, bewegte sich etwas. Kein Luftzug. Etwas Seltsames.

Einbildung.

Ach ja?

Sie blieb an der Treppe stehen, schaute hinauf, versuchte zu erkennen, was es war, versuchte, sich zu beruhigen, indem sie eindringlich mit sich selbst sprach:

– ›Nun, wenn es kein Geist ist, was ist es dann?‹

– ›Etwas Schlimmes.‹

– ›Nicht unbedingt.‹

– ›Etwas sehr, sehr Schlimmes.‹

– ›Hör auf damit! Hör auf, dir selbst Angst zu machen. Es hat letzte Nacht nicht versucht, dir etwas zu tun, oder?‹

– ›Nein.‹

– ›Na also. Dann bist du doch nicht in Gefahr.‹

– ›Aber jetzt ist es zurückgekommen.‹

Poch!

Die Lichter gingen aus.

Penny keuchte.

Das Pochen hörte auf.

In der plötzlichen Dunkelheit setzten die unheimlichen, so beunruhigend erwartungsvollen Geräusche auf allen Seiten ein, nicht nur auf dem Treppenabsatz über ihr, und sie entdeckte, daß sich in der beängstigenden Schwärze etwas bewegte. Da war nicht nur ein unbekanntes, unsichtbares Wesen mit ihr im Keller; es waren viele.

Aber was waren es für Wesen?

Etwas streifte ihren Fuß und flitzte dann in die unterirdische Dunkelheit davon.

Sie schrie. Es war laut, aber nicht laut genug. Ihre Stimme war nicht über den Keller hinausgedrungen.

Im selben Augenblick begann Mrs. March, die Musiklehrerin, im direkt darüberliegenden Musiksaal auf das Klavier einzuhämmern. Da oben fingen Kinder zu singen an. ›Frosty the Snowman‹. Sie probten für eine Weihnachtsfeier, die die Schule unmittelbar vor den Weihnachtsferien für die Eltern veranstalten wollte.

Nun würde ohnehin niemand Penny hören, auch wenn sie einen lauteren Schrei herausbrachte.

Wegen der Musik und des Singens konnte sie andererseits auch die Wesen nicht mehr hören, die sich im Dunkeln um sie herumbewegten. Aber sie waren noch da. Daran zweifelte sie nicht.

Sie atmete tief ein. Sie nahm sich fest vor, nicht den Kopf zu verlieren. Sie war doch kein *Kind* mehr.

Sie werden mir nichts tun, dachte sie.

Aber sie war nicht so recht überzeugt davon.

Vorsichtig schlich sie an den Fuß der Treppe, in einer Hand den Korb, die andere vor sich ausgestreckt, tastete sie sich voran, als ob sie blind wäre, was sie ebensogut hätte sein können.

Sie erreichte die Treppe und schaute hinauf. Tiefe, tiefe Schwärze.

Mrs. March hämmerte immer noch auf dem Klavier herum, und die Kinder sangen immer noch von dem Schneemann, der lebendig geworden war.

Penny hob einen Fuß, fand die erste Stufe.

Über ihr, oben an der Treppe, erschienen nur wenige Zentimeter über dem Boden des Treppenabsatzes zwei Augen, wie körperlos, als schwebten sie in der Luft, obwohl sie zu einem Tier gehören mußten, das ungefähr so groß war wie eine Katze. Natürlich war es keine Katze. Sie wünschte, es wäre eine. Die Augen waren auch so groß wie die einer Katze, und sehr hell, nicht nur reflektierend, wie bei einer Katze, sondern so unnatürlich hell, daß sie wie zwei winzige Laternen glühten. Auch die Farbe war seltsam: weiß, mondbleich, mit einer ganz schwachen Spur Silberblau. Diese kalten Augen funkelten auf sie herab.

Sie nahm den Fuß von der ersten Stufe.

Das Geschöpf über ihr rutschte vom Treppenabsatz auf die oberste Stufe, näherte sich vorsichtig.

Penny wich zurück.

Das Ding stieg wieder zwei Stufen herab, nur an seinen starren Augen war zu erkennen, daß es sich bewegte. Die Dunkelheit verbarg seine Gestalt.

Schwer atmend, mit so laut klopfendem Herzen, daß es die Musik von oben übertönte, wich sie zurück, bis sie gegen ein Metallregal stieß. Nirgendwo konnte sie sich hinwenden, nirgendwo sich verstecken.

Das Ding war jetzt die Treppe zu einem Drittel heruntergekommen und kam immer näher. Penny spürte, daß sie pinkeln mußte. Sie lehnte sich mit dem Rücken gegen das Regal und preßte die Schenkel zusammen.

Das Ding war auf der Treppenmitte. Und wurde schneller.

Aus den Augenwinkeln bemerkte Penny, daß weiter rechts im Keller noch etwas war: ein weiches Blinken, ein Aufblitzen, ein Leuchten, Bewegung. Sie wagte es, den Blick von dem Geschöpf zu wenden, das vor ihr die Treppe herunterkam und schaute in den lichtlosen Raum – sofort wünschte sie, sie hätte es nicht getan.

Augen.

Silberweiße Augen.

Die Dunkelheit war voll davon. Zwei Augen glühten vom Boden zu ihr auf, kaum mehr als einen Meter entfernt, beobachteten sie mit kalter Gier. Wenig mehr als einen Fuß hinter dem ersten Paar waren noch zwei Augen.

Vier weitere leuchteten eisig von einem Punkt, mindestens drei Fuß über dem Boden mitten im Raum, und einen Augenblick lang dachte sie, sie hätte die Größe der Geschöpfe falsch eingeschätzt, aber dann begriff sie, daß zwei davon auf den Arbeitstisch geklettert waren. Zwei, vier, sechs Augen*paare* spähten bösartig von verschiedenen Regalen an der gegenüberliegenden Wand zu ihr herüber. Drei weitere Paare befanden sich auf Fußbodenhöhe nahe an der Tür, die zum Heizraum führte. Einige waren völlig reglos; andere bewegten sich unruhig hin und her; wieder andere krochen langsam auf sie zu. Keines blinzelte. Aus dem Raum unter der Treppe kamen noch mehr. Ungefähr zwanzig von den Wesen waren da: vierzig hell leuchtende, bösartige, unirdische Augen.

Zitternd und wimmernd riß Penny den Blick von der dämonischen Horde im Keller los und schaute wieder zur Treppe.

Das einzelne Tier hatte vor nicht mehr als einer Minute begonnen, vom Treppenabsatz nach unten zu schleichen, und jetzt war es unten angekommen. Es stand auf der letzten Stufe.

4

Östlich und westlich von Vincent Vastaglianos Haus wohnten die Nachbarn in ebenso großen, behaglichen, elegant möblierten Häusern. In diese stattlichen Gebäude drang die Stadt nicht ein, und keiner der Bewohner hatte in der blutigen Mordnacht etwas Ungewöhnliches gehört.

Nach weniger als einer halben Stunde hatten Jack und Rebecca ihre Ermittlungen beendet und standen wieder auf dem Gehsteig. Sie zogen die Köpfe ein, um dem Wind, der stetig stärker geworden war, möglichst wenig Angriffsfläche zu bieten.

Die Schneeflocken fielen jetzt dichter. Die Straße war noch immer kahler, schwarzer Asphalt, aber bald würde sie mit einer frischen, weißen Haut prunken.

Jack und Rebecca gingen zurück zu Vastaglianos Haus und hatten es fast erreicht, als jemand sie anrief. Jack drehte sich um und sah Harry Ulbeck, den jungen Beamten, der vorher auf Vastaglianos Eingangsstufen Wache gehalten hatte; Harry beugte sich aus einem der drei Schwarzweißen, die am Randstein parkten. Er sagte etwas, aber der Wind zerriß seine Worte zu bedeutungslosen Lauten. Jack ging zum Wagen, beugte sich zum offenen Fenster hinunter und sagte: »Entschuldigen Sie, Harry, ich habe Sie nicht verstanden.« Dabei dampfte ihm der Atem in kalten, weißen Schwaden aus dem Mund.

»Kam gerade über Funk«, sagte Harry. »Sie sollen sofort kommen. Sie und Lieutenant Chandler.«

»Weshalb sollen wir kommen?«

»Sieht so aus, als hätte es mit dem Fall zu tun, an dem Sie arbeiten. Es hat noch mehr Morde gegeben. Ähnlich wie diese hier. Vielleicht noch schlimmer... noch blutiger.«

5

Die Augen waren ganz anders, als Augen sein sollten. Sie sahen eher aus wie Schlitze in einem Ofengitter, die einen kurzen Blick auf das Feuer dahinter freigaben. Ein silberweißes Feuer. Diese Augen hatten keine Iris, keine Pupillen wie menschliche und tierische Augen. Da war nur dieses wilde Leuchten, das weiße Licht aus dem Inneren heraus, pulsierend und flackernd.

Das Geschöpf auf der Treppe kroch von der letzten Stufe herunter auf den Kellerboden. Es schob sich auf Penny zu, blieb dann stehen und starrte zu ihr hinauf.

Sie konnte jetzt keinen einzigen Zoll mehr zurückweichen. Schon jetzt drückte eine der Metallverstrebungen schmerzhaft gegen ihre Schulterblätter.

Plötzlich merkte sie, daß die Musik aufgehört hatte. Im Keller war es still. Es war schon seit einiger Zeit still. Vielleicht eine halbe Minute. Starr vor Entsetzen hatte sie nicht sofort reagiert, als ›Frosty the Snowman‹ zu Ende war.

Verspätet öffnete sie den Mund und wollte um Hilfe schreien, aber da setzte das Klavier wieder ein. Diesmal war es ›Rudolph the Red-Nosed Reindeer‹, und das war noch lauter als das erste Lied.

Das Wesen am Fuß der Treppe fuhr fort, sie anzustarren, und obwohl seine Augen ganz anders waren als die eines Tigers, wurde sie dennoch an das Bild eines Tigers erinnert, das sie in einer Illustrierten gesehen hatte. Die Augen auf diesem Foto und die seltsamen Augen hier sahen sich absolut nicht ähnlich, und doch hatten sie etwas gemeinsam: es waren Raubtieraugen.

Rechts von ihr begannen sich die anderen Geschöpfe im Keller zu regen, fast gleichzeitig, und alle hatten sie dasselbe Ziel.

Sie fuhr zu ihnen herum, ihr Herz raste, der Atem stockte ihr in der Kehle.

Am Leuchten der Silberaugen konnte sie erkennen, daß sie von den Regalen herunterkamen, auf denen sie gehockt hatten.

Jetzt holen sie mich.

Die beiden auf dem Arbeitstisch sprangen auf den Boden.

Penny schrie, so laut sie konnte.

Die Musik hörte nicht auf. Kam nicht einmal aus dem Takt.

Niemand hatte sie gehört.

Bis auf das eine Geschöpf am Fuß der Treppe hatten sich alle zusammengerottet. Ihre lodernden Augen sahen aus wie funkelnde Diamanten auf schwarzem Samt.

Keines kam näher. Sie warteten.

Sie wandte sich wieder der Treppe zu.

Jetzt bewegte sich auch die Bestie am Fuß der Treppe. Aber sie kam nicht auf sie zu. Sie flitzte in den Keller und schloß sich ihren Artgenossen an.

Die Treppe war frei, wenn auch dunkel.

Das ist nur ein Trick.

Soweit sie sehen konnte, würde sie nichts daran hindern, die Treppe hinaufzusteigen, so schnell sie konnte.

Es ist eine Falle.

Die flackernden, eisweißen Augen beobachteten sie.

Mrs. March hämmerte auf das Klavier ein.

Die Kinder sangen.

Penny sprang mit einem Satz von den Regalen weg, stürzte zur Treppe und rannte hinauf.

Auf jeder Stufe rechnete sie damit, daß die Dinger sie in die Fersen beißen, sich an ihr festkrallen und sie hinunterziehen würden. Einmal stolperte sie, wäre beinahe gefallen, erwischte dann aber mit ihrer freien Hand das Geländer und lief weiter. Die oberste Stufe. Der Treppenabsatz. Im Dunkeln nach dem Türknopf tasten. Der Korridor. Licht. Sicherheit. Sie warf die Tür hinter sich zu. Lehnte sich dagegen. Keuchte.

Im Musiksaal sangen sie immer noch ›Rudolph the Red-Nosed Reindeer‹.

Der Korridor war menschenleer.

Schwindlig, mit wackeligen Beinen rutschte Penny auf den Boden und setzte sich, den Rücken gegen die Tür gelehnt. Sie ließ den Korb los. Sie hatte ihn so fest umklammert, daß der Griff einen Abdruck auf ihrer Handfläche hinterlassen hatte. Ihre Hand schmerzte.

Das Lied war zu Ende.

Ein neues Lied. ›Silver Bells‹.

Allmählich kam Penny wieder zu sich, beruhigte sich und konnte klar denken. Was waren das für abscheuliche kleine Wesen? Wo kamen sie her? Was wollten sie von ihr?

Das klare Denken half gar nichts. Ihr fiel keine einzige annehmbare Antwort ein.

Eine Menge wirklich blöder Antworten kam ihr jedoch ständig in den Sinn: Kobolde, Wichte, Unholde... Himmel. Es konnte nichts dergleichen sein. Das war doch das wirkliche Leben und kein Märchen.

Wie konnte sie jemandem von ihrem Erlebnis im Keller erzählen, ohne einen kindischen oder, noch schlimmer, sogar leicht verrückten Eindruck zu machen? Natürlich vermieden die Erwachsenen den Ausdruck ›verrückt‹ Kindern gegenüber. Man konnte so verrückt sein, daß man in die Klapsmühle gehörte, schnattern wie ein Blödmann, in Möbel beißen, Katzen anzünden und mit Ziegelmauern reden; solange man noch ein Kind war, würden sie – zumindest in der Öffentlichkeit – schlimmstenfalls sagen, man sei ›emotionell gestört‹, obwohl sie damit nichts anderes meinten als ›verrückt‹. Wenn sie Mrs. Quillen oder ihrem Vater oder sonst einem Erwachsenen von den Wesen erzählte, die sie im Schulkeller gesehen hatte, würden alle meinen, sie wolle nur Aufmerksamkeit und Mitleid erregen; sie würden glauben, sie habe den Tod ihrer Mutter immer noch nicht verwunden. Ein paar Monate, nachdem ihre Mutter gestorben war, war Penny tatsächlich in schlechter Verfassung gewesen, verwirrt, zornig, verängstigt, ein Problem für ihren Vater und sich selbst. Sie hatte eine Zeitlang Hilfe gebraucht. Wenn sie jetzt von den Wesen im Keller erzählte, würden alle glauben, daß sie wieder Hilfe brauchte. Man würde sie zu einem ›Berater‹ schicken, der in Wirklichkeit ein Psychologe oder irgendeine andere Art von Irrenarzt war, und alle würden für sie tun, was sie konnten, sie würden ihr soviel Aufmerksamkeit und Mitgefühl wie möglich entgegenbringen und alle möglichen Behandlungsmethoden anwenden, aber sie würden ihr einfach nicht *glauben* – bis sie mit eigenen Augen die Wesen sahen, die sie gesehen hatte.

Oder bis es zu spät war.

Ja, *dann* würden sie ihr alle glauben – wenn sie tot war.

Sie hatte nicht den geringsten Zweifel, daß die Wesen mit den feurigen Augen früher oder später versuchen würden, sie zu töten. Sie wußte nicht, *warum* sie sie töten wollten, aber sie spürte ihre böse Absicht, ihren Haß. Bisher hatten sie ihr zwar nichts getan, aber sie wurden immer dreister. Das eine Wesen, letzte Nacht in ihrem Schlafzimmer, hatte außer dem Plastikbaseballschläger, mit dem sie nach ihm gestochert hatte, nichts beschädigt, aber heute morgen waren sie schon so dreist geworden, daß sie den Inhalt ihres Spinds zerstört hatten. Und jetzt hatten sie sich, noch dreister, gezeigt und sie bedroht.

Sie schauderte.

Was soll ich nur tun? überlegte sie verzweifelt. *Was soll ich tun?*

6

Das Hotel, eines der besten in der Stadt, lag am Central Park. Es war dasselbe Hotel, in dem Jack und Linda vor dreizehn Jahren ihre Flitterwochen verbracht hatten. Die Bahamas, Florida oder auch nur die Catskills hatten sie sich nicht leisten können. In den achtzehn Monaten seit Lindas Beerdigung hatte Jack oft an die Bahamas gedacht, die ihm nun für immer vergällt waren, und auch an dieses Hotel.

Die Morde waren im sechzehnten Stock begangen worden; zwei Streifenpolizisten – Yeager und Tufton – waren jetzt dort am Lift postiert. Sie ließen niemanden durch, außer man hatte einen Polizeiausweis oder konnte beweisen, daß man eingeschriebener Gast war und auf dieser Etage sein Zimmer hatte.

»Wer waren die Opfer?« fragte Rebecca Yeager. »Gewöhnliche Bürger?«

»Nein«, antwortete Yeager. Er war schlaksig und hatte riesige gelbe Zähne. Jedesmal, wenn er eine Pause machte, fuhr er mit der Zunge über seine Zähne und leckte daran herum. »Zwei davon waren offensichtlich professionelle Muskelprotze.«

»Sie kennen den Typ«, sagte Tufton, als Yeager verstummte, um wieder in seinen Zähnen zu stochern. »Groß, große Hände, große Arme; man könnte auf ihrem Nacken einen Axtstiel zerbrechen, und die würden es nur für einen plötzlichen Windstoß halten.«

»Der dritte«, sagte Yeager, »war einer von den Carramazzas.« Er unterbrach sich; seine Zunge schnellte heraus und fuhr über die oberen Zähne. »Noch dazu aus der engsten Verwandtschaft.« Er scheuerte mit der Zunge über die unteren Zähne. »Genauer gesagt...« stocher, stocher, »...es ist Dominick Carramazza.«

»Oh, Scheiße!« entfuhr es Jack. »Gennaros *Bruder?*«

»Ja, der kleine Bruder des Paten, sein Lieblingsbruder, seine rechte Hand«, erklärte Tufton schnell, ehe Yeager zu einer Antwort ansetzen konnte. Tufton war mit dem Reden schnell bei der Hand, er hatte ein scharfgeschnittenes Gesicht, einen eckigen Körper und bewegte sich schnell, mit energischen, rationellen Gesten. Yeagers Langsamkeit muß ein ständiges Ärgernis für ihn sein, dachte Jack. »Und sie haben ihn nicht nur getötet. Sie haben ihn ziemlich schlimm zugerichtet. Kein Bestattungsunternehmer auf der Welt kann Dominick so zusammenflicken, daß er aufgebahrt werden kann, und Sie wissen doch, wie wichtig Beerdigungen für diese Sizilianer sind.«

»Jetzt wird auf den Straßen Blut fließen«, sagte Jack müde.

»Ein Bandenkrieg, wie wir ihn seit Jahren nicht erlebt haben«, stimmte Tufton zu.

Rebecca fragte: »Dominick...? Ist das nicht der, der den ganzen Sommer über in den Schlagzeilen war?«

»Ja«, sagte Yeager. »Der Staatsanwalt dachte, er könnte ihn festnageln, wegen...«

Als Yeager sich unterbrach, um seine gelben Zähne mit seiner großen rosa Zunge abzuwischen, sagte Tufton schnell: »Handel mit Rauschgift. Er ist für die gesamte Rauschgiftorganisation der Carramazzas zuständig. Sie versuchen seit zwanzig Jahren, vielleicht auch schon länger, ihn hinter Schloß und Riegel zu bringen, aber er ist ein Fuchs. Er geht immer als freier Mann aus dem Gerichtssaal.«

»Was hatte er wohl hier im Hotel zu suchen?« überlegte Jack.

»Ich glaube, er war untergetaucht«, sagte Tufton.

»Hat sich unter falschem Namen eingetragen«, fügte Yeager hinzu.

Tufton sagte: »Hat sich mit diesen beiden Gorillas als Schutztruppe hier verkrochen. Sie müssen gewußt haben, daß man es auf ihn abgesehen hatte, aber es hat ihn trotzdem getroffen.«

»Getroffen?« fragte Yeager verächtlich. Er hielt inne, um seine Zähne zu bearbeiten und ließ dabei ein unangenehm saugendes Geräusch hören. Dann: »Verdammt, das war mehr als nur ein Treffer. Das war völlige Vernichtung. Es war verrückt, völlig ausgeflippt; genau *das* war es. Gott, wenn ich es nicht besser wüßte, würde ich sagen, die drei hier sind *zerbissen* worden, einfach in Stücke gebissen.«

Der Schauplatz des Verbrechens war eine Zwei-Zimmer-Suite. Die Tür war von den Polizisten eingeschlagen worden, die als erste den Tatort erreicht hatten. Ein Polizeiarzt, ein Polizeifotograf und zwei Labortechniker waren in den beiden Räumen an der Arbeit.

Der Salon, ganz in Beige und Königsblau gehalten, war elegant eingerichtet – eine geschmackvolle Zusammenstellung von Stücken im französischen Landhausstil und schlichten, modernen Möbeln. Der Raum hätte warm und einladend gewirkt, wäre er nicht über und über mit Blut bespritzt gewesen.

Die erste Leiche lag ausgestreckt am Boden des Salons, neben einem umgestürzten, ovalen Kaffeetisch. Ein Mann in den Dreißigern. Groß, stämmig. Seine dunkle Hose war zerrissen. Auch sein weißes Hemd war zerrissen und hatte an vielen Stellen rote Flecken. Der Mann befand sich im gleichen Zustand wie Vastagliano und Ross: zerbissen, zerfleischt.

Jack war schlecht.

»Das ist ein verdammtes Schlachthaus«, sagte Rebecca.

Der Tote hatte eine Pistole getragen. Das Schulterhalfter war leer. Eine .38 mit Schalldämpfer lag neben ihm.

Jack sprach einen der Labortechniker an, der langsam im Salon herumging und von verschiedenen Flecken Blutproben nahm. »Sie haben die Pistole nicht angerührt?«

»Natürlich nicht«, sagte der Techniker. »Wir bringen sie in einer Plastiktüte ins Labor und sehen, ob wir irgendwelche Fingerabdrücke feststellen können.«

»Ich habe nur überlegt, ob sie abgefeuert worden ist«, sagte Jack.

»Tja, das ist fast sicher. Wir haben vier leere Patronenhülsen gefunden.«

»Vom gleichen Kaliber wie die Waffe?«

»Ja.«

»Haben Sie auch Kugeln gefunden?« fragte Rebecca.

»Alle vier«, sagte der Techniker. Er streckte den Finger aus: »Zwei in dieser Wand, eine im Türrahmen da drüben, und eine steckte mitten im Polsterknopf am Rücken dieses Sessels.«

Jack fragte: »Wie konnte er auf so kurze Distanz viermal danebenschießen?«

»Ich will verdammt sein, wenn ich das weiß«, sagte der Techniker. Er zuckte die Achseln und ging wieder an seine Arbeit.

Das Schlafzimmer war noch schlimmer mit Blut besudelt als der Salon. Hier lagen zwei tote Männer.

Auch zwei lebendige Männer waren da. Ein Polizeifotograf knipste die Leichen aus jedem Blickwinkel. Ein Leichenbeschauer namens Brendan Mulgrew, ein großer, hagerer Mann mit vorspringendem Adamsapfel, studierte die Lage der beiden Leichen.

Eines der Opfer lag auf dem großen Bett, mit dem Kopf am Fußende, die bloßen Füße zum Kopfende zeigend, eine Hand an der zerrissenen Kehle, die andere an der Seite, die Handfläche offen und nach oben gerichtet. Der Mann war mit einem Bademantel und mit Blut bekleidet.

»Dominick Carramazza«, sagte Jack.

Mit einem Blick auf das zerstörte Gesicht fragte Rebecca: »Woran erkennst du das?«

»Ich ahne es eher.«

Der zweite Tote lag auf dem Fußboden, flach auf dem Bauch, den Kopf auf eine Seite gewendet, das Gesicht war in Fetzen gerissen. Er war genauso gekleidet wie der im Salon: weißes Hemd mit offenem Kragen, dunkle Hose, Schulterhalfter.

Die Opfer im Schlafzimmer waren beide bewaffnet gewesen. Beiden hatten die Waffen ebensowenig genützt wie dem Mann im Salon.

Jack sagte zu Mulgrew: »Sieht es so aus, als seien beide Waffen abgefeuert worden?«

Der Leichenbeschauer nickte. »Ja, den ausgeworfenen Patronenhülsen nach zu urteilen wurde das Magazin der Pistole völlig geleert. Zehn Schuß. Der Bursche mit der .357 Magnum hat fünf Schüsse rausgekriegt.«

»Und seinen Angreifer nicht getroffen«, stellte Rebecca fest.

Sie mußten beiseite treten, um dem Fotografen Platz zu machen.

Jack bemerkte zwei eindrucksvolle Löcher in der Wand links vom Bett. »Sind die von der .357?«

»Ja«, sagte Mulgrew. Er schluckte krampfhaft; sein Adamsapfel hüpfte auf und ab. »Beide Geschosse gingen durch die Wand ins nächste Zimmer.«

»Himmel. Ist da drüben jemand verletzt?«

»Nein. Aber es war knapp. Der Kerl im Nebenzimmer tobt vor Wut.«

»Das kann ich ihm nicht verdenken«, sagte Jack.

»Hat schon jemand seine Geschichte aufgenommen?« erkundigte sich Rebecca.

»Er hat möglicherweise mit den Uniformierten gesprochen«, sagte Mulgrew. »Aber ich glaube, von einem Kriminalbeamten wurde er noch nicht offiziell befragt.«

Rebecca sah Jack an. »Dann holen wir ihn uns, solange er noch frisch ist.«

»Gut. Augenblick noch.« Jack fragte Mulgrew: »Diese drei Opfer... wurden sie zu Tode gebissen?«

»Sieht so aus.«

»Rattenbisse?«

»Ich würde lieber auf den Laborbericht warten, die Obduktion...«

»Ich möchte nur eine *inoffizielle* Meinung«, sagte Jack.

»Tja... inoffiziell... keine Ratten.«

»Hunde? Katzen?«

»Höchst unwahrscheinlich.«

»Haben Sie Kothäufchen gefunden?«

Mulgrew war überrascht. »Ich habe daran gedacht, aber es ist komisch, daß Sie darauf kommen. Ich habe überall gesucht. Kein einziges Stückchen Kot.«

»Sonst etwas Ungewöhnliches?«

»Sie haben die Tür bemerkt, nicht wahr?«

»Davon abgesehen.«

»Reicht das nicht?« fragte Mulgrew erstaunt. »Hören Sie, die ersten zwei Leute am Tatort mußten die Tür einschlagen, um reinzukommen. Die Suite war fest verschlossen – von innen. Die Fenster sind ebenfalls von innen verschlossen, und zusätzlich sind sie, glaube ich, mit

Farbe verklebt. Also... ganz gleich, ob es nun Menschen oder Tiere waren, wie sind die Mörder rausgekommen? Sie haben es mit dem Geheimnis des verschlossenen Zimmers zu tun. Ich halte das für ziemlich ungewöhnlich. Sie nicht?«

Jack seufzte. »Eigentlich wird es allmählich das Übliche.«

7

Der nächste Raum auf dem Korridor, an dem die Suite des verstorbenen Dominick Carramazza lag, war geräumig und freundlich, mit einem großen Bett, einem Schreibtisch, einem Toilettenschrank, einer Kommode und zwei Stühlen. Er war in Korallenrot mit türkisfarbenen Einsprengseln gehalten.

Burt Wicke, der Bewohner, war Ende Vierzig. Er war etwa sechs Fuß groß und hatte früher einmal einen kompakten, kräftigen Körper besessen, aber jetzt war alles feste Fleisch in Fett eingebettet. Seine Schultern waren breit, aber gerundet, und er hatte einen mächtigen Brustkorb; der Bauch hing ihm über den Gürtel, und als er auf der Bettkante saß, spannten sich die Hosen straff um seine massigen Schenkel.

Seine Stimme überraschte Jack, sie war höher, als er erwartet hatte.

»Ich habe hier im Zimmer gefrühstückt. Ich stand gerade im Bad und kämmte mich, als ich jemanden rufen hörte. Dann schreien. Ich trat aus dem Bad und lauschte, und ich war ziemlich sicher, daß das alles von nebenan kam. Es war mehr als eine Stimme.«

»Was riefen sie?« fragte Rebecca.

»Hörte sich überrascht an, erschrocken. Verängstigt. Ja, richtiggehend verängstigt.«

»Nein, ich meine – können Sie sich an irgendwelche Worte erinnern?«

»Keine Worte.«

»Oder vielleicht Namen?«

»Sie riefen keine Worte und keine Namen; nichts dergleichen.«

»Was riefen sie denn?«

»Tja, vielleicht waren es sogar Worte oder Namen oder beides, aber so deutlich konnte man das durch die Wand nicht hören. Es war – einfach Lärm.«

»Und was dann?« fragte Rebecca.

»Tja, das Rufen dauerte nicht lange. Dann ging fast sofort die Schießerei los.«

»Diese beiden Geschosse kamen durch die Wand?« fragte Jack und deutete auf die Löcher.

»Nicht gleich. Vielleicht eine Minute später. Und woraus ist diese Hütte zum Teufel eigentlich gebaut, wenn die Wände nicht mal 'ne Kugel abhalten können?«

»Es war eine .357 Magnum«, erklärte Jack. »Die hält nichts auf.«

»Wände wie Toilettenpapier«, sagte Wicke, der nichts hören wollte, was vielleicht zur Entlastung des Hotels beitragen konnte. Er ging zum Telefon, das auf einem Nachttisch neben dem Bett stand, und legte die Hand auf den Hörer. »Sobald die Schießerei anfing, rannte ich hier herüber, wählte die Nummer der Hotelvermittlung und sagte der Frau, sie solle die Polizei holen. Es dauerte *sehr* lange, bis sie kam. Dauert es in dieser Stadt immer so lange, bis Sie kommen, wenn jemand Hilfe braucht?«

»Wir tun, was wir können«, sagte Jack.

»Ich legte also den Hörer auf und zögerte; ich wußte nicht, was ich tun sollte, und so blieb ich einfach stehen und hörte zu, wie sie da drüben schrien und schossen, und dann fiel mir ein, daß ich vielleicht in der Schußlinie war, deshalb wollte ich ins Bad zurück, ich dachte, ich verkrieche mich dort, bis alles vorbei ist, und dann, ganz plötzlich, Jesus, da stand ich wirklich in der Schußlinie. Der erste Schuß kam durch die Wand und verfehlte mein Gesicht um vielleicht sechs Zoll. Der zweite war noch näher. Ich ließ mich auf den Boden fallen und preßte mich gegen den Teppich, aber das waren die beiden letzten Schüsse, und ein paar Sekunden später waren auch keine Schreie mehr zu hören.«

»Und was dann?« fragte Jack.

»Dann wartete ich auf die Polizei.«

»Sie sind nicht auf den Korridor hinausgegangen?«

»Warum sollte ich?«

»Um nachzusehen, was passiert ist.«

»Sind Sie verrückt? Wie sollte ich wissen, wer da draußen im Korridor war? Vielleicht war einer von denen noch draußen und hatte seine Pistole dabei.«

»Sie haben also niemand gesehen? Oder etwas Wichtiges gehört, einen Namen vielleicht?«

»Das habe ich Ihnen doch schon gesagt – nein.«

Sie standen auf, und Burt Wicke – immer noch nervös – sagte: »Das war von Anfang an eine scheußliche Reise, absolut scheußlich. Erst mußte ich während des ganzen Fluges von Chicago neben einer kleinen alten Dame aus Peoria sitzen, die den Mund nicht halten konnte. Langweilige alte Hexe. Dann geriet das Flugzeug in Turbulenzen, wie Sie es nicht für möglich halten würden. Dann gehen mir gestern zwei Geschäfte durch die Lappen, und ich muß feststellen, daß es in meinem Hotel Ratten gibt, in einem so *teuren* Hotel wie diesem...«

»Ratten?« fragte Jack.

»Hm?«

»Sie sagten, in dem Hotel gibt es Ratten.«

»Tja, das stimmt auch.«

»Haben Sie sie gesehen?« fragte Rebecca.

»Es ist eine Schande«, sagte Wicke. »Ein Haus wie dieses, mit so einem mordsmäßigen Ruf, und dann wimmelt es von Ratten.«

»Haben Sie sie gesehen?« wiederholte Rebecca.

Wicke legte den Kopf schief und runzelte die Stirn. »Warum interessieren Sie sich so für Ratten? Das hat doch nichts mit den Morden zu tun.«

»Haben Sie sie nun gesehen?« wiederholte Rebecca etwas schärfer.

»Nicht direkt. Aber ich habe sie gehört. In den Wänden.«

»Sie haben Ratten in den Wänden gehört?«

»Tja, eigentlich im Heizungssystem. Es hörte sich an, als seien sie ganz nahe, als wären sie direkt hier in diesen Wänden, aber Sie wissen ja, wie diese hohlen Heizungsrohre aus Metall den Schall übertragen können. Die Ratten könnten auch auf einer anderen Etage gewesen sein, sogar in einem anderen Flügel, aber sie hörten sich wirklich ganz nahe an. Ich stieg auf den Schreibtisch hier und legte das Ohr an das Gebläse, und ich schwöre, die können nicht mehr als ein paar Zoll entfernt gewesen sein. Sie quiekten. Ein komisches Quieken. Schnatternde, zwitschernde Geräusche. Vielleicht ein halbes Dutzend, so wie es sich anhörte. Ich konnte hören, wie ihre Krallen auf Metall kratzten – ein Schaben und Rasseln, bei dem ich eine Gänsehaut bekam. Ich habe mich beschwert, aber die Direktion hier kümmert sich ja nicht um Beschwerden.«

Rebecca fragte: »Wann haben Sie die Ratten gehört?«

»Heute morgen. Gleich nachdem ich mit dem Frühstück fertig war, telefonierte ich mit dem Empfang, um denen zu sagen, wie gräßlich das Essen war, das sie einem aufs Zimmer servieren. Nach einem höchst unbefriedigenden Gespräch mit dem diensthabenden Angestellten legte ich auf – und genau in diesem Augenblick hörte ich die Ratten. Nachdem ich ihnen eine Weile zugehört hatte und völlig sicher war, daß es sich wirklich um Ratten handelte, rief ich den Manager persönlich an, um mich *darüber* zu beschweren, wieder mit unbefriedigendem Ergebnis. Daraufhin faßte ich den Entschluß, mich zu duschen, mich anzuziehen, meine Koffer zu packen und mir noch vor meinem ersten Termin heute ein anderes Hotel zu suchen.«

»Wissen Sie noch, wann genau Sie die Ratten gehört haben?«

»Nicht auf die Minute. Aber es muß so gegen acht Uhr dreißig gewesen sein.«

Jack warf Rebecca einen Blick zu. »Etwa eine Stunde, ehe nebenan die Morde begangen wurden.«

Sie wirkte verstört. Sie sagte: »Das wird ja immer verrückter.«

8

In der Todessuite lagen die drei verstümmelten Leichen immer noch so, wie sie hingefallen waren.

Die Laborleute waren mit ihrer Arbeit fertig. Im Salon saugte einer von ihnen den Teppich um die Leiche herum ab. Den Staub würde man später analysieren.

Jack und Rebecca gingen zum nächsten Heizungsschlitz, einer ein Fuß mal acht Zoll großen, rechteckigen, ein paar Zoll unterhalb der Decke an die Wand montierten Platte. Jack stellte einen Stuhl darunter, stieg hinauf und untersuchte das Gitter.

Er sagte: »Am Ende des Rohrs führt ein nach innen gebogener Flansch ganz herum. Die Schrauben gehen durch den Rand des Gitters und durch den Flansch.«

»Von hier aus«, sagte Rebecca, »sehe ich zwei Schraubenköpfe.«

»Mehr sind auch nicht da. Aber wenn etwas aus dem Rohr heraus will, müßte es zumindest eine dieser Schrauben entfernen, um das Gitter zu lockern.«

»Und so schlau ist keine Ratte«, sagte sie.

»Selbst wenn es eine schlaue Ratte wäre, so schlau wie

keine andere Ratte, die Gott jemals auf diese Erde setzte, ein regelrechter Albert Einstein des Rattenreiches, könnte sie diese Aufgabe trotzdem nicht lösen. Auf der Innenseite des Rohrs hätte sie es mit dem spitzen Ende der Schraube zu tun, die außerdem ein Gewinde hat. Mit den Pfoten allein könnte sie das verdammte Ding nicht fassen und drehen.«

»Und mit den Zähnen auch nicht.«

»Nein. Dazu braucht man Finger.«

Das Rohr war natürlich viel zu eng, als daß ein Mann – oder auch nur ein Kind – hätte durchkriechen können.

Rebecca sagte: »Nehmen wir mal an, daß viele Ratten, ein paar Dutzend, sich hintereinander in das Rohr zwängen und sich alle Mühe geben, durch ein Lüftungsgitter hinauszukommen. Wenn eine ganze Horde von der anderen Seite des Gitters genügend Druck ausübte, könnten sie dann vielleicht die Schrauben durch den Flansch schieben und das Gitter in den Raum stoßen, um sich den Weg freizumachen?«

»Vielleicht«, sagte Jack ziemlich skeptisch. »Sogar das klingt mir für Ratten zu raffiniert. Ich nehme aber an, wenn die Löcher im Flansch viel größer wären als die durchgeschobenen Schrauben, würde sich das Gewinde nicht verhaken, und das Gitter könnte weggestoßen werden.«

Er rüttelte an der Lüftungsplatte, die er gerade untersucht hatte. Sie ließ sich ein wenig hin- und her- und auf- und abschieben, aber nicht viel.

Er sagte: »Die hier ist fest eingepaßt.«

»Vielleicht ist eine von den anderen lockerer.«

Jack stieg vom Stuhl herunter und stellte ihn an seinen Platz zurück.

Sie durchsuchten die Suite, bis sie alle Heizungsschlitze überprüft hatten: zwei im Salon, einen im Schlafzimmer und einen im Bad. An jedem Auslaß saß das Gitter fest in der Öffnung.

»Durch die Heizungsrohre ist nichts in die Suite gelangt«, sagte Jack. »Ich kann mir vielleicht noch einreden, daß Ratten sich gegen die Rückseite des Gitters stemmen und es wegdrücken könnten, aber ich werde auch in einer Million Jahre nicht glauben, daß sie durch denselben Schacht wieder verschwunden sind und es irgendwie geschafft haben, das Gitter hinter sich wieder einzusetzen. Keine Ratte – kein Tier, das du mir nennen kannst – könnte so gut abgerichtet, so geschickt sein.«

»Nein. Natürlich nicht. Das ist lächerlich.«

»Also«, sagte er.

»Also«, sagte sie. Sie seufzte. »Dann hältst du es also für einen merkwürdigen Zufall, daß die Männer hier offenbar zu Tode gebissen wurden, kurz nachdem Wicke Ratten in den Wänden hörte?«

»Ich mag Zufälle nicht«, sagte er.

»Ich auch nicht.«

»Gewöhnlich stellt sich heraus, daß es gar keine Zufälle sind.«

»Genau.«

»Aber trotzdem ist es die einzige Möglichkeit. Zufall, meine ich. Es sei denn...«

»Es sei denn was?«

»Es sei denn, du willst Voodoo, schwarze Magie und so weiter in Betracht ziehen...«

»Nein, danke.«

»... Dämonen, die durch die Wände kriechen...«

»Jack, in Gottes Namen!«

»... herauskommen, um zu morden, wieder mit der Wand verschmelzen und einfach verschwinden.«

»Ich höre mir das nicht länger an.«

Er lächelte. »Ich mache doch nur Spaß, Rebecca.«

»Den Teufel tust du. Du meinst vielleicht, daß du diesem Hokuspokus keinen Glauben schenkst, aber tief im Inneren gibt es einen Teil von dir, der...«

»Übermäßig aufgeschlossen ist«, vollendete er.

»Wenn du unbedingt Witze darüber machen willst...«
»Das will ich. Unbedingt.«
»Aber es ist trotzdem wahr.«
»Ich bin vielleicht übermäßig aufgeschlossen, wenn das überhaupt möglich ist...«
»Das ist es.«
»...aber wenigstens bin ich nicht unflexibel.«
»Ich auch nicht.«
»Oder habe Angst.«
»Was willst du damit sagen?«
»Denk selber darüber nach.«
»Willst du damit etwa sagen, daß ich Angst habe?«
»Hast du denn keine, Rebecca?«
»Wovor?«
»Zum Beispiel vor gestern nacht.«
»Red keinen Unsinn.«
»Dann laß uns darüber sprechen.«
»Nicht jetzt.«
Er sah auf seine Uhr. »Zwanzig nach elf. Um zwölf machen wir Mittagspause. Du hast mir versprochen, beim Mittagessen darüber zu reden.«
»Ich sagte, *wenn* wir Zeit zum Mittagessen haben.«
»Wir werden Zeit haben.«
»Du bist unmöglich, Jack.«
»Fest entschlossen.«
»Verdammt.«
»Und außerdem reizend«, behauptete er.
Sie war offensichtlich nicht seiner Ansicht. Sie entfernte sich. Anscheinend sah sie sich lieber eine von den verstümmelten Leichen an.

Hinter dem Fenster fiel der Schnee jetzt sehr dicht. Der Himmel war grau. Obwohl es noch nicht einmal Mittag war, sah es draußen aus, als dämmere es schon.

9

Lavelle trat aus der Hintertür des Hauses. Er ging zum Ende der Veranda und stieg drei Stufen hinunter. Er blieb am Rand des verdorrten braunen Rasens stehen und blickte hinauf in das wirbelnde Chaos der Schneeflocken.

Er hatte noch nie Schnee gesehen. Auf Bildern natürlich schon. Aber nicht in Wirklichkeit. Bis zum letzten Frühjahr hatte er sein ganzes Leben – dreißig Jahre – auf Haiti, in der Dominikanischen Republik, auf Jamaica und auf mehreren anderen Karibischen Inseln verbracht.

Er hatte erwartet, daß der Winter in New York für jemanden, der nicht daran gewöhnt war, unangenehm, sogar beschwerlich sein würde. Sehr zu seiner Überraschung hatte er ihn jedoch bisher als erregend und positiv empfunden.

Außerdem hatte er in dieser großen Stadt ein gewaltiges Reservoir der Macht entdeckt, auf die er für seine Arbeit angewiesen war: die unendlich nützliche Macht des Bösen. Natürlich blühte das Böse überall, auch auf dem Lande und in den Vororten, nicht nur innerhalb der Stadtgrenzen von New York. Es herrschte auch in der Karibik, wo er seit seinem zweiundzwanzigsten Lebensjahr als *Bocor* – als ein in der Ausübung der schwarzen Magie erfahrener Voodoo-Priester – tätig war, kein Mangel daran. Aber hier, wo so viele Menschen sich auf einem so relativ kleinen Stück Erde zusammendrängten, hier, wo jede Woche zwanzig bis vierzig Morde verübt wurden, hier, wo tätliche Angriffe, Vergewaltigungen, Raubüberfälle und Einbrüche jedes Jahr in die Zehntausende gingen – sogar in die Hunderttausende – hier, wo eine Armee von Straßenmädchen nach Freiern Ausschau hielt, wo Legionen von Betrügern nach Opfern suchten, wo es alle möglichen verdrehten Irren, Perversen, Punks, Vergewaltiger und Schläger ohne Zahl gab – *hier* war die Luft geschwängert mit unvermischten Strömungen des Bösen, die man sehen, riechen und spüren konnte – wenn man, wie Lavelle, dafür empfänglich war. Mit jeder bösen Tat stiegen Ausdünstungen des Bösen aus der verderbten Seele auf und reicherten die knisternden Ströme in der Luft an, machte sie stärker, zerstörerischer.

Die Stadt war auch von anderen, davon völlig verschiedenen Strömen des Guten durchzogen; Effluvien, die von guten, rühmenswerte Taten vollbringenden Seelen aufstiegen. Es gab Ströme der Hoffnung und der Liebe, des Mutes und der Barmherzigkeit, der Unschuld und Güte, der Freundschaft, der Aufrichtigkeit und der Würde. Auch diese Energie war sehr mächtig, aber für sie hatte Lavelle absolut keine Verwendung. Ein *Houngon,* ein in der weißen Magie geschulter Priester, konnte diese Energie des Guten anzapfen, um zu heilen, um mit Beschwörungen zu helfen und Wunder zu wirken. Aber Lavelle war ein *Bocor,* kein *Houngon.* Er hatte sich den schwarzen Künsten verschrieben, den Riten des *Congo* und des *Pétro,* nicht den verschiedenen Riten des *Rada,* der weißen Magie. Und sich dieser dunklen Sphäre der Zauberkunst zu weihen bedeutete auch, darauf beschränkt zu sein.

Sein langjähriger Umgang mit dem Bösen hatte ihn jedoch nicht freudlos, traurig oder auch nur mürrisch gemacht; er war ein fröhlicher Mann. Er lächelte breit, wie er da hinter dem Hause stand, am Rand des toten braunen Grases, und in das Schneegestöber hinaufschaute. Er fühlte sich stark, entspannt, zufrieden, fast überwältigend zufrieden mit sich selbst.

Er war groß, sechs Fuß drei Zoll. In seinen engen schwarzen Hosen und dem langen, knappsitzenden grauen Kaschmirmantel wirkte er noch größer. Er war ungewöhnlich hager, wirkte aber kräftig, obwohl er wenig Fleisch auf den Knochen hatte. Nicht einmal der unaufmerksamste Beobachter konnte ihn für einen Schwächling halten, denn er strahlte richtiggehend Selbstvertrauen aus, und wenn man seine Augen sah, wollte man ihm am liebsten schleunigst aus dem Weg gehen. Seine Hände waren groß, die Gelenke breit und knochig. Er hatte ein edles Gesicht, dem des Filmschauspielers Sidney Poitier nicht unähnlich. Seine Haut war außergewöhnlich dunkel, sehr schwarz, mit einem fast violetten Unterton, ein wenig wie die Schale einer reifen Aubergine. Schneeflokken schmolzen auf seinem Gesicht, blieben in seinen Augenbrauen hängen und überzuckerten sein drahtiges schwarzes Haar.

Das Haus, aus dem er gekommen war, war ein zweistöckiges Ziegelgebäude, pseudo-viktorianisch, mit einem falschen Turm, einem Schieferdach und vielen Zukkerbäckerverzierungen, aber stark mitgenommen, verwittert und schmutzig. Es war in den Anfängen des Jahrhunderts erbaut worden, in einer damals wirklich guten Wohngegend. Die meisten Häuser waren inzwischen zu Apartmentgebäuden umgebaut worden. Dieses hier nicht, aber es befand sich in dem gleichen baufälligen Zustand wie die anderen. Es war nicht das Haus, das Lavelle sich ausgesucht hätte; er *mußte* hier wohnen, bis er seinen kleinen Privatkrieg zu seiner Zufriedenheit beendet hatte; es war sein Versteck.

In einer Ecke von Lavelles Grundstück stand an der Garagenwand ein Schuppen aus Wellblech mit weißem Lackanstrich und zwei grünen Metalltüren. Er hatte ihn bei Sears gekauft; die Arbeiter hatten ihn vor einem Monat aufgestellt. Als er nun lange genug in den fallenden Schnee hinaufgeschaut hatte, ging er zu diesem Schuppen, öffnete eine der Türen und trat ein.

Hitze schlug ihm entgegen. Obwohl der Schuppen keine Heizung hatte und die Wände nicht einmal isoliert waren, herrschte in dem kleinen Gebäude – zwölf mal zehn Fuß – doch eine überaus hohe Temperatur. Lavelle war kaum eingetreten und hatte die Tür hinter sich zugezogen, da mußte er auch schon seinen Neunhundert-Dollar-Mantel ausziehen, um frei atmen zu können.

Ein sonderbarer, leicht schwefelähnlicher Geruch hing in der Luft. Die meisten Menschen hätten ihn als unangenehm empfunden. Aber Lavelle schnupperte, atmete dann tief ein und lächelte. Er mochte den Gestank. Für ihn war es ein süßer Duft, denn es war der Geruch der Rache.

Der Schweiß war ihm ausgebrochen.

Er zog sein Hemd aus.

Er stimmte einen monotonen Singsang in einer fremdartigen Sprache an.

Er zog seine Schuhe aus, dann seine Hose und seine Unterwäsche.

Nackt kniete er auf dem Erdboden nieder.

Er begann, leise zu singen. Die Melodie war rein, bezwingend, und seine Stimme trug gut. Er sang gedämpft, so daß ihn außerhalb seines Grundstücks niemand hätte hören können.

Der Schweiß lief in Strömen an ihm herab. Sein schwarzer Körper glänzte.

Er wiegte sich beim Singen sanft vor und zurück. Nach einer kleinen Weile geriet er fast in Trance.

Der Text, den er sang, setzte sich aus beschwingten, rhythmischen Wortketten in einer ungrammatikalischen, verschlungenen, aber wohltönenden Mischung aus Französisch, Englisch, Kisuaheli und Bantu zusammen. Es war teils haitianisches Patois, teils jamaicanisches Patois, teils ein afrikanischer Juju-Gesang: die so reiche ›Sprache‹ des Voodoo.

Er sang von Rache. Von Tod. Vom Blut seiner Feinde. Er verlangte die Vernichtung der Familie Carramazza, eines Mitglieds nach dem anderen, wie sie auf der Liste standen, die er angefertigt hatte.

Schließlich sang er von dem Gemetzel an den beiden Kindern jenes Polizeibeamten, das jeden Augenblick notwendig werden konnte.

Die Vorstellung, Kinder zu töten, beunruhigte ihn nicht. Im Gegenteil, diese Aussicht war erregend.

Seine Augen leuchteten.

Seine langfingrigen Hände bewegten sich sinnlich streichelnd langsam an seinem hageren Körper auf und ab.

Sein Atem ging mühsam, als er die schwere, warme Luft einsog und einen noch schwereren, noch wärmeren Dunst ausstieß.

In den Schweißperlen auf seiner ebenholzschwarzen Haut spiegelte sich schimmernd orangefarbenes Licht.

Obwohl er die Deckenbeleuchtung nicht eingeschaltet hatte, als er den Schuppen betreten hatte, war es im Inneren nicht ganz dunkel. Die Wände des kleinen, fensterlosen Raumes waren in Schatten gehüllt, aber aus dem Fußboden in der Mitte stieg ein schwaches, orangefarbenes Glühen auf. Es kam aus einem etwa fünf Fuß großen Loch. Als Lavelle es ausgehoben hatte, hatte er ein kompliziertes, sechs Stunden dauerndes Ritual vollzogen und dabei zu vielen Göttern des Bösen gesprochen – Congo Savanna, Congo Maussai, Congo Moudongue – und zu den bösen Engeln wie dem Zandor, dem Ibos ›je rouge‹, dem Petro Maman Pemba und zu Ti Jean Pie Fin.

Die Aushöhlung hatte die Form eines Meteorkraters, die Wände neigten sich nach innen und bildeten eine Art Becken. Das Zentrum des Beckens war nur drei Fuß tief. Wenn man jedoch lange genug hineinstarrte, schien es allmählich viel, viel tiefer zu werden. Auf geheimnisvolle Weise veränderte sich, wenn man ein paar Minuten lang in das flackernde Licht starrte und sich sehr bemühte, seinen Ursprung zu erkennen, unvermittelt und drastisch die Perspektive, und man sah, daß der Boden des Loches Hunderte, wenn nicht Tausende von Fuß tiefer lag. Es war nicht nur ein Loch im Erdboden des Schuppens – nicht mehr; plötzlich wurde es ein magisches Tor ins Herz der Erde. Aber dann, mit einem Lidschlag, schien es wieder nur ein flaches Becken zu sein.

Jetzt beugte sich Lavelle, immer noch singend, nach vorne.

Er blickte in das seltsame, pulsierende, orangefarbene Licht.

Er schaute in das Loch.

Schaute hinunter.

Hinunter...

Hinunter in...

Hinunter in den Abgrund.

In den Höllenschlund.

Kapitel drei

1

Captain Walter Gresham von der Mordkommission hatte ein Gesicht wie eine Schaufel. Nicht, daß er häßlich gewesen wäre; eigentlich sah er auf eine etwas grobschlächtige Weise sogar ganz gut aus. Aber sein ganzes Gesicht neigte sich nach vorne, seine kräftigen Züge liefen nach unten und nach vorne auf die Kinnspitze zu, so daß man unwillkürlich an eine Gartenschaufel denken mußte.

Er kam ein paar Minuten vor Mittag im Hotel an und traf am Ende der Liftnische im sechzehnten Stockwerk neben einem Fenster, das auf die Fifth Avenue hinausging, mit Jack und Rebecca zusammen.

»Was sich hier zusammenbraut, ist ein ausgewachsener Bandenkrieg«, meinte Gresham. »So etwas haben wir zu meinen Lebzeiten noch nicht gehabt. Das ist ja wie in den wilden Zwanzigern, verdammt noch mal! Auch wenn sich da nur ein Haufen Gangster und Dreckskerle gegenseitig umbringen, ich mag das nicht. Werde das in meinem Zuständigkeitsbereich auf keinen Fall dulden. Ich habe mit dem Commissioner gesprochen, ehe ich hierherkam, und er ist da ganz meiner Ansicht: Wir können das nicht weiter so behandeln, als wäre es nur eine gewöhnliche Morduntersuchung; wir müssen Druck dahinterbringen. Wir bilden eine Sonderkommission. Wir richten in zwei Verhörräumen das Hauptquartier der Kommission ein, legen eigene Telefonleitungen und so weiter.«

»Soll das heißen, daß Jack und ich von dem Fall abgezogen werden?«

»Nein, nein«, sagte Gresham. »Ich übertrage euch die Leitung der Sonderkommission. Ich möchte, daß ihr jetzt ins Büro zurückfahrt, einen Angriffsplan, eine Strategie ausarbeitet und euch überlegt, was ihr alles braucht. Wie viele Leute – Uniformierte und Kriminalbeamte? Wieviel Büropersonal? Wie viele Fahrzeuge? Stellt besondere Verbindungen zu den Rauschgiftdezernaten der Stadt, des Staates und des Bundes her, damit wir nicht jedesmal die ganze Bürokratie durchlaufen müssen, wenn wir eine Information brauchen. Dann kommt ihr um fünf in mein Büro.«

»Wir haben hier noch einiges zu tun«, sagte Jack.

»Das kann auch jemand anderer machen«, verfügte Gresham. »Und übrigens haben wir ein paar Reaktionen auf eure Anfragen bezüglich Lavelle bekommen.«

»Die Telefongesellschaft?« fragte Jack.

»Das ist eine davon. Sie haben keine registrierte und keine Geheimnummer für jemanden namens Baba Lavelle.

»Was ist mit dem Elektrizitätswerk?« fragte Jack.

»Das gleiche«, antwortete Gresham. »Kein Baba Lavelle.«

»Vielleicht hat er für die Anschlüsse den Namen eines Freundes benützt.«

Gresham schüttelte den Kopf. »Wir haben auch Antwort von der Einwanderungsbehörde bekommen. Niemand namens Lavelle – Baba oder anders – hat im letzten Jahr eine Aufenthaltsgenehmigung beantragt, weder kurzfristig noch langfristig.«

Jack runzelte die Stirn. »Also hält er sich illegal im Lande auf.«

»Oder er ist überhaupt nicht hier«, sagte Rebecca.

Sie schauten sie verblüfft an.

Sie führte aus: »Ich bin durchaus nicht überzeugt davon, daß es wirklich einen Baba Lavelle gibt.«

»Lavelle existiert«, sagte Jack.

»Sie sind sich da sehr sicher«, stellte Gresham fest. »Warum?«

»Ich weiß es nicht genau.« Jack sah aus dem Fenster zu

den vom Schnee umwirbelten Türmen von Manhattan hinüber. »Ich will nicht so tun, als hätte ich Gründe dafür. Es ist nur... Instinkt. Ich spüre es in allen Knochen. Lavelle existiert. Er ist irgendwo da draußen... und ich glaube, er ist der bösartigste, gefährlichste Schweinehund, mit dem unsereiner es jemals zu tun bekommen wird.«

2

Als die Klassen im zweiten Stock der Wellton-Schule Mittagspause hatten, war Penny Dawson nicht hungrig. Sie machte sich nicht einmal die Mühe, zu dem ihr neu zugewiesenen Spind zu gehen und ihre Essensdose zu holen. Sie blieb an ihrem Platz, legte den Kopf auf die Arme und schloß die Augen, als wolle sie ein Nickerchen machen. Ein saurer, eiskalter Klumpen lag ihr bleischwer im Magen. Ihr war übel – aber nicht, weil sie etwa krank war, sondern vor Angst.

Sie hatte niemandem von den Kobolden mit den Silberaugen im Keller erzählt. Niemand würde ihr glauben, daß sie sie wirklich gesehen hatte. Und sicher würde auch niemand glauben, daß die Kobolde irgendwann versuchen würden, sie zu töten.

Aber sie wußte, was kommen würde. Sie wußte nicht, warum es ausgerechnet ihr passieren sollte. Sie wußte nicht genau, wie oder wann es passieren würde. Sie wußte nicht, woher die Kobolde kamen. Sie wußte nicht, ob sie eine Chance hatte, ihnen zu entkommen; vielleicht gab es keinen Ausweg. Aber sie *wußte*, was sie ihr antun wollten. O ja.

Sie machte sich nicht nur wegen ihres eigenen Schicksals Gedanken. Sie hatte auch Angst um Davey. Wenn die Kobolde es auf sie abgesehen hatten, dann vielleicht auch auf ihn.

Sie fühlte sich für Davey verantwortlich, besonders, seit ihre Mutter gestorben war. Sie war schließlich seine große Schwester. Eine große Schwester war verpflichtet, über ihren kleinen Bruder zu wachen und ihn zu beschützen, auch wenn er manchmal wirklich lästig sein konnte.

Im Augenblick befand sich Davey mit seinen Klassenkameraden und seinen Lehrern unten im ersten Stock. Jedenfalls für eine Weile war er in Sicherheit. Die Kobolde würden sich bestimmt nicht zeigen, wenn viele Leute dabei waren; sie schienen sehr darauf bedacht, im verborgenen zu bleiben.

Aber was war später? Was würde geschehen, wenn die Schule aus war und es Zeit wurde, nach Hause zu gehen?

Sie wußte nicht, wie sie sich oder Davey schützen konnte.

3

In der Hotelhalle blieben Jack und Rebecca bei den Telefonzellen stehen. Jack versuchte, seine Zugehfrau anzurufen. Wegen der Berufung in die Sonderkommission würde er die Kinder nicht wie geplant von der Schule abholen können, und er hoffte, sie würde Zeit haben, sie mitzunehmen und sie eine Weile bei sich zu behalten. Sie meldete sich nicht, und er dachte, sie sei vielleicht noch in seiner Wohnung beim Saubermachen, deshalb versuchte er es auch unter seiner eigenen Nummer, aber ohne Erfolg.

Nur ungern rief er Faye Jamison an, seine Schwägerin, Lindas einzige Schwester. Faye hatte Linda fast genausosehr geliebt, wie Jack sie geliebt hatte. Aus diesem Grunde brachte er Faye große Zuneigung entgegen – obwohl es nicht immer einfach war, sie gern zu haben. Sie war überzeugt, daß niemand ohne ihre Ratschläge ein ordentliches

Leben führen konnte. Sie meinte es gut. Aber trotz aller guten Absichten war sie aufreibend, und es gab Zeiten, da fand Jack ihre sanfte Stimme so durchdringend wie eine Polizeisirene.

Zum Beispiel jetzt, am Telefon, nachdem er gefragt hatte, ob sie die Kinder am Nachmittag von der Schule abholen würde, und sie sagte: »Natürlich, Jack, gerne, aber wenn sie dich erwarten und du dann nicht auftauchst, werden sie enttäuscht sein, und wenn so etwas zu oft passiert, werden sie mehr als nur enttäuscht sein; dann werden sie sich verlassen vorkommen.«

»Faye...«

»Die Psychologen sagen, wenn Kinder schon ein Elternteil verloren haben, dann brauchen sie...«

»Faye, entschuldige, aber ich habe im Moment wirklich keine Zeit, um mir anzuhören, was die Psychologen sagen. Ich...«

»Aber gerade für so etwas solltest du dir Zeit nehmen, mein Lieber.«

Er seufzte. »Vielleicht hast du recht.«

»Alle modernen Eltern sollten sich mit Kinderpsychologie auseinandersetzen.«

Jack warf einen Blick auf Rebecca, die ungeduldig neben dem Telefon wartete. Er zog die Augenbrauen hoch und zuckte die Achseln, als Faye weiterschwafelte.

»Du bist ein altmodischer, instinktgeleiteter Vater, mein Lieber. Du glaubst, mit Liebe und Bonbons ist alles getan. Liebe und Bonbons gehören natürlich dazu, aber das ist doch bei weitem nicht alles...«

»Faye, jetzt hör mir mal zu, wenn ich den Kindern zehnmal sage, daß ich komme, dann bin ich neunmal davon auch wirklich da. Aber manchmal geht es eben nicht. In meinem Beruf hat man nicht immer geregelte Arbeitszeiten. Als Kriminalbeamter bei der Mordkommission kann man nicht einfach mittendrin weglaufen, wenn man eine heiße Spur verfolgt, nur weil man Dienstschluß hat. Außerdem haben wir hier eine Krise. Eine große. Also, holst du nun die Kinder ab?«

»Natürlich, mein Lieber«, sagte sie, und es hörte sich leicht gekränkt an.

»Ich bin dir sehr dankbar, Faye.«

»Nicht der Rede wert.«

»Tut mir leid, wenn ich... kurz angebunden war.«

»Das warst du nicht. Mach dir deshalb keine Gedanken. Sollen Davey und Penny zum Dinner bleiben?«

»Wenn es dir nichts ausmacht?«

»Natürlich nicht. Wir haben sie gerne hier, Jack.«

»Also dann, vielen Dank, Faye. Ich weiß nicht, was ich tun würde, wenn Keith und du mir nicht hin und wieder aushelfen würdet; wirklich. Aber ich muß jetzt los. Bis später.«

Ehe Faye ihm noch weitere Ratschläge mit auf den Weg geben konnte, legte Jack auf, er fühlte sich erleichtert und zugleich schuldbewußt.

Im Westen hatte sich ein scharfer, heftiger Wind angestaut. Er fegte in einem erbarmungslosen Schwall durch die kalte graue Stadt und trieb den Schnee vor sich her.

Vor dem Hotel schlugen Rebecca und Jack die Mantelkrägen hoch, zogen das Kinn ein und gingen vorsichtig über das glatte, schneebedeckte Pflaster.

Gerade als sie ihren Wagen erreichten, sprach sie ein Fremder an. Er war groß, dunkelhäutig und gut gekleidet. »Lieutenant Chandler? Lieutenant Dawson? Mein Boß möchte mit Ihnen sprechen.«

»Wer ist Ihr Boß?« fragte Rebecca.

Statt einer Antwort deutete der Mann auf eine schwarze Mercedes-Limousine, die weiter vorne an der Hotelauffahrt parkte. Er ging darauf zu, sichtlich überzeugt, daß sie ihm ohne weitere Fragen folgen würden.

Nach kurzem Zögern taten sie das wirklich, und als sie die Limousine erreichten, glitt das dunkel getönte Rückfenster herunter. Jack erkannte den Insassen sofort, und er sah, daß auch Rebecca wußte, wer der Mann war: Don Gennaro Carramazza, das Oberhaupt der mächtigsten Mafia-Familie in New York.

Der große Mann stieg vorne ein und setzte sich neben den Chauffeur, und Carramazza, der alleine im Fond saß, öffnete seine Tür und winkte Jack und Rebecca, zu ihm zu kommen.

»Was wollen Sie?« fragte Rebecca, machte aber keine Anstalten, in den Wagen zu steigen.

»Mich ein wenig unterhalten«, sagte Carramazza nur mit einem Hauch eines sizilianischen Akzents. Er hatte eine überraschend kultivierte Stimme.

»Dann reden Sie«, sagte sie.

»Nicht so. Dazu ist es zu kalt«, widersprach Carramazza. Schnee wehte an ihm vorbei in den Wagen. »Machen wir es uns doch bequem.«

»Ich habe es bequem«, sagte sie.

»Nun, ich nicht«, entgegnete Carramazza. Er runzelte die Stirn. »Hören Sie, ich habe äußerst wichtige Informationen für Sie. Ich wollte sie Ihnen persönlich aushändigen. Zeigt Ihnen das nicht, wie wichtig es ist? Aber ich werde bei Gott nicht auf der Straße, in aller Öffentlichkeit mit Ihnen sprechen.«

Jack sagte: »Steig ein, Rebecca.«

Sie gehorchte mit einem Ausdruck des Widerwillens auf dem Gesicht.

Jack stieg hinter ihr in den Wagen. Sie setzten sich auf die Plätze zu beiden Seiten der eingebauten Bar und des Fernsehgeräts, dem Heck der Limousine zugewandt, während Carramazza nach vorne schaute.

Im vorderen Teil des Wagens berührte Rudy einen Schalter, und eine dicke Trennwand aus Plexiglas schob sich zwischen diesem Teil des Wagens und dem Fahrgastraum hoch.

Carramazza nahm einen Diplomatenkoffer und legte

ihn auf seinen Schoß, öffnete ihn aber nicht. Er betrachtete Jack und Rebecca mit nachdenklicher Miene.

Der Alte sah aus wie eine Eidechse. Seine Augen waren von schweren, faltigen Lidern verdeckt. Sein Schädel war fast völlig kahl. Sein Gesicht war voller Runzeln und ledrig, mit scharfen Zügen und einem breiten, schmallippigen Mund.

Es hätte Jack nicht überrascht, wenn zwischen Carramazzas trockenen Lippen eine lange, gespaltene Zunge herausgeschnellt wäre.

Carramazza schwenkte seinen Kopf zu Rebecca hin. »Sie haben wirklich keinen Grund, sich vor mir zu fürchten.«

Sie sah ihn überrascht an. »Fürchten? Aber das tue ich nicht.«

»Ich dachte nur, weil Sie zögerten, in den Wagen zu steigen...«

»Oh, das war keine Furcht«, entgegnete sie eisig. »Ich machte mir nur Sorgen, ob es die Reinigung denn schaffen würde, den Gestank wieder aus meinen Kleidern zu kriegen.«

Carramazzas harte, kleine Augen wurden schmal.

Jack stöhnte innerlich auf.

Der alte Mann sagte: »Ich sehe keinen Grund, warum wir nicht höflich miteinander umgehen sollten, besonders wenn es im beiderseitigen Interesse liegt, daß wir zusammenarbeiten.«

Er hörte sich nicht wie ein Ganove an. Er hörte sich an wie ein Bankier.

»Wirklich?« fragte Rebecca. »Sie sehen wirklich keinen Grund? Dann gestatten Sie mir bitte, es Ihnen zu erklären.«

Jack sagte: »Äh, Rebecca...«

Sie war nicht zu bremsen: »Sie sind ein Gangster, ein Dieb und ein Mörder, ein Drogenhändler und ein Zuhälter. Ist das Erklärung genug?«

»Rebecca...«

»Keine Angst, Jack. Ich habe ihn nicht beleidigt. Man kann ein Schwein nicht dadurch beleidigen, daß man es ein Schwein nennt.«

»Vergiß nicht«, mahnte Jack, »daß er heute seinen Neffen und seinen Bruder verloren hat.«

»Die beide Drogenhändler, Gangster und Mörder waren«, gab sie zurück.

Ihre Heftigkeit hatte Carramazza die Sprache verschlagen.

Rebecca warf ihm einen wütenden Blick zu und sagte: »Sie scheinen über den Verlust ihres Bruders nicht gerade untröstlich zu sein. Findest du, daß er untröstlich aussieht, Jack?«

Ohne eine Spur von Zorn oder auch nur Erregung in der Stimme sagte Carramazza: »Sizilianische Männer in der *fratellanza* weinen nicht.«

Aus dem Mund eines verhutzelten Greises klang diese Macho-Erklärung maßlos albern.

Immer noch ohne erkennbare Feindseligkeit und weiterhin mit der beschwichtigenden Stimme eines Bankiers erklärte Carramazza: »Aber wir haben Gefühle. Und wir nehmen Rache.«

Rebecca musterte ihn mit unverhohlenem Abscheu.

Die reptilienartigen Hände des alten Mannes lagen völlig reglos auf dem Diplomatenkoffer. Er richtete seine Kobraaugen auf Jack.

»Lieutenant Dawson, vielleicht sollte ich mich in dieser Sache an Sie wenden. Sie scheinen die... Vorurteile von Lieutenant Chandler nicht zu teilen.«

Jack schüttelte den Kopf. »Da befinden Sie sich im Irrtum. Ich stimme allem zu, was sie gesagt hat. Ich hätte es nur nicht ausgesprochen.«

Er sah Rebecca an.

Sie lächelte ihm zu, zufrieden, weil er sie unterstützte.

Jack sah sie an, wandte sich aber an Carramazza, als er

sagte: »Manchmal sind der Eifer und die Aggressivität meiner Partnerin etwas übertrieben und destruktiv, eine Lektion, die sie anscheinend nicht lernen kann oder will.«

Ihr Lächeln verschwand sehr schnell.

Mit deutlichem Sarkasmus sagte Carramazza: »Was haben wir denn hier – zwei selbstgerechte, scheinheilige Typen? Sie haben wohl noch nie Bestechungsgeld angenommen, nicht einmal früher, als Sie noch Streifenpolizist waren und kaum genug verdienten, um die Miete zu bezahlen?«

Jack sah dem Alten in die harten, wachsamen Augen und sagte: »Ja. Das stimmt. Das habe ich nie getan.«

Carramazza betrachtete sie einen Augenblick lang schweigend, während eine Schneewolke um den Wagen wirbelte und die Stadt verhüllte. Endlich sagte er: »Dann habe ich es also mit zwei Monstren zu tun.« Er stieß das Wort ›Monstren‹ mit solcher Verachtung heraus, daß man deutlich sah, wie sehr ihm allein der Gedanke an einen ehrlichen Beamten zuwider war.

»Nein, Sie irren sich«, sagte Jack. »Wir sind nichts Besonderes. Wir sind keine Monstren. Nicht alle Polizisten sind bestechlich. Nicht einmal die meisten davon.«

»Die meisten werden auf die eine oder andere Weise geschmiert«, behauptete Carramazza.

»Das ist einfach nicht wahr.«

Rebecca sagte: »Es hat keinen Sinn zu diskutieren, Jack. Er *muß* glauben, daß alle anderen korrupt sind. Nur so kann er rechtfertigen, was er tut.«

Der alte Mann seufzte. Er öffnete den Diplomatenkoffer auf seinem Schoß, zog einen Manila-Umschlag heraus und reichte ihn Jack. »Das könnte nützlich für Sie sein.«

Jack nahm ihn mit nicht geringen Befürchtungen. »Was ist das?«

»Keine Aufregung«, sagte Carramazza. »Es ist kein Bestechungsgeld. Es sind Informationen. Alles, was wir über den Mann in Erfahrung bringen konnten, der sich

Baba Lavelle nennt. Seine letzte bekannte Adresse. Die Restaurants, die er besuchte, ehe er diesen Krieg anfing und untertauchte. Die Namen und Adressen aller Pusher, die seine Ware während der letzten drei Monate verteilt haben – obwohl Sie einige von ihnen wahrscheinlich nicht mehr verhören können.«

»Weil Sie sie haben töten lassen?« fragte Rebecca.

»Nun, vielleicht sind sie einfach fortgegangen.«

»Sicher.«

»Jedenfalls steht alles hier drin«, sagte Carramazza. »Vielleicht haben Sie diese Informationen alle schon; vielleicht auch nicht. Ich glaube nicht.«

»Warum geben Sie sie uns?« fragte Jack.

»Ist das nicht offensichtlich?« fragte der alte Mann und öffnete seine verdeckten Augen ein wenig weiter. »Ich möchte, daß Lavelle gefunden wird. Ich möchte, daß er gestoppt wird.«

Jack hielt den großformatigen Umschlag in der Hand, klopfte sich damit aufs Knie und sagte: »Ich hätte geglaubt, Sie haben viel bessere Chancen, ihn zu finden als wir. Schließlich ist er Drogenhändler. Er gehört zu Ihrer Welt. Sie haben alle Quellen, alle Kontakte…«

»Die üblichen Quellen und Kontakte sind in diesem Fall wenig oder gar nichts wert«, sagte der alte Mann. »Dieser Lavelle… er ist ein Einzelgänger. Noch schlimmer. Es ist… als könne er sich… in Luft auflösen.«

»Sind Sie sicher, daß er tatsächlich existiert?« fragte Rebecca. »Vielleicht ist er nur ein Strohmann. Vielleicht haben ihn Ihre *wirklichen* Feinde nur aufgebaut, um sich hinter ihm zu verstecken.«

»Er ist sehr real«, sagte Carramazza mit Nachdruck. »Er ist im letzten Frühjahr illegal ins Land gekommen. Er kam über Puerto Rico von Jamaica hierher. In dem Umschlag hier ist eine Fotografie von ihm.« Jack öffnete hastig den Umschlag, kramte den Inhalt durch und zog ein acht mal zehn Zoll großes Hochglanzfoto heraus.

Carramazza sagte: »Das ist die Vergrößerung eines Schnappschusses; er wurde, kurz nachdem Lavelle anfing, in dem Gebiet zu operieren, das traditionell uns gehört, in einem Restaurant aufgenommen.«

Das Foto war ein wenig unscharf, aber Lavelles Gesicht war deutlich genug, so daß Jack ihn in Zukunft erkennen konnte, sollte er ihm jemals auf der Straße begegnen.

Er gab das Bild Rebecca.

Carramazza sagte: »Lavelle will mir mein Geschäft wegnehmen, meinen Ruf innerhalb der *fratellanza* ruinieren und mich als schwach und hilflos hinstellen. *Mich.* Mich, den Mann, der die Organisation seit achtundzwanzig Jahren mit eiserner Hand führt! *Mich!*«

Endlich schwang eine Andeutung von Gefühl in seiner Stimme mit: kalter, harter Zorn. Als er weitersprach, spuckte er die Worte aus, als hätten sie einen fauligen Geschmack.

»Aber das ist noch nicht das Schlimmste. Nein. Sehen Sie, das Geschäft interessiert ihn eigentlich gar nicht. Sobald er es hat, wird er es wegwerfen, wird zulassen, daß die anderen Familien nachrücken und es unter sich aufteilen. Er will nur nicht, daß ich oder irgend jemand anderer mit dem Namen Carramazza es hat. Das ist nicht nur ein Kampf um ein Gebiet, nicht nur ein Machtkampf. Für Lavelle ist es ganz eindeutig ein Rachefeldzug. Er will mich auf jede nur denkbare Weise leiden sehen. Er hat vor, mich zu isolieren, und hofft, mich zu vernichten, indem er mir mein Imperium raubt und meine Neffen und meine Söhne tötet. Ja, alle – einen nach dem anderen. Er droht, auch meine besten Freunde zu ermorden, jeden, der mir jemals etwas bedeutet hat. Er schwört, er werde meine fünf geliebten Enkelkinder töten. Können Sie sich so etwas vorstellen? Er bedroht kleine Kinder! Keine Rache, ganz gleich, wie gerechtfertigt sie sein mag, sollte jemals unschuldige Kinder treffen.«

»Hat er Ihnen tatsächlich gesagt, daß er all das tun

wird?« fragte Rebecca. »Wann? Wann hat er es Ihnen gesagt?«

»Mehrmals.«

»Sie sind persönlich mit ihm zusammengetroffen?«

»Nein. Ein persönliches Treffen würde er nicht überleben.«

Das Image des Bankiers hatte sich in nichts aufgelöst. Die vornehme Fassade war zerbröckelt. Der Alte wirkte mehr denn je wie ein Reptil. Wie eine Schlange in einem Tausend-Dollar-Anzug. Eine sehr giftige Schlange.

Er fuhr fort: »Dieser Dreckskerl von Lavelle hat mir das alles am Telefon gesagt. Er hat mich unter meiner geheimen Privatnummer angerufen. Ich lasse die Nummer ständig ändern, aber der Schleicher bekommt die neue jedesmal in die Finger, praktisch sofort, wenn sie angeschlossen ist. Er erzählt mir ... er sagt ... wenn er meine Freunde, meine Neffen, Söhne und Enkel getötet hat, dann ... er sagt, er wird ... er sagt, er wird ...«

Einen Augenblick lang war Carramazza angesichts der Erinnerung an Lavelles arrogante Drohungen unfähig weiterzusprechen. Zorn blockierte seine Kiefer; seine Zähne preßten sich aufeinander, die Muskeln an Hals und Wangen traten hervor. Seine dunklen Augen, die einem Angst einjagten, funkelten jetzt in so intensiver, unmenschlicher Wut, daß sie sich Jack mitteilte und ihm einen Schauder über den Rücken jagte.

Schließlich bekam sich Carramazza wieder unter Kontrolle. Aber als er sprach, war seine Stimme nur mehr ein stoßweises, kaltes Flüstern: »Dieser Abschaum, dieser Niggerbastard, dieses Stück *Scheiße* – er sagt, er will meine Frau abschlachten, meine Nina. *Abschlachten*, das war das Wort, das er verwendete. Und wenn er sie geschlachtet hat, sagt er, dann wird er mir auch meine Tochter wegnehmen.« Die Stimme des alten Mannes wurde weich, als er von seiner Tochter sprach. »Meine Rosie. Meine wunderschöne Rosie, die Freude meines Lebens. Siebenundzwanzig ist sie, aber sie sieht aus wie siebzehn. Und klug ist sie. Studiert Medizin. Wird Ärztin. Fängt dieses Jahr mit ihrem Praktikum an. Eine Haut wie Porzellan. Die schönsten Augen, die Sie je gesehen haben.« Er schwieg einen Augenblick, als er Rosie im Geiste vor sich sah, dann wurde sein Flüstern wieder scharf. »Lavelle sagt, er will meine Tochter vergewaltigen und sie dann in Stücke schneiden, zerteilen... vor meinen Augen. Er hat die Dreistigkeit, solche Sachen zu mir zu sagen.« Der alte Mann schwieg ein paar Sekunden; er atmete in tiefen, zittrigen Stößen. Seine Klauenfinger ballten sich zu Fäusten, öffneten, schlossen, öffneten, schlossen sich. Dann: »Ich will, daß jemand diesen Bastard unschädlich macht.«

»Sie haben alle Ihre Leute auf ihn angesetzt?« fragte Jack. »Alle Quellen angezapft?«

»Ja.«

»Aber Sie können ihn trotzdem nicht finden.«

»Neiiiin«, gestand Carramazza ein, und als er dieses eine Wort so in die Länge zog, ließ das eine Frustration erkennen, die fast ebensogroß war wie sein Zorn. »Er hat seine Wohnung im Village verlassen und ist in den Untergrund gegangen, versteckt sich. Deshalb erzähle ich Ihnen all das.«

Jack fragte: »Sie haben uns erzählt, daß Lavelles Motiv Rache ist. Aber wofür? Was haben Sie ihm angetan, daß er Ihre ganze Familie, sogar Ihre Enkel auslöschen will?«

»Das werde ich Ihnen nicht sagen. Ich *kann* es Ihnen nicht sagen, denn wenn ich es täte, würde mich das möglicherweise kompromittieren.«

»Wohl eher *belasten*«, sagte Rebecca.

Jack schob das Foto von Lavelle in den Umschlag zurück. »Ich habe mir schon wegen Ihres Bruders Dominick Gedanken gemacht.«

Bei der Erwähnung seines toten Bruders schien Gennaro Carramazza zusammenzuschrumpfen und schlagartig zu altern.

Jack fuhr fort: »Ich meine, er wollte sich doch in diesem Hotel hier offenbar verstecken, als Lavelle ihn erwischte. Aber wenn er wußte, daß er auf der Abschußliste stand, warum hat er sich nicht in seinem eigenen Haus verkrochen oder ist zu Ihnen gekommen, um Sie um Schutz zu bitten? Unter solchen Umständen gäbe es doch in der ganzen Stadt keinen sichereren Ort als Ihr Haus. Angesichts dessen, was sich hier abspielt, haben Sie sich doch da draußen in Brooklyn Heights sicher wie in einer Festung verschanzt.«

»Das stimmt«, sagte der Alte. »Mein Haus ist eine Festung.« Seine Augen blinzelten einmal, zweimal, so langsam wie Eidechsenaugen. »Eine Festung – aber doch nicht sicher. Lavelle hat schon zweimal in meinem eigenen Haus zugeschlagen, trotz der strengen Sicherheitsvorkehrungen.«

»Sie meinen, er hat in Ihrem Haus getötet...«

»Ja.«

»Wen?«

»Ginger und Pepper.«

»Wer ist das?«

»Meine Hündchen. Ein Zwergspanielpärchen.«

»Aha.«

»Kleine Hunde, wissen Sie.«

»Und sie wurden in Ihrem Haus getötet?«

Carramazza blickte auf. »Gestern nacht. In Stücke gerissen. Irgendwie – wir wissen immer noch nicht, wie – ist Lavelle oder einer seiner Leute ins Haus gelangt, hat meine süßen kleinen Hündchen getötet und es wieder verlassen, ohne entdeckt zu werden.« Er schlug mit seiner knochigen Hand auf den Diplomatenkoffer. »Verdammt! Dabei ist das ganz unmöglich! Das Haus ist vollkommen dicht! Von einer kleinen Armee bewacht! Ginger und Pepper waren so zutraulich. Sie hätten nie jemand gebissen. Nie. Sie bellten auch fast nie. Sie haben es nicht verdient, so brutal behandelt zu werden. Zwei unschuldige kleine Wesen.«

Jack war einigermaßen erstaunt. Dieser Mörder, dieser greisenhafte Rauschgifthändler, dieser alte Halsabschneider, diese gefährliche, giftige Eidechse von einem Menschen, der um seinen toten Bruder nicht weinen konnte oder wollte, schien jetzt gleich in Tränen ausbrechen zu wollen, weil jemand seine Hündchen umgebracht hatte.

Jack warf einen Blick auf Rebecca. Sie starrte Carramazza an, halb mit großäugigem Erstaunen, halb wie jemand, der beobachtet, wie eine besonders abscheuliche Kreatur unter einem Stein hervorkriecht.

Jack war sich nicht ganz sicher, wie er einen weinerlichen Mafia-Chef behandeln sollte, und er versuchte, Carramazza von seinen Hunden abzulenken, ehe der Alte endgültig in jenen kläglichen und peinlichen Zustand abglitt, dem er jetzt gefährlich nahe war. Er sagte: »Es wird gemunkelt, daß Lavelle behauptet, er ginge mit Voodoo gegen Sie vor.«

Carramazza nickte. »Das sagt er.«

»Und Sie glauben es?«

»Er scheint es ernst zu meinen.«

»Und glauben Sie, daß an dieser Voodoo-Sache etwas dran ist?«

Carramazza antwortete nicht. Er blickte durch das Seitenfenster hinaus in das Schneegestöber, das der Wind an der Limousine vorbeipeitschte.

Obwohl Jack merkte, daß Rebecca ihn mißbilligend ansah, hakte er nach: »Glauben Sie, da ist etwas dran?«

Carramazza wandte sein Gesicht vom Fenster ab. »Sie meinen, ob ich glaube, daß es funktioniert? Vor einem Monat hätte ich noch gelacht, wenn mich das jemand gefragt hätte, aber jetzt...«

Jack sagte: »Jetzt fragen Sie sich, ob nicht vielleicht...«

»Ja. Ob nicht vielleicht...«

Jack sah, daß sich die Augen des alten Mannes verändert hatten. Sie waren immer noch hart, immer noch kalt, immer noch wachsam, aber jetzt lag etwas Neues darin.

Angst. Es war ein Gefühl, dem der gehässige alte Bastard eigentlich schon lange entwöhnt sein mußte.

»Finden Sie ihn«, sagte Carramazza.

»Wir werden es versuchen«, versprach Jack.

»Halten Sie ihn auf», verlangte Carramazza, und seine Stimme hörte sich an, als wäre er so nahe daran wie nie davor, zu einem Vertreter des Gesetzes ›bitte‹ zu sagen.

Die Mercedes-Limousine fuhr vom Rinnstein weg und die Hotelauffahrt hinunter und hinterließ tiefe Spuren in dem Viertelzoll Schnee, der jetzt das Pflaster bedeckte.

Jack und Rebecca blieben einen Augenblick auf dem Gehsteig stehen und sahen dem Wagen nach.

Rebecca sagte: »Wir müssen ins Hauptquartier zurück.«

Jack nahm das Foto von Lavelle aus dem Umschlag, den Carramazza ihm gegeben hatte, und steckte es in die Innentasche seines Mantels.

»Was hast du vor?« fragte Rebecca.

Er reichte ihr den Umschlag. »Ich bin in einer Stunde im Hauptquartier.«

»Du willst nach Harlem hinaus, stimmt's?«

»Hör zu, Rebecca...«

»Zu diesem verdammten Voodoo-Laden.«

Er sagte nichts.

Sie sagte: »Ich wußte es. Du rennst da hinaus, um noch einmal mit Carver Hampton zu sprechen. Mit diesem Scharlatan. Diesem Betrüger.«

»Er ist kein Betrüger. Er glaubt an das, was er tut. Ich sagte, ich würde heute noch einmal zu ihm kommen.«

»Das ist blödsinnig.«

»Wirklich? Lavelle existiert. Wir haben jetzt ein Foto von ihm.«

»Dann existiert er also? Das bedeutet noch nicht, daß Voodoo funktioniert!«

»Das weiß ich selbst.«

»Wie soll ich ins Büro kommen, wenn du da rausfährst?«

»Du kannst den Wagen nehmen. Ich lasse mich von einem Streifenpolizisten hinbringen.«

»Jack, verdammt noch mal.«

»Ich habe so ein Gefühl, Rebecca.«

»Zum Teufel damit.«

»Ich habe das Gefühl, daß ... irgendwie ... die Voodoo-Subkultur – vielleicht nichts wirklich Übernatürliches – aber wenigstens die Subkultur selbst untrennbar mit dieser Sache zusammenhängt. Ich habe wirklich das Gefühl, daß man den Fall von dieser Seite angehen muß.«

4

Der Neuschnee ließ die Straße heller und freundlicher erscheinen. Die Gegend war immer noch schäbig, schmutzig, von Abfall übersät und völlig heruntergekommen, aber sie sah nicht halb so schlimm aus wie gestern, ohne Schnee.

Carver Hamptons Laden war gleich um die Ecke. Auf dem Schild über der Tür stand nur ein einziges Wort: *Rada*. Gestern hatte Jack Hampton gefragt, was dieser Name bedeute, und er hatte erfahren, daß es drei große Liturgien oder geistliche Richtungen gab, die das Voodoo beherrschten. Zu zweien gehörten die bösen Gottheiten; sie hießen *Congo* und *Pétro*. Das Pantheon der guten Götter hieß Rada. Da Hampton nur mit Substanzen, Gerätschaften und zeremoniellen Gewändern handelte, die zur Ausübung der weißen (guten) Magie benötigt wurden, brauchte er nicht mehr als dieses eine Wort über der Tür, um genau die Kundschaft anzulocken, nach der er suchte – jene Leute aus der Karibik und ihre Nachkommen, die, als sie nach New York City verschlagen worden waren, ihre Religion mitgebracht hatten.

Jack öffnete die Tür; eine Glocke verkündete sein Eintreten, und er ging hinein und ließ den eisigen Dezemberwind draußen.

Auf das Klingeln hin kam Carver Hampton durch einen grünen Perlenvorhang aus dem Hinterzimmer an der Rückseite des Ladens. Er schien überrascht. »Lieutenant Dawson! Wie nett, Sie wiederzusehen. Aber ich hatte nicht erwartet, daß Sie noch einmal hierherkommen würden, noch dazu bei diesem abscheulichen Wetter. Ich dachte, Sie würden nur anrufen und fragen, ob ich etwas für Sie herausgefunden habe.«

Jack ging durch den Laden, und sie schüttelten sich über die Verkaufstheke hinweg die Hände.

Carver Hampton war großgewachsen, mit breiten Schultern und einem riesigen Brustkorb, er hatte etwa vierzig Pfund Übergewicht, wirkte aber sehr beeindrukkend. Auch wenn er nicht besonders gut aussah, wirkte er doch sehr freundlich, wie ein sanfter Riese, das Urbild eines schwarzen Santa Claus.

Er sagte: »Es tut mir so leid, daß Sie den ganzen Weg umsonst gemacht haben.«

»Dann haben Sie also seit gestern nichts herausgefunden?« fragte Jack.

»Nicht viel. Ich habe so herumgehorcht. Ich frage immer noch hier und da und stochere herum. Bisher habe ich nur erfahren, daß es tatsächlich jemanden gibt, der sich Baba Lavelle nennt und behauptet, er sei ein *Bocor.*«

»*Bocor?* Das ist ein Priester, der Hexerei betreibt – richtig?«

»Richtig. Schwarze Magie. Das ist alles, was ich weiß: daß es ihn wirklich gibt, worüber Sie sich gestern nicht so sicher waren; ich nehme also an, daß das wenigstens einen gewissen Wert für Sie hat. Aber wenn Sie angerufen hätten...«

»Tja, eigentlich bin ich gekommen, um Ihnen etwas zu zeigen, das nützlich sein könnte. Ein Foto von Baba Lavelle persönlich.«

»Wahrhaftig?«

»Ja.«

»Dann wissen Sie also schon, daß es ihn wirklich gibt. Lassen Sie es mich aber doch sehen. Es könnte von Nutzen sein, wenn ich den Mann beschreiben kann, nach dem ich frage.«

Jack zog das Hochglanzfoto aus der Innentasche seines Mantels und reichte es hinüber.

Hamptons Gesicht veränderte sich augenblicklich, als er Lavelle sah. Wenn ein Schwarzer überhaupt blaß werden kann, dann wurde er das. Nicht so sehr der Farbton seiner Haut veränderte sich, aber sie wurde stumpf und verlor alle Lebendigkeit.

Er sagte: »Dieser Mann!«

»Was?« fragte Jack.

Das Foto zitterte, als Hampton es schnell zurückgab. Er stieß es Jack hin, als wolle er es schnellstens loswerden, als könne er sich irgendwie mit einer schlimmen Krankheit infizieren, wenn er das fotografische Abbild von Lavelle auch nur berührte. Seine großen Hände bebten.

Jack fragte: »Was ist? Was ist denn los?«

»Ich kenne ihn«, sagte Hampton. »Ich... ich habe ihn schon gesehen. Ich wußte nur seinen Namen nicht.«

»Wo haben Sie ihn gesehen?«

»Hier.«

»Hier im Laden?«

»Ja.«

»Wann?«

»Letzten September.«

»Seitdem nicht mehr?«

»Nein.«

»Was wollte er hier?«

»Er wollte Kräuter und pulverisierte Blumen kaufen.«

»Aber ich dachte, Sie handeln nur mit guter Magie? *Rada!*«

»Viele Substanzen kann sowohl ein *Bocor* wie auch ein

Houngon zu sehr verschiedenen Zwecken verwenden, für böse oder gute Magie. Es ging um Kräuter und pulverisierte Blumen, die äußerst selten sind und die er nirgendwo sonst in New York hatte auftreiben können.«

»Gibt es noch *mehr* solche Läden wie den Ihren?«

»Einen, der so ähnlich ist, aber nicht so groß. Und dann gibt es zwei praktizierende *Houngons* – die beiden sind keine großen Magier, kaum mehr als Amateure, sie haben beide nicht genug Macht oder Wissen, um sehr erfolgreich zu sein – sie verkaufen die magischen Sachen in ihrer Wohnung. Aber die kennen alle drei keine Skrupel. Sie verkaufen an *Bocors* und an *Houngons.*«

»Lavelle kam also hierher, als er bei denen nicht alles bekommen konnte, was er brauchte.«

»Ja. Er erzählte mir, er hätte das meiste gefunden, aber er sagte, mein Laden sei der einzige, der ein vollständiges Sortiment auch der ganz selten benützten Ingredienzien für Zaubersprüche und Beschwörungen führt. Was natürlich stimmt. Ich bin stolz auf meine Auswahl und auf die Qualität meiner Ware. Aber im Gegensatz zu den anderen verkaufe ich nicht an einen *Bocor* – wenn ich weiß, daß er einer ist. Jedenfalls, dieser Mann, der auf dem Foto...«

»Lavelle«, sagte Jack.

»Damals kannte ich seinen Namen nicht. Als ich die paar Sachen einpackte, die er sich ausgesucht hatte, entdeckte ich, daß er ein *Bocor* war, und ich weigerte mich, das Geschäft abzuschließen. Er dachte, ich sei wie all die anderen Händler, ich würde einfach an jeden verkaufen, und er war wütend, als ich ihm nicht geben wollte, was er verlangte. Ich wies ihm die Tür und dachte, damit sei die Sache erledigt.«

»Das war sie aber nicht?« fragte Jack.

»Nein.«

»Er kam zurück?«

»Nein.«

»Was geschah dann?«

Hampton kam hinter der Verkaufstheke hervor. Er ging zu den Regalen, auf denen Hunderte und Aberhunderte von Flaschen standen; Jack folgte ihm.

Hamptons Stimme war gedämpft und hatte einen ängstlichen Unterton. »Zwei Tage, nachdem Lavelle hier war, war ich alleine im Laden, saß da hinten an der Theke und las – da fielen plötzlich alle Flaschen von den Regalen auf den Boden. Alle im gleichen Augenblick. Das war vielleicht ein Krach! Die Hälfte davon zerbrach, der Inhalt floß ineinander, alles war ruiniert. Ich rannte hin, um zu sehen, was geschehen war, wodurch das Ganze ausgelöst worden war, und als ich näherkam, begannen einige der verschütteten Kräuter, Pulver und zerstoßenen Wurzeln... nun, sich zu *bewegen*... eine Gestalt zu bilden... lebendig zu werden. Aus den Trümmern wand sich zusammengesetzt aus mehreren Substanzen... eine schwarze Schlange, ungefähr achtzehn Zoll lang, empor. Mit gelben Augen. Giftzähnen. Einer hin- und herschnellenden Zunge. So wirklich wie eine aus dem Ei geschlüpfte Schlange.«

Jack starrte den großen Mann an, er wußte nicht, was er von ihm oder von seiner Geschichte halten sollte. Bis zu diesem Augenblick hatte er gedacht, Carver Hampton glaube aufrichtig an seine religiösen Vorstellungen und sei ein völlig vernünftiger Mensch, nicht weniger rational, nur weil seine Religion nicht der Katholizismus oder das Judentum war, sondern Voodoo. Jetzt starrte er ihn mit äußerst gemischten Gefühlen an, skeptisch und vorsichtig akzeptierend zugleich.

Rebecca würde jetzt sagen, er sei wieder einmal übermäßig aufgeschlossen.

Hampton starrte die Flaschen an, die auf den Regalen standen, und sagte: »Die Schlange glitt auf mich zu. Ich wich durch den ganzen Raum zurück. Ich konnte nirgendwohin fliehen. Ich fiel auf die Knie. Sprach Gebete. Es waren die richtigen Gebete für diese Situation, und sie taten ihre Wirkung. Entweder war es das... oder Lavelle wollte gar nicht, daß die Schlange mir Schaden zufügt. Vielleicht wollte er mich damit nur warnen, mich nicht in seine Angelegenheiten einzumischen, wollte mir sozusagen eine Ohrfeige geben, weil ich ihn so kurzerhand rausgeworfen hatte. Jedenfalls löste sich die Schlange schließlich wieder in die Kräuter, Pulver und zerstoßenen Wurzeln auf, aus denen sie entstanden war.«

»Woher wissen Sie, daß Lavelle es war, der das getan hat?« fragte Jack.

»Einen Moment, nachdem die Schlange... sich aufgelöst hatte... klingelte das Telefon. Es war dieser Mann, der, den ich nicht hatte bedienen wollen. Er sagte mir, es sei mein gutes Recht zu entscheiden, ob ich ihn bedienen wolle oder nicht, und er nehme mir das nicht übel. Aber er sagte, er gestatte niemandem, Hand an ihn zu legen, wie ich es getan hätte. Um mir das zu vergelten, habe er meine Sammlung von Kräutern zerstört und die Schlange heraufbeschworen. Das sagte er. Das war *alles*, was er sagte. Dann legte er auf.«

»Sie hatten mir nicht erzählt, daß Sie ihn tatsächlich mit Gewalt aus dem Laden *geworfen* hatten«, sagte Jack.

»Das habe ich auch nicht getan. Ich habe ihm nur die Hand auf den Arm gelegt und ihn... wie soll ich sagen?... hinausge*führt*. Entschieden, ja, aber ohne wirklich Gewalt anzuwenden, ohne ihm weh zu tun. Trotzdem reichte das, um ihn so wütend zu machen, daß er sich rächen wollte.«

»Und das war alles im September?«

»Ja.«

»Und er ist nie mehr wiedergekommen?«

»Nein.«

»Hat auch nicht angerufen?«

»Nein. Und ich brauchte fast drei Monate, bis ich mein Sortiment an seltenen Kräutern und Pulvern wieder beieinander hatte. Viele von diesen Artikeln sind so furchtbar schwer zu bekommen. Sie können sich das nicht vorstellen. Erst vor kurzem wurde ich damit fertig, diese Regale aufzufüllen.«

»Sie haben also durchaus Gründe zu wünschen, daß diesem Lavelle das Handwerk gelegt wird«, meinte Jack.

Hampton schüttelte den Kopf. »Im Gegenteil.«

»Wie?«

»Ich will mit der Sache nichts mehr zu tun haben.«

»Aber...«

»Ich kann Ihnen nicht mehr helfen, Lieutenant.«

»Das verstehe ich nicht.«

»Es müßte doch klar sein. Wenn ich Ihnen helfe, schickt Lavelle mir etwas auf den Hals. Etwas Schlimmeres als die Schlange. Und diesmal wird es nicht nur eine Warnung sein. Nein, diesmal geht es mir mit Sicherheit ans Leben.«

Jack sah, daß Hampton es ernst meinte, daß er wirklich verängstigt war. Der Mann glaubte an die Macht des Voodoo. Er zitterte. Selbst Rebecca würde, wenn sie ihn jetzt sähe, nicht mehr behaupten können, er sei ein Scharlatan. Er *glaubte* wirklich.

Jack sagte: »Aber Sie müßten doch genauso wie ich wünschen, daß er hinter Gitter kommt. Sie müßten doch, nach allem, was er Ihnen angetan hat, wollen, daß ihm sein schmutziges Handwerk gelegt wird.«

»Sie werden ihn nie ins Gefängnis bringen.«

»O doch.«

»Ganz gleich, was er tut, Sie werden ihm nie etwas anhaben können.«

»Wir werden ihn schon kriegen.«

»Er ist ein sehr mächtiger *Bocor,* Lieutenant. Kein Amateur. Kein Durchschnittszauberer. Ihm steht die Macht der Dunkelheit, der letzten Dunkelheit des Todes, der Dunkelheit der Hölle, der Dunkelheit der Anderen Seite zur Verfügung. Es ist eine kosmische Macht, die jegliches menschliche Begriffsvermögen übersteigt. Er ist nicht nur mit Satan im Bunde, mit eurem christlichen und jüdischen

König der Dämonen. Das wäre schlimm genug. Aber, sehen Sie, er dient auch *allen* bösen Göttern der afrikanischen Religionen, die bis in die Antike zurückreichen; er hat dieses große, bösartige Pantheon hinter sich. Einige dieser Gottheiten sind weit mächtiger und unermeßlich viel brutaler, als man Satan jemals dargestellt hat. Eine gewaltige Heerschar böser Wesen steht Lavelle zu Diensten, sie lassen sich bereitwillig von ihm benützen, weil sie ihrerseits ihn als Pforte in diese Welt benützen. Sie sind bestrebt herüberzukommen, um Blut, Schmerz, Entsetzen und Elend über die Lebenden zu bringen, denn zu dieser unserer Welt wird ihnen der Zutritt gewöhnlich durch die Macht der guten Götter verwehrt, die über uns wachen.«

Hampton hielt inne. Es kostete ihn Mühe zu atmen. Auf seiner Stirn glänzten Schweißperlen. Er wischte sich mit seinen großen Händen über das Gesicht und atmete mehrmals langsam und tief durch. Dann sprach er weiter, bemühte sich, seine Stimme ruhig und vernünftig klingen zu lassen, aber das gelang ihm nur halb.

»Lavelle ist ein gefährlicher Mann, Lieutenant, unendlich viel gefährlicher, als Sie es auch nur ahnen können. Ich halte es auch für sehr wahrscheinlich, daß er verrückt ist, wahnsinnig; er hatte eindeutig etwas Irres an sich. Das ist eine äußerst furchterregende Kombination. Das über alle Maßen Böse in Verbindung mit dem Wahnsinn und der Macht eines meisterlich geschulten *Bocor*.«

»Aber Sie sagen, Sie sind ein *Houngon*, ein Priester der weißen Magie. Können Sie mit Ihrer Macht nicht gegen ihn vorgehen?«

»Ich bin ein fähiger *Houngon*, besser als viele andere. Aber das Format dieses Mannes habe ich nicht. Ich könnte zum Beispiel, mit großer Anstrengung, vielleicht seinen eigenen Vorrat an Kräutern und Pulvern mit einem Fluch belegen. Ich könnte vielleicht ausgreifen und bewirken, daß ein paar Flaschen von den Regalen in seinem Arbeitszimmer, oder wo immer er sie aufbewahrt, herunterfallen

– natürlich erst, nachdem ich den Raum gesehen hätte. Ich könnte jedoch nicht soviel zerstören wie er. Und ich könnte keine Schlange heraufbeschwören, wie er es getan hat. Über soviel Macht, soviel Geschicklichkeit verfüge ich nicht.«

»Sie könnten es aber doch versuchen?«

»Nein. Ganz bestimmt nicht. Bei einer Machtprobe würde er mich zerquetschen. Wie ein Insekt.«

Hampton ging zur Tür und öffnete sie.

»Hören Sie«, sagte Jack. »Lavelle braucht nie zu erfahren, daß Sie sich nach ihm erkundigen. Er...«

»Er würde es herausfinden«, fiel ihm Hampton zornig ins Wort, seine Augen waren so weit aufgerissen wie die Tür, die er festhielt. »Er weiß alles – oder kann es herausfinden. Alles.«

»Aber...«

»Bitte, gehen Sie«, sagte Hampton.

»Hören Sie mich doch an. Ich...«

»Gehen Sie.«

»Aber...«

»Los, gehen Sie, verschwinden Sie, sofort, verdammt!« sagte Hampton mit einer Stimme, in der sich Ärger, Entsetzen und Panik zu gleichen Teilen mischten.

Die fast hysterische Angst dieses Hünen vor Lavelle übertrug sich allmählich auf Jack. Ein Frösteln durchlief ihn, und er stellte fest, daß seine Hände plötzlich feucht waren.

Er nickte seufzend. »Schon gut, schon gut, Mr. Hampton. Aber ich wünschte wirklich...«

»Jetzt, verdammt, *sofort!*« schrie Hampton.

Jack verließ den Laden.

5

Die Tür zum *Rada* schlug hinter ihm zu.

In der schneestillen Straße klang es, als würde ein Gewehr abgefeuert.

Jack drehte sich um, blickte zurück und sah, wie Carver Hampton die Jalousie herunterzog, die die Glasscheibe in der Mitte der Tür verdeckte. In dicken weißen Lettern war auf dem dunklen Segeltuch ein Wort gedruckt: GESCHLOSSEN.

Einen Augenblick später gingen in dem Laden die Lichter aus.

Vorsichtig ging Jack über das rutschige Pflaster auf den Streifenwagen zu, der, weiße Auspuffwolken ausstoßend, am Rinnstein auf ihn wartete. Er hatte erst drei Schritte gemacht, als er stehenblieb, weil er ein Geräusch hörte, das nicht hierher, auf die winterliche Straße, zu gehören schien: das Klingeln eines Telefons. Er schaute nach rechts und nach links und sah nahe an der Ecke, zwanzig Fuß hinter dem wartenden Schwarzweißen, ein Münztelefon. In der gar nicht zu einer Großstadt passenden Stille, die der Schnee über die Straßen legte, schrillte das Klingeln so laut, daß es direkt vor ihm aus dem Nichts zu kommen schien.

Er starrte das Telefon an. Es war nicht in einer Zelle. In der heutigen Zeit gab es nicht mehr viele von den Zellen mit einer Falttür, die wie ein kleiner Schrank aussahen, und in denen man ungestört sprechen konnte; zu teuer, sagte Ma Bell. Dieses Telefon war auf einer Stange angebracht und hatte einen Schallschutz in Form einer Schöpfkelle, die an drei Seiten nach innen gebogen war. Im Lauf der Jahre war er ein paarmal an öffentlichen Telefonen vorbeigekommen, die klingelten, obwohl niemand in der Nähe war, der auf einen Anruf wartete. Bei diesen Gelegenheiten hatte er nie einen zweiten Blick darauf verschwendet, hatte nie auch nur den geringsten Drang verspürt, den Hörer abzunehmen und herauszufinden, wer dran war; es war ihn nichts angegangen. Genausowenig, wie es ihn diesmal etwas anging. Und doch... dieses Mal war es irgendwie... anders. Das Klingeln schlängelte sich heraus wie ein Geräuschlasso, fing ihn ein, umschlang ihn, hielt ihn fest.

Die Harlem-Umgebung veränderte sich auf eine sonderbare, verwirrende Weise. Nur drei Dinge blieben fest und real: das Telefon, ein schmaler Streifen schneebedecktes Pflaster, der zu dem Telefon hinführte, und Jack selbst. Der Rest der Welt schien in einen Nebel zurückzuweichen, der aus dem Nichts aufstieg. Die Gebäude schienen zu verblassen, sich aufzulösen, wie in einem Film, wenn eine Szene ausgeblendet wurde, um von einer anderen ersetzt zu werden.

Es klingelte...

Etwas zog ihn an.

Es klingelte...

Zog ihn zum Telefon.

Er versuchte, sich dagegen zu wehren.

Es klingelte...

Plötzlich merkte er, daß er einen Schritt gemacht hatte. Auf das Telefon zu.

Und noch einen.

Einen dritten.

Ihm war, als schwebe er.

Es klingelte...

Er bewegte sich wie im Traum oder im Fieber.

Er machte noch einen Schritt.

Er wollte stehenbleiben. Und konnte nicht.

Sein Herz hämmerte.

Ihm war schwindlig, wirr im Kopf.

Trotz der eiskalten Luft war sein Nacken schweißnaß.

Das Klingeln des Telefons war wie die rhythmischen, glitzernden Pendelbewegungen der Taschenuhr eines Hypnotiseurs. Das Geräusch zog ihn unerbittlich vorwärts, so sicher, wie in alten Zeiten die Gesänge der Sirenen unvorsichtige Seeleute auf die Riffs und in den Tod gezogen hatten.

Er wußte, daß der Anruf für ihn war. Wußte es, ohne zu begreifen, *wieso* er das wußte.

Er nahm den Hörer ab: »Hallo?«

»Lieutenant Dawson! Ich bin entzückt, daß ich endlich Gelegenheit habe, mit Ihnen zu sprechen. Mein Bester, wir hätten schon längst einmal miteinander plaudern sollen.«

Es war eine tiefe Stimme, aber kein Baß, und sie klang weich und elegant; auffällig war der gebildete britische Tonfall, der durch die schwungvollen Rhythmen der für tropische Zonen typischen Sprachmuster drang. Eindeutig ein karibischer Akzent.

Jack fragte: »Lavelle?«

»Aber natürlich. Wer sonst?«

»Aber woher wußten Sie...«

»Daß Sie dort sind? Mein lieber Junge, ich behalte Sie doch im Auge, wenn auch mit einer gewissen Lässigkeit.«

»Sie sind hier, nicht wahr? Irgendwo in dieser Straße, in einem der Apartmenthäuser?«

»Weit entfernt. Harlem ist nicht nach meinem Geschmack.«

»Ich möchte mit Ihnen reden«, sagte Jack.

»Das tun wir doch gerade.«

»Ich meine: persönlich.«

»Oh, ich glaube kaum, daß das notwendig ist.«

»Ich würde Sie nicht verhaften.«

»Das könnten Sie auch nicht. Keine Beweise.«

»Nun, dann...«

»Aber Sie würden mich unter irgendeinem Vorwand ein oder zwei Tage lang festhalten.«

»Ich gebe Ihnen mein Wort, daß wir Sie nur ein paar Stunden festhalten würden, nur um Ihnen einige Fragen zu stellen.«

»Tatsächlich?«

»Sie können mir vertrauen, wenn ich Ihnen mein Wort gebe. Ich tue das nicht leichtfertig.«

»Sonderbarerweise bin ich ziemlich sicher, daß das stimmt.«

»Warum kommen Sie also nicht her und beantworten uns einige Fragen, um gewisse Dinge klarzustellen und den Verdacht von sich abzuwälzen?«

»Tja, ich kann den Verdacht natürlich nicht von mir abwälzen, weil ich tatsächlich schuldig bin«, sagte Lavelle. Er lachte.

»Sie wollen sagen, daß Sie hinter den Morden stecken?«

»Sicher. Hat Ihnen das nicht jeder gesagt?«

»Sie haben mich also angerufen, um zu gestehen?«

Lavelle lachte wieder. Dann: »Ich habe Sie angerufen, um Ihnen einen Rat zu geben.«

»Ja?«

»Verfahren Sie so, wie es die Polizei in meinem Heimatland Haiti tun würde.«

»Und wie wäre das?«

»Man würde einem *Bocor,* der soviel Macht besitzt wie ich, nicht in die Quere kommen.«

»Stimmt das?«

»Man würde es nicht wagen.«

»Wir sind hier in New York, nicht auf Haiti. Abergläubische Ängste werden einem auf der Polizeiakademie nicht beigebracht.«

Jack sprach mit ruhiger und gelassener Stimme, aber sein Herz hämmerte wie wild gegen seine Rippen.

Lavelle sagte: »Außerdem würde sich die Polizei auf Haiti gar nicht einmischen *wollen,* wenn die Opfer des *Bocors* so wertloser Dreck wären wie die Familie Carramazza. Sehen Sie mich nicht als Mörder, Lieutenant. Sehen Sie mich als Kammerjäger, der der Gesellschaft einen wertvollen Dienst erweist. So würde man es in Haiti betrachten.«

»Wir haben hier eine andere Philosophie.«

»Tut mir leid, das zu hören.«

»Wir halten Mord für Unrecht, ganz gleich, wer das Opfer ist.«

»Wie albern. Was verliert die Welt, wenn die Carramazzas sterben? Diebe, Mörder und Zuhälter. Andere Diebe, Mörder und Zuhälter werden nachrücken und ihren Platz einnehmen. Nicht ich, verstehen Sie? Sie glauben vielleicht, daß ich genauso bin wie sie, nichts als ein Mörder, aber ich bin nicht von dieser Sorte. Ich bin Priester. Ich will den Drogenhandel in New York nicht beherrschen. Ich will ihn nur Gennaro Carramazza wegnehmen, als Teil seiner Strafe. Ich möchte ihn finanziell ruinieren, ihn so zurücklassen, daß er unter seinesgleichen keinen Respekt mehr genießt, und ich will ihm seine Freunde und seine Familie wegnehmen, sie abschlachten, ihm beibringen, was Leid ist. Wenn das geschehen ist, wenn er isoliert, einsam und voller Angst ist, wenn er eine Weile gelitten hat, wenn er von schwärzester Verzweiflung erfüllt ist, dann werde ich mich endlich auch seiner entledigen, und zwar auf langsame und sehr qualvolle Weise. Dann werde ich fortgehen, zurück auf die Inseln, und Sie werden nie wieder von mir belästigt werden. Ich bin nur ein Werkzeug der Gerechtigkeit, Lieutenant Dawson.«

»Verlangt die Gerechtigkeit wirklich, Carramazzas Enkelkinder zu ermorden?«

»Ja.«

»Unschuldige kleine Kinder?«

»Sie sind nicht unschuldig. Sie haben sein Blut, seine Gene. Das macht sie ebenso schuldig wie ihn.«

Carver Hampton hatte recht: Lavelle war wahnsinnig.

»Nun«, fuhr Lavelle fort, »ich sehe ein, daß Sie Schwierigkeiten mit Ihren Vorgesetzten bekommen, wenn Sie nicht wenigstens für ein paar von diesen Morden jemanden vor Gericht bringen. Die gesamte Mordkommission wird zum Prügelknaben für die Presse werden, wenn nichts geschieht. Das verstehe ich sehr gut. Wenn Sie wollen, werde ich es also so einrichten, daß durch viele verschiedene Anhaltspunkte Mitglieder einer der anderen Mafia-Familien der Stadt belastet werden. Es wäre mir ein Vergnügen, Ihnen auf diese Weise aus der Klemme zu helfen.«

Es waren nicht nur die Umstände, unter denen dieses Gespräch stattfand – die traumartige Beschaffenheit der Straße rings um das Münztelefon, das Gefühl zu schweben, der Fieberschleier –, die alles so unwirklich erscheinen ließen; das Gespräch selbst war so bizarr, daß es niemand hätte glauben können, ganz gleich, unter welchen Umständen es geführt wurde.

Jack sagte: »Glauben Sie wirklich, daß ich so ein Angebot ernst nehmen könnte?«

»Die Beweise, die ich fingiere, werden hieb- und stichfest sein. Sie werden jeder gerichtlichen Überprüfung standhalten. Sie brauchen nicht zu befürchten, den Fall zu verlieren.«

»Das meine ich nicht«, sagte Jack. »Glauben Sie wirklich, daß ich mit Ihnen zusammenarbeiten würde, um unschuldigen Menschen etwas anzuhängen?«

»Sie wären nicht unschuldig. Kaum. Ich rede davon, anderen Mördern, Dieben und Zuhältern etwas anzuhängen.«

»Aber *diese* Verbrechen hätten sie nicht begangen.«

»Reine Formsache.«

»Nicht für mich.«

Lavelle schwieg einen Augenblick. Dann: »Sie sind ein interessanter Mann, Lieutenant. Naiv. Dumm. Aber trotzdem interessant.«

»Gennaro Carramazza erzählte uns, Ihr Motiv sei Rache.«

»Ja.«

»Wofür?«

»Hat er Ihnen das nicht erzählt?«

»Nein. Was ist das für eine Geschichte?«

Schweigen.

Jack wartete, hätte die Frage fast noch einmal gestellt.

Dann sprach Lavelle endlich, und in seiner Stimme war eine neue Schärfe, sie klang jetzt hart und grausam. »Ich hatte einen jüngeren Bruder. Er hieß Gregory. Eigentlich war er mein Halbbruder. Sein Familienname war Pontrain. Er hing nicht den alten Hexen- und Zauberkünsten an. Er mied sie. Er wollte nichts mit den alten Religionen Afrikas zu tun haben. Er hatte eine sehr moderne Einstellung, die Vernünftigkeit des Maschinenzeitalters. Mich hielt er für einen harmlosen Exzentriker. Aber obwohl er mich nicht verstand, liebte ich ihn, und er liebte mich. Wir waren Brüder. *Brüder*. Ich hätte alles für ihn getan.«

»Gregory Pontrain...«, sagte Jack nachdenklich. »Der Name kommt mir irgendwie bekannt vor.«

»Gregory kam vor Jahren als legaler Einwanderer hierher. Er strengte sich sehr an, arbeitete sich durchs College, bekam ein Stipendium. Er hatte immer schriftstellerisches Talent gehabt, schon als Junge, und er glaubte zu wissen, was er damit anfangen sollte. Er machte hier, an der Columbia University, sein journalistisches Diplom. Er war Klassenbester. Arbeitete für die *New York Times*. Ungefähr ein Jahr lang schrieb er nicht einmal selbst, sondern prüfte nur die Recherchen in den Berichten anderer Reporter nach. Allmählich bekam er auch selber ein paar Aufträge. Kleine Sachen. Unbedeutend. Was man ›aus dem Leben gegriffen‹ nennen würde. Und dann...«

»Gregory Pontrain«, sagte Jack. »Natürlich. Der Polizeireporter.«

»Mit der Zeit wurden meinem Bruder ein paar Kriminalberichte übertragen. Raubüberfälle. Rauschgiftrazzien. Seine Reportagen waren gut. Ja, er fing an, Geschichten nachzugehen, mit denen man ihn gar nicht beauftragt hatte, größere Sachen, die er ganz allein ausgegraben hatte. Und schließlich wurde er der Experte der *Times* für den Rauschgifthandel in der Stadt. Niemand wußte mehr über das Thema, wie die Carramazzas darin verwickelt waren, wie die Carramazza-Organisation soundso viele Beamte der Sittenpolizei und städtische Politiker bestochen hatte; niemand wußte mehr als Gregory; niemand. Er veröffentlichte diese Artikel...«

»Ich habe sie gelesen. Gute Arbeit. Vier Stück, glaube ich.«

»Ja, er hatte vor, noch mehr zu machen, mindestens noch ein halbes Dutzend weiterer Artikel. Es war schon von einem Pulitzer-Preis die Rede, nur aufgrund dessen, was er bis dahin geschrieben hatte. Schon hatte er genügend Beweise ausgegraben, um die Polizei zu interessieren und drei Anklageerhebungen vor dem Großen Geschworenengericht zu erreichen. Er hatte so seine Verbindungsleute, wissen Sie: Insider bei der Polizei und in der Carramazza-Familie, Insider, die ihm vertrauten. Er war überzeugt, Dominick Carramazza selbst zur Strecke bringen zu können, ehe alles vorüber war. Er glaubte, er könne etwas ändern, ganz allein. Er verstand nicht, daß es nur eine Möglichkeit gibt, mit den Mächten der Dunkelheit umzugehen, nämlich Frieden mit ihnen zu schließen, sich ihnen anzupassen, wie ich es getan habe. Eines Abends im letzten März waren er und seine Frau Ona auf dem Weg zum Dinner...«

»Die Autobombe«, sagte Jack.

»Sie wurden beide in Stücke gerissen. Ona war schwanger. Es wäre ihr erstes Kind gewesen. Gennaro Carramazza schuldet mir also drei Leben – Gregory, Ona und das Baby.«

»Der Fall wurde nie aufgeklärt«, erinnerte ihn Jack. »Es gab keinen Beweis dafür, daß Carramazza dahintersteckte.«

»Es war aber so.«

»Das können Sie nicht sicher wissen.«

»Doch. Ich habe auch meine Quellen. Sogar noch bessere als Gregory. Ich lasse die Augen und Ohren der Unterwelt für mich arbeiten.« Er lachte. Er hatte ein melodisches, fast sympathisches Lachen, das Jack aus der Fassung brachte. »Die Unterwelt, Lieutenant. Aber damit meine ich nicht die kriminelle Unterwelt, diese elende *cosa nostra* mit ihrem sizilianischen Stolz und ihrem hohlen Ehrenkodex. Die Unterwelt, von der ich spreche, liegt viel tiefer als die, in der die Mafia haust, tiefer ist sie und dunkler. Ich habe die Augen und Ohren der Uralten, die Berichte von Dämonen und dunklen Engeln, das Zeugnis der Wesen, die alles sehen und alles wissen.«

Wahnsinn, dachte Jack. Der Mann gehört in eine geschlossene Anstalt.

Aber außer dem Wahnsinn war da noch etwas in Lavelles Stimme, das den Polizisteninstinkt in Jack reizte und lockte. Wenn Lavelle vom Übernatürlichen sprach, dann tat er das mit echter Ehrfurcht und Überzeugung; wenn er jedoch von seinem Bruder sprach, wurde seine Stimme ganz ölig, weil die Gefühle unecht und die Trauer nicht überzeugend waren. Jack spürte, daß Rache nicht Lavelles Hauptmotivation war, und daß er in Wirklichkeit seinen ehrbaren Bruder sogar gehaßt hatte, daß er über seinen Tod vielleicht sogar froh (oder zumindest erleichtert) war.

»Ihr Bruder wäre mit der Rache, die Sie da nehmen, nicht einverstanden«, sagte Jack.

»Vielleicht doch. Sie haben ihn nicht gekannt.«

»Aber ich weiß genug von ihm, um mit einiger Sicherheit sagen zu können, daß er überhaupt nicht wie Sie war. Er war ein anständiger Mensch. Er würde dieses ganze Gemetzel nicht wollen. Es würde ihn abstoßen.«

Lavelle sagte nichts, aber in seinem Schweigen lag eine Art Schmollen, ein schwelender Zorn.

Jack sagte: »Er wäre bestimmt nicht mit dem Mord an irgend jemandes Enkelkindern einverstanden, mit Rache bis in die dritte Generation. Er war nicht krank wie Sie. Er war nicht verrückt.«

»Es ist ohne Bedeutung, ob er einverstanden wäre«, sagte Lavelle ungeduldig.

»Vermutlich, weil Sie nicht wirklich von Rachsucht getrieben werden. Nicht in Ihrem tiefsten Inneren.«

»Ich rotte dieses Ungeziefer nicht im Namen meines Bruders aus«, sagte Lavelle scharf und wütend. »Ich tue es in meinem eigenen Namen. In meinem und keinem anderen. Davon müssen Sie ausgehen. Ich habe niemals etwas anderes behauptet. Diese Toten gehen auf mein Konto. Nicht auf das meines Bruders.«

»Konto? Seit wann kann man Mord gutschreiben, seit wann ist er eine Empfehlung, etwas, worauf man stolz sein kann? Das ist Wahnsinn.«

»Es ist kein Wahnsinn«, widersprach Lavelle hitzig. Der Irrsinn stieg in ihm auf. »Die Argumentation der Uralten, der Götter des *Pétro* und des *Congo* lautet so. Niemand kann ungestraft dem Bruder eines *Bocor* das Leben nehmen. Der Mord an meinem Bruder ist eine Beleidigung für mich. Das kann ich nicht dulden. Ich will es auch nicht! Meine Macht als *Bocor* wäre für immer geschwächt, wenn ich auf Rache verzichtete.« Jetzt redete er irre, verlor seine Gelassenheit. »Blut muß fließen. Die Schleusen des Todes müssen sich öffnen. Meere von Schmerz müssen sie hinwegfegen, alle, die mich verhöhnten, indem sie Hand an meinen Bruder legten. Selbst wenn ich Gregory verachtet habe, er gehörte zu meiner Familie. Wenn ich nicht angemessen Rache nehme, werden mir die Uralten nie wieder gestatten, sie anzurufen; sie werden meinen Flüchen und Zaubersprüchen keine Kraft mehr verleihen. Ich muß den Mord an meinem Bruder mit mindestens zwanzig Morden vergelten, wenn ich den Respekt und die Unterstützung der Götter des *Pétro* und des *Congo* behalten will.«

Jack war bis an die Wurzeln der wahren Motive des Mannes vorgedrungen, aber das hatte ihm nichts gebracht. Die wahren Beweggründe ergaben für ihn keinen

Sinn. Sie schienen ihm nur ein weiterer Beweis für Lavelles Wahnsinn zu sein.

»Sie glauben wirklich daran, nicht wahr?« fragte Jack.

»Es ist die Wahrheit.«

»Es ist Wahnsinn.«

»Irgendwann werden Sie Ihre Meinung ändern.«

»Wahnsinn«, wiederholte Jack.

»Noch einen guten Rat«, sagte Lavelle.

»Ich habe bisher noch keinen Verdächtigen kennengelernt, der so voller guter Ratschläge steckte wie Sie. Sie sind eine richtige Briefkastentante.«

Ohne darauf einzugehen, sagte Lavelle: »Geben Sie diesen Fall ab.«

»Das kann nicht Ihr Ernst sein.«

»Sie werden es tun, wenn Sie wissen, was gut für Sie ist.«

»Sie sind ein arroganter Bastard.«

»Ich weiß.«

»Ich bin Polizist, in Gottes Namen! Sie können mich nicht mit Drohungen einschüchtern. Drohungen steigern nur mein Interesse, Sie zu finden. Die Polizisten in Haiti sind sicher genauso. So groß kann der Unterschied nicht sein. Außerdem, was hätten Sie davon, wenn ich mich ablösen ließe? Dann würde jemand anderer an meine Stelle treten. Man würde trotzdem weiter nach Ihnen suchen.«

»Ja, aber wer immer Sie ersetzen würde, er wäre nicht so unvoreingenommen, daß er die Möglichkeit der Wirksamkeit von Voodoo in Betracht ziehen würde. Er würde sich an die üblichen Polizeimethoden halten, und vor denen habe ich keine Angst.«

Jack war überrascht. »Sie meinen, meine Aufgeschlossenheit allein ist eine Bedrohung für Sie?«

Lavelle beantwortete diese Frage nicht. Er sagte: »Na schön. Wenn Sie schon nicht von der Bildfläche verschwinden wollen, dann hören Sie wenigstens auf, Untersuchungen über Voodoo anzustellen. Gehen Sie so vor, wie Rebecca Chandler vorgehen will – wie bei einer ganz gewöhnlichen Morduntersuchung.«

»Ihre *Frechheit* ist unglaublich«, sagte Jack.

»Sie sind, wenn auch nur ein ganz klein wenig, für die Möglichkeit einer übernatürlichen Erklärung offen. Verfolgen Sie diese Spur nicht weiter. Mehr verlange ich nicht.«

»Ach, tatsächlich nicht?«

»Geben Sie sich mit Fingerabdrücken, Labortechnikern, Ihren üblichen Experten und den Standardmethoden zufrieden. Befragen Sie so viele Zeugen, wie Sie nur wollen...«

»Vielen Dank für die gütige Erlaubnis.«

»...all das kümmert mich nicht«, fuhr Lavelle fort, als hätte Jack ihn nicht unterbrochen. »Auf diese Weise finden Sie mich nie. Ehe Sie auch nur eine einzige Spur haben, bin ich mit Carramazza fertig und auf dem Weg zurück zu den Inseln. Vergessen Sie nur den Voodoo-Aspekt.«

Erstaunt über die Dreistigkeit des Mannes fragte Jack: »Und wenn ich das nicht tue?«

Die offene Telefonleitung zischte, und Jack fiel die schwarze Schlange ein, von der Carver Hampton gesprochen hatte, und er fragte sich, ob Lavelle wohl irgendwie eine Schlange durch die Leitung schicken konnte.

Lavelle sagte: »Wenn Sie darauf bestehen, mehr über Voodoo zu erfahren, wenn Sie weiterhin Ermittlungen in dieser Richtung anstellen... dann lasse ich Ihren Sohn und Ihre Tochter in Stücke reißen.«

Endlich ging eine von Lavelles Drohungen Jack unter die Haut. Sein Magen krampfte sich zusammen.

Lavelle sagte: »Wissen Sie noch, wie Dominick Carramazza und seine Leibwächter aussahen...«

Und dann redeten sie beide gleichzeitig. Jack schrie, Lavelle behielt seinen kühlen und gemessenen Tonfall bei.

»Hören Sie, Sie schleimiger Hundesohn...«

»...da im Hotel, der alte Dominick, ganz zerfleischt...«

»... lassen Sie die Finger von...«

»... die Augen ausgequetscht, voller Blut?«

»... meinen Kindern, sonst werde ich...«

»Wenn ich mit Davey und Penny fertig bin...«

»... Ihnen den Schädel wegpusten!«

»... sind sie nur noch totes Fleisch...«

»Ich warne Sie...«

»... und vielleicht vergewaltige ich das Mädchen auch noch...«

»... Sie stinkender Abschaum!«

»... weil sie wirklich ein zartes, saftiges, kleines Ding ist. Manchmal mag ich sie zart, ganz jung und zart und unschuldig. Das Aufregende ist, wenn man sie in den Dreck ziehen kann, wissen Sie.«

»Nachdem Sie meine Kinder bedroht haben, Sie Arschloch, haben Sie jetzt jede Chance vertan, die Sie hatten. Was glauben Sie eigentlich, wer Sie sind?«

»Ich lasse Ihnen den Rest dieses Tages Zeit, um darüber nachzudenken. Wenn Sie dann nicht den Schwanz einziehen, hole ich mir Davey und Penny. Und ich werde es sehr schmerzhaft für sie machen.«

Lavelle legte auf.

»Warten Sie!« schrie Jack.

Er rüttelte an der Gabel, versuchte, die Verbindung wiederherzustellen, versuchte, Lavelle zurückzuholen. Natürlich funktionierte es nicht.

Er keuchte wie ein Stier, der lange genug mit einem roten Tuch gereizt worden war. Er spürte, wie das Blut in seinen Schläfen pochte und fühlte die Hitze in seinem geröteten Gesicht. Sein Magen hatte sich zu einem so festen Knoten zusammengezogen, daß es schmerzte.

Einen Augenblick später wandte er sich vom Telefon ab. Er bebte vor Zorn. Er blieb im Schneegestöber stehen und bemühte sich, sich allmählich wieder in den Griff zu bekommen.

Die Welt, die so seltsam zurückgewichen war, als das

Telefon zu klingeln angefangen hatte, kam jetzt wieder auf ihn zugestürzt. Als erstes nahm Jack Geräusche wahr: eine blökende Autohupe, Gelächter weiter unten auf der Straße, das Klappern von Schneeketten auf dem verschneiten Pflaster, das Heulen des Windes. Die Gebäude drängten sich von allen Seiten heran. Ein Fußgänger hastete vorbei, im Wind vorgebeugt; und dann kamen drei schwarze Teenager, die einander im Laufen lachend mit Schneebällen bewarfen. Der Nebel war verschwunden, und er fühlte sich nicht länger schwindlig und wirr im Kopf. Er fragte sich, ob überhaupt Nebel dagewesen war und entschied, der unheimliche Dunst habe nur in seinem Geist existiert, ein Gebilde seiner Fantasie. In Wirklichkeit war wohl... hatte er wohl irgendeinen Anfall gehabt; ja, sicher, das war alles.

Aber was für einen Anfall? Und warum hatte er ihn erlitten? Wodurch war er ausgelöst worden? Er war in seinem ganzen Leben noch nie ohnmächtig geworden; nichts, was dem im entferntesten glich. Er war völlig gesund. *Warum* also?

Und woher hatte er gewußt, daß der Anruf ihm galt?

Er blieb eine Weile stehen und dachte darüber nach, während Tausende von Schneeflocken wie Motten um ihn herum tanzten.

Endlich begriff er, daß er Faye anrufen und ihr die Situation erklären mußte, daß er ihr sagen mußte, sie solle sich davon überzeugen, daß sie nicht verfolgt wurde, wenn sie die Kinder von der Wellton-Schule abholte. Er wandte sich dem Münztelefon zu, zögerte. Nein. Von hier aus wollte er nicht anrufen. Nicht ausgerechnet von dem Apparat, den Lavelle sich ausgesucht hatte. Es schien zwar ein lächerlicher Gedanke, daß der Mann in der Lage sein sollte, ein öffentliches Telefon abzuhören – aber es schien auch töricht, es darauf ankommen zu lassen.

Etwas ruhiger – immer noch wütend, aber weniger

verängstigt als zuvor –, ging er auf den Streifenwagen zu, der auf ihn wartete.

Dreiviertel Zoll tief lag der Schnee auf dem Boden. Der Sturm wuchs sich zu einem richtigen Blizzard aus.

Der Wind hatte eisige Zähne. Er biß.

6

Lavelle kehrte in den Wellblechschuppen im hinteren Teil seines Grundstückes zurück. Draußen tobte der Winter; drinnen schossen in der wilden, trockenen Hitze Schweißtropfen aus Lavelles Ebenholzhaut und liefen ihm über das Gesicht; leuchtend orangefarbenes Licht warf sonderbare, hüpfende Schatten auf die gerippten Wände. Aus der Grube in der Mitte des Fußbodens stiegen Geräusche auf, ein unangenehmes Wispern wie von Tausenden von fernen Stimmen, ein zorniges Flüstern.

Er hatte zwei Fotografien mitgebracht: eine von Davey Dawson, die andere von Penny Dawson. Er hatte beide Aufnahmen selbst gemacht, gestern nachmittag, auf der Straße vor der Wellton-Schule. Er hatte seinen Kombi fast einen Block entfernt geparkt und eine 35-mm-Pentax mit Teleobjektiv verwendet. Den Film hatte er in seiner eigenen, schrankgroßen Dunkelkammer entwickelt.

Wenn ein *Bocor* jemanden mit einem Fluch belegen und absolut sicher sein wollte, daß der auch die erwünschte schädliche Wirkung zeigte, brauchte er ein Abbild des in Aussicht genommenen Opfers. Traditionellerweise stellte der Priester eine Puppe her, er nähte sie aus Baumwollfetzen zusammen, füllte sie mit Sägemehl oder Sand und verlieh dann, so gut er konnte, dem Gesicht dieser Puppe Ähnlichkeit mit dem Gesicht des Opfers; wenn das geschehen war, diente die Puppe bei der Ausführung des Rituals als Ersatz für die wirkliche Person.

Aber das war mühsames Unterfangen, das noch dadurch erschwert wurde, daß es einem durchschnittlichen *Bocor* – da er ja nicht das Talent und die Geschicklichkeit eines Künstlers hatte – praktisch unmöglich war, dem Baumwollgesicht genügend Ähnlichkeit mit irgendeinem wirklichen Antlitz zu verleihen. Deshalb war es notwendig, die Puppe mit einer Haarlocke, einem Nagelschnipsel oder einem Blutstropfen des Opfers auszustatten. Es war nicht leicht, an eines dieser Dinge heranzukommen. Man konnte sich nicht einfach Woche für Woche im Friseur- oder Kosmetiksalon des Opfers herumtreiben und darauf warten, daß er oder sie kam und sich die Haare schneiden ließ. Man konnte das Opfer auch nicht gut bitten, einem ein paar Schnipsel aufzuheben, wenn es sich das nächste Mal die Nägel schnitt. Und so ziemlich die einzige Möglichkeit, eine Probe vom Blut des künftigen Opfers zu bekommen, war, es zu überfallen; dabei riskierte man aber, von der Polizei geschnappt zu werden, und genau das wollte man doch vermeiden, indem man es mit Magie anstatt mit Fäusten, einem Messer oder einer Schußwaffe angriff.

Alle diese Schwierigkeiten konnte man umgehen, wenn man anstelle einer Puppe eine gute Fotografie verwendete.

Lavelle kniete sich jetzt auf den Erdboden des Schuppens neben die Grube und bohrte mit einer Kugelschreibermine Löcher in den oberen Rand der beiden Hochglanzaufnahmen. Dann zog er durch beide Fotos eine dünne Schnur. Auf beiden Seiten der Grube waren, einander gegenüber, nahe am Rand zwei Holzpflöcke in die Erde getrieben. Lavelle band ein Ende der Schnur an einen der Pflöcke, spannte die Schnur über die Grube und befestigte das andere Ende am zweiten Pflock. Die Bilder der Dawson-Kinder hingen über dem Zentrum des Lochs und wurden in das unirdische, orangefarbene

Leuchten getaucht, das aus dem geheimnisvollen, ständig sich verändernden Grund aufstieg.

Bald würde er die Kinder töten müssen. Er ließ Jack Dawson noch ein paar Stunden Zeit, eine letzte Gelegenheit nachzugeben, aber er war ziemlich sicher, daß Dawson festbleiben würde.

Es machte ihm nichts aus, Kinder zu töten. Er freute sich darauf. Der Mord an den ganz Jungen bereitete ihm besonderen Genuß.

Er leckte sich die Lippen.

Das Geräusch, das aus der Grube aufstieg – das ferne Wispern, das aus Zehntausenden von zischenden, flüsternden Stimmen zu bestehen schien –, wurde etwas lauter, als die Fotos da hingen, wo Lavelle sie haben wollte. Und in dem Flüstern war auch ein neuer, beunruhigender Ton zu hören: nicht nur Zorn; nicht nur eine vage Drohung; es war etwas schwer Faßbares, das irgendwie von ungeheuerlichen Gelüsten kündete, von einer gräßlichen Gefräßigkeit, von Blut und Perversion, der Klang eines dunklen, unersättlichen *Hungers*.

Lavelle legte seine Kleider ab.

Er streichelte seine Genitalien und sprach dabei ein kurzes Gebet.

Er war bereit.

Links von der Schuppentür standen fünf große Kupferschalen. Jede enthielt eine andere Substanz: weißes Mehl, Maismehl, rotes Ziegelpulver, pulverisierte Holzkohle und pulverisierte Sumachwurzel. Lavelle nahm eine Handvoll des roten Ziegelpulvers und begann, indem er es in abgemessenem Strom aus seiner hohlen Hand rieseln ließ, auf den Fußboden am nörlichen Rand der Grube ein kompliziertes Muster zu zeichnen.

Dieses Muster hieß *Vèvè*, und es verkörperte die Gestalt und die Macht einer astralen Kraft. Es gab Hunderte von *Vèvès*, die ein *Houngon* oder ein *Bocor* kennen mußte. Durch das Zeichnen mehrerer passender *Vèvès* vor dem

Beginn eines Rituals lenkte der Priester die Aufmerksamkeit der Götter auf den *Oumphor*, den Tempel, in dem die Zeremonien abgehalten werden sollten. Das *Vèvè* mußte freihändig gezeichnet werden, ohne Zuhilfenahme einer Schablone und ohne sich an einer vorher in die Erde gekratzten Skizze zu orientieren; trotzdem mußte es, wenn auch aus freier Hand gezeichnet, symmetrisch und richtig proportioniert sein, wenn es irgendeine Wirkung haben sollte. Die Schaffung der *Vèvès* erforderte viel Übung, eine feinfühlige und gelenkige Hand und ein scharfes Auge.

Lavelle nahm eine zweite Handvoll roten Ziegelstaubs und setzte sein Werk fort. Innerhalb von wenigen Minuten hatte er das *Vèvè* gezeichnet, das Simbi Y-An-Kitha repräsentierte, einen der dunklen Götter des *Pétro:*

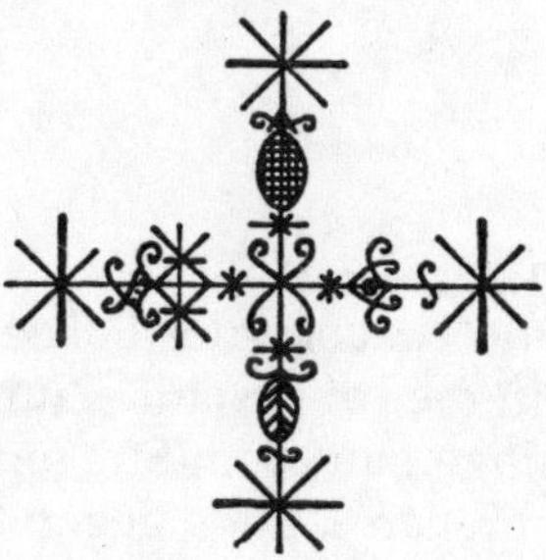

Dann nahm er eine Handvoll Mehl und begann, am südlichen Rand der Grube ein zweites *Vèvè* zu zeichnen. Dieses Muster unterschied sich beträchtlich von dem ersten.

Insgesamt zeichnete er vier komplizierte Muster, auf jeder Seite der Grube eines. Das dritte wurde mit Holzkohlenstaub ausgeführt. Das vierte bestand aus zerstoßener Sumachwurzel.

Dann kauerte er sich, vorsichtig, um die *Vèvès* nicht zu zerstören, nackt an den Rand der Grube.

Er starrte hinunter.

Hinunter...

Der Boden der Grube veränderte sich, brodelte, wirbelte, quoll heraus, zog sich zusammen, pulsierte und wich wieder zurück. Lavelle hatte in dem Loch kein Feuer oder Licht angezündet, aber trotzdem glühte und flakkerte es. Zuerst war der Boden der Grube nur drei Fuß entfernt, so, wie er ihn ausgehoben hatte. Aber je länger er hineinstarrte, desto tiefer schien er zu werden.

Als der Boden der Grube unendlich weit zurückgewichen war, stand Lavelle auf. Er stimmte ein Lied mit fünf Tönen an, einen sich ständig wiederholenden Singsang von Vernichtung und Tod, und dann leitete er das Ritual ein, indem er auf die Fotografien urinierte, die er an der Schnur befestigt hatte.

7

Im Streifenwagen.

Das Knistern und Krachen des Polizeifunks.

Auf dem Weg in die Innenstadt. Zum Büro.

Schneeketten singen auf dem Straßenbelag.

Schneeflocken prallen lautlos gegen die Windschutzscheibe. Die Wischer hämmern gleichförmig wie ein Metronom.

Nick Iervolino, der Streifenpolizist hinter dem Steuer, riß Jack aus seiner Beinahe-Trance. »Wegen meiner Fahrweise brauchen Sie keine Angst zu haben, Lieutenant.«

»Hab' ich auch nicht«, versicherte Jack.

»Ich fahre seit zwölf Jahren Streife und hatte noch nie einen Unfall.«

»Tatsächlich?«

»Ich habe noch nie einen Wagen auch nur angekratzt.«

»Gratuliere.«

»Ich habe großes Talent fürs Autofahren. Also keine Bange.«

»Ich habe keine Angst«, wiederholte Jack.

»Es schien aber so.«

»Inwiefern?«

»Sie haben mit den Zähnen geknirscht wie ein Teufel.«

»Das habe ich gar nicht gemerkt. Aber, glauben Sie mir, wegen Ihrer Fahrweise mache ich mir keine Sorgen.«

Sie näherten sich einer Kreuzung, wo ein halbes Dutzend Wagen kreuz und quer dastanden und mit im Schnee durchdrehenden Reifen versuchten, weiterzufahren oder wenigstens den Weg freizumachen. Nick Iervolino bremste langsam und vorsichtig, bis sie nur noch im Schneckentempo dahinrollten, dann fuhr er in Schlangenlinien an den liegengebliebenen Autos vorbei.

Als sie die Kreuzung hinter sich hatten, sagte er: »Wenn Sie sich also keine Sorgen wegen meiner Fahrweise machen, was drückt Sie dann?«

Jack zögerte, dann erzählte er ihm von Lavelles Anruf.

Nick hörte zu, ohne jedoch seine Aufmerksamkeit von der gefährlich glatten Straße zu wenden. Als Jack geendet hatte, sagte Nick: »Allmächtiger Gott im Himmel.«

»Genau das empfinde ich auch«, antwortete Jack.

»Glauben Sie, er kann das? Ihre Kinder mit einem Fluch belegen, der tatsächlich wirkt?«

Jack gab die Frage zurück: »Was meinen Sie denn?«

Nick überlegte einen Augenblick. Dann: »Ich weiß nicht. Wir leben in einer seltsamen Welt, wissen Sie. Fliegende Untertassen, das Bermuda-Dreieck, der Schneemensch – es gibt alle möglichen unheimlichen Dinge. Ich lese gerne über solche Sachen. Sie faszinieren mich. Es gibt Millionen von Menschen, die behaupten, sie hätten 'ne Menge wirklich seltsamer Dinge erlebt. Das kann doch nicht alles Einbildung sein – oder? Manches vielleicht. Vielleicht das meiste. Aber nicht alles. Richtig?«

»Alles wahrscheinlich nicht«, stimmte Jack zu.

»Also könnte Voodoo vielleicht funktionieren.«

Jack nickte.

Nach einer Weile sagte Nick: »Eines stört mich an diesem Lavelle, an dem, was er Ihnen erzählt hat.«

»Und was wäre das?«

»Nun, nehmen wir einfach mal an, Voodoo funktioniert tatsächlich.«

»Okay.«

»Nun, wenn Voodoo funktioniert, und wenn er will, daß Sie aus dem Fall aussteigen, warum will er dann seine magische Kraft dazu verwenden, Ihre Kinder zu töten? Warum setzt er sie nicht einfach dazu ein, Sie zu töten. Das wäre doch viel direkter.«

Jack runzelte die Stirn. »Da haben Sie recht.«

»Wenn er Sie töten würde, würde man den Fall einem anderen Beamten übertragen, und es ist nicht sehr wahrscheinlich, daß der neue Mann in bezug auf Voodoo so aufgeschlossen wäre wie Sie. Das einfachste für Lavelle wäre also, Sie mit einer seiner Verwünschungen auszuschalten, um zu erreichen, was er will. Und warum tut er das nicht – vorausgesetzt, die Magie funktioniert, meine ich?«

»Ich weiß es nicht.«

»Ich auch nicht«, sagte Nick. »Ich komme nicht dahinter. Aber ich glaube, es könnte vielleicht wichtig sein, Lieutenant. Sie nicht?«

»Inwiefern?«

»Sehen Sie, selbst wenn der Bursche ein Irrer ist, selbst wenn sein Voodoo nicht funktioniert und Sie es nur mit einem Verrückten zu tun haben, so hat doch zumindest der Rest seiner Geschichte – all das wilde Zeug, das er Ihnen erzählt hat – irgendwie eine eigene, wahnsinnige Logik. Es gibt keine Widersprüche. Verstehen Sie, was ich meine?«

»Ja.«

»Alles paßt zusammen, auch wenn es Blödsinn ist. Es

ist sonderbar logisch. Bis auf die Drohung gegen Ihre Kinder. Die paßt nicht hinein. Unlogisch.«

»Vielleicht hat er nur begriffen, daß er mich nicht einschüchtern kann, indem er mein eigenes Leben bedroht. Vielleicht weiß er, daß es nur eine Möglichkeit gibt, mich einzuschüchtern, nämlich über meine Kinder.«

»Aber wenn er Sie einfach vernichten würde, wenn er Sie zerfleischen ließe wie all die anderen, dann *bräuchte* er Sie doch gar nicht einzuschüchtern. Einschüchterung ist irgendwie plump. Mord ist sauberer. Verstehen Sie, was ich meine?«

Jack beobachtete, wie der Schnee auf die Windschutzscheibe fiel, und dachte über das nach, was Nick gesagt hatte. Er hatte das Gefühl, daß es tatsächlich wichtig war.

8

Im Lagerschuppen beendete Lavelle das Ritual. Er stand im orangefarbenen Licht, schwer atmend, triefend vor Schweiß. Die Schweißtropfen spiegelten das Licht und sahen aus wie orangerote Farbspritzer. Das Weiße in seinen Augen war von demselben übernatürlichen Licht gefleckt, und auch seine polierten Fingernägel schimmerten orange.

Nur noch eines war zu tun, um den Tod der Dawson-Kinder zu garantieren. Wenn die Zeit kam, wenn das Ultimatum für Jack Dawson abgelaufen war und er nicht nachgab, wie Lavelle es verlangte, dann mußte Lavelle nur zwei besondere Scheren nehmen und die beiden Enden der dünnen Schnur durchschneiden, an der die Fotos hingen. Die Bilder würden in die Grube fallen und in dem Glühen verschwinden, und dann würden die dämonischen Kräfte freigesetzt; der Fluch würde sich erfüllen. Dann hatten Penny und Davey Dawson keine Chance mehr.

Lavelle schloß die Augen und stellte sich vor, er stehe vor ihren leblosen Körpern. Diese Aussicht erregte ihn.

Mord an Kindern war ein gefährliches Unterfangen, das äußerste Mittel, zu dem ein *Bocor* nur dann griff, wenn er keine andere Wahl hatte. Wenn er ein Kind mit einem tödlichen Fluch belegen wollte, war es ratsam, vorher zu wissen, wie man sich vor dem Zorn der *Rada*-Götter, der Götter der weißen Magie abschirmen konnte, denn sie waren erzürnt, wenn Kinder die Opfer waren. Wenn ein *Bocor* ein unschuldiges Kind tötete, ohne die Zaubersprüche und Bannworte zu kennen, die ihn vor der Macht des *Rada* schützen konnten, mußte er viele Tage und Nächte lang entsetzliche Schmerzen erleiden. Und wenn das *Rada* ihn schließlich auslöschte, würde ihm das Sterben nichts mehr ausmachen; ja, er würde dankbar sein, daß seinem Leiden damit ein Ende gesetzt wurde.

Lavelle wußte, wie er sich gegen das *Rada* zu schützen hatte. Er hatte schon früher Kinder getötet und war jedesmal ungeschoren davongekommen. Trotzdem war er jetzt verkrampft und unruhig. Es bestand immer die Möglichkeit eines Fehlers. Trotz seines Wissens und seiner Macht war dieses Unterfangen sehr gefährlich.

Wenn andererseits ein *Bocor* seine Macht über die übernatürliche Maschinerie dazu benützte, ein Kind zu töten, und wenn er damit durchkam, waren die Götter des *Pétro* und des *Congo* so zufrieden mit ihm, daß sie ihm noch größere Macht verliehen. Wenn Lavelle Penny und Davey Dawson töten und den Zorn des *Rada* von sich ablenken konnte, würde seine Meisterschaft in der dunklen Magie ehrfurchtgebietender sein als je zuvor.

Hinter den geschlossenen Lidern sah er Bilder der toten, zerrissenen, verstümmelten Leichen der Dawson-Kinder.

Er lachte leise.

9

In der Wellton-Schule waren die letzten Unterrichtsstunden um drei Uhr zu Ende. Um drei Uhr zehn strömte eine Flut von lachenden, schwatzenden Kindern durch die Eingangstüren, die Stufen hinunter, auf den Gehsteig und in das Schneetreiben hinaus, das die graue Stadtlandschaft New Yorks in ein strahlendes Fantasieland verwandelte.

Mrs. Shepherd, eine der Lehrerinnen, hatte in dieser Woche die Aufsicht bei Schulschluß. Sie ging auf dem Gehsteig auf und ab, behielt alle im Auge, achtete darauf, daß keines der kleineren Kinder versuchte, alleine nach Hause zu gehen, und sorgte dafür, daß keines von ihnen zu einem Fremden in den Wagen stieg. Heute hatte sie noch die zusätzliche Aufgabe, wilde Schneeballschlachten zu verhindern.

Man hatte Penny und Davey gesagt, daß ihre Tante Faye sie statt ihres Vaters abholen würde, aber sie sahen sie nirgends, als sie die Stufen herunterkamen, also gingen sie zur Seite, um nicht im Weg zu sein. Sie stellten sich an das grüne Holztor vor dem Durchgang zwischen der Wellton-Schule und dem Stadthaus nebenan. Das Tor schloß nicht bündig mit den Vordermauern der beiden Häuser ab, sondern war acht oder zehn Zoll nach hinten versetzt. Um dem scharfen, kalten Wind zu entgehen, der sie grausam in die Wangen biß und sogar durch ihre dikken Mäntel drang, drückten sie sich mit dem Rücken gegen das Tor und kauerten sich in die flache Nische davor.

Davey fragte: »Warum kommt Dad nicht?«

»Er mußte wohl arbeiten.«

»Warum?«

»Wahrscheinlich ein wichtiger Fall.«

»Was für ein Fall?«

»Das weiß ich nicht.«

»Gefährlich ist es aber nicht, oder?«

»Wahrscheinlich nicht.«

»Woher weißt du das so sicher?«

»Ich weiß es eben«, sagte sie, obwohl sie sich absolut nicht sicher war.

»Andauernd werden Polizisten erschossen.«

»So oft auch wieder nicht.«

»Was wird aus uns, wenn Dad erschossen wird?«

Unmittelbar nach dem Tod ihrer Mutter war Davey mit diesem Schicksalsschlag recht gut fertig geworden. Besser, als alle erwartet hatten. Sogar besser als Penny. *Er* hatte keinen Psychiater gebraucht. Sicher, er hatte geweint; er hatte ein paar Tage lang sehr viel geweint, aber dann hatte er sich wieder gefangen. In letzter Zeit jedoch, eineinhalb Jahre nach der Beerdigung, entwickelte er eine unnatürliche Angst davor, auch seinen Vater zu verlieren. Soweit Penny wußte, war sie die einzige, die bemerkte, wie besessen er von dem Gedanken an die – realen oder eingebildeten – Gefahren des Berufs seines Vaters war. Sie hatte den Zustand ihres Bruders übrigens weder ihrem Vater noch sonst jemand gegenüber erwähnt, weil sie glaubte, sie könnte ihn alleine wieder hinkriegen. Schließlich war sie seine große Schwester; sie war verantwortlich für ihn; sie hatte gewisse Verpflichtungen ihm gegenüber. In den Monaten unmittelbar nach dem Tod ihrer Mutter hatte Penny Davey im Stich gelassen; sie empfand es wenigstens so. Damals war sie zusammengebrochen. Sie war nicht dagewesen, als er sie am dringendsten gebraucht hatte. Jetzt wollte sie das wiedergutmachen.

»Was machen wir, wenn Dad erschossen wird?« fragte er wieder.

»Er wird nicht erschossen.«

»Aber wenn er nun doch erschossen wird. Was machen wir dann?«

»Wir kommen schon klar.«

»Müssen wir dann in ein Waisenhaus?«

»Nein, du Dummerchen.«

»Wo gehen wir dann hin? Hm? Penny, wo würden wir hingehen?«

»Wahrscheinlich würden wir zu Tante Faye und Onkel Keith ziehen.«

»Au weia.«

»Die sind ganz in Ordnung.«

»Ich würde lieber in den Kanälen leben.«

»Das ist doch kindisch.«

»Es wäre prima, in den Kanälen zu leben.

»Das wäre es ganz bestimmt nicht.«

»Tante Faye macht mich jedenfalls verrückt.«

»Sie meint es doch gut, Davey.«

»Sie... schnattert.«

»Vögel schnattern, aber Menschen doch nicht.«

»Sie schnattert wie ein Vogel.«

Er hatte ja recht. Aber im reifen Alter von fast zwölf Jahren spürte Penny seit kurzem die ersten Regungen einer gewissen Verbundenheit mit den Erwachsenen. Sie fühlte sich bei weitem nicht mehr so wohl dabei, wenn sie sich über sie lustig machte, wie noch vor ein paar Monaten.

Davey fuhr fort: »Und ständig nörgelt sie an Dad herum, ob wir auch anständig ernährt werden.«

»Sie macht sich eben Sorgen um uns.«

»Glaubt sie, Dad würde uns verhungern lassen?«

»Natürlich nicht.«

»Warum hackt sie dann immer wieder darauf herum?«

»Sie ist einfach... Tante Faye.«

»Junge, *das* kannst du noch mal sagen!«

Eine besonders heftige Bö fegte durch die Straße und fand auch den Weg in die Nische vor dem grünen Tor. Penny und Davey schauderten.

Er fragte: »Dad hat doch eine gute Pistole, oder? Die geben den Polizisten wirklich gute Pistolen, oder nicht? Die würden doch einen Polizisten nicht mit einer mistigen Pistole auf die Straße schicken, was?«

»Du sollst nicht ›mistig‹ sagen.«
»Würden sie das tun?«
»Nein. Die Polizisten kriegen die besten Pistolen, die es gibt.«
»Und Dad ist ein guter Schütze, oder?«
»Ja.«
»Er ist der beste, nicht wahr?«
»Sicher«, sagte Penny. »Niemand kann besser mit einer Waffe umgehen als Daddy.«
»Dann kann es ihn also nur erwischen, wenn sich jemand an ihn ranschleicht und ihn in den Rücken schießt.«
»Das wird nicht passieren«, sagte sie fest.
»Könnte aber doch sein.«
»Du siehst zuviel fern.«
Sie schwiegen einen Augenblick.
Dann sagte er: »Wenn jemand Dad umbringt, möchte ich Krebs kriegen und auch sterben.«
»Hör auf damit, Davey.«
»Krebs oder einen Herzschlag oder so was.«
»Das meinst du doch nicht ernst!«
Er nickte nachdrücklich, energisch: ja, ja, ja; er meinte es ernst; absolut und eindeutig. »Ich habe zum lieben Gott gebetet, daß es so passiert, wenn es wirklich passieren muß.«
»Wie meinst du das?« fragte sie und sah ihn stirnrunzelnd an.
»Jeden Abend. Wenn ich mein Nachtgebet spreche. Ich bitte Gott immer, daß er Dad nichts zustoßen läßt. Und dann sage ich: Na ja, lieber Gott, wenn du aus irgendeinem blöden Grund einfach nicht anders kannst, als zuzulassen, daß er erschossen wird, dann laß mich bitte Krebs kriegen und auch sterben. Oder laß mich von einem Laster überfahren. Irgendwas.«
»Das ist ja krankhaft.«
Er sagte nichts mehr.
Sie faßte ihn am Kinn und drehte sein Gesicht zu sich.

In seinen Augen glänzten Tränen. Er gab sich alle Mühe, sie zurückzuhalten und blinzelte und zwinkerte.

Er war so klein. Gerade erst sieben Jahre alt und nicht sehr groß für sein Alter. Er wirkte zerbrechlich und hilflos, und Penny hätte ihn am liebsten umarmt und an sich gedrückt, aber sie wußte, daß er das nicht mochte, weil einige andere Jungs aus seiner Klasse sie sehen könnten.

Plötzlich fühlte sie sich selbst klein und hilflos. Aber das war nicht gut. Gar nicht gut. Sie mußte stark sein, um Daveys willen.

Sie ließ sein Kinn los und sagte: »Hör zu, Davey, wir müssen uns mal zusammensetzen und miteinander reden. Über Mama. Darüber, daß Leute sterben, und warum das passiert, du weißt schon – was es bedeutet und so, und daß es nicht das Ende für sie ist, sondern vielleicht nur der Anfang da oben im Himmel, und daß wir einfach weitermachen müssen, ganz gleich, was kommt. Denn es ist so. Wir müssen weitermachen. Mama wäre sehr enttäuscht von uns, wenn wir nicht weitermachen. Und wenn Dad etwas passieren sollte – es wird ihm nichts passieren – aber wenn es durch einen verrückten Zufall doch so kommen sollte, dann würde er auch wollen, daß wir weitermachen, genauso wie Mama es wollen würde. Er wäre sehr unglücklich, wenn wir...«

»Penny! Davey! Hierher!«

Ein gelbes Taxi stand am Rinnstein. Das rückwärtige Fenster war heruntergekurbelt, und Tante Faye beugte sich heraus und winkte ihnen zu.

Davey stürmte über den Gehsteig, er hatte es plötzlich so eilig, dieses Gespräch über den Tod abzubrechen, daß er sogar froh war, seine schnatternde alte Tante Faye zu sehen.

Verdammt! Ich hab's verpatzt, dachte Penny. Ich hab' es zu ungeschickt angefangen.

Genau in diesem Augenblick, ehe sie Davey zum Taxi

folgte, ehe sie auch nur einen Schritt machen konnte, schoß ein scharfer Schmerz durch ihren linken Knöchel. Sie zuckte zusammen, japste, schaute hinunter – und erstarrte vor Entsetzen.

Zwischen dem unteren Rand des grünen Tors und dem Pflaster war ein vier Zoll breiter Spalt. Durch diesen Spalt war eine Hand gekommen, aus der Dunkelheit in dem überdachten Durchgang dahinter, und hatte ihren Knöchel gepackt.

Sie konnte nicht schreien. Ihre Stimme war weg.

Es war auch keine menschliche Hand. Sie war vielleicht doppelt so groß wie eine Katzenpfote. Aber es war keine Pfote. Es war eine vollständig, wenn auch sehr plumpe Hand mit Fingern und einem Daumen.

Sie konnte nicht einmal flüstern. Ihre Kehle war wie zugeschnürt.

Die Hand war nicht hautfarben. Sie war häßlich grau-grün-gelb gefleckt, wie eiterndes Fleisch. Und sie sah irgendwie klumpig und ein wenig fransig aus.

Das Atmen fiel ebenso schwer wie Schreien.

Die kleinen grau-grün-gelben Finger liefen spitz zu und endeten in scharfen Klauen. Zwei dieser Klauen hatten ihren Gummistiefel durchbohrt.

Sie dachte an den Plastikbaseballschläger.

Letzte Nacht. In ihrem Zimmer. Das Ding unter dem Bett.

Sie dachte an die glühenden Augen im Keller der Schule.

Und jetzt *das*.

Zwei der kleinen Finger hatten sich in ihren Stiefel gebohrt und kratzten, wühlten, rissen und quetschten jetzt an ihrem Bein.

Unvermittelt konnte sie wieder atmen. Sie keuchte, saugte sich die Lungen voll eiskalter Luft und wurde dadurch aus der entsetzlichen Starre gerissen, die sie bis jetzt am Tor festgehalten hatte. Sie riß ihren Fuß von der

Hand weg, machte sich los und stellte überrascht fest, daß sie dazu tatsächlich in der Lage war. Sie drehte sich um und rannte zum Taxi, stürzte hinein und schlug hastig die Tür zu.

Das Taxi entfernte sich von der Wellton-Schule.

Tante Faye und Davey unterhielten sich aufgeregt über den Schneesturm, der, wie Faye sagte, vermutlich noch zehn bis zwölf Zoll Schnee bringen würde, ehe er vorüber war. Keiner die beiden schien zu bemerken, daß Penny vor Angst halb tot war.

Während sie schwatzten, griff Penny hinunter und betastete ihren Stiefel. Am Knöchel war der Gummi aufgerissen. Ein Stück hing lose herab.

Sie öffnete den Reißverschluß, fuhr mit der Hand unter die Socke und betastete die Wunde an ihrem Knöchel.

Sie brannte ein wenig. Als sie die Hand aus dem Stiefel zog, glänzte ein wenig Blut auf ihren Fingerspitzen.

Tante Faye sah es. »Was ist passiert, Liebes?«

»Nur ein Kratzer.«

Tante Faye bestand darauf, mit Davey den Platz zu tauschen, damit sie neben Penny sitzen und sich die Verletzung genauer ansehen konnte. Sie ließ Penny den Stiefel ausziehen, rollte die Socke herunter und legte eine Stichwunde und mehrere Kratzer am Knöchel frei. Es blutete, aber nicht sehr stark; in ein paar Minuten würde es von selbst aufhören.

»Wie ist das passiert?« wollte Tante Faye wissen.

Penny zögerte. Nur zu gerne hätte sie Faye alles über die Geschöpfe mit den glühenden Augen erzählt. Sie wollte Hilfe, Schutz. Aber sie wußte, daß sie kein Wort sagen durfte. Man würde ihr nicht glauben. Schließlich war sie ›Das Mädchen, das einen Psychiater gebraucht hat‹.

»Na komm schon«, drängte Faye. »Raus damit. Was hast du angestellt?«

»Hm?«

»Deshalb zögerst du doch. Was hast du getan, obwohl du wußtest, daß du es nicht tun solltest?«

»Nichts«, sagte Penny.

»Wie bist du dann zu der Verletzung gekommen?«

»Ich... ich bin mit dem Stiefel an einem Nagel hängengeblieben.«

»An einem Nagel? Wo?«

»Vorhin, bei der Schule, an dem Tor, wo wir auf dich gewartet haben. Da stand ein Nagel heraus, und ich bin daran hängengeblieben.«

»War er rostig?« wollte Faye wissen.

»Was?« fragte Penny.

»Der Nagel natürlich. War er rostig?«

»Ich weiß es nicht.«

»Nun, du hast ihn doch gesehen, oder nicht? Wie könntest du sonst wissen, daß es ein Nagel war?«

Penny nickte. »Ja. Ich glaube, er war rostig.«

»Bist du gegen Tetanus geimpft?«

»Ja.«

Tante Faye musterte sie mit unverhohlenem Argwohn. »Weißt du überhaupt, was eine Tetanusimpfung ist?«

»Sicher.«

»Und wann hast du sie bekommen?«

»In der ersten Oktoberwoche.«

»Ich hätte nicht geglaubt, daß euer Vater an so etwas wie eine Tetanusimpfung denkt.«

»Sie haben uns in der Schule geimpft«, sagte Penny.

»Tatsächlich?« fragte Faye immer noch zweifelnd.

Jetzt meldete sich Davey zu Worte: »Die geben uns in der Schule alle möglichen Spritzen. Die haben da eine Schwester, und wir kriegen jede Woche Spritzen. Furchtbar. Man kommt sich schon vor wie ein Nadelkissen. Spritzen gegen Mumps und Masern. Eine Grippespritze. Anderes Zeug. Ich *hasse* das.«

Faye schien zufriedengestellt. »Na schön. Trotzdem,

wenn wir nach Hause kommen, waschen wir die Wunde gründlich aus, baden sie in Alkohol, tun Jod drauf und verbinden sie richtig.«

»Es ist doch nur ein Kratzer«, widersprach Penny.

»Wir wollen kein Risiko eingehen. Und jetzt zieh deinen Stiefel wieder an, Liebes.«

Gerade als Penny ihren Fuß in den Stiefel steckte und den Reißverschluß hochzog, fuhr das Taxi in ein Schlagloch.

»Junger Mann«, sagte Faye zum Fahrer, obwohl er mindestens vierzig war, also in ihrem Alter. »Wo in aller Welt haben Sie Autofahren gelernt?«

Er blickte in den Rückspiegel. »Tut mir leid, Gnädigste.«

»Wissen Sie nicht, daß die Straßen in unserer Stadt eine Katastrophe sind?« fragte Faye. »Sie müssen die Augen offenhalten.«

»Ich werde mir Mühe geben«, versprach er.

Während Faye den Fahrer darüber belehrte, wie er mit seinem Taxi umzugehen hatte, lehnte sich Penny zurück, schloß die Augen und dachte über die häßliche kleine Hand nach, die ihr den Stiefel und den Knöchel aufgerissen hatte. Sie versuchte sich einzureden, daß es die Hand irgendeines ganz gewöhnlichen Tieres gewesen war; nichts Außergewöhnliches; nichts aus dem ›Reich der Schatten‹. Aber die meisten Tiere hatten Pfoten, keine Hände. Es war etwas gewesen, was sie noch nie gesehen und wovon sie noch nie gelesen hatte.

Hatte es sie hinunterziehen und töten wollen? Auf offener Straße?

Nein. Um sie zu töten, hätte das Geschöpf – und diese anderen Kreaturen mit den glühenden Silberaugen – hinter dem Tor hervorkommen müssen, ins Freie, wo Mrs. Shepherd und die anderen sie hätten sehen können. Und Penny war ziemlich sicher, daß die Kobolde von niemandem außer ihr gesehen werden wollten. Sie blieben gern im Verborgenen. Nein, sie hatten bestimmt nicht die Absicht gehabt, sie dort, bei der Schule zu töten; sie hatten ihr nur einen Schrecken einjagen wollen, hatten ihr zeigen wollen, daß sie sich immer noch herumtrieben, auf die richtige Gelegenheit warteten…

Aber *warum?*

Warum wollten sie sie und vermutlich auch Davey – und andere Kinder nicht?

Wodurch wurden Kobolde wütend? Was mußte man tun, damit sie einen auf diese Weise verfolgten?

Ihr fiel nichts ein, was sie getan haben sollte, um jemanden so schrecklich wütend zu machen, und schon gar nicht Kobolde.

Verwirrt, unglücklich und verängstigt öffnete sie die Augen und schaute aus dem Fenster. Überall türmte sich Schnee auf. In ihrem Herzen war es genauso kalt wie auf der eisigen, vom Wind durchfegten Straße vor dem Fenster.

TEIL ZWEI

Mittwoch,
17.30 Uhr bis 23 Uhr

Die Dunkelheit verschlingt den lichten Tag.
Die Dunkelheit fordert, bekommt stets, was sie mag.
Die Dunkelheit lauscht, sie wartet und wacht,
Triumphiert, weil den Tag sie an sich gebracht.
Manchmal, da schleicht sie ganz heimlich heran.
Manchmal auch kündigen Trommeln sie an.

THE BOOK OF COUNTED SORROWS

Wer ist närrischer –
das Kind, das die Dunkelheit fürchtet,
oder der Mann, der das Licht scheut?

MAURICE FREEHILL

Kapitel vier

1

Um fünf Uhr dreißig gingen Jack und Rebecca in das Büro von Captain Walter Gresham, um ihm vorzutragen, was sie an Personal und Ausrüstung für die Sonderkommission benötigten, und um mit ihm zu besprechen, wie die Untersuchung durchgeführt werden sollte.

Im Laufe des Nachmittags waren zwei weitere Mitglieder der Familie Carramazza zusammen mit ihren Leibwächtern ermordet worden. Schon sprach die Presse vom blutigsten Bandenkrieg seit der Prohibition. Was die Presse immer noch nicht wußte, war, daß die Opfer (außer den beiden ersten) weder erstochen noch erschossen, weder erwürgt noch im traditionellen Stil der *cosa nostra* an Fleischerhaken aufgehängt worden waren. Die Polizei wollte vorerst noch nicht preisgeben, daß alle Opfer – bis auf die beiden ersten – durch brutale Bisse ums Leben gekommen waren. Wenn die Reporter diese rätselhafte, groteske Tatsache entdeckten, würden sie begreifen, daß das eine der größten Stories des Jahrzehnts war.

»Und dann geht es erst so richtig los«, sagte Gresham. »Dann fallen sie über uns her wie Flöhe über einen Hund.«

Die Heizung war eingeschaltet, und es wurde immer noch wärmer; Gresham zappelte herum wie eine Kröte in der Bratpfanne. Jack und Rebecca saßen vor dem Schreibtisch des Captains, aber Gresham konnte nicht ruhig sitzen bleiben. Während sie die Angelegenheit besprachen, ging der Captain im Zimmer auf und ab, trat wiederholt ans Fenster, zündete sich eine Zigarette an, rauchte sie zu weniger als einem Drittel, drückte sie aus, merkte, was er gemacht hatte, und zündete sich eine neue an.

Endlich war es soweit, daß Jack Gresham von seinem jüngsten Besuch in Carver Hamptons Laden und von Baba Lavelles Telefonanruf erzählen mußte. Er hatte sich in seinem ganzen Leben noch nicht so unbehaglich gefühlt wie jetzt, als er unter Greshams skeptischem Blick von diesen Ereignissen berichtete.

Nachdem Jack mit seinem Bericht fertig war, wandte sich der Captain an Rebecca und fragte: »Was halten Sie davon?«

Sie sagte: »Ich glaube, wir können jetzt mit Sicherheit davon ausgehen, daß Lavelle ein tobender Irrer ist, nicht nur ein einfacher Ganove, der im Rauschgifthandel eine Stange Geld machen will. Das ist nicht nur ein Kampf um Einflußsphären innerhalb der Unterwelt, und wir würden einen großen Fehler machen, wenn wir genauso vorgehen wollten, wie wir es bei einem ehrlichen Bandenkrieg tun würden.«

»Was dann?« wollte Gresham wissen.

»Tja«, sagte sie, »ich glaube, wir sollten uns mal um das Umfeld dieses Carver Hampton kümmern und sehen, was wir über ihn ausgraben können. Vielleicht steckt er mit Lavelle unter einer Decke.«

»Nein«, sagte Jack. »Hampton hat nicht simuliert, als er sagte, er hätte entsetzliche Angst vor Lavelle.«

»Woher wußte Lavelle so genau, in welchem Augenblick er dieses Münztelefon anrufen mußte?« fragte Rebecca. »Woher wußte er *genau*, wann du daran vorbeikommen würdest? Eine Antwort könnte lauten, daß er sich die ganze Zeit in Hamptons Laden aufhielt, während du auch da warst, im Hinterzimmer, und daß er daher wußte, wann du weggegangen bist.«

»Das kann nicht sein«, widersprach Jack. »Hampton ist kein besonders guter Schauspieler.«

»Er ist ein raffinierter Betrüger«, widersprach sie. »Aber selbst, wenn er nicht mit Lavelle im Bunde steht – ich meine, wir sollten noch heute Leute nach Harlem schikken und den Block mit dem Münztelefon durchkämmen lassen... und den Block auf der anderen Seite der Kreuzung auch. Wenn Lavelle nicht in Hamptons Laden war, muß er ihn von einem der anderen Gebäude an dieser Straße aus beobachtet haben. Eine andere Erklärung gibt es nicht.«

Es sei denn, sein Voodoo funktioniert wirklich, dachte Jack.

Rebecca fuhr fort: »Wir lassen die Wohnungen in diesen beiden Blocks von Beamten durchsuchen, um festzustellen, ob Lavelle sich dort irgendwo eingenistet hat. Wir verteilen Kopien von Lavelles Foto. Vielleicht hat ihn da draußen jemand gesehen.«

»Hört sich gut an«, sagte Gresham. »Das machen wir.«

»Und ich glaube, wir sollten die Drohungg gegen Jacks Kinder ernst nehmen. Sie überwachen lassen, wenn Jack nicht bei ihnen sein kann.«

»Einverstanden«, sagte Gresham. »Wir stellen sofort einen Mann ab.«

»Danke, Captain«, sagte Jack. »Aber ich glaube, das hat Zeit bis morgen. Die Kinder sind jetzt bei meiner Schwägerin, und ich glaube nicht, daß Lavelle sie finden kann. Ich habe ihr gesagt, sie soll sich vergewissern, daß sie nicht verfolgt wird, wenn sie sie von der Schule abholt. Außerdem hat Lavelle erklärt, er würde mir den Rest des Tages Zeit geben, mich zu entscheiden, ob ich die Voodoo-Spur fallenlassen will, und ich nehme an, daß er damit auch noch den Abend gemeint hat.«

Gresham setzte sich auf den Rand seines Schreibtischs. »Wenn Sie wollen, kann ich Sie von dem Fall abziehen. Kein Problem.«

»Kommt nicht in Frage«, sagte Jack.

»Sie nehmen die Drohung ernst?«

»Ja. Aber ich nehme auch meine Arbeit ernst. Ich bleibe bis zum bitteren Ende dabei.«

Gresham zündete sich eine neue Zigarette an und nahm

einen tiefen Zug. »Jack, glauben Sie wirklich, daß an der Voodoo-Geschichte etwas dran sein könnte?«

Jack spürte, wie ihn Rebecca durchdringend anstarrte, als er sagte: »Ziemlich weit hergeholt, wenn man glaubt, daß da was dran sein könnte. Aber ich kann es nicht einfach ausschließen.«

»Ich schon«, sagte Rebecca. »Lavelle glaubt vielleicht daran, aber dadurch wird es noch nicht Wirklichkeit.«

»Was ist mit dem Zustand der Leichen?« fragte Jack.

»Offensichtlich«, sagte sie, »setzt Lavelle dressierte Tiere ein.«

»Das ist fast genauso weit hergeholt wie Voodoo«, gab Gresham zu bedenken.

»Jedenfalls«, sagte Jack, »sind wir das heute alles schon durchgegangen. So ungefähr das einzige kleine, bösartige, dressierbare Tier, das wir uns vorstellen konnten, war ein Frettchen. Und wir haben alle den Bericht von der Pathologie gelesen, den, der um halb fünf reinkam. Die Zahnspuren sind nicht von Frettchen. Dem Bericht zufolge passen sie auch zu keinem anderen Tier, das Noah mit an Bord der Arche nahm.«

Rebecca sagte: »Lavelle stammt aus der Karibik. Ist es nicht wahrscheinlich, daß er mit einem Tier arbeitet, das in diesem Teil der Welt heimisch ist, mit einem Tier, das unsere Gerichtsmediziner nicht einmal in Betracht ziehen würden, irgendeine exotische Eidechse oder so was?«

»Jetzt suchst du nach Strohhalmen«, sagte Jack.

»Zugegeben«, sagte Gresham. »Aber es lohnt sich trotzdem, es nachzuprüfen. Okay. Noch was?«

»Ja«, sagte Jack. »Können Sie mir erklären, woher ich wußte, daß der Anruf von Lavelle für mich war? Warum ich von dem Telefon wie magisch angezogen wurde?«

Wind strich über die Fenster.

Die Wanduhr hinter Greshams Schreibtisch schien plötzlich viel lauter zu ticken als vorher.

Der Captain zuckte die Achseln. »Darauf kann Ihnen wohl keiner von uns eine Antwort geben, Jack.«

»Machen Sie sich nichts draus. Ich weiß auch keine Antwort für mich.«

Gresham stand vom Schreibtisch auf. »Schön, wenn das alles war, sollten Sie, glaube ich, jetzt beide Schluß machen, nach Hause fahren und sich ein wenig ausruhen.«

2

Der einzige Platz, den Penny in der Wohnung der Jamisons mochte, war die Küche, die nach den Maßstäben von New Yorker Stadtwohnungen groß war, fast doppelt so groß wie die Küche, an die Penny gewöhnt war, und richtig gemütlich. Ein grüner Fliesenboden. Weiße Schränke mit bleiverglasten Türen und Messingbeschlägen. Grüngeflieste Arbeitsplatten. Über der Doppelspüle befand sich ein schönes nach außen vorstehendes Blumenfenster mit einem vier Fuß langen und zwei Fuß breiten Beet, in dem das ganze Jahr über, sogar im Winter, die verschiedensten Kräuter gezogen wurden. (Tante Faye verwendete beim Kochen frische Kräuter, wann immer es möglich war.) In einer Ecke stand an der Wand ein kleiner Tisch in Form eines Fleischblocks, weniger ein Eßplatz als ein Platz, an dem man Speisepläne aufstellte und Einkaufslisten schrieb; neben dem Tisch war Platz für zwei Stühle. Dies war der einzige Raum in der Wohnung der Jamisons, in dem Penny sich wohl fühlte.

Um zwanzig nach sechs saß sie an diesem Blocktisch und tat so, als lese sie in einer von Fayes Illustrierten; die Worte verschwammen vor ihren ins Leere starrenden Augen. In Wirklichkeit dachte sie an alle möglichen

Sachen, über die sie gar nicht nachdenken wollte: Kobolde, Tod, und ob sie jemals wieder würde schlafen können.

Onkel Keith war vor fast einer Stunde von der Arbeit nach Hause gekommen. Er war Teilhaber einer gutgehenden Börsenmaklerfirma. Onkel Keith war groß und hager, sein Kopf war so haarlos wie ein Ei, er hatte einen graumelierten Schnurrbart und einen Spitzbart und schien immer zerstreut zu sein. Man hatte den Eindruck, daß er einem nie mehr als zwei Drittel seiner Aufmerksamkeit schenkte, wenn er mit einem sprach. Seit er heute nach Hause gekommen war, hatte er im Wohnzimmer gesessen, bedächtig an einem Martini genippt, eine Zigarette nach der anderen gequalmt und gleichzeitig die Fernsehnachrichten angeschaut und das *Wall Street Journal* gelesen.

Tante Faye befand sich, von dem Tisch aus gesehen, an dem Penny saß, am anderen Ende der Küche. Sie bereitete das Dinner, das für halb acht angesetzt war: Zitronenhühnchen, Reis und gedünstetes Gemüse. Die Küche war der einzige Ort, an dem Tante Faye nicht allzusehr Tante Faye war. Sie kochte gerne und sehr gut und schien ein ganz anderer Mensch zu sein, wenn sie in der Küche war; entspannter und freundlicher als gewöhnlich.

Davey half ihr bei der Vorbereitung des Essens. Dabei plauderten sie, über nichts Wichtiges, nur dies und das.

»Mensch, ich bin so hungrig, daß ich ein Pferd aufessen könnte!« sagte Davey.

»Himmel, junger Mann, du hast doch Kekse und Milch bekommen, als wir am Nachmittag nach Hause gekommen sind.«

»Nur zwei Kekse.«

»Und da bist du schon wieder ausgehungert? Du hast keinen Magen; was du hast, ist ein bodenloser Abgrund!«

»Tja, ich hatte kaum etwas zum Lunch«, verteidigte sich Davey. »Mrs. Shepherd – das ist meine Lehrerin – hat mir etwas von ihrem Essen abgegeben, aber das war wirklich ganz scheußliches Zeug. Ich hab' ein bißchen dran geknabbert, damit sie nicht beleidigt ist, und als sie nicht hinsah, hab' ich das meiste weggeworfen.«

»Aber macht euer Vater euch denn kein Lunchpaket zurecht?« fragte Faye, und ihre Stimme klang plötzlich schärfer als zuvor.

»Oh, sicher. Und wenn er keine Zeit hat, macht Penny das. Aber...«

Faye wandte sich an Penny. »Hat er heute etwas in die Schule mitbekommen? Er braucht doch sicherlich nicht um sein Essen zu betteln.«

Penny schaute von ihrer Illustrierten auf. »Ich habe es ihm heute morgen selbst zurechtgemacht. Er hatte einen Apfel, ein Schinkensandwich und zwei große Haferkekse dabei.«

»Ich finde, das ist ein guter Lunch«, sagte Faye. »Warum hast du den nicht gegessen, Davey?«

»Tja, wegen der Ratten natürlich«, sagte er.

Penny zuckte überrascht zusammen, richtete sich in ihrem Stuhl auf und starrte Davey gespannt an.

Faye fragte: »Ratten? Was für Ratten?«

»Heiliger Rauch, das habe ich ja ganz vergessen!« sagte Davey. »Während des Vormittagsunterrichts müssen Ratten an meine Essensdose gekommen sein. Das ganze Essen war versaut, in Stücke gerissen und angeknabbert. Eeeeeklig!« sagte er, wobei er das Wort genüßlich in die Länge zog, er war offensichtlich nicht entsetzt darüber, daß die Ratten an seinem Essen gewesen waren, sondern erregt und fasziniert, wie es nur ein kleiner Junge sein konnte. In seinem Alter war so ein Vorfall ein richtiges Abenteuer.

Pennys Mund war trocken geworden. »Davey? Hm... hast du die Ratten gesehen?«

»Neee«, antwortete er, sichtlich enttäuscht. »Sie waren schon weg, als ich die Essensdose holen wollte.«

»Wo hattest du die Dose denn?« fragte Penny.
»In meinem Spind.«
»Haben die Ratten sonst noch etwas in deinem Spind angeknabbert?«
»Was zum Beispiel?«
»Bücher oder so.«
»Warum sollten sie Bücher anknabbern?«
»Dann war es nur das Essen?«
»Sicher. Was sonst?«
»Hattest du die Spindtür zugemacht?«
»Ich glaube schon.«
»Auch abgesperrt?«
»Ich glaube schon.«
»Und war die Dose fest verschlossen?«
»Müßte sie eigentlich gewesen sein«, sagte er, kratzte sich den Kopf und versuchte, sich zu erinnern.
Faye schaltete sich ein: »Na, offensichtlich war sie das nicht. Ratten können nicht ein Schloß aufmachen, eine Tür öffnen und den Deckel von einer Essensdose abheben. Du mußt sehr schlampig gewesen sein, Davey. Das überrascht mich wirklich. Ich möchte wetten, du hast, gleich als du in die Schule kamst, einen von diesen Keksen gegessen, hast einfach nicht warten können, und dann hast du vergessen, den Deckel wieder auf die Dose zu tun.«
»Aber so war es nicht«, protestierte Davey.
»Euer Vater bringt euch nicht bei, auf eure Sachen zu achten«, erklärte Faye unbeirrt. »Das sind so Dinge, die eine Mutter tut, und euer Vater vernachlässigt das eben.«
Ehe Penny etwas sagen konnte, fuhr Faye mit einem Ton höchster moralischer Entrüstung fort: »Aber was *ich* wissen möchte, ist, in was für eine Schule euer Vater euch da geschickt hat. Was ist das für ein dreckiges Loch, dieses Wellton?«
»Es ist eine gute Schule«, erklärte Penny abwehrend.
»Mit *Ratten?*« fragte Faye. »In einer guten Schule gibt es

keine Ratten. Und was wäre, wenn sie noch in dem Spind gewesen wären, als Davey seinen Lunch holen wollte? Sie hätten ihn beißen können. Ratten sind schmutzig. Sie übertragen alle möglichen Krankheiten. Ich kann mir einfach nicht vorstellen, daß eine Schule für Kinder nicht geschlossen werden muß, wenn es dort Ratten gibt. Die Gesundheitsbehörde muß das gleich morgen erfahren. Euer Vater muß sofort etwas dagegen unternehmen. Gott, eure arme Mutter wäre entsetzt über eine solche Schule, eine Schule, in der es Ratten gibt. Ratten! Mein Gott, Ratten übertragen alles, von der Tollwut bis zur Pest!«

In diesem Ton ging es weiter.

Penny schaltete einfach ab.

Es hatte keinen Sinn, von ihrem eigenen Spind und den silberäugigen Wesen im Keller der Schule zu erzählen. Faye würde sich nicht davon abbringen lassen, daß das ebenfalls Ratten gewesen waren.

Selbst wenn ich ihr von der Hand erzähle, dachte Penny, von der kleinen Hand, die unter dem grünen Tor vorkam, wird sie nicht davon abzubringen sein, daß es Ratten sind. Sie wird sagen, daß ich Angst hatte und mir etwas eingebildet habe. Sie wird alles so hindrehen, daß es zu der Geschichte paßt, die sie glauben will, und es wird ihr nur noch mehr Munition liefern, die sie gegen Daddy verwenden kann. Verdammt, Tante Faye, warum bist du nur so stur?

Penny fragte sich, wann ihr Vater sie wohl abholen würde, und sie betete, es möge nicht zu spät werden. Hoffentlich kam er noch vor dem Schlafengehen. Sie wollte nicht alleine, nur mit Davey, in einem dunklen Zimmer sein, auch wenn es Tante Fayes Gästezimmer und weit von ihrer eigenen Wohnung entfernt war. Sie war ziemlich sicher, daß die Kobolde sie finden würden, auch hier. Sie hatte beschlossen, ihrem Vater alles zu erzählen. Zuerst würde er nicht an Kobolde glauben wollen. Aber jetzt war schließlich das mit Daveys Lunchdose passiert. Und wenn sie mit ihrem Vater in ihre Wohnung zurückging und ihm die Löcher in Daveys Plastikbaseballschläger zeigte, konnte sie ihn vielleicht überzeugen. Daddy war zwar ein Erwachsener, wie Tante Faye, aber er war nicht stur, und er hörte zu, wenn Kinder etwas sagten, wie es nur wenige Erwachsene taten.

Penny biß sich auf die Lippen.

Sie starrte auf die Illustrierte hinunter. Die Bilder und die Worte verschwammen und wurden wieder scharf.

Das schlimmste war, daß sie jetzt hundertprozentig sicher wußte, daß die Kobolde nicht nur hinter ihr her waren. Sie hatten es auch auf Davey abgesehen.

3

Rebecca hatte nicht auf Jack gewartet, obwohl er sie darum gebeten hatte Während er noch bei Captain Gresham geblieben war, um die Einzelheiten für die Bewachung von Penny und Davey auszuarbeiten, hatte Rebecca offenbar ihren Mantel angezogen und war nach Hause gegangen.

Als Jack merkte, daß sie fort war, seufzte er und sagte leise: »Einfach machst du es einem wirklich nicht, Baby.«

Auf seinem Schreibtisch lagen zwei Bücher über Voodoo, die er sich gestern aus der Bibliothek geholt hatte. Er starrte sie lange an und entschied dann, daß er noch vor morgen früh näheres über *Bocors* und *Houngons* erfahren mußte. Er zog Mantel und Handschuhe an, klemmte sich die Bücher unter den Arm und ging hinunter in die Tiefgarage unter dem Gebäude.

Da er und Rebecca mit der Leitung der Sonderkommission beauftragt worden waren, kamen sie jetzt in den Genuß von Vergünstigungen, die für einen normalen Beamten der Mordkommission unerreichbar waren, und dazu gehörte auch, daß sie beide rund um die Uhr, nicht nur während der Dienststunden, über einen zivilen Polizeiwagen verfügen konnten. Jack wurde ein ein Jahr alter, scheußlich grüner Chevrolet zugeteilt, der einige Beulen und noch mehr Kratzer aufwies. Die Mechaniker der Fahrbereitschaft hatten sogar Schneeketten aufgezogen. Die Kiste war startbereit.

Jack rangierte rückwärts aus der Parkbucht und fuhr die Rampe hinauf zur Straßenausfahrt. Dort blieb er stehen und wartete, während ein mit einem großen Schneepflug, einem Salzstreuer und vielen blitzenden Lichtern ausgestattetes städtisches Räumfahrzeug in der sturmdurchtosten Dunkelheit vorbeifuhr.

Außer dem Räumfahrzeug waren nur noch zwei Autos auf der Straße. Der Sturm hatte die Nacht praktisch für sich allein. Aber als das Fahrzeug vorbei und der Weg frei war, zögerte Jack immer noch.

Er schaltete die Scheibenwischer ein.

Wenn er zu Rebeccas Wohnung wollte, mußte er nach links abbiegen.

Zum Haus der Jamisons ging es nach rechts.

Er sehnte sich nach Penny und Davey, sehnte sich danach, sie zu umarmen, sie warm, lebendig und lächelnd vor sich zu sehen.

Natürlich waren sie im Augenblick nicht wirklich in Gefahr. Selbst wenn Lavelle seine Drohung ernst meinte, würde er nicht so bald losschlagen, und er konnte auch nicht wissen, wo sie zu finden waren, selbst wenn er jetzt schon handeln wollte.

Links, rechts, links.

Sie waren bei Faye und Keith völlig sicher. Außerdem hatte Jack Faye gesagt, daß er wahrscheinlich nicht rechtzeitig zum Abendessen dasein würde.

Endlich nahm er den Fuß von der Bremse, fuhr auf die Straße hinaus und bog nach links ab.

Er mußte mit Rebecca über das sprechen, was letzte

Nacht zwischen ihnen geschehen war Sie war diesem Thema den ganzen Tag über ausgewichen. Er konnte nicht zulassen, daß sie sich weiterhin davor drückte. Sie mußte sich den Veränderungen stellen, die die letzte Nacht in ihrer beider Leben gebracht hatte, tiefgreifende Veränderungen, die er aus ganzem Herzen begrüßte, über die sie aber bestenfalls zwiespältig zu denken schien.

Das Ding kauerte in den tiefen Schatten neben dem Garagenausgang und beobachtete, wie Jack Dawson in der Zivillimousine wegfuhr.

Seine leuchtenden Silberaugen blinzelten kein einziges Mal.

Dann kroch es, immer in den Schatten bleibend, in die verlassene, stille Garage zurück.

Wo immer es hinwollte, fand es den Schutz von Schatten und Dunkelheit – selbst da, wo noch einen Augenblick zuvor keine Schatten gewesen waren. Es schlich sich von einem Wagen zum anderen, kroch unten durch und außen herum, bis es zu einer Abflußöffnung im Garagenboden kam. Es stieg in die darunterliegenden, mitternächtlichen Regionen hinab.

4

Lavelle war nervös.

Ohne das Licht anzuschalten, wanderte er rastlos durch das Haus, treppauf und treppab, hin und her; er suchte nach nichts Bestimmtem, konnte nur einfach nicht stillhalten, und er bewegte sich ständig in tiefster Dunkelheit, stieß aber nie gegen Möbel oder Türen. Er war wirklich in den Schatten zu Hause. Schließlich war die Dunkelheit ein Teil von ihm.

Seine Nervosität bereitete ihm Unbehagen. Aus dem

Unbehagen erwuchs Furcht. Furcht war etwas Ungewohntes für ihn. Er wußte nicht so recht, wie er damit umgehen sollte. Und so machte die Furcht ihn noch nervöser.

Er machte sich Sorgen wegen Jack Dawson. Vielleicht war es ein schwerer Fehler gewesen, daß er Dawson Zeit gelassen hatte, über seine Möglichkeiten nachzudenken. Ein Mann wie dieser Polizeibeamte würde diese Zeit vielleicht gut zu nützen wissen.

Wenn er spürt, daß ich ihn auch nur ein wenig fürchte, dachte Lavelle, und wenn er mehr über Voodoo herausfindet, dann könnte er vielleicht irgendwann verstehen, warum ich guten Grund habe, ihn zu fürchten.

Wenn Dawson herausfand, über welch besondere Macht er verfügte, und wenn er lernte, diese Macht einzusetzen, würde er Lavelle finden und ihn aufhalten. Dawson war einer jener seltenen Menschen, dieser eine unter zehntausend, die auch gegen den größten *Bocor* kämpfen und sich eines Sieges einigermaßen sicher sein konnten. Wenn der Detektiv das Geheimnis seines Wesens entdeckte, dann würde er zu Lavelle kommen, wohlgerüstet und gefährlich.

Lavelle streifte durch das dunkle Haus.

Vielleicht sollte er jetzt schon zuschlagen. Sollte die Dawson-Kinder noch an diesem Abend vernichten. Es hinter sich bringen. Vielleicht würde ihr Tod Dawson in völlige Verzweiflung stürzen. Er liebte seine Kinder sehr, und er war schon Witwer, litt schon unter einem schweren Kummer; vielleicht würde ihn der blutige Mord an Penny und Davey zerbrechen. Wenn der Verlust seiner Kinder ihn nicht völlig um den Verstand brachte, dann würde er ihn höchstwahrscheinlich in eine schreckliche Depression stürzen, die sein Denken vernebeln und viele Wochen lang seine Arbeit beeinträchtigen würde. Das allermindeste war, daß Dawson ein paar Tage der Untersuchung fernbleiben mußte, um die Beerdigung zu arrangieren, und diese paar Tage würden Lavelle eine kleine Atempause verschaffen.

Aber was war andererseits, wenn Dawson ein Mensch war, der aus dem Leid Kraft schöpfte, anstatt unter dieser Last zusammenzubrechen? Was war, wenn die Ermordung und Verstümmelung seiner Kinder seinen Entschluß, Lavelle zu finden und zu vernichten, nur noch stärkte?

Für Lavelle war diese Möglichkeit enervierend.

Unentschlossen streifte der *Bocor* durch die lichtlosen Räume, wie ein Geist, der das Haus heimsuchte.

Endlich wußte er, daß er die uralten Götter befragen und sie demütig bitten mußte, ihn an ihrer Weisheit teilhaben zu lassen.

Er ging in die Küche und schaltete die Deckenlampe an.

Aus einem Schrank nahm er einen mit Mehl gefüllten Behälter.

Auf der Arbeitsplatte stand ein Radio. Er rückte es in die Mitte des Küchentischs.

Mit dem Mehl zeichnete er auf den Tisch, rund um das Radio, ein kunstvolles *Vèvè*.

Er schaltete den Apparat ein.

Er wechselte durch ein Dutzend Sender, die alle Arten von Musik spielten, von Pop über Rock und Country bis zu Klassik und Jazz. Dann stellte er den Tuner auf eine freie Frequenz ein, die auf keiner Seite von anderen Sendern gestört wurde.

Er nahm noch eine zweite Handvoll Mehl und zeichnete sorgfältig ein kleines, einfaches *Vèvè* oben auf das Radio selbst.

Dann wusch er sich am Spülbecken die Hände, ging zum Kühlschrank und holte eine kleine, mit Blut gefüllte Flasche heraus.

Es war Katzenblut, das bei den verschiedensten Ritualen Verwendung fand. Einmal in der Woche kaufte oder ›adoptierte‹ er, immer in einem anderen Zoogeschäft oder

Tierasyl, eine Katze, nahm sie mit nach Hause, tötete sie und ließ sie ausbluten, um immer einen frischen Vorrat an Blut zu haben.

Jetzt kehrte er an den Tisch zurück und setzte sich vor das Radio. Er tauchte seine Finger in das Katzenblut, zeichnete bestimmte Runen auf den Tisch und, ganz zum Schluß, auf die Plastikscheibe über der Radioskala.

Er sang eine Weile, wartete, lauschte, sang weiter, bis er hörte, daß sich das Geräusch der nicht belegten Frequenz auf unverkennbare, aber nicht zu beschreibende Weise veränderte. Nur einen Augenblick zuvor war es ein toter Laut gewesen. Jetzt lebte er. Etwas machte von der offenen Frequenz Gebrauch, griff aus dem Jenseits herüber.

Lavelle starrte das Radio an, ohne es wirklich zu sehen und fragte: »Ist da jemand?«

Keine Antwort.

»Ist da jemand?«

Die Stimme klang nach Staub und mumifizierten Überresten. »Ich warte«. Es hörte sich an wie trockenes Papier, wie Sand und Splitter, eine unendlich alte Stimme, so bitterkalt wie die Nacht zwischen den Sternen, kratzig, flüsternd und böse.

Es konnte jeder von hunderttausend Dämonen sein, oder auch ein ausgewachsener Gott einer der uralten, afrikanischen Religionen, oder der Geist eines Toten, der vor langer Zeit in die Hölle verbannt worden war. Es war nicht mit Sicherheit festzustellen, wer es war, und Lavelle hatte nicht die Macht, ihn zur Preisgabe seines Namens zu zwingen. Wer immer es sein mochte, er würde ihm seine Fragen beantworten können.

»Ich warte.«

»Du weißt, womit ich mich hier beschäftige?«

»Ich weisss esssss.«

»Die Angelegenheit, die die Carramazza-Familie betrifft.«

»Ich weisss essss.«

Wenn Gott den Schlangen die Gabe der Sprache verliehen hätte, dann hätte es so geklungen.

»Du kennst den Kriminalbeamten, diesen Dawson?«

»Ja.«

»Wird er seine Vorgesetzten bitten, ihn von dem Fall abzulösen?«

»Niemalsss!«

»Wird er weiter Nachforschungen über Voodoo anstellen?«

»Dasss wird er.«

»Ich habe ihn gewarnt.«

»Er wird nicht aufhören.«

In der Küche war es bitterkalt geworden, obwohl die Zentralheizung noch lief und heiße Luft aus den Heizkörpern spuckte. Die Luft schien dick und ölig zu sein.

»Was kann ich tun, um Dawson in Schach zu halten?«

»Du weissst esss!«

»Sag es mir.«

»Du weissst esss.«

Lavelle leckte sich die Lippen, räusperte sich.

»Du weissst esss.«

Lavelle sagte: »Soll ich seine Kinder jetzt ermorden lassen, heute abend, ohne weiteren Aufschub?«

5

Rebecca öffnete die Tür. Sie sagte: »Ich dachte mir irgendwie, daß du es bist.«

Er stand fröstelnd auf dem Treppenabsatz. »Da draußen tobt ein richtiger Blizzard.«

Sie trug einen weichen blauen Morgenrock und Hausschuhe.

Ihr Haar war honiggelb. Sie sah großartig aus.

Sie sagte kein Wort. Sie sah ihn nur an.

Schließlich meinte er: »Wirklich, der Sturm des Jahrhunderts. Vielleicht sogar der Anfang einer neuen Eiszeit. Das Ende der Welt. Ich habe mir überlegt, mit wem ich am liebsten zusammensein würde, wenn das wirklich das Ende der Welt wäre...«

Fast hätte sie ihn angelächelt.

Er fragte: »Kann ich reinkommen? Ich habe meine Stiefel schon ausgezogen, siehst du? Ich werde keine Spuren auf deinem Teppich hinterlassen. Und ich habe sehr gute Manieren. Ich rülpse nie in der Öffentlichkeit und kratze mich auch nicht am Hintern – jedenfalls nicht mit Absicht.«

Sie gab den Weg frei.

Er trat ein.

Sie schloß die Tür und sagte: »Ich wollte gerade etwas zu essen machen. Hast du Hunger?«

»Was gibt es denn?«

»Hereingeschneite Gäste dürfen nicht wählerisch sein.«

Sie gingen in die Küche, und er hängte seinen Mantel über eine Stuhllehne.

Sie sagte: »Roastbeef-Sandwiches und Suppe.«

»Gute Idee.«

»Du schneidest das Roastbeef auf.«

»Sicher.«

»Es liegt im Kühlschrank, in Plastikfolie. Im zweiten Fach, glaube ich. Paß auf!«

»Warum? Ist es lebendig?«

»Der Kühlschrank ist ziemlich vollgepackt. Wenn du die Sachen nicht vorsichtig rausnimmst, fällt dir wahrscheinlich alles entgegen.

Er öffnete den Kühlschrank. Da drinnen herrschte tatsächlich ein Chaos, während ihre Wohnung bis in den letzten Winkel sauber, ordentlich und von fast spartanischer Schlichtheit war.

Er fand das Roastbeef hinter einem Glas mit eingelegten Eiern, auf einem Apfelkuchen in der Backform, unter einem Paket Schweizer Käse, eingekeilt zwischen zwei Pfannen mit Resten auf der einen Seite und einem Krug mit Mixed Pickles und einer übriggebliebenen Hühnerbrust auf der anderen, vor drei Gläsern Marmelade.

Eine Zeitlang arbeiteten sie schweigend.

Er hatte geglaubt, wenn er sie einmal zu fassen bekam, würde es nicht schwer sein, über das zu reden, was letzte Nacht zwischen ihnen geschehen war. Aber jetzt war er verlegen. Er wußte nicht, wie er anfangen, was er als erstes sagen wollte. Alles, was ihm einfiel, fand er entweder abgedroschen, oder es war zu abrupt oder einfach blöd.

Das Schweigen dehnte sich.

Sie legte Sets, Geschirr und Besteck auf den Tisch.

Er schnitt erst das Rindfleisch und dann eine große Tomate in Scheiben.

Sie öffnete zwei Dosen Suppe.

Er wandte sich zu Rebecca, um sie zu fragen, wie sie ihr Sandwich haben wollte.

Sie stand mit dem Rücken zu ihm am Herd und rührte die Suppe im Topf um. Ihr Haar schimmerte golden auf dem dunkelblauen Morgenrock.

Jack überlief ein Schauer des Begehrens. Er konstatierte voll Staunen, wieviel anders sie jetzt war, im Vergleich zu vor nur einer Stunde im Büro, als er sie zuletzt gesehen hatte. Nicht mehr die Eisjungfrau. Nicht mehr die Wikingerin.

Ehe er sich selbst bewußt wurde, was er tat, trat er von hinten an sie heran und legte ihr die Hände auf die Schultern.

Sie war nicht überrascht. Sie hatte sein Kommen gespürt. Vielleicht hatte sie ihn sogar mit ihrem Willen herangezogen.

Zuerst waren ihre Schultern unter seinen Händen steif und ihr ganzer Körper angespannt.

Er strich ihr Haar beiseite und küßte sie auf den Nacken.

Sie entspannte sich, wurde weich, lehnte sich an ihn.

Er strich mit den Händen an ihren Seiten hinunter bis zur Wölbung ihrer Hüften.

Sie seufzte, sagte aber nichts.

Er küßte sie aufs Ohr.

Er ließ eine Hand nach oben gleiten, umfaßte ihre Brust.

Sie drehte den Gasbrenner ab, auf dem der Topf mit der Minestrone stand.

Jetzt hatte er die Arme um sie geschlungen, beide Hände lagen auf ihrem flachen Bauch.

Sein Glied wurde so hart, daß es weh tat.

Sie murmelte unartikuliert, ein Laut wie von einer Katze.

Seine Hände hielten nicht still, sondern strichen sanft und träge forschend über sie hin.

Sie wandte sich ihm zu.

Sie küßten sich.

Ihre Zunge war schnell und heiß, aber der Kuß war ausgedehnt und langsam.

Als sie sich voneinander lösten, nur ein paar Zoll auseinanderwichen, um einen dringend benötigten Atemzug zu machen, begegneten sich ihre Blicke, und ihre Augen leuchteten in so wildem, strahlendem Grün, daß sie gar nicht wirklich zu sein schienen. Aber er sah ein sehr wirkliches Verlangen darin.

Noch ein Kuß. Diesmal heftiger als der erste, hungriger.

Dann entzog sie sich ihm. Nahm seine Hand.

Sie gingen aus der Küche. Ins Wohnzimmer.

Ins Schlafzimmer.

Sie schaltete eine kleine Lampe mit einem Schirm aus bernsteinfarbenem Glas ein. Sie gab kein helles Licht. Die Schatten wichen ein wenig zurück, verschwanden aber nicht ganz.

Sie zog ihren Morgenrock aus. Mehr hatte sie nicht an.

Sie entkleidete ihn.

Viel später, auf dem Bett, als er schließlich in sie eindrang, stieß er leise, von Staunen erfüllt, ihren Namen hervor, und sie sprach den seinen aus. Dies waren die ersten Worte, die gefallen waren, seit er ihr draußen in der Küche die Hände auf die Schultern gelegt hatte.

Sie fanden in einen sanften, seidigen, befriedigenden Rhythmus hinein und spendeten sich auf den kühlen, knisternden Laken Freude.

6

Lavelle saß am Küchentisch und starrte das Radio an.

Der Wind rüttelte an dem alten Haus.

Zu dem unsichtbaren Wesen, das durch das Radio mit dieser Welt in Verbindung trat, sagte Lavelle: »Soll ich seine Kinder jetzt gleich ermorden lassen, heute abend noch, ohne weiteren Aufschub?«

»Ja.«

»Aber wenn ich seine Kinder töte, besteht dann nicht die Gefahr, daß Dawson mehr denn je entschlossen ist, mich zu finden?«

»Töte sssie!«

»Meinst du, Dawson könnte zusammenbrechen, wenn ich sie töte?«

»Ja.«

»Es könnte zu seinem emotionalen oder geistigen Verfall beitragen?«

»Ja.«

»Steht das außer Zweifel?«

»Er liebt sssie sssehr!«

»Ich will ganz sicher sein.«

»Töte sssie. Brutal. Esss musss bessondersss brutal sssein.«

»Ich werde alles tun, um ihn aus dem Weg zu räumen, aber ich möchte absolut sicher sein, daß es so funktioniert, wie ich es haben will.«

»Töte sssie. Zerschmettere sssie. Brich ihnen die Knochen und reissse ihnen die Augen herausss. Reissse ihnen die Zunge herausss. Weide sie ausss wie zwei Schlachtschweine.«

7

Rebeccas Schlafzimmer.

Schneekristalle pochten leise ans Fenster.

Sie lagen nebeneinander im bernsteinfarbenen Licht auf dem Bett und hielten sich an den Händen.

Rebecca sagte: »Ich dachte nicht, daß es noch einmal passieren würde.«

»Was?«

»Das.«

»Ach so.«

»Ich war sicher, daß wir uns niemals wieder lieben würden.«

»Aber wir haben es getan.«

Sie schwieg.

Er fragte: »Tut es dir leid?«

»Nein.«

»Du glaubst doch nicht, daß *dies* das letzte Mal war, oder?«

»Nein.«

Pause.

Dann sagte sie: »Was ist mit uns passiert?«

»Ist das nicht klar?«

»Nicht ganz.«

»Wir haben uns verliebt.«

»Aber wie konnte das so schnell gehen?«

»Es war nicht schnell.«

»Die ganze Zeit nur Polizisten, nur Partner...«

»Mehr als Partner.«

»... und dann ganz plötzlich... wumm!«
»Es war nicht plötzlich. Bei mir geht das schon lange so.«
»Wirklich?«
»Mindestens seit zwei Monaten.«
»Warum habe ich das nicht gemerkt?«
»Du hast es gemerkt. Im Unterbewußtsein.«
»Vielleicht.«
»Ich frage mich nur, warum du dich so hartnäckig dagegen gewehrt hast.«
Sie antwortete nicht.

Nach einer Weile sagte er: »Ich liebe dich.«
»Sag das nicht.«
»Ich sage es nicht nur. Ich meine es auch.«
Sie sah ihn nicht an.
Er sagte: »Ich bin sicher, Rebecca. Ich liebe dich.«
»Ich habe dich gebeten, das nicht zu sagen.«
»Ich verlange ja nicht, es von dir zu hören.«
Sie biß sich auf die Unterlippe.
»Sag nur, daß du mich ein wenig magst.«
»Ich mag dich.«
»Schön. Damit kann ich im Moment leben.«
»Gut.«
»Aber mittlerweile liebe ich dich.«
»Verdammt, Jack!«
Sie rückte von ihm weg.
Sie zog das Laken hoch bis ans Kinn.
»Jetzt sei nicht so kalt zu mir, Rebecca.«
»Ich bin nicht kalt.«
Sie kaute am Daumen wie ein kleines Mädchen.
»Rebecca?«
»Ich weiß nicht, wie ich es sagen soll. Ich kann es nicht erklären. Ich mußte es noch nie in Worten ausdrücken.«
»Ich kann gut zuhören.«
»Ich brauche ein bißchen Zeit zum Nachdenken.«

»Dann laß dir Zeit.«

Sie starrte an die Decke und überlegte.

Er schlüpfte zu ihr unter das Laken und zog die Decke über sie beide.

Eine Weile lagen sie da und schwiegen.

Draußen sang der Wind eine Serenade mit zwei Tönen.

Sie sagte: »Mein Vater starb, als ich sechs war.«

»Das tut mir leid. Wie schrecklich. Dann hattest du nie die Chance, ihn richtig kennenzulernen.«

»Das stimmt. Und trotzdem, so sonderbar das auch klingt, manchmal vermisse ich ihn immer noch sehr, auch nach so vielen Jahren noch – einen Vater, den ich nie richtig kannte und an den ich mich kaum erinnere. Ich vermisse ihn trotzdem.«

Jack dachte an seinen eigenen, kleinen Davey, der noch nicht einmal sechs gewesen war, als seine Mutter starb.

Er drückte Rebecca sanft die Hand.

Sie sagte: »Aber daß mein Vater starb, als ich sechs war – das ist irgendwie nicht das Schlimmste. Das Schlimmste ist, daß ich sah, wie er starb. Ich war dabei, als es passierte.«

»Mein Gott. Wie... wie ist es passiert?«

»Tja... er und Mama hatten eine Imbißbude. Nicht groß. Nur vier kleine Tische. Hauptsächlich Straßenverkauf. Sandwiches, Kartoffelsalat, Nudelsalat und ein paar Schleckereien. Es ist schwer, in diesem Geschäft Erfolg zu haben, außer man hat gleich zu Beginn zwei Dinge: genügend Startkapital, um am Anfang ein paar magere Jahre durchstehen zu können, und eine gute Lage mit viel Laufkundschaft oder Büroangestellten, die in der Nähe arbeiten. Aber meine Eltern waren arm. Sie hatten nur sehr wenig Kapital. Sie konnten die hohe Miete in einer guten Gegend nicht bezahlen, deshalb fingen sie in einer schlechten an und zogen immer wieder um, wenn sie es sich leisten konnten, dreimal in drei Jahren, jedesmal in eine etwas bessere Gegend. Sie arbeiteten schwer, so schwer...

Mein Vater hatte noch einen anderen Job, als Hausmeister, am späten Abend, nachdem der Laden zumachte, bis kurz vor Morgengrauen. Dann kam er nach Hause, schlief vier oder fünf Stunden und machte dann zum Lunch auf. Mama kochte den Großteil der Gerichte, die verkauft wurden, selbst, und sie stand auch hinter der Theke, und sie ging außerdem für andere Leute putzen, um ein paar Dollar dazuzuverdienen. Endlich begann der Laden sich zu rentieren. Mein Vater konnte den Hausmeisterjob an den Nagel hängen, und Mama hörte mit dem Putzen auf. Ja, irgendwann ging das Geschäft so gut, daß sie sich nach dem ersten Angestellten umsahen; sie konnten die Arbeit nicht mehr alleine schaffen. Die Zukunft sah rosig aus. Und dann... eines Nachmittags... während der Flaute zwischen dem Mittags- und dem Abendbetrieb, Mama war fortgegangen, um etwas zu besorgen, und ich war mit meinem Vater allein im Laden... da kam der Kerl herein... mit einer Pistole...«

»Oh, Scheiße«, sagte Jack. Den Rest kannte er. Er hatte das alles schon erlebt, schon oft. Tote Ladenbesitzer, die in ihrem eigenen Blut lagen, neben ihren leeren Registrierkassen.

Er sagte: »Du brauchst nicht weiterzusprechen.«

»Doch. Ich muß es dir erzählen. Damit du verstehst, warum... warum ich in bestimmten Dingen so bin.«

»Okay, wenn du das wirklich willst...«

»Ich will.«

»Dann... hat sich dein Vater geweigert, diesem Dreckskerl das Geld zu geben – oder was?«

»Nein. Dad gab ihm das Geld. Alles.«

»Er hat sich überhaupt nicht gesträubt?«

»Nein.«

»Aber seine Bereitwilligkeit hat ihn nicht gerettet.«

»Nein. Der Kerl war ein Fixer und litt unter schlimmen Entzugserscheinungen, er brauchte wirklich dringend was. Die Gier kroch wie ein gräßliches Wesen in seinem Kopf herum, stelle ich mir vor, und er war reizbar, gemein, voll irrem Haß auf die ganze Welt. Du weißt, wie sie werden können. Deshalb glaube ich, daß es ihm vielleicht mehr darum ging, jemanden umzubringen, als das Geld zu bekommen, und deshalb... hat er einfach... abgedrückt.«

Jack legte einen Arm um sie und zog sie an sich.

Sie sagte: »Zwei Schüsse. Dann rannte der Bastard davon. Nur eine von den Kugeln traf meinen Vater. Aber sie... traf ihn... ins Gesicht.«

»Jesus!« sagte Jack leise, er dachte an die sechsjährige Rebecca, wie sie in der Küche des Imbißladens stand, durch den Vorhangspalt lugte und sah, wie das Gesicht ihres Vaters zerplatzte.

»Es war eine .45«, fügte sie hinzu.

Jack zuckte zusammen, als er an die Durchschlagskraft der Waffe dachte.

»Hohlmantelgeschosse«, sagte sie.

»O Gott.«

»Aus dieser geringen Entfernung hatte Dad keine Chance.«

»Quäle dich nicht mit...«

»Sie hat ihm den Kopf abgerissen.«

»Denk nicht mehr daran«, sagte Jack.

»Das Gehirn...«

»Still jetzt. Still.«

»Ich muß dir noch mehr erzählen.«

»Du mußt dir nicht alles auf einmal von der Seele reden.«

»Ich möchte, daß du mich verstehst.«

»Laß dir Zeit. Ich bin da. Ich warte. Laß dir Zeit.«

8

Im Wellblechschuppen beugte sich Lavelle über die Grube und durchschnitt mit zwei Ritualscheren mit Malachitgriffen gleichzeitig beide Enden der Schnur.

Die Fotografien von Penny und Davey Dawson fielen in das Loch und verschwanden im flackernden, orangefarbenen Licht.

Ein schriller, unmenschlicher Schrei drang aus der Tiefe.

»Tötet sie«, sagte Lavelle.

9

Immer noch in Rebeccas Bett.

Immer noch eng umschlungen.

Sie sagte: »Die Polizei konnte nur nach meiner Beschreibung vorgehen.«

»Ein sechsjähriges Kind ist nicht gerade der beste Zeuge.«

»Sie gaben sich alle Mühe, versuchten, diesem Typen auf die Spur zu kommen, der Daddy erschossen hatte. Sie gaben sich wirklich Mühe.«

»Haben sie ihn je erwischt?«

»Ja. Aber zu spät. Viel zu spät.«

»Wie meinst du das?«

»Paß auf, er bekam zweihundert Dollar, als er den Laden ausraubte.«

»Und?«

»Das ist mehr als zweiundzwanzig Jahre her.«

»Ja?«

»Damals waren zweihundert Dollar viel Geld. Kein Vermögen. Aber viel mehr als heute.«

»Ich weiß immer noch nicht, worauf du hinauswillst.«

»Für ihn war es leicht verdientes Geld.«

»So verdammt leicht auch wieder nicht. Er hat einen Mann getötet.«

»Aber das wäre nicht nötig gewesen. Er *wollte* an diesem Abend jemand töten.«

»Okay. Schön. Er glaubte also, verdreht wie er war, daß das ganz einfach ist.«

»Sechs Monate vergingen...«

»Und die Polizei hat ihn nicht erwischt?«

»Nein. Also sieht es für diesen fiesen Kerl immer einfacher aus.«

Jack wurde übel vor Angst. Sein Magen drehte sich um.

Er sagte: »Willst du damit sagen...?«

»Ja.«

»Er kam zurück.«

»Mit einer Pistole. Mit derselben Pistole.«

»Aber er muß wahnsinnig gewesen sein!«

»Alle Fixer sind wahnsinnig.«

Jack wartete. Er wollte nichts mehr hören, aber er wußte, daß sie es ihm erzählen würde; erzählen mußte; *gezwungen* war, es ihm zu erzählen.

Sie sagte: »Meine Mutter stand an der Kasse.«

»Nein«, sagte er leise, als könne er die tragische Geschichte ihrer Familie noch irgendwie ändern, indem er protestierte.

»Er pustete sie weg.«

»Rebecca...«

»Jagte fünf Schüsse in sie hinein.«

»Du hast es... diesmal nicht gesehen?«

»Nein. Ich war an diesem Tag nicht im Laden.«

»Gott sei Dank.«

»Diesmal erwischten sie ihn.«

»Zu spät für dich.«

»Viel zu spät. Aber ich wußte jetzt, was ich werden wollte, wenn ich erwachsen war. Ich wollte zur Polizei, damit ich Leuten wie diesem Fixer das Handwerk legen, sie daran hindern konnte, die Mütter und Väter anderer kleiner Jungen und Mädchen zu töten. Damals gab es noch keine weiblichen Polizisten, weißt du, keine richtigen Polizisten, nur Büroangestellte auf dem Polizeirevier, in der Vermittlung und so weiter. Ich hatte keine Rollenvorbilder. Aber ich wußte, daß ich es eines Tages schaffen würde. Ich war fest entschlossen. Ich wollte keinen Augenblick etwas anderes werden als Polizistin. Ich verschwendete keinen Gedanken darauf zu heiraten, Ehefrau zu werden, Kinder zu haben, Mutter zu sein, denn ich wußte, dann würde jemand daherkommen, um meinen Mann zu erschießen oder mir meine Kinder wegzunehmen oder mich meinen Kindern. Was hatte es also für einen Sinn? Ich wollte Polizistin sein. Nichts anderers.«

Endlich begann Jack, Rebecca Chandler zu verstehen – warum sie so war, wie sie war. Das Verständnis steigerte seinen Respekt und die tiefe Zuneigung, die er schon für sie empfand. Sie war eine ganz besondere Frau.

Er ahnte, daß dieser Abend einer der wichtigsten in seinem Leben war. Die lange Einsamkeit nach Lindas Tod ging endlich zu Ende. Nun, mit Rebecca, würde er einen neuen Anfang machen.

Jetzt konnte nichts mehr schiefgehen.

10

»Tötet sie, tötet sie«, sagte Lavelle.

Seine Stimme hallte in die Grube hinunter, wurde wieder und wieder zurückgeworfen wie aus einem tiefen Schacht.

Der undeutlich pulsierende, sich verändernde, amorphe Boden der Grube wurde plötzlich lebendig. Er warf Blasen, wallte auf, wirbelte. Aus der lavaartigen

Schmelzmasse – die eine Armeslänge oder auch Meilen entfernt in der Tiefe hätte sein können – formte sich eine Gestalt.

Eine monströse Gestalt.

11

»Als deine Mutter getötet wurde, warst du erst...«

»Sieben Jahre alt. Ich war einen Monat vor ihrem Tod sieben geworden.«

»Wer zog dich danach auf?«

»Ich kam zu meinen Großeltern, der Familie meiner Mutter.«

»Ging das gut?«

»Sie mochten mich sehr gern. Deshalb ging es eine Weile gut.«

»Nur eine Weile?«

»Dann starb mein Großvater.«

»Noch ein Todesfall?«

»Immer noch einer.«

»Wie?«

»Krebs. Den plötzlichen Tod hatte ich schon erlebt. Jetzt war es Zeit, daß ich das langsame Sterben kennenlernte.«

»Wie langsam?«

»Zwei Jahre vom Zeitpunkt der Krebsdiagnose bis zu dem Tag, an dem er endlich erlöst wurde. Er schwand dahin, verlor sechzig Pfund, ehe er starb, und durch die Radiumbestrahlungen fielen ihm alle Haare aus. In diesen letzten paar Wochen wurde er dem Aussehen und dem Verhalten nach ein völlig anderer Mensch.«

»Wie alt warst du, als du ihn verloren hast?«

»Elfeinhalb.«

»Dann war nur noch deine Großmutter da.«

»Ein paar Jahre lang. Als ich dann fünfzehn war, starb

auch sie. Das Herz. Nicht wirklich plötzlich, aber auch nicht wirklich langsam. Danach wurde ich unter amtliche Vormundschaft gestellt. Die nächsten drei Jahre, bis zum achtzehnten Lebensjahr, verbrachte ich bei einer Reihe von Pflegefamilien. Vier insgesamt. Keinem meiner Pflegeeltern kam ich jemals nahe; ich gestattete mir nie, ihnen nahezukommen. Ich ließ mich immer wieder einer anderen Familie zuteilen, verstehst du. Denn inzwischen hatte ich, so jung ich noch war, begriffen, daß es einfach zu gefährlich ist, Menschen zu lieben, sich auf sie zu verlassen, sie zu *brauchen*. Wir sind alle so kurzlebig. So zerbrechlich. Und das Leben ist so unberechenbar.«

»Aber das ist doch kein Grund, unbedingt alleine bleiben zu wollen«, sagte Jack. »Siehst du nicht, daß eigentlich – daß das der Grund ist, warum wir Menschen finden *müssen*, die wir lieben können, Menschen, mit denen wir unser Leben teilen, denen wir unsere Herzen und Gedanken öffnen, auf die wir uns verlassen, die wir schätzen, die sich auf uns verlassen, wenn *sie* die Gewißheit brauchen, daß sie nicht alleine sind. Seine Freunde und seine Familie gernzuhaben, zu wissen, daß sie einen gernhaben – das lenkt uns von der Leere ab, die auf uns alle wartet. Indem wir lieben und zulassen, daß man uns liebt, geben wir unserem Leben Sinn und Bedeutung. Wenigstens für kurze Zeit können wir durch die Liebe die gottverdammte Dunkelheit vergessen, die am Ende von allem steht.«

Als er geendet hatte, war er ganz außer Atem – und staunte über das, was er gesagt hatte, seine intuitive Einsicht erschreckte ihn.

Sie schob einen Arm über seine Brust. Sie hielt ihn fest.

Sie sagte: »Du hast recht. Ein Teil von mir weiß, daß das wahr ist, was du gesagt hast.«

»Gut.«

»Aber es gibt noch einen anderen Teil, der hat Angst davor, jemals wieder zu lieben oder geliebt zu werden. Dieser Teil kann es nicht ertragen, alles wieder zu verlieren.

Dieser Teil glaubt, Einsamkeit sei besser als solch ein Verlust und ein solcher Schmerz.«

»Aber schau, genau das ist es doch. Liebe, die man geschenkt oder empfangen hat, geht *nie* verloren«, sagte er und hielt sie fest. »Wenn du einmal jemanden geliebt hast, ist die Liebe immer da, auch dann, wenn der andere fort ist. Liebe ist das einzige, das Bestand hat.«

Minutenlang lagen sie schweigend da und berührten sich.

Jack hatte den verzweifelten Wunsch, Rebecca möge für den Rest seines Lebens mit ihm zusammenbleiben. Er fürchtete sich davor, sie zu verlieren.

Aber er sagte nichts mehr. Die Entscheidung lag bei ihr.

Nach einer Weile sagte sie: »Zum erstenmal seit einer Ewigkeit habe ich weniger Angst davor, zu lieben und zu verlieren; ich fürchte mich viel mehr davor, überhaupt nicht zu lieben.«

Jack fiel ein Stein vom Herzen.

Er sagte: »Du darfst mich nie wieder wegstoßen.«

»Ich werde erst lernen müssen, mich zu öffnen, und das wird mir nicht leichtfallen.«

»Du kannst es.«

»Gelegentlich werde ich sicher wieder rückfällig und ziehe mich ab und zu in mein Schneckenhaus zurück. Du wirst Geduld mit mir haben müssen.«

»Ich kann geduldig sein.«

»Gott, als ob ich das nicht wüßte. Du bist der aufreizendst geduldige Mensch, den ich kenne.«

»Aufreizend?«

»Bei der Arbeit gab es Zeiten, da war ich so unglaublich biestig, und ich wußte es, ich wollte nicht so sein, konnte aber anscheinend nicht aus meiner Haut heraus. Manchmal habe ich mir gewünscht, du würdest zurückfauchen, explodieren. Aber wenn du dann endlich reagiert hast, warst du immer so vernünftig, so ruhig, so verdammt geduldig.«

»Du tust, als wäre ich ein Heiliger.«

»Nun, du bist ein guter Mann, Jack Dawson. Ein netter Mann. Ein verdammt netter Mann.«

»Och, ich weiß, daß du mich für vollkommen hältst«, sagte er selbstironisch. »Aber ob du es glaubst oder nicht, selbst ich, das Musterexemplar, selbst ich habe ein paar Fehler.«

»Nein!« sagte sie scheinheilig erstaunt.

»Doch, es ist wahr. Aber ich habe eine große Tugend, die alle diese schrecklichen Schwächen mehr als aufwiegt«, sagte er.

Sie grinste. »Und die wäre?«

»Ich liebe dich.«

Diesmal verbot sie ihm nicht, so etwas zu sagen.

Sie küßte ihn.

Ihre Hände streichelten ihn.

Sie sagte: »Liebe mich noch einmal.«

12

Normalerweise wurde Penny, ganz gleich, wie lange Davey aufbleiben durfte, eine Stunde mehr zugestanden. Als letzte schlafenzugehen, war aufgrund ihres Altersvorsprungs von vier Jahren ihr gutes Recht. Sie setzte sich jedesmal wacker und hartnäckig zur Wehr, wenn jemand auch nur ansatzweise den Versuch machte, ihr dieses kostbare, unveräußerliche Recht zu verweigern. Als jedoch an diesem Abend um neun Uhr Tante Faye vorschlug, Davey solle sich die Zähne putzen und sich ins Bett verziehen, tat Penny so, als sei sie müde, und sagte, sie habe auch nichts dagegen schlafenzugehen.

Sie durfte Davey nicht alleine in einem dunklen Schlafzimmer lassen, wo die Kobolde sich vielleicht an ihn heranschleichen konnten. Sie mußte wach bleiben und auf ihn aufpassen, bis ihr Vater kam. Dann würde sie Daddy alles über die Kobolde erzählen, und sie hoffte, daß er sie zumindest zu Ende anhören würde, ehe er nach den Männern mit den Zwangsjacken schickte.

Sie und Davey waren ohne Nachtzeug zu den Jamisons gekommen, aber das war weiter kein Problem. Da sie des öfteren bei Faye und Keith übernachteten, wenn ihr Vater lange arbeiten mußte, hatten sie dort Ersatzzahnbürsten und Schlafanzüge deponiert. Und im Schrank des Gästezimmers lag frische Kleidung zum Wechseln, so daß sie morgen nicht das gleiche anziehen mußten. Innerhalb von zehn Minuten lagen sie in ihren Betten und kuschelten sich behaglich in die Decken.

Tante Faye wünschte ihnen angenehme Träume, schaltete das Licht aus und schloß die Tür.

Die Dunkelheit war dick, erstickend.

Penny kämpfte gegen einen Anfall von Platzangst.

Davey schwieg eine Weile. Dann: »Penny?«

»Hm?«

»Bist du da?«

»Was glaubst du, wer gerade ›hm‹ gesagt hat?«

»Wo ist Dad?«

»Macht Überstunden.«

»Ich meine, wirklich?«

»Er macht wirklich Überstunden.«

»Und wenn ihm etwas passiert ist?«

»Ihm ist nichts passiert.«

»Und wenn er angeschossen worden ist?«

»Ist er nicht. Das hätten sie uns gesagt, wenn er angeschossen worden wäre. Sie würden uns wahrscheinlich sogar ins Krankenhaus fahren, damit wir ihn besuchen können.«

»Nein, das würden sie nicht tun. Die wollen doch Kinder vor so schlechten Nachrichten bewahren.«

»Willst du, in Gottes Namen, aufhören, dir Sorgen zu machen? Mit Dad ist alles in Ordnung. Wenn er angeschossen worden wäre oder so was, würden Tante Faye und Onkel Keith das doch wissen.«

»Vielleicht wissen sie es ja?«

»Wenn sie es wüßten, würden wir es auch wissen.«

»Wieso?«

»Das würde man merken, selbst wenn sie sich Mühe gäben, es zu verbergen.«

»Wie würde man es merken?«

»Dann hätten sie uns anders behandelt. Sie hätten sich komisch benommen.«

»Sie benehmen sich immer komisch.«

»Ich meine, auf andere Weise komisch. Sie wären besonders nett zu uns gewesen. Sie hätten uns verhätschelt, weil wir ihnen leid getan hätten. Und glaubst du, Tante Faye hätte Daddy den ganzen Abend lang so kritisiert, wenn sie gewußt hätte, daß er angeschossen ist und irgendwo in einem Krankenhaus liegt?«

»Tja... nein. Da hast du wohl recht. Das würde nicht einmal Tante Faye tun.«

Sie schwiegen.

Penny stützte den Kopf auf das Kissen und lauschte.

Nichts war zu hören. Nur der Wind draußen. Und weit weg das Brummen eines Schneepflugs.

Sie blickte zum Fenster, ein unbestimmt schneehelles Rechteck.

Würden die Kobolde durch das Fenster kommen?

Durch die Tür?

Vielleicht würden sie aus einem Spalt in der Fußleiste kommen, als Rauch, und sich dann verfestigen, wenn sie ganz in den Raum eingedrungen waren. Vampire machten so etwas. Sie hatte es in einem alten Dracula-Film gesehen.

Vielleicht kamen sie auch aus dem Schrank.

Sie spähte in die dunkelste Ecke des Raums, wo der Schrank stand. Sie konnte ihn nicht sehen; nur Schwärze.

Vielleicht gab es an der Rückseite des Schranks einen

unsichtbaren Zaubergang, einen Tunnel, den nur Kobolde sehen und benützen konnten.

Das war lächerlich. Oder doch nicht? Allein die Vorstellung von Koboldern war schon lächerlich; und doch waren sie da draußen. Sie hatte sie gesehen.

Davey begann, tief, langsam und gleichmäßig zu atmen. Er schlief.

Penny beneidete ihn. Sie wußte, daß sie niemals wieder schlafen würde.

Die Zeit verging. Langsam.

Ihr Blick bewegte sich ständig durch den dunklen Raum. Das Fenster. Die Tür. Der Schrank. Das Fenster.

Sie wußte nicht, wo die Kobolde herkommen würden, aber sie wußte, daß sie kommen würden.

13

Lavelle saß in seinem dunklen Schlafzimmer.

Die Mörder waren aus der Grube aufgestiegen und hatten sich davongeschlichen, in die Nacht, in die sturmgepeitschte Stadt. Bald würden die beiden Dawson-Kinder abgeschlachtet werden und nur noch blutige, tote Fleischklumpen sein.

Der Gedanke gefiel Lavelle und erregte ihn. Er bekam sogar eine Erektion.

Nur noch zu einem Zweck mußte er in dieser Nacht seine magischen Kräfte einsetzen, und er freute sich schon darauf. Er wollte Jack Dawson demütigen. Er würde Dawson endlich begreiflich machen, wie ehrfurchtgebietend die Macht eines Meister-*Bocors* war. Dann, wenn Dawsons Kinder vernichtet waren, würde der Beamte einsehen, wie töricht er gehandelt hatte, als er sie einem solchen Risiko aussetzte, als er einem *Bocor* trotzte. Er würde begreifen, wie leicht er sie hätte retten können – indem er einfach seinen Stolz hinunterschluckte und aus den Ermittlungen ausstieg. Dann würde ihm klarwerden, daß er, der Kriminalbeamte persönlich, das Todesurteil seiner eigenen Kinder unterzeichnet hatte, und *diese* schreckliche Erkenntnis würde ihn zerschmettern.

14

Penny saß aufrecht im Bett und hätte beinahe nach Tante Faye geschrien.

Sie hatte etwas gehört. Einen sonderbaren, spitzen Schrei. Er war nicht menschlich. Schwach. Weit entfernt. Vielleicht aus einer anderen Wohnung, mehrere Etagen tiefer. Der Schrei schien durch die Heizungsrohre zu ihr gedrungen zu sein.

Sie wartete gespannt. Eine Minute. Zwei Minuten. Drei.

Der Schrei wiederholte sich nicht. Auch sonst war nichts Unnatürliches zu hören.

Aber sie wußte, was sie gehört hatte und was es bedeutete. Sie kamen, um sie und Davey zu holen. Sie waren unterwegs. Bald würden sie hier sein.

15

Diesmal war der Liebesakt langsam, fast träge, von schmerzhafter Zärtlichkeit, erfüllt von Liebkosungen, wortlosem Murmeln und sanftem Streicheln. Träumerische Empfindungen: ein Gefühl des Schwebens, ein Gefühl, als bestehe man nur aus Sonnenlicht und anderer Energie, ein berauschend schwereloses Fallen. Diesmal war es weniger ein Geschlechtsakt als ein gefühlsmäßiges Versprechen, ein spirituelles Gelübde, vom Fleisch abgelegt. Und als Jack sich schließlich tief in ihr samtenes Inneres ergoß, war ihm, als verschmelze er mit ihr, gehe in ihr auf, würde eins mit ihr, und er spürte, daß sie ebenso empfand.

»Ich liebe dich«, sagte er.

»Ich bin froh«, sagte sie.

Das war schon ein Fortschritt.

Sie brachte es noch immer nicht über sich zu sagen, daß auch sie ihn liebte. Aber das störte ihn nicht weiter. Er wußte ja, daß sie es tat.

Er saß auf dem Bettrand und kleidete sich an.

Sie stand auf der anderen Seite des Betts und schlüpfte in ihren blauen Morgenrock.

Beide wurden durch eine plötzliche, heftige Bewegung aufgeschreckt. Ein gerahmtes Plakat von einer Jasper-Johns-Kunstausstellung wurde aus seiner Verankerung gerissen und flog von der Wand. Es war ein großes Plakat, dreieinhalb auf zweieinhalb Fuß, gerahmt und hinter Glas. Einen Augenblick lang hing es vibrierend in der Luft, dann schlug es mit einem gewaltigen Krach am Fußende des Betts auf dem Boden auf.

»Was, zum Teufel...?« entfuhr es Jack.

»Wie konnte das passieren?« fragte Rebecca.

Die Schiebetür des Schranks flog krachend auf, schlug zu, flog wieder auf.

Die Kommode mit den sechs Schubladen kippte von der Wand weg auf Jack zu, er sprang aus dem Weg, und das große Möbelstück stürzte mit einem Getöse um, als sei eine Bombe explodiert.

Rebecca wich an die Wand zurück und blieb dort stehen, erstarrt, mit weit aufgerissenen Augen, die Hände zu Fäusten geballt.

Es war kalt. Wind jagte durch den Raum. Nicht nur ein Luftzug, ein richtiger Wind, fast so stark wie der Sturm, der draußen durch die Straßen der Stadt peitschte. Aber es gab keine Stelle, wo ein kalter Wind hätte eindringen können; Türen und Fenster waren fest geschlossen.

Und jetzt schien es, als packten unsichtbare Hände die Gardinen am Fenster und rissen sie von ihrer Stange. Die Vorhänge sanken zu Boden, dann wurde auch die Stange aus der Wand gerissen und beiseite geworfen.

Schubladen glitten aus den Nachttischen, fielen auf den Boden, gossen ihren Inhalt aus. Mehrere Tapetenbahnen begannen sich von den Wänden zu schälen, es fing oben an und ging bis nach unten weiter.

Jack wandte sich hierhin und dorthin, er war entsetzt, verwirrt und wußte nicht, was er tun sollte.

Der Toilettenspiegel barst in spinnwebförmigen Sprüngen.

Das Unsichtbare riß die Decke vom Bett und schleuderte sie auf die umgestürzte Kommode.

»Aufhören!« schrie Rebecca ins Leere. *»Aufhören!«*

Der unsichtbare Eindringling gehorchte nicht.

Das obere Laken wurde vom Bett gezogen. Es wirbelte in der Luft, als habe ihm jemand Leben und die Fähigkeit zu fliegen verliehen; dann schwebte es in eine Ecke des Raumes, wo es wieder leblos in sich zusammenfiel.

Das eingesteckte untere Laken sprang an zwei Ecken heraus.

Jack packte es.

Die beiden anderen Ecken lösten sich ebenfalls.

Jack versuchte, das Laken festzuhalten. Es war ein schwacher, sinnloser Versuch, der Macht, die den Raum verwüstete, Widerstand leisten zu wollen, aber etwas anderes fiel ihm nicht ein, und er mußte einfach irgend etwas tun. Das Laken wurde ihm plötzlich mit solcher Kraft aus der Hand gerissen, daß er das Gleichgewicht verlor. Er stolperte und fiel auf die Knie.

Auf dem fahrbaren Fernsehtisch in der Ecke schaltete sich das tragbare Fernsehgerät von selbst ein und dröhnte mit voller Lautstärke los.

Jack rappelte sich auf.

Der Matratzenüberzug wurde vom Bett geschält, in die Luft gehoben, zu einer Kugel zusammengerollt und nach Rebecca geworfen.

Die Matratze war jetzt kahl. Die wattierte, obere Schicht beulte sich ein. Ein Riß erschien darin. Das Gewebe riß in der Mitte von oben nach unten durch, Füllmaterial quoll heraus, zusammen mit ein paar emporschnellenden Federn, die wie von einer unhörbaren Musik beschworene Kobras herauskamen.

Noch mehr Tapetenbahnen lösten sich.

Die Schranktür knallte so fest zu, daß sie teilweise aus den Angeln sprang und hin- und herklapperte.

Der Bildschirm implodierte. Gleichzeitig mit dem Geräusch brechenden Glases blitzte kurz ein Lichtstrahl im Inneren des Geräts auf, dann kam ein wenig Rauch.

Stille.

Jack blickte Rebecca an. Sie wirkte verwirrt. Entsetzt.

Das Telefon klingelte.

Im selben Augenblick, als Jack es hörte, wußte er, wer anrief. Er riß den Hörer hoch, hielt ihn sich ans Ohr, und sagte nichts.

»Sie hecheln ja wie ein Hund, Lieutenant Dawson«, sagte Lavelle. »Aufgeregt? Meine kleine Demonstration hat Sie offenbar fasziniert.«

Jack zitterte so heftig und unkontrolliert, daß er seiner Stimme nicht traute. Er antwortete nicht, weil er nicht wollte, daß Lavelle hörte, wie verschreckt er war.

Außerdem schien es Lavelle nicht zu interessieren, was Jack vielleicht zu sagen hatte; er wartete nicht lange genug auf eine Antwort, selbst wenn er eine bekommen hätte. Der *Bocor* fuhr fort: »Wenn Sie Ihre Kinder sehen – tot, verstümmelt, die Augen herausgerissen, die Lippen abgefressen, die Finger bis auf die Knochen abgenagt – dann denken Sie daran, daß Sie sie hätten retten können. Vergessen Sie nicht, daß Sie selbst es sind, der ihr Todesurteil unterzeichnet hat. Sie tragen die Verantwortung für ihren Tod, so sicher, als hätten Sie zugesehen, wie sie vor einen Zug liefen, und sich nicht einmal die Mühe gemacht, ihnen eine Warnung zuzurufen. Sie haben ihr Leben weggeworfen, als ob es für Sie nichts als Abfall wäre.«

Ein Sturzbach von Worten sprudelte aus Jack heraus, ehe er überhaupt merkte, daß er sprechen wollte. »Sie beschissener, schäbiger Dreckskerl, wagen Sie es lieber nicht, ihnen auch nur ein Haar zu krümmen! Wagen Sie es nicht...«

Lavelle hatte aufgelegt.

Rebecca fragte: »Wer?«

»Lavelle.«

»Du meinst... das alles?«

»Glaubst du jetzt an schwarze Magie? An Zauberei? An Voodoo?«

»Oh, mein Gott.«

»*Ich* glaube jetzt verdammt sicher daran!«

Sie sah sich in dem verwüsteten Raum um, schüttelte den Kopf und versuchte erfolglos zu leugnen, was sie doch mit eigenen Augen sah.

Jack erinnerte sich an seine eigene Skepsis, als Carver Hampton ihm von den herunterfallenden Flaschen und der schwarzen Schlange erzählt hatte. Jetzt war er nicht mehr skeptisch. Nur noch entsetzt.

Er dachte an die Leichen, die er an diesem Morgen und an diesem Nachmittag gesehen hatte, diese gräßlich zugerichteten Körper.

Sein Herz schlug wie ein Preßlufthammer. Er rang nach Atem. Ihm war, als müsse er sich gleich übergeben.

Er hatte das Telefon noch immer in der Hand. Er tippte eine Nummer ein.

Rebecca fragte: »Wen rufst du an?«

»Faye. Sie muß die Kinder wegbringen. Schnell!«

»Aber Lavelle kann nicht wissen, wo sie sind.«

»Er konnte auch nicht wissen, wo ich bin. Ich habe niemandem erzählt, daß ich zu dir wollte. Niemand hat mich hierher verfolgt, da bin ich ganz sicher. Er kann nicht gewußt haben, wo ich zu finden war – und doch wußte er es. Also weiß er wahrscheinlich auch, wo die Kinder sind. Verdammt, warum klingelt es nicht?«

Er schlug auf die Telefontasten, bekam wieder ein Freizeichen, versuchte es noch einmal mit Fayes Nummer. Diesmal hörte er eine Mitteilung, die ihm sagte, der Anschluß bestehe nicht mehr. Das stimmte natürlich nicht.

»Lavelle hat irgendwie an Fayes Leitung rumgepfuscht«, sagte er und ließ den Hörer fallen. »Wir müssen sofort rüberfahren. Jesus, wir müssen die Kinder rausholen!«

Rebecca hatte ihren Morgenrock abgelegt und ein Paar Jeans und einen Pullover aus dem Schrank gerissen. Sie war schon halb angezogen.

»Keine Angst«, sagte sie. »Alles wird gut. Wir erreichen sie noch vor Lavelle.«

Aber Jack hatte das entsetzliche Gefühl, daß sie schon zu spät kamen.

Kapitel fünf

1

Wieder saß Lavelle alleine in seinem dunklen Schlafzimmer, nur der phosphoreszierende Schein des Schneesturms drang durch die Fenster, und er griff mit seinem Geist aus und zapfte die psychischen Energieströme des Bösen an, die über der Stadt durch die dunkle Nacht flossen.

Seine Zauberkraft war nicht nur verbraucht, sondern völlig erschöpft. Einen Poltergeist herbeizuzitieren und ihn unter Kontrolle zu halten – wie er es vor ein paar Minuten getan hatte, um die Demonstration für Jack Dawson zu veranstalten, – war eines der anstrengendsten Rituale der schwarzen Magie.

Leider war es nicht möglich, seine Feinde durch einen Poltergeist vernichten zu lassen. Poltergeister waren lediglich boshafte – schlimmstenfalls gehässige – Geister; böse waren sie nicht. Wenn ein *Bocor*, nachdem er ein solches Wesen heraufbeschworen hatte, es dazu einsetzen wollte, jemanden zu ermorden, konnte es aus dem Kontrollbann ausbrechen und seine Energien gegen ihn selbst wenden.

Wenn man den Poltergeist jedoch nur als Werkzeug benützte, um die Kräfte eines *Bocors* zu demonstrieren, dann zeigte das eindrucksvolle Ergebnisse. Skeptiker verwandelten sich in Gläubige. Die Mutigen wurden lammfromm.

Lavelles Schaukelstuhl knarrte in dem stillen Raum.

Er saß im Dunkeln und hörte nicht auf zu lächeln.

Aus dem Nachthimmel strömte die Energie des Bösen hernieder.

Bald floß Lavelle, das Gefäß, vor Kraft über.

Er seufzte, denn er fühlte sich erneuert.
Bald würde der Spaß beginnen.
Das große Schlachten.

2

Penny saß auf dem Bettrand und lauschte.

Die Geräusche kamen wieder. Kratzen. Zischen. Ein leises Tappen, ein schwaches Klirren und wieder ein Tappen. Weit entferntes Klappern und Schlurfen.

Weit entfernt – aber es kam näher.

Sie knipste die Nachttischlampe an. Der kleine Lichtkreis war warm und tröstlich.

Davey schlief, ohne sich von den sonderbaren Geräuschen stören zu lassen. Sie beschloß, ihn erst einmal weiterschlafen zu lassen. Wenn es sein mußte, konnte sie ihn schnell wecken, und sie konnte mit einem Schrei Tante Faye und Onkel Keith herbeirufen.

Der heisere Schrei war wiedergekommen, schwach, aber vielleicht nicht ganz so schwach wie zuvor.

Penny stand auf und ging zur Frisierkommode, die im Dunkeln stand, außerhalb des Lichtfächers der Nachttischlampe. In der Wand über der Kommode, etwa einen Fuß unterhalb der Decke, befand sich ein Auslaß für die Heizungs- und Klimaanlage. Sie legte den Kopf schief, versuchte, die fernen, verdächtigen Geräusche zu hören und war dann überzeugt, daß sie durch die Rohre in den Wänden übertragen wurden.

Sie stieg auf die Kommode, streckte sich, stellte sich auf die Zehenspitzen und konnte dann das Ohr gegen die Platte vor das Gebläse des Ventilationssystems legen.

Sie hatte gedacht, die Kobolde seien in anderen Wohnungen oder auf den Fluren weiter unten im Gebäude; sie hatte gedacht, die Rohre übertrügen nur ihre Geräusche.

Jetzt begriff sie schlagartig, daß die Rohre nicht nur das Geräusch der Kobolde übertrugen, sondern daß die Wesen selbst darin waren. Auf diese Weise beabsichtigten sie also, ins Schlafzimmer einzudringen, nicht durch die Tür oder das Fenster, nicht durch einen Fantasietunnel in der Rückwand des Schranks. Sie befanden sich im Ventilationsnetz und bewegten sich durch das Gebäude herauf, sie drehten und wendeten sich, glitten und krochen, eilten die horizontalen Rohre entlang und kletterten mühsam die vertikalen Sektionen des Systems hinauf, aber sie kamen näher und näher, so sicher wie die warme Luft, die aus dem riesigen Ofen von unten heraufstieg.

Zitternd, mit klappernden Zähnen, von einer Angst erfaßt, der sie sich nicht ergeben wollte, legte Penny das Gesicht an die Platte und spähte durch die Schlitze, in das Rohr. Die Dunkelheit war so tief und so schwarz und so undurchdringlich wie die Dunkelheit in einer Gruft.

3

Jack saß geduckt am Lenkrad und blinzelte nach vorne auf die winterliche Straße. Die Windschutzscheibe fror zu. Eine dünne, milchige Eisschicht hatte sich am Rand der Scheibe gebildet und kroch langsam nach innen. Die Wischer waren mit Schnee verkrustet, der sich immer mehr zu Eisklumpen verfestigte.

»Ist diese verdammte Scheibenheizung auf höchster Stufe?« fragte er, obwohl er spürte, wie die Hitzewellen über sein Gesicht strichen.

Rebecca beugte sich vor und sah nach den Heizungsschiebern. »Höchste Stufe«, bestätigte sie.

»Die Temperatur ist wirklich stark abgesunken, seit es dunkel geworden ist.«

»Da draußen müssen minus zehn Grad sein. Noch weniger, wenn du den Windfaktor mit einbeziehst.«

Jack hatte erwartet, schnell zum Apartmenthaus der Jamisons durchfahren zu können. Auf den Straßen war wenig oder gar kein Verkehr, der ihn behindern konnte. Außerdem hatte sein Wagen, obwohl er nicht als Polizeifahrzeug gekennzeichnet war, eine Sirene, und er hatte das abnehmbare, rote Blinklicht auf die Metallnocke am Dachrand aufgesetzt und sich damit die Vorfahrt vor allen anderen etwaigen Verkehrsteilnehmern gesichert. Er hatte erwartet, Penny und Davey innerhalb von zehn Minuten in die Arme schließen zu können. Jetzt war klar, daß die Fahrt doppelt so lange dauern würde.

Jedesmal wenn er ein wenig schneller fahren wollte, kam der Wagen trotz der Schneeketten ins Rutschen.

»Da kämen wir ja zu Fuß schneller voran!« stieß Jack grimmig hervor.

»Wir kommen rechtzeitig hin«, beruhigte ihn Rebecca.

»Und wenn Lavelle schon da ist?«

»Das ist er nicht. Bestimmt nicht.«

Dann erschütterte ihn ein entsetzlicher Gedanke, er wollte ihn nicht in Worte fassen, konnte sich aber nicht beherrschen: »Was ist, wenn er von den Jamisons aus *angerufen* hat?«

»Das hat er nicht«, sagte sie.

Aber Jack war von dieser gräßlichen Möglichkeit plötzlich wie besessen und konnte den morbiden Zwang, sie laut auszusprechen, nicht beherrschen, obwohl die Worte ihm entsetzliche Bilder vor Augen führten.

»Was ist, wenn er sie alle getötet hat...«

(Verstümmelte Körper.)

»...Penny und Davey getötet hat...«

(Die Augen aus den Höhlen gerissen.)

»...wenn er Faye und Keith getötet...«

(Die Kehle aufgebissen.)

»... und dann gleich von dort angerufen hat...«

(Die Fingerspitzen abgenagt.)

»... wenn er mich von dort, von der Wohnung aus angerufen hat, um Gottes willen...«

(Die Lippen zerfetzt, die Ohren herabhängend.)

»... und dabei vor ihren Leichen stand!«

Sie hatte immer wieder versucht, ihn zu unterbrechen. Jetzt schrie sie ihn an: »Hör auf, dich zu quälen, Jack! Wir schaffen es noch rechtzeitig.«

»Verdammt, woher weißt du denn, daß wir es rechtzeitig schaffen?« fragte er wütend, er wußte nicht genau, warum er auf sie wütend war, er ging nur auf sie los, weil sie gerade da war, weil er nicht auf Lavelle oder auf das Wetter einschlagen konnte, das ihn behinderte, und weil er auf jemanden einschlagen *mußte*, auf irgend etwas, sonst würde ihn die Spannung, die sich in ihm aufstaute wie in einer ohnehin schon überladenen Batterie der überschüssige Strom, noch völlig verrückt machen. »Du kannst es nicht *wissen!*«

»Ich weiß es«, beharrte sie ruhig. »Fahr du nur.«

»Verdammt noch mal, hör doch auf, mich zu bemuttern.«

»Jack...«

»Er hat meine Kinder!«

Er trat zu heftig aufs Gas, und sofort begann der Wagen, auf den rechten Rinnstein zuzuschlittern.

Er wollte den Kurs korrigieren, indem er das Steuer herumriß, anstatt mit der Schleuderbewegung mitzugehen und es in diese Richtung zu drehen, und als er seinen Fehler bemerkte, begann der Wagen sich zu drehen, und einen Augenblick lang rutschten sie seitwärts – Jacks Magen verkrampfte sich bei dem Gefühl, daß sie mit hoher Geschwindigkeit gegen den Rinnstein prallen, umkippen und sich überschlagen würden – aber sie drehten sich immer weiter, wie ein Karussell, bis der Wagen endlich, nachdem er fast eine ganze Drehung gemacht hatte, stehenblieb.

Mit einem Schaudern, das noch verstärkt wurde durch die Vorstellung, was ihnen hätte passieren können, aber in dem Bewußtsein, daß er es nicht riskieren konnte, damit Zeit zu verschwenden, über ihr knappes Entkommen noch länger nachzugrübeln, fuhr Jack wieder an. Er führte das Steuer jetzt mit noch größerer Vorsicht und drückte mit dem Fuß langsam und leicht auf das Gaspedal.

Weder er noch Rebecca hatten während der wilden Schleuderpartie etwas gesagt, nicht einmal vor Überraschung oder Angst aufgeschrien, und auch den ganzen nächsten Block entlang sprach keiner von ihnen ein Wort.

Dann sagte er: »Es tut mir leid.«

»Ist ja gut.«

»Ich hätte dich nicht so anfauchen dürfen.«

»Ich verstehe das. Du warst außer dir vor Sorge.«

»Das bin ich immer noch. Keine Entschuldigung. Das war dumm von mir. Ich kann den Kindern nicht helfen, wenn ich uns umbringe, ehe wir Fayes Wohnung überhaupt erreichen.«

»Ich verstehe, was in dir vorgeht«, sagte sie wieder, noch weicher als zuvor. »Es ist schon gut. Und alles andere wird auch gut werden.«

Er wußte, daß sie die komplexen Gedanken und Gefühle, die in ihm brodelten und ihn beinahe zerrissen, tatsächlich verstand. Es tat gut, nicht mehr alleine zu sein.

»Wir sind fast da, oder?« fragte sie.

»Noch zwei oder drei Minuten«, sagte er, beugte sich über das Steuer und spähte nervös nach vorne, auf die glatte, verschneite Straße.

Die dick mit Eis verkrusteten Scheibenwischer kratzten geräuschvoll hin und her und säuberten bei jedem Schwung ein Stückchen Glas weniger.

4

Lavelle stand aus seinem Schaukelstuhl auf.

Es war an der Zeit, in psychische Verbindung mit den kleinen Mördern zu treten, die aus der Grube gekommen waren und sich jetzt an die Dawson-Kinder heranpirschten.

Ohne Licht anzuschalten, ging Lavelle zur Frisierkommode, öffnete eine der oberen Schubladen und zog eine Handvoll seidener Bänder heraus. Er ging zum Bett, legte die Bänder hin und schlüpfte aus seinen Kleidern. Nackt setzte er sich auf den Bettrand und band sich ein violettes Band an den rechten, ein weißes an den linken Knöchel. Obwohl es dunkel war, konnte er ohne Mühe eine Farbe von der anderen unterscheiden. Ein langes scharlachrotes Band wand er sich um die Brust, direkt über dem Herzen. Gelb um die Stirn. Grün um das rechte Handgelenk; schwarz um das linke. Die Bänder waren symbolische Verbindungen, die ihm helfen würden, in engen Kontakt mit den Mördern aus der Grube zu treten, sobald er das jetzt begonnene Ritual abgeschlossen hatte.

Dieses Ritual mit den Bändern sollte es Lavelle lediglich ermöglichen, unmittelbar an dem Nervenkitzel des Abschlachtens teilzuhaben. Psychisch mit den Mördern verbunden, würde er durch ihre Augen sehen, mit ihren Ohren hören und mit ihren Golem-Körpern fühlen. Wenn ihre rasiermesserscharfen Klauen sich in Davey Dawson schlugen, würde Lavelle unter seinen eigenen Händen spüren, wie das Fleisch des Jungen aufplatzte. Wenn ihre Zähne Pennys Halsschlagader aufbissen, würde Lavelle die warme Kehle an seinen eigenen Lippen spüren und die kupfrige Süße ihres Blutes schmecken.

Schon beim Gedanken daran zitterte er vor Erregung.

Und wenn Lavelle den Zeitpunkt richtig gewählt hatte, würde Jack Dawson in der Wohnung der Jamisons sein, wenn seine Kinder in Stücke gerissen wurden. Der Detektiv müßte gerade rechtzeitig eintreffen, um zu sehen, wie die Horde über Penny und Davey herfiel. Er würde zwar versuchen, sie zu retten, aber er würde feststellen, daß man die kleinen Mörder nicht zurücktreiben und töten konnte. Er würde vollkommen machtlos danebenstehen müssen, während das kostbare Blut seiner Kinder über ihn spritzte.

Das war das beste daran.

Lavelle seufzte.

Die kleine Flasche mit Katzenblut stand auf dem Nachttisch. Er benetzte zwei Fingerspitzen damit, machte sich auf jede Wange einen karminroten Fleck, benetzte die Finger wieder und salbte sich die Lippen, dann zeichnete er, immer noch mit Blut, ein einfaches *Vèvè* auf seine nackte Brust.

Er legte sich auf das Bett und streckte sich aus.

Dann starrte er an die Decke und stimmte einen leisen Singsang an.

Bald waren sein Geist und seine Seele entrückt. Die Kinder waren nahe.

Das Mädchen war näher als der Junge.

Wie die kleinen Mörder konnte Lavelle ihre Anwesenheit spüren. Nahe. Sehr nahe. Nur noch eine Biegung im Rohr, dann ein gerades Stück, dann eine letzte Biegung.

Nahe.

Die Zeit war gekommen.

5

Penny stand auf der Kommode und spähte in das Rohr, als sie eine Stimme aus dem Inneren der Wand rufen hörte, aus einem anderen Teil des Ventilationssystems, aber jetzt nicht mehr weit entfernt. Es war eine spröde, tuschelnde, kalte, heisere Stimme, die ihr das Blut in den

Adern zu Eis gefrieren ließ. Die Stimme sagte: »Penny? Penny?«

Sie hatte es so eilig, von der Kommode herunterzukommen, daß sie beinahe gestürzt wäre.

Sie rannte zu Davey und packte und schüttelte ihn: «Wach auf! Davey, wach auf!«

Er hatte noch nicht lange geschlafen, nicht länger als eine Viertelstunde, aber er war trotzdem ganz verwirrt. »Hm? Was?«

»Sie kommen«, sagte sie. »Sie kommen. Wir müssen uns anziehen und hier verschwinden. Schnell. *Sie kommen!*«

Sie schrie nach Tante Faye.

6

Die Wohnung der Jamisons befand sich in einem zwölfstöckigen Gebäude an einer Querstraße, die noch nicht geräumt worden war. Die Straße war sechs Zoll hoch mit Schnee bedeckt. Jack fuhr langsam hinein und hatte ungefähr zwanzig Meter weit keine Schwierigkeiten, aber dann versanken die Räder in einer verborgenen Schneewehe, die eine Senke im Straßenbelag völlig ausgefüllt hatte. Einen Augenblick lang dachte er, sie steckten fest, aber dann legte er den Rückwärtsgang ein, den Vorwärtsgang, noch einmal den Rückwärts- und wieder den Vorwärtsgang und schaukelte, bis der Wagen freikam. Nach zwei Dritteln der Straße trat er auf die Bremse, und der Wagen kam vor dem richtigen Gebäude rutschend zum Stehen.

Er riß die Tür auf und stieg aus. Ein wahrhaft arktischer Wind traf ihn mit der Wucht eines Vorschlaghammers. Er senkte den Kopf und stolperte um die Vorderseite des Wagens herum auf den Gehsteig; er konnte kaum etwas sehen, weil der Wind Schneekristalle vom Boden aufwirbelte und sie ihm ins Gesicht schleuderte.

Als Jack die Stufen hinaufstieg und die Glastüren zur Vorhalle aufstieß, war Rebecca schon da. Sie hielt dem erschrockenen Portier ihr Abzeichen und ihren Ausweis hin und sagte: »Polizei.«

»Was ist?« fragte der Portier. »Was ist passiert?«

Jack drückte auf den Liftknopf und sagte: »Wir wollen zu den Jamisons hinauf. Elfte Etage.«

Die Türen einer Liftkabine öffneten sich.

Jack und Rebecca stiegen ein.

Jack rief dem Portier zu: »Bringen Sie einen Hauptschlüssel rauf. Ich hoffe zu Gott, daß wir ihn nicht brauchen.«

Die Lifttüren schlossen sich. Der Aufzug fuhr an.

Jack griff in seinen Mantel und zog seinen Revolver.

Auch Rebecca zog ihre Waffe.

Die Tafel mit den Leuchtziffern über der Tür zeigte an, daß sie die dritte Etage erreicht hatten.

»Dominick Carramazza haben seine Waffen nichts genützt«, sagte Jack mit unsicherer Stimme und starrte die Smith & Wesson in seiner Hand an.

Vierte Etage.

»Wir werden die Waffen ohnehin nicht brauchen«, sagte Rebecca. »Wir sind Lavelle zuvorgekommen. Ich weiß es.«

Aber ihre Stimme klang nicht mehr so überzeugt.

Jack wußte, warum. Die Fahrt von ihrer Wohnung hierher hatte ewig gedauert. Es schien immer weniger wahrscheinlich, daß sie noch rechtzeitig kamen.

Sechste Etage.

Achte.

Neunte.

»Beweg dich, verdammt!« befahl er dem Liftmotor, als glaubte er, daß der tatsächlich schneller würde, wenn er es ihm befahl.

Elfte Etage.

Endlich glitten die Türen auf, und Jack trat heraus.

Rebecca folgte dich hinter ihm.

Die elfte Etage war so ruhig und wirkte so normal, daß Jack fast wieder Hoffnung schöpfte.

Bitte, lieber Gott, bitte.

Auf der Etage waren sieben Wohnungen. Die Jamisons bewohnten eine der beiden vorderen.

Jack ging zu ihrer Tür und blieb seitlich davon stehen.

Den rechten Arm hatte er angewinkelt und eng an den Körper gepreßt; in der Hand hielt er den Revolver, dicht an seinem Gesicht; der Lauf zeigte im Moment gerade nach oben, an die Decke, aber er konnte innerhalb eines Augenblicks eingesetzt werden.

Rebecca stand an der anderen Seite, direkt ihm gegenüber, in ähnlicher Haltung.

Laß sie noch am Leben sein. Bitte. Bitte.

Sein Blick begegnete dem ihren. Sie nickte. Fertig.

Jack hämmerte gegen die Tür.

7

Faye öffnete die Tür, sah Jacks Revolver, blickte ihn erschrocken an und sagte: »Mein Gott, was soll das denn? Was machst du da? Du weißt doch, wie ich Waffen hasse. Nimm das Ding weg!«

Als Faye zurücktrat, um sie einzulassen, erkannte Jack aus ihrem Verhalten, daß die Kinder wohlbehalten waren, und die Erleichterung löste seine Anspannung ein wenig. Aber er fragte: »Wo ist Penny? Wo ist Davey? Sind sie in Ordnung?«

Faye warf einen Blick auf Rebecca und setzte zu einem Lächeln an, dann erst begriff sie, was Jack sagte, runzelte die Stirn und fragte zurück: »In Ordnung? Nun, natürlich sind sie in Ordnung. Es geht ihnen bestens. Ich habe vielleicht selbst keine Kinder, aber ich weiß durchaus, wie man auf sie aufpaßt. Glaubst du, ich würde zulassen, daß den beiden kleinen Äffchen etwas passiert? Um Himmels willen, Jack...«

Sie waren unterdessen aus dem Vorraum ins Wohnzimmer getreten. Jack blickte sich um, sah die Kinder nicht.

Er fragte: »Faye, wo, zum Teufel, sind sie?«

»Du meine Güte, Jack, sprich nicht in diesem Ton mit mir. Was soll das...«

»Faye, verdammt!«

Sie zuckte zurück. »Sie sind im Gästezimmer. Keith ist bei ihnen«, sagte sie schnell und gereizt. »Ich habe sie etwa um Viertel nach neun ins Bett gebracht, wie es sich gehört, und wir dachten, sie seien gerade fest eingeschlafen, als Penny ganz plötzlich zu schreien anfing...«

»Zu schreien?«

»...und sagte, in ihrem Zimmer seien Ratten. Aber wir haben hier natürlich keine...«

Ratten!

Jack raste durch das Wohnzimmer, eilte den kurzen Gang entlang und stürzte in das Gästezimmer.

Alle Lichter brannten, die Nachttischlampen, die Stehlampe in der Ecke und die Deckenlampe.

Penny und Davey standen, noch im Schlafanzug, am Fuß eines der Betten. Als sie Jack sahen, riefen sie erleichtert: »Daddy! Daddy!«, rannten zu ihm hin und umarmten ihn.

Jack war so überwältigt, weil er sie lebendig und unverletzt vor sich sah, so dankbar, daß er einen Augenblick lang nicht sprechen konnte. Er packte sie nur und drückte sie ganz fest an sich.

Trotz all der Lichter im Raum hatte Keith Jamison eine Taschenlampe in der Hand. Er stand drüben bei der Frisierkommode, hielt die Lampe über den Kopf und lenkte den Strahl in die Dunkelheit hinter der Platte, die den

Auslaß des Heizungsrohrs bedeckte. Er wandte sich stirnrunzelnd an Jack und sagte: »Da drin ist etwas nicht in Ordnung. Ich...«

»Kobolde«, sagte Penny und klammerte sich an Jack. »Sie kommen, Daddy, sie wollen mich und Davey holen, laß sie nicht, laß nicht zu, daß sie uns kriegen, oh, bitte, ich warte schon die ganze Zeit auf sie, ich warte und warte und fürchte mich, und jetzt sind sie fast da!« Die Worte sprudelten aus ihr heraus, sie verhaspelte sich, und dann schluchzte sie.

»Hoppla«, sagte Jack, drückte sie an sich, streichelte sie und glättete ihr Haar. »Ruhig jetzt. Ganz ruhig.«

Faye und Rebecca waren ihm vom Wohnzimmer nachgekommen.

Rebecca wirkte kühl und tüchtig wie immer. Sie stand vor dem Schlafzimmerschrank und nahm die Kleider der Kinder von den Bügeln.

Faye berichtete: »Zuerst schrie Penny, in ihrem Zimmer seien Ratten, und dann fing sie an, von Kobolden zu schwatzen, fast hysterisch. Ich versuchte, ihr zu erklären, daß es nur ein Alptraum war...«

»Es *war* kein Alptraum!« rief Penny.

»Aber natürlich«, widersprach Faye.

»Sie beobachten mich schon den ganzen Tag über«, sagte Penny. »Und gestern nacht war einer von ihnen in unserm Zimmer, Daddy. Und heute im Schulkeller – eine ganze Horde. Sie haben Daveys Lunch zerbissen. Und meine Bücher auch. Ich weiß nicht, was sie wollen, aber sie sind hinter uns her, und es sind Kobolde, richtige Kobolde, das schwöre ich.«

»Okay«, sagte Jack. »Ich will das alles hören, in allen Einzelheiten. Aber später. Jetzt müssen wir hier weg.«

Rebecca reichte ihnen die Kleider.

Jack sagte: »Zieht euch an. Ihr braucht die Schlafanzüge nicht erst auszuziehen. Zieht die Kleider einfach darüber.«

Faye sagte: »Was in aller Welt...«

»Wir müssen die Kinder hier wegbringen«, unterbrach Jack. »Schnell.«

»Du tust ja so, als würdest du an dieses Koboldsgeschwätz tatsächlich glauben«, sagte Faye erstaunt.

Jetzt mischte Keith sich ein: »Ich glaube bestimmt nicht an Kobolde, aber daß hier Ratten sind, davon bin ich überzeugt.«

»Nein, nein, nein«, sagte Faye schockiert. »Das kann nicht sein. Nicht hier bei uns.«

»Im Ventilationssystem«, erklärte Keith. »Ich habe sie selbst gehört. Ich wollte gerade mit der Taschenlampe nachschauen, als du reingestürzt kamst, Jack.«

»Scht!« sagte Rebecca. »Horcht mal.«

Die Kinder zogen sich weiter an, aber niemand sagte etwas.

Zuerst hörte Jack nichts. Dann... ein sonderbares Zischen-Brummeln-Knurren.

Das ist keine verdammte Ratte, dachte er.

Im Inneren der Wand rasselte etwas. Dann ein Kratzen, ein wütendes Scharren. Emsige Geräusche: Klirren, Klopfen, Schaben, Pochen.

Faye stöhnte auf: »Mein Gott.«

Jack nahm Keith die Taschenlampe ab, ging zur Kommode und richtete das Licht auf das Rohr. Der Strahl war hell und stark gebündelt, aber er konnte gegen die Schwärze, die sich hinter den Schlitzen in der Platte zusammenballte, nur wenig ausrichten.

Wieder pochte es in der Wand.

Wieder zischte und knurrte es gedämpft.

Jack spürte ein Prickeln im Nacken.

Dann kam, unglaublich, eine Stimme aus dem Rohr. Es war eine heisere, brüchige, völlig unmenschliche, von Drohung erfüllte Stimme: »Penny? Davey? Penny?«

Faye schrie auf und taumelte zwei Schritte zurück.

Selbst Keith, der ein großer und ziemlich respekteinflößender Mann war, wurde bleich und trat von der Öffnung weg. »Was zum Teufel war *das* denn?«

Zu Faye sagte Jack: »Wo haben die Kinder ihre Mäntel und Stiefel? Und ihre Handschuhe?«

»Äh... in... in der Küche. Z-z-zum T-trocknen.«

»Hol sie.«

Faye nickte, regte sich aber nicht.

Jack legte ihr die Hand auf die Schulter. »Hol die Mäntel, Stiefel und Handschuhe und warte dann an der Eingangstür auf uns.«

Sie konnte den Blick nicht von der Öffnung lösen.

Er schüttelte sie. »Faye! Beeile dich!«

Sie fuhr zusammen, als hätte er sie geohrfeigt, drehte sich um und rannte aus dem Schlafzimmer.

Penny war fast fertig angezogen und hielt sich bemerkenswert gut. Sie war zwar verängstigt, beherrschte sich aber. Davey saß auf dem Bettrand, er bemühte sich, nicht zu weinen, weinte aber trotzdem, wischte sich die Tränen ab, blickte Penny entschuldigend an, biß sich auf die Unterlippe und strengte sich sehr an, ihrem Beispiel zu folgen; seine Beine baumelten herunter, und Rebecca band ihm hastig die Schuhe zu.

Aus der Öffnung ertönte es: »Davey? Penny?«

»Was, um Himmels willen, geht hier vor?« fragte Keith.

Jack gab ihm keine Antwort, da er im Moment weder Zeit noch Geduld für Antworten aufbrachte, sondern richtete die Taschenlampe wieder auf die Öffnung und bemerkte eine Bewegung im Rohr. Etwas Silbriges befand sich da drin; es leuchtete und flackerte wie weißglühendes Feuer – dann blinkte es auf und war verschwunden. Statt dessen erschien etwas Schwarzes, bewegte sich, drückte einen Augenblick lang gegen die Öffnungsplatte, als wolle es sie herausstoßen, und zog sich dann zurück, als die Platte standhielt. Jack konnte das Geschöpf nicht deutlich genug sehen, um eine klare Vorstellung von seinem Aussehen zu bekommen.

Keith sagte: »Jack. Die Schraube.«

Jack hatte es schon gesehen. Die Schraube drehte sich und schob sich langsam aus dem Rand der Platte heraus. Das Geschöpf im Rohr drehte die Schraube, löste sie von der anderen Seite des Flansches her, an dem die Platte befestigt war. Dabei brummelte, zischte und murmelte es leise vor sich hin.

»Gehen wir«, sagte Jack und zwang sich, seine Stimme ruhig klingen zu lassen. »Kommt, kommt. Wir müssen sofort hier weg.«

Die Schraube sprang heraus. Die Platte schwang von der Belüftungsöffnung herab und blieb an der einen Schraube hängen, die noch übrig war.

Rebecca drängte die Kinder zur Tür.

Ein Alptraumwesen kroch aus dem Schacht. Es hing unter völliger Mißachtung jeglicher Schwerkraft an der Wand, als habe es Saugnäpfe an den Füßen, obwohl es mit nichts dergleichen ausgestattet schien.

»Jesus«, sagte Keith ganz benommen.

Jack schauderte bei dem Gedanken, daß diese widerliche, kleine Bestie Davey oder Penny berühren könnte.

Das Geschöpf war so groß wie eine Ratte. Wenigstens der Form nach war auch sein Körper dem einer Ratte ziemlich ähnlich: niedrig, mit langen Flanken und für ein Tier dieser Größe breiten und muskulösen Schultern und Keulen.

Aber damit war die Ähnlichkeit mit einer Ratte zu Ende, und der Alptraum fing an. Das Wesen war unbehaart. Seine glitschige Haut hatte dunkle, grau-grün-gelbe Flekken und ähnelte eher einem schleimigen Pilz als Fleisch. Der Schwanz hatte keinerlei Ähnlichkeit mit dem einer Ratte. Er war acht oder zehn Zoll lang, an der Wurzel einen Zoll breit und in Abschnitte unterteilt wie der Schwanz eines Skorpions; er lief spitz zu und ragte eingerollt nach oben über das Hinterteil des Tiers wie der eines Skorpions, hatte aber keinen Stachel. Die Füße waren ganz anders als die einer Ratte: im Verhältnis zu dem Tier selbst waren sie übergroß; die langen Zehen hatten drei Gelenke und wirkten knorrig; die gebogenen Klauen waren viel zu groß für die Füße, aus denen sie herauswuchsen; ein rasiermesserscharfer, gekrümmter Sporn mit vielen Widerhaken ragte aus jeder Ferse. Der Kopf war dem Bau und dem Aussehen nach noch tödlicher als die Füße; der Schädel war ziemlich flach und hatte unnatürlich scharfe Winkel und unnötige Ausbuchtungen und Eindellungen, als wäre er von einem ungeübten Bildhauer modelliert worden. Die Schnauze war lang und spitz, eine bizarre Kreuzung zwischen einem Wolfs- und einem Krokodilsmaul. Das kleine Ungeheuer öffnete das Maul und zischte, dabei zeigte es ungeheuer viele spitze Zähne, die in verschiedenen Richtungen in seinem Kiefer steckten. Eine überraschend lange, schwarze Zunge glitt aus dem Maul, glänzend wie ein Streifen roher Leber; das Ende war gespalten und zuckte ständig hin und her.

Aber am meisten erschreckten Jack die Augen des Wesens. Es schienen überhaupt keine Augen zu sein; sie hatten keine Pupillen und keine Iris, kein festes Gewebe, soweit er erkennen konnte. Es waren nur leere Höhlen im mißgebildeten Schädel dieser Kreatur, tiefe Höhlen, von denen ein kaltes, blendendes Licht ausging. Das intensive Leuchten schien von einem Feuer im Inneren des Mutantenschädels der Bestie zu kommen. Aber das Wesen war auch nicht blind, wie es eigentlich hätte sein müssen; es gab keinen Zweifel, daß es sehen konnte, denn es richtete diese feuergefüllten ›Augen‹ auf Jack, und er konnte ihren dämonischen Blick genauso spüren, wie er ein Messer gespürt hätte, das ihm in den Bauch gestoßen wurde. Das war das zweite, was ihn erschütterte, das allerschlimmste an diesen wahnsinnigen Augen: das todeskalte, haßheiße, die Seele ausdörrende Gefühl, das sie einem vermittelten, wenn man wagte, ihnen standzuhalten. Als Jack dem Wesen in die Augen sah, fühlte er sich körperlich und seelisch krank.

Die Schwerkraft mißachtend wie ein Insekt kam das Tier langsam, kopfunter, vom Rohr weg die Wand heruntergekrochen.

Ein zweites Wesen erschien an der Öffnung im Ventilationssystem. Dieses hatte keinerlei Ähnlichkeit mit dem ersten. Es hatte die Gestalt eines kleinen Mannes, vielleicht zehn Zoll groß, der da oben in der Schachtöffnung kauerte. Obwohl es ungefähr menschliche Gestalt besaß, war es in keinem anderen Punkt einem Menschen ähnlich. Seine Hände und Füße ähnelten denen der ersten Bestie, sie hatten gefährliche Klauen und mit Widerhaken versehene Sporne. Das Fleisch war pilzähnlich und sah glitschig aus, war aber weniger grün, sondern mehr grau und gelb. Um die Augen lagen schwarze Ringe, und um die Nasenlöcher breiteten sich verfault aussehende, schwarze Flecken aus. Der Kopf war mißgestaltet, mit einem zahnbewehrten Maul, das von einem Ohr zum anderen reichte. Und das Wesen hatte die gleichen höllischen Augen, sie waren jedoch kleiner als die Augen des Rattenwesens.

Jack sah, daß die Bestie mit der menschlichen Gestalt eine Waffe in der Hand hielt. Es sah aus wie ein Miniaturspeer. Die Spitze war scharf geschliffen, sie fing das Licht ein, und ihre Schneide blitzte.

Jack erinnerte sich an die ersten zwei Opfer von Lavelles Kreuzzug gegen die Familie Carramazza. Beide waren Hunderte von Malen mit einer Waffe gestochen worden, die nicht größer war als ein Taschenmesser – die aber doch kein Taschenmesser war. Der Leichenbeschauer hatte nicht gewußt, was er davon halten sollte; die Labortechniker standen vor einem Rätsel. Aber sie wären natürlich auch nicht auf die Idee gekommen, die Möglichkeit in Betracht zu ziehen, daß diese Morde das Werk von zehn Zoll großen Voodoo-Teufeln und daß die Mordwaffen Miniaturspeere waren.

Das Wesen in Menschengestalt kroch nicht hinter der ersten Bestie die Wand herunter. Statt dessen sprang es aus dem Rohr heraus auf die Kommode und landete, schnell und gewandt, auf den Füßen.

Es schaute an Jack und Keith vorbei und zischte: »Penny? Davey?«

Jack schob Keith über die Schwelle in den Gang, dann folgte er ihm und zog die Tür hinter sich zu.

Einen Augenblick später warf sich eines der Geschöpfe, wahrscheinlich die menschliche Bestie, gegen die andere Seite der Tür und begann, hektisch daran zu kratzen.

Die Kinder hatten den Gang schon verlassen und waren im Wohnzimmer.

Jack und Keith eilten hinter ihnen her.

Faye schrie: »Jack! Schnell! Sie kommen auch hier aus dem Ventilator!«

»Wollen uns den Weg abschneiden«, vermutete Jack.

Kurz vor dem Vorraum, im Wohnzimmer, halfen Faye und Rebecca den Kindern, Mäntel und Stiefel anzuziehen.

Von der Platte in der Wand oberhalb des langen Sofas hörte man Fauchen, Zischen und eifriges, unartikuliertes Schnattern. Hinter den Schlitzen in diesem Gitter loderten Silberaugen in der Dunkelheit. Eine der Schrauben wurde von innen gelöst.

Davey hatte erst einen Stiefel an, aber sie hatten keine Zeit mehr.

Jack nahm den Jungen auf den Arm und sagte: »Faye, nimm den zweiten Stiefel mit, wir müssen weg.«

Keith war schon im Vorraum. Er war an den Schrank gegangen und hatte für sich und Faye Mäntel herausgeholt. Ohne sich die Zeit zum Anziehen zu nehmen, packte er Faye am Arm und drängte sie aus der Wohnung.

Penny schrie.

Jack wandte sich zum Wohnzimmer um, er ging unwillkürlich leicht in die Knie und preßte Davey noch fester an sich.

Die Platte vor dem Gebläse über dem Sofa hing lose herunter. Dort schickte sich gerade etwas an, aus der Dunkelheit aufzutauchen. Aber Penny hatte nicht deshalb geschrien. Ein weiterer, abscheulicher Eindringling war aus der Küche gekommen, und auf diesen war sie aufmerksam geworden. Er hatte das Eßzimmer zu zwei Dritteln durchquert und hastete auf den Durchgang zum Wohnzimmer und geradewegs auf sie zu. Seine Färbung war ganz anders als die der anderen Bestien, aber nicht weniger abscheulich: es war ekelhaft gelblich-weiß, übersät mit krebsartigen, grünschwarzen Pockennarben, und es schien genauso glitschig und schleimig zu sein wie die anderen Bestien, die Lavelle geschickt hatte. Es war viel größer als die anderen, fast dreimal so groß wie das Rattenwesen im Schlafzimmer. Ein wenig einem Leguan ähnlich, aber mit einem schlankeren Körper, war diese Alptraumbrut drei bis vier Fuß lang, hatte einen Echsenschwanz, den Kopf und auch das Gesicht einer Eidechse. Anders als ein Leguan hatte das kleine Ungeheuer jedoch Feueraugen, sechs Beine und einen so geschmeidigen Körper, daß man es für fähig halten konnte, ihn zu einem Knoten zu schlingen; genau diese Gelenkigkeit und Biegsamkeit machten es einem Geschöpf seiner Größe überhaupt möglich, durch die Lüftungsrohre zu gleiten. Außerdem hatte es zwei fledermausähnliche Flügel, die verkümmert und sicherlich nutzlos waren, die es aber entfaltete, und mit denen es furchteinflößend schlug und flatterte.

Das Wesen stürmte mit hin- und herpeitschendem Schwanz ins Wohnzimmer. Sein Maul stand weit offen, und es stieß ein kaltes, triumphierendes Kreischen aus, als es auf sie losging.

Rebecca ließ sich auf ein Knie fallen und feuerte ihren Revolver ab. Sie schoß aus nächster Nähe; sie konnte ihr

Ziel nicht verfehlen, und sie verfehlte es auch nicht. Die Kugel raste direkt in die abscheuliche Kreatur hinein. Der Schuß hob die Bestie vom Boden und schleuderte sie nach hinten wie ein Bündel Lumpen. Sie landete hart am Durchgang zum Eßzimmer.

Der Schuß hätte sie in Stücke reißen müssen. Aber es war nicht so.

Fußboden und Wände hätten mit Blut – oder was sonst durch die Adern dieser Geschöpfe gepumpt wurde – bespritzt sein müssen. Aber davon war nichts zu sehen.

Das Ding zappelte und wand sich ein paar Sekunden lang auf dem Rücken, dann wälzte es sich herum, stellte sich auf die Füße und taumelte nach der Seite. Es war verwirrt und bewegte sich schwerfällig, aber verletzt war es nicht. Es krabbelte im Kreis herum und jagte hinter seinem eigenen Schwanz her.

»Mit Waffen kann man den verdammten Dingern überhaupt nichts anhaben«, sagte Jack.

Die Verwirrung des Scheusals in Leguangestalt ließ allmählich nach. Gleich würde es wieder zu sich kommen und sie erneut angreifen.

Ein Kreischen lenkte Jacks Aufmerksamkeit auf das andere Ende des Wohnzimmers, wo der Gang nach hinten zu den Schlafräumen und Bädern abging. Dort stand das menschenförmige Wesen, es quiekte und hatte den Speer hoch über dem Kopf erhoben. Es rannte mit erschreckender Geschwindigkeit über den Teppich auf sie zu.

Hinter ihm kam eine Horde von kleinen, aber tödlichen Geschöpfen, reptil-schlangen-hunde-katzen-insekten-ratten- und spinnenartige, groteske Gestalten. In diesem Augenblick begriff Jack, daß dies in der Tat Ausgeburten der Hölle waren; Dämonenwesen, die Lavelles Zauberkünste aus den Tiefen der Hölle gerufen hatten. Das mußte die Antwort sein, so verrückt sie auch schien, denn es gab sonst keinen Ort, von dem so gräßliche Horrorwesen hätten kommen können. Zischend, schnatternd und fauchend purzelten und rollten sie, voller Gier, Penny und Davey zu erreichen, übereinander. Alle waren sie völlig verschieden voneinander, obwohl sie wenigstens zwei Züge gemeinsam hatten: die silberweißen Feueraugen, wie die Fensterklappen in einem Hochofen, und mörderisch scharfe kleine Zähne. Es war, als seien die Pforten der Hölle aufgerissen worden.

Jack schob Penny in den Vorraum. Mit Davey auf dem Arm folgte er seiner Tochter durch die Eingangstür hinaus in den Korridor der elften Etage und eilte auf Keith und Faye zu, die mit dem weißhaarigen Portier bei einem der Aufzüge standen und die Türen offenhielten.

Hinter Jack feuerte Rebecca drei Schüsse ab.

Jack blieb stehen und drehte sich um. Er wollte zurückgehen und sie holen, war aber nicht sicher, ob er Davey noch schützen konnte, wenn er das tat.

»Daddy! Beeile dich!« rief Penny, die mit einem Fuß schon im Aufzug stand.

»Daddy! Los! Weg hier!« sagte Davey und klammerte sich an ihn.

Sehr zu Jacks Erleichterung kam Rebecca unversehrt aus der Wohnung. Sie gab noch einen Schuß in den Vorraum der Jamisons ab, dann zog sie die Tür zu.

Als Jack die Aufzüge erreichte, war Rebecca dicht hinter ihm. Nach Atem ringend, stellte er Davey nieder, und sie drängten sich, zusammen mit dem Portier, zu siebt in die Kabine. Keith drückte auf den Knopf mit der Aufschrift EINGANGSHALLE.

Endlich glitten die Türen zu.

Aber Jack fühlte sich deshalb nicht sicherer.

Der Aufzug fuhr an.

Penny hatte Faye Daveys Stiefel abgenommen. Sie half ihrem kleinen Bruder, den Fuß hineinzustecken.

Achte Etage.

Mit nervöser Stimme, die mehr als einmal versagte, aber immer noch in dem vertrauten, herrischen Tonfall, sagte Faye: »Was war das, Jack? Was waren das für Wesen in den Lüftungsöffnungen?«

»Voodoo«, sagte Jack, ohne die Leuchtanzeige über den Türen aus den Augen zu lassen.

Siebte Etage.

»Voodoo-Teufel, glaube ich«, erklärte Jack weiter. »Aber verlange bitte nicht, daß ich dir sage, wie sie dahin kamen oder sonst etwas.«

»So etwas wie Voodoo-Teufel gibt es nicht«, erklärte Faye. »Es gibt keine.«

»Halt den Mund«, befahl Keith. »Du hast sie nicht gesehen. Du hast das Gästezimmer verlassen, ehe sie aus der Öffnung kamen.«

Fünfte Etage.

Penny sagte: »Und du warst schon aus der Wohnung draußen, ehe die ersten durch den Auslaß im Wohnzimmer kamen, Tante Faye. Du hast sie einfach nicht gesehen – sonst würdest du es glauben.«

Der Portier fragte: »Mrs. Jamison, wie gut kennen Sie diese Leute? Sind das ...«

Ohne ihn zu beachten, fiel ihm Rebecca ins Wort und sagte zu Faye und Keith: »Jack und ich sind da an einem unheimlichen Fall. Psychopathischer Mörder. Behauptet, er bringe seine Opfer mit Voodoo-Verwünschungen zur Strecke.«

Dritte Etage.

Jack bekam einen furchtbaren Schreck, als ihm einfiel, daß es in der Eingangshalle jetzt vielleicht schon von kleinen, bösartigen Geschöpfen wimmelte. Vielleicht kam die alptraumhafte Horde schon kratzend und beißend hereingestürmt, wenn sich die Lifttüren öffneten.

Eingangshalle. *Bitte nicht*.

Die Türen gingen auf. Die Eingangshalle lag verlassen vor ihnen.

Sie rannten aus dem Aufzug, und Faye fragte: »Wohin gehen wir?«

Jack sagte: »Rebecca und ich haben einen Wagen ...«

»Bei diesem Wetter...«

»Schneeketten«, fiel Jack ihr unvermittelt ins Wort. »Wir nehmen den Wagen und bringen die Kinder hier raus. Wir bleiben in Bewegung, bis ich mir im klaren bin, was wir tun sollen.«

»Wir kommen mit euch«, sagte Keith.

»Nein«, wehrte Jack ab und drängte die Kinder auf die Eingangstüren zu. »Bei uns wird es wahrscheinlich gefährlich.«

»Wir können nicht wieder hinauf«, sagte Keith. »Nicht zu diesen... diesen Dämonen oder Teufeln oder was immer sie sein mögen.«

»Ratten«, sagte Faye, die offenbar zu der Ansicht gelangt war, daß sie mit dem Unappetitlichen besser fertig werden konnte als mit dem Unnatürlichen. »Nur ein paar Ratten. Natürlich gehen wir zurück. Früher oder später müssen wir zurück, wir müssen Fallen aufstellen und sie ausrotten. Und je eher, desto besser.«

Ohne auf Faye einzugehen, sagte Jack über ihren Kopf hinweg zu Keith: »Ich glaube nicht, daß die verdammten Dinger dir und Faye etwas antun werden. Nicht, solange ihr nicht zwischen ihnen und den Kindern steht. Trotzdem würde ich heute nacht nicht zurückgehen. Vielleicht lauern da noch ein paar.«

»Du könntest mich heute nacht um nichts in der Welt dahin schleppen«, versicherte ihm Keith.

»Unsinn«, widersprach Faye. »Wegen ein paar Ratten...«

»Verdammt, Weib«, sagte Keith, »was da aus dem Rohr nach Penny und Davey gerufen hat, das war keine Ratte.«

Faye war schon blaß. Als Keith sie an die Stimme im Ventilationssystem erinnerte, wurde sie kreideweiß.

Sie blieben alle an den Türen stehen, und Rebecca sagte: »Keith, gibt es jemanden, bei dem Sie übernachten könnten?«

»Sicher«, sagte Keith. »Einer von meinen Geschäftspartnern, Anson Dorset. Er wohnt ganz in der Nähe. Auf der anderen Seite der Straße. Oben, nahe der Avenue. Dort können wir unterkommen.«

Jack stieß die Tür auf. Der Wind versuchte, sie wieder zuzuschlagen; es wäre ihm auch fast gelungen, und eine Schneewolke wurde in die Eingangshalle geblasen. Gegen den Wind ankämpfend, das Gesicht von den stechenden Kristallen abgewandt, hielt Jack den anderen die Tür auf und winkte ihnen, sie sollten vorausgehen. Rebecca machte den Anfang, dann kamen Penny und Davey und schließlich Faye und Keith.

Der Portier blieb als einziger zurück. Er kratzte sich seinen weißen Kopf und sah Jack stirnrunzelnd an. »He, warten Sie! Was ist mit mir?«

»Was soll mit Ihnen sein? Sie sind nicht in Gefahr«, sagte Jack und ging hinter den anderen durch die Tür.

Der Portier blieb in der Eingangshalle stehen, das Gesicht an die Glastür gepreßt und schaute ihnen nach wie ein dicker, unbeliebter Schuljunge, der bei einem Spiel nicht mitmachen darf.

8

Der Wind war ein Hammer.

Die Schneekristalle waren Nägel.

Der Sturm war eifrig mit seiner Schreinerarbeit beschäftigt und baute Schneewehen auf der Straße.

Als Jack am Fuß der Treppe vor dem Apartmenthaus angelangt war, gingen Keith und Faye schon schräg über die Straße in Richtung auf die Avenue und auf das Gebäude zu, wo ihre Freunde wohnten.

Rebecca und die Kinder standen am Wagen.

Jack erhob seine Stimme, um das Prusten und Heulen

des Windes zu übertönen und schrie: »Los, los. Einsteigen. Wir müssen weg von hier!«

Dann merkte er, daß etwas nicht in Ordnung war.

Rebecca hatte eine Hand am Türgriff, aber sie öffnete die Tür nicht. Sie starrte wie gebannt in den Wagen.

Jack trat neben sie, schaute durch das Fenster und sah, was sie sah. Zwei von den Geschöpfen. Beide auf dem Rücksitz. Sie waren in Schatten gehüllt, und man konnte unmöglich genau erkennen, wie sie aussahen, aber ihre glühenden Silberaugen ließen keinen Zweifel daran, daß sie Verwandte der mörderischen Wesen waren, die aus den Heizungsrohren gekommen waren. Wenn Rebecca die Tür geöffnet hätte, ohne hineinzuschauen, wenn sie nicht bemerkt hätte, daß die Bestien da drinnen warteten, hätten sie sie vielleicht angegriffen und überwältigt. Sie hätten ihr die Kehle zerfetzt, die Augen ausgequetscht und ihr das Leben genommen, ehe sich Jack der Gefahr auch nur bewußt war, ehe er eine Chance hatte, ihr zu Hilfe zu kommen.

»Zurück!« befahl er.

Alle vier entfernten sich von dem Wagen und drängten sich auf dem Gehsteig aneinander, voller Mißtrauen vor der Nacht, die sie umgab.

Es ist sonderbar, dachte Jack, daß man sich im Herzen von Manhattan so isoliert und so allein fühlen kann.

»Was jetzt?« drängte Rebecca, die Augen auf den Wagen geheftet, mit einer Hand hielt sie Davey fest, die andere hatte sie in ihren Mantel gesteckt und hielt damit wahrscheinlich ihren Revolver umklammert.

»Wir müssen in Bewegung bleiben«, sagte Jack; er war nicht zufrieden mit dieser Antwort, aber zu überrascht und zu verängstigt, als daß ihm etwas besseres eingefallen wäre.

Keine Panik.

»Wohin?« fragte Rebecca.

»Zur Avenue«, sagte er.

Ruhig. Langsam. Wenn wir in Panik geraten, sind wir erledigt.

»Die Richtung, in die Keith gegangen ist?« fragte Rebecca.

»Nein. Zur anderen Avenue. Zur Third Avenue. Die ist näher.«

»Hoffentlich sind dort Leute«, sagte sie.

»Vielleicht sogar Streifenwagen.«

Und Penny fügte hinzu: »Ich glaube, unter Menschen und im Freien sind wir sehr viel sicherer.«

»Das glaube ich auch, Schätzchen«, sagte Jack. »Also, gehen wir. Und bleibt dicht beieinander.«

Penny faßte Daveys Hand.

Der Angriff kam plötzlich. Das Ding stürzte unter ihrem Wagen hervor. Quiekend. Zischend. Die Augen verstrahlten silbriges Licht. Es zeichnete sich dunkel vor dem Schnee ab. Flink und geschmeidig. Verdammt flink. Wie eine Eidechse. Soviel sah Jack im sturmverzerrten Schein der Straßenlaterne, und er griff nach seinem Revolver, dann fiel ihm wieder ein, daß Kugeln diese Wesen nicht töten konnten; er erkannte auch, daß sie so dicht beieinanderstanden, daß er gar keinen Schuß riskieren konnte, und auf einmal war das Ding zwischen ihnen, fauchend und spuckend – all das in einer einzigen Sekunde, vielleicht sogar noch weniger. Davey schrie. Und versuchte, dem Ding aus dem Weg zu gehen. Er konnte ihm nicht ausweichen. Die Bestie sprang mit einem Satz auf den Stiefel des Jungen. Davey trat nach ihr. Sie klammerte sich an ihm fest. Jack hob Penny hoch und stieß sie weg. Schubste sie gegen die Wand des Apartmenthauses. Sie blieb geduckt stehen. Keuchend. Inzwischen hatte die Eidechse angefangen, an Daveys Beinen hinaufzuklettern. Der Junge drosch auf sie ein. Stolperte. Taumelte rückwärts. Kreischte um Hilfe. Rutschte aus. Stürzte. All das in nicht mehr als einer weiteren Sekunde, vielleicht zweien – ›tick, tick‹ – und Jack kam sich vor wie in einem

Fiebertraum, in dem die Zeit so verzerrt war, wie sie es nur in einem Traum sein konnte. Er lief hinter dem Jungen her, aber die Luft, durch die er sich bewegte, schien so zäh wie Sirup. Die Eidechse saß jetzt auf Daveys Brust, ihr Schwanz peitschte hin und her, ihre Klauenfüße zerrten an dem dicken Mantel, versuchten, ihn zu zerfetzen, um dann den Bauch des Jungen aufreißen zu können. Ihr Maul war weit geöffnet, die Schnauze fast im Gesicht des Jungen – ›nein!‹ – und Rebecca erreichte ihn vor Jack. ›Tick.‹ Sie riß das widerliche Ding von Daveys Brust. Es jaulte. Es biß sie in die Hand. Sie schrie vor Schmerz auf. Schleuderte die Echse zu Boden. Penny schrie: »Davey! Davey!« ›Tick.‹ Davey war wieder auf den Beinen. Die Eidechse ging von neuem auf ihn los. Diesmal bekam Jack das Ding zu fassen. Mit bloßen Händen. Er schauderte, als er es berührte, riß es von dem Jungen herunter. Hörte, wie der Mantel in den Klauen zerriß. Hielt es auf Armeslänge von sich ab. ›Tick.‹ Es versuchte, sich aus seinem Griff zu befreien, und es war stark, aber er war stärker. ›Tick.‹ Es trat mit seinen gefährlichen Klauenfüßen in die Luft. ›Tick. Tick. Tick, tick, tick...‹

Rebecca fragte: »Warum versucht es nicht, dich zu beißen?«

»Ich weiß nicht«, erwiderte er atemlos.

Aber er erinnerte sich an das Gespräch, das er vor ein paar Stunden mit Nick Iervolino im Streifenwagen geführt hatte, auf dem Weg von Carver Hamptons Laden in Harlem in die Stadt. Und er fragte sich...

Das Eidechsenwesen hatte ein zweites Maul, das sich in seinem Magen befand und mit scharfen, kleinen Zähnen versehen war. Die Öffnung glotzte Jack an, öffnete und schloß sich, aber dieses zweite Maul wollte ihn ebensowenig beißen wie das im Kopf der Echse.

»Davey, bist du in Ordnung?« fragte Jack.

»Mach es tot, Daddy«, bat der Junge. Es klang verschreckt, aber nicht, als ob er verletzt wäre. »Bitte, mach es tot. Bitte.«

»Ich wünschte nur, ich könnte es«, sagte Jack.

Das kleine Ungeheuer wand sich, zappelte, krümmte sich und tat, was es konnte, um Jack aus den Händen zu rutschen. Es widerte ihn an, es zu berühren, aber er packte noch fester zu, noch härter, grub seine Finger in das kalte, schmierige Fleisch.

»Rebecca, was ist mit deiner Hand?«

»Nur ein Kratzer«, antwortete sie.

»Penny?«

»Ich... ich bin okay.«

»Dann fort mit euch. Geht zur Avenue.«

»Und du?« fragte Rebecca.

»Ich halte das Ding fest, damit ihr einen Vorsprung bekommt.« Die Eidechse schlug um sich. »Dann werfe ich es weg, so weit ich kann, und komme euch nach.«

»Wir können dich doch nicht alleine lassen«, widersprach Penny verzweifelt.

»Nur ein oder zwei Minuten«, beruhigte sie Jack. »Ich hole euch schon ein. Ich kann schneller laufen als ihr drei. Jetzt geht. Verschwindet, ehe noch eines von den verdammten Dingern von irgendwoher angreift. Los!«

Sie rannten los, erst die Kinder, dann Rebecca, und wirbelten Schneewolken auf.

Das Eidechsenwesen zischte Jack an.

Er starrte in die Feueraugen.

Jack fragte sich, was wohl passieren würde, wenn er einen Finger in eine dieser leeren Höhlen, in das Feuer dahinter stecken würde. Würde er tatsächlich Feuer finden? Oder war es nur eine Illusion? Wenn in dem Schädel wirklich Feuer war, würde er sich dann verbrennen? Oder würde er entdecken, daß die Flammen wirklich so wenig Hitze hatten, wie es schien?

Weiße Flammen. Sie flackerten.

Kalte Flammen. Sie zischten.

Die beiden Mäuler der Echse schnappten nach der Nachtluft.

Jack wollte tiefer in dieses seltsame Feuer sehen.

Er hielt das Geschöpf dichter an sein Gesicht.

Er konnte spüren, wie das Licht dieser Augen ihn überspülte.

Es war eine bitterkalte Nacht.

Weißglühend.

Faszinierend.

Er spähte angestrengt in das Feuer des Schädels.

Die Flammen teilten sich fast, ließen ihn beinahe sehen, was hinter ihnen lag.

Er blinzelte, strengte seine Augen noch mehr an.

Er wollte das große Geheimnis begreifen.

Das Geheimnis hinter dem feurigen Schleier.

Wollte, *mußte* es begreifen.

Weiße Flammen.

Flammen aus Schnee, aus Eis.

Flammen, die ein grauenhaftes Geheimnis bargen.

Flammen, die winkten...

Winkten...

Er nahm kaum wahr, wie sich hinter ihm die Wagentür öffnete. Die ›Augen‹ des Eidechsenwesens hatten ihn gepackt und halb hypnotisiert. Er nahm die schneedurchwehte Straße ringsum nur noch undeutlich, schemenhaft wahr. Noch ein paar Sekunden, und er wäre verloren gewesen. Aber sie verschätzten sich; sie öffneten die Wagentür einen Augenblick zu früh, und er hörte es. Er drehte sich um und schleuderte das Eidechsenwesen so weit in die stürmische Dunkelheit hinein, wie er nur konnte.

Er wartete nicht ab, wo es hinfiel, schaute nicht, was aus der Limousine herauskam.

Er rannte nur.

Vor ihm hatten Rebecca und die Kinder die Avenue erreicht. Sie bogen links um die Ecke und verschwanden.

9

Ein wenig rutschend, dann durch eine Schneewehe stapfend, daß ihm der Schnee oben in die Stiefel fiel, bog Jack um die Ecke und in die Avenue ein. Er schaute nicht zurück, weil er fürchtete zu entdecken, daß ihm die Kobolde – wie Penny sie nannte – dicht auf den Fersen waren.

Rebecca und die Kinder waren nur hundert Fuß vor ihm. Er eilte ihnen nach.

Zu seinem Entsetzen stellte er fest, daß sie die einzigen Menschen auf der breiten Avenue waren. Nur ein paar Wagen standen da, alle leer und verlassen, nachdem sie im Schnee steckengeblieben waren. Zu Fuß war niemand unterwegs. Und wer würde auch, wenn er auch nur halbwegs bei Verstand war, in einem orkanartigen Sturm zu Fuß unterwegs sein, mitten in einem Schneetreiben, das einem jede Sicht nahm?

Er holte Rebecca und die Kinder ein. Das war nicht weiter schwierig; sie kamen nicht mehr sehr schnell voran. Penny und Davey wurden schon müde. Im tiefen Schnee zu laufen war genauso, als hätte man Bleigewichte an den Füßen; der ständige Widerstand erschöpfte sie schnell.

Jack blickte den Weg zurück, den sie gekommen waren. Keine Spur von den Kobolden. Aber die Geschöpfe mit den Laternenaugen würden wieder auftauchen, und zwar schon bald. Er konnte nicht glauben, daß sie so leicht aufgaben.

Wenn sie wirklich kamen, würden sie leichte Beute vorfinden. In einer Minute würden sich die Kinder nur noch müde schlurfend im Schrittempo fortbewegen.

Jack fühlte sich auch nicht besonders munter. Sein Herz hämmerte so stark und schnell, als wolle es sich aus seiner Verankerung reißen. Sein Gesicht schmerzte von dem kalten, beißenden Wind, der ihm auch in die Augen stach, bis sie tränten. Seine Hände schmerzten ebenfalls und waren ein wenig taub, weil er keine Zeit gehabt hatte, seine

Handschuhe wieder anzuziehen. Er atmete schwer, und von der arktischen Luft wurde seine Kehle rauh, und seine Brust schmerzte. Er hatte eiskalte Füße, weil ihm soviel Schnee in die Stiefel gefallen war. In seinem jetzigen Zustand konnte er den Kindern nicht viel Schutz bieten, und diese Erkenntnis machte ihn wütend und ängstlich, denn er und Rebecca waren die einzigen Menschen, die zwischen den Kindern und dem Tod standen.

Jack sah sich nach einem Platz um, wo sie sich verstekken konnten. Gleich vor ihnen standen fünf Apartmenthäuser aus Sandstein, jedes vier Stockwerke hoch, zwischen etwas höheren und moderneren (aber nicht gerade einladend wirkenden) Gebäuden eingezwängt.

Er sagte zu Rebecca: »Wir müssen verschwinden«, und drängte sie alle vom Gehsteig herunter, die schneebedeckten Stufen hinauf, durch die Eingangstüren mit den Glaseinsätzen in die Halle des ersten Sandsteinhauses.

Der Vorraum war nicht besonders gut geheizt, aber verglichen mit der Nacht draußen erschien es ihnen regelrecht tropisch. Es war auch sauber und ziemlich elegant, mit Messingbriefkästen und einer gewölbten Holzdecke, aber einen Portier gab es nicht. Der kunstvolle Mosaikfußboden war auf Hochglanz poliert, und kein einziges Steinchen fehlte.

Aber so hübsch es auch war, hier konnten sie nicht bleiben. Der Vorraum war hell erleuchtet. Man konnte sie von der Straße aus leicht entdecken.

Die innere Tür hatte ebenfalls Glasscheiben. Dahinter lagen der Korridor des Erdgeschosses, der Aufzug und die Treppe. Aber die Tür war verschlossen und konnte nur mit einem Schlüssel oder mit einem elektrischen Türöffner in einer der Wohnungen geöffnet werden.

Es gab insgesamt sechzehn Wohnungen, auf jedem Stockwerk vier. Jack trat an die Messingbriefkästen und drückte auf den Klingelknopf von Mr. und Mrs. Evans auf der vierten Etage.

Eine Frauenstimme kam blechern aus dem Lautsprecher am oberen Rand des Briefkastens. »Wer ist da?«

»Ist das die Grofeld-Wohnung?« fragte Jack, obwohl er sehr wohl wußte, daß sie es nicht war.

»Nein«, sagte die unsichtbare Frau. »Sie haben den falschen Knopf gedrückt. Die Klingel der Grofelds ist neben der unseren.«

»Entschuldigung«, sagte er, als Mrs. Evans die Verbindung unterbrach.

Er schaute zur Vordertür auf die dahinterliegende Straße.

Schnee. Nackte, geschwärzte, im Wind zitternde Bäume.

Der geisterhafte Schein sturmgepeitschter Straßenlampen.

Aber nichts Schlimmeres. Nichts mit silbrigen Augen. Nichts mit vielen spitzen, kleinen Zähnen.

Noch nicht.

Er läutete bei den Grofelds und fragte, ob das die Santini-Wohnung sei, und man erklärte ihm kurz angebunden, die Santini-Klingel sei die nebenan.

Er klingelte bei den Santinis und war darauf vorbereitet, zu fragen, ob das die Porterfield-Wohnung sei, aber die Santinis erwarteten offenbar jemanden und waren weniger vorsichtig als ihre Nachbarn, denn sie öffneten ihm die Tür, ohne zu fragen, wer er war.

Rebecca schob die Kinder hinein, und Jack folgte ihnen schnell und schloß die Tür hinter sich.

Rebecca schärfte den Kindern ein, besonders still zu sein, als sie sie in eine dunkle Nische unter den Treppen, rechts vom Haupteingang führte.

Jack drängte sich mit ihnen in den Winkel, um von der Tür wegzukommen. Von der Straße oder von der Treppe aus waren sie nicht zu sehen, nicht einmal, wenn sich jemand über das Geländer beugte und herunterschaute.

Nach weniger als einer Minute öffnete sich ein paar Etagen weiter oben eine Tür. Schritte. Dann sagte jemand, offenbar Mr. Santini: »Alex? Bist du das?«

Sie warteten.

Mr. Santini wartete.

Draußen heulte der Wind.

Mr. Santini kam ein paar Stufen herunter. »Ist da jemand?«

Geh weg, dachte Jack. Du hast ja keine Ahnung, in was du vielleicht hineinläufst. *Geh weg.*

Als wäre der Mann ein Telepath und hätte Jacks Warnung empfangen, kehrte er in seine Wohnung zurück und schloß die Tür.

Jack seufzte.

Endlich fragte Penny mit zittriger Flüsterstimme: »Woher wissen wir, wann wir gefahrlos wieder rausgehen können?«

»Wir lassen jetzt einfach ein wenig Zeit vergehen, und wenn ich dann glaube, daß es geht... dann schlüpfe ich raus und sehe mal nach«, erklärte Jack leise.

Davey zitterte, als wäre es hier drin kälter als draußen. Er wischte sich seine tropfende Nase mit dem Mantelärmel ab und fragte: »Wie lange warten wir?«

»Fünf Minuten«, erklärte ihm Rebecca ebenfalls flüsternd. »Höchstens zehn. Bis dahin sind sie fort.«

»Wirklich?«

»Sicher«, sagte Rebecca. »Es kann gut sein, daß sie uns gar nicht gefolgt sind. Aber selbst wenn sie uns nachgegangen sind, werden sie nicht die ganze Nacht hier rumhängen. Weißt du, sogar Kobolden wird es einmal langweilig.«

»Sind sie das?« fragte Davey. »Kobolde? Wirklich?«

»Tja, man kann nicht so genau sagen, wie man sie nennen soll«, sagte Rebecca.

»Kobolde war das einzige Wort, das mir einfiel, als ich sie sah«, sagte Penny. »Es ist mir einfach so durch den Kopf geschossen.«

»Und es ist wirklich ein verflixt gutes Wort«, versicherte ihr Rebecca. »Soweit ich sehe, hättest du dir kein besseres ausdenken können. Und weißt du, wenn du an all die Märchen zurückdenkst, die du je gehört hast, dann waren Kobolde immer Wesen, die eher gebellt als gebissen haben. Sie haben praktisch nie mehr getan, als Leute zu erschrecken. Wenn wir also geduldig und vorsichtig sind, wirklich vorsichtig, dann wird alles gut.«

Jack bewunderte die Art, wie Rebecca mit den Kindern umging und ihre Angst besänftigte. Ihre Stimme klang beruhigend. Sie berührte sie ständig, während sie mit ihnen sprach, sie drückte und streichelte und tätschelte sie sanft.

Jack zog den Ärmel hoch und schaute auf seine Uhr.

Zehn Uhr vierzehn.

Sie drückten sich in den Schatten unter der Treppe aneinander und warteten. Warteten.

Kapitel sechs

1

Lavelle lag eine Weile betäubt auf dem Fußboden des dunklen Schlafzimmers; er konnte nur mit Mühe atmen und war ganz starr vor Schmerz. Als Rebecca Chandler auf einige jener kleinen Mörder in der Wohnung der Jamisons geschossen hatte, war Lavelle in psychischer Verbindung mit ihnen gewesen und hatte den Aufschlag der Kugeln auf ihren Golem-Körpern gespürt. Er war nicht verletzt worden, ebensowenig wie die dämonischen Wesen selbst. Seine Haut war unversehrt. Er blutete nicht. Am Morgen würde er keine blauen Flecken, keinen einzigen Kratzer haben. Aber der Aufprall dieser Kugeln war schmerzhaft real gewesen, und er hatte kurz das Bewußtsein verloren.

Jetzt war er nicht mehr bewußtlos. Nur verwirrt. Als der Schmerz ein wenig nachließ, kroch er auf dem Bauch im Zimmer herum, er wußte nicht genau, wonach er suchte, wußte nicht einmal genau, wo er sich befand. Allmählich kam er wieder ganz zu sich. Er kroch zum Bett zurück, stemmte sich auf die Matratze hinauf und warf sich stöhnend auf den Rücken.

Die Dunkelheit berührte ihn.

Die Dunkelheit heilte ihn.

Der Schnee pochte an die Fenster.

Irgendwann war der Schmerz verschwunden.

Trotz des unsicheren und schmerzhaften Erlebnisses konnte er es kaum erwarten, die psychische Verbindung mit den Geschöpfen, die die Dawsons verfolgten, wiederherzustellen. Die Bänder waren noch an seinen Knöcheln, seinen Handgelenken, seiner Brust und seinem Kopf befestigt. Die Katzenblutflecken waren noch auf seinen

Wangen. Seine Lippen waren immer noch mit Blut gesalbt. Und das Blut-*Vévé* war noch auf seiner Brust. Er brauchte nur die erforderlichen Gesänge zu wiederholen; das tat er auch und starrte dabei an die finstere Decke.

Langsam verschwand das Schlafzimmer um ihn, und er war wieder bei der silberäugigen Horde und pirschte sich unerbittlich an die Dawson-Kinder heran.

2

Zehn Uhr fünfzehn.

Zehn Uhr sechzehn.

Während sie unter der Treppe kauerten, sah sich Jack die Rißwunde an Rebeccas linker Hand an. Drei punktförmige Male verteilten sich über eine Fläche von der Größe eines Fünfcentstücks, auf dem fleischigsten Teil ihrer Handfläche, und in der Haut war auch ein kleiner Riß, aber das Echsenwesen hatte nicht tief gebissen. Das Fleisch war nur leicht angeschwollen. Die Wunde näßte nicht mehr; es war nur getrocknetes Blut zu sehen.

Zehn Uhr siebzehn.

Jack untersuchte Daveys Mantel, an dem sich die Eidechse in mörderischer Wut festgekrallt hatte. Das Kleidungsstück war dick und gut verarbeitet; das Gewebe war robust. Trotzdem waren die Klauen an mindestens drei Stellen ganz durchgedrungen – auch noch durch das wattierte Futter.

Es war ein Wunder, daß Davey unverletzt war. Obwohl die Klauen den Mantel durchbohrt hatten wie leichte Baumwolle, hatten sie den Pulli des Jungen und sein Hemd nicht zerrissen; und seine Haut hatte nicht einmal die Spur eines Kratzers abbekommen.

Jack dachte daran, wie knapp er davorgestanden hatte, sowohl Penny wie auch Davey zu verlieren, und es kam ihm schmerzlich zu Bewußtsein, daß er sie immer noch verlieren konnte, ehe dieser Fall abgeschlossen war. Er legte eine Hand an das zarte Gesicht seines Sohnes. Er kämpfte gegen die Tränen an. Er durfte jetzt nicht weinen. Die Kinder würden den letzten Halt verlieren, wenn er weinte. Außerdem, wenn er sich jetzt der Verzweiflung überließ, dann kapitulierte er – in einem kleinen, aber bedeutsamen Punkt – vor Lavelle. Lavelle war böse, nicht einfach ein Krimineller wie jeder andere, nicht bloß verkommen, sondern *böse,* im Innersten böse, eine Verkörperung des Bösen, und das wurde durch Verzweiflung erst zur vollen Entfaltung gebracht. Die besten Waffen gegen das Böse waren Hoffnung, Optimismus, Entschlossenheit und Glauben. Ihre Überlebenschancen hingen von ihrer Fähigkeit ab, weiter zu hoffen, zu glauben, daß das Leben (nicht der Tod) ihre Bestimmung war, zu glauben, daß das Gute über das Böse triumphieren konnte – einfach zu *glauben*. Er würde seine Kinder nicht verlieren. Er würde nicht zulassen, daß Lavelle sie bekam.

»Tja«, sagte er zu Davey, »für einen Wintermantel hat er zu viele Luftlöcher, aber ich glaube, dagegen können wir etwas unternehmen.« Er nahm seinen langen Schal ab, wickelte ihn über dem beschädigten Mantel des Jungen zweimal um dessen schmale Brust und knotete ihn über der Taille fest zusammen. »So. Damit müßten die Lücken geschlossen sein. Alles okay, Skipper?«

Davey nickte und gab sich alle Mühe, ein tapferes Gesicht zu machen. Er sagte: »Dad, meinst du nicht, du brauchst vielleicht ein Zauberschwert?«

»Ein Zauberschwert?« fragte Jack.

»Nun, braucht man so was nicht, wenn man eine Horde Kobolde töten will?« fragte der Junge ganz ernsthaft. »In den Geschichten haben sie meistens ein Zauberschwert oder einen Zauberstab, verstehst du, oder vielleicht ein bißchen Zauberpulver, damit wird dann immer dem Kobold, den Hexen, den Menschenfressern, oder was es eben ist, der Garaus gemacht. Ach ja, und was haben sie manchmal noch... einen Zauberstein, glaube ich, oder einen Zauberring. Du und Rebecca, ihr seid ja Kriminalbeamte, da ist es diesmal vielleicht eine Koboldpistole. Weißt du, ob das Polizeidezernat so was hat? Eine Koboldpistole?«

»Ich weiß es nicht genau«, sagte Jack, ohne eine Miene zu verziehen, er hätte den Jungen am liebsten umarmt und fest an sich gedrückt. »Aber das ist ein verflixt guter Vorschlag, mein Sohn. Ich werde das mal nachprüfen. Ich bin wirklich froh, daß du dir Gedanken darüber machst, wie man mit diesen Wesen fertig werden könnte. Es freut mich, daß du nicht aufgibst. Das ist das Wichtigste – nicht aufzugeben.«

»Sicher«, sagte Davey und reckte sein Kinn vor. »Das weiß ich.«

Penny beobachtete ihren Vater über Daveys Schulter hinweg. Sie zwinkerte ihm lächelnd zu. Jack zwinkerte zurück.

Zehn Uhr zwanzig.

Mit jeder Minute, die ereignislos verstrich, fühlte sich Jack sicherer.

Penny gab ihm einen sehr knappen Bericht über ihre Begegnung mit den Kobolden.

Als das Mädchen fertig war, schaute Rebecca Jack an und sagte: »Er hat sie ständig überwacht. Damit er immer genau wußte, wo er sie finden konnte, wenn es soweit war.«

Zu Penny sagte Jack: »Mein Gott, Baby, warum hast du mich letzte Nacht nicht geweckt, als das Ding in deinem Zimmer war?«

»Ich habe es ja nicht wirklich gesehen...«

»Aber du hast es gehört.«

»Das war alles.«

»Und der Baseballschläger –«

»Na ja«, sagte Penny, auf einmal sonderbar verlegen

und ohne ihm in die Augen sehen zu können, »ich hatte Angst, du würdest glauben, daß ich wieder... verrückt... geworden bin.«

»Was? Wieder...?« Jack blinzelte sie an. »Was in aller Welt meinst du mit... ›wieder‹?«

»Tja... du weißt doch... wie damals, als Mama starb, wie ich damals war... als ich meine... Schwierigkeiten hatte.«

»Aber du warst doch nicht verrückt«, sagte Jack. »Du hast nur ein wenig Beratung gebraucht; das ist alles, Schätzchen.«

»So habt ihr ihn genannt«, sagte das Mädchen, kaum hörbar. »Berater.«

»Das war er ja auch. Er sollte dir helfen, dir zeigen, wie du mit deinem Kummer über den Tod deiner Mama umgehen kannst.«

Das Mädchen schüttelte den Kopf. »Nein. Eines Tages war ich in seinem Büro und wartete auf ihn... und er kam nicht gleich rein, um mit der Sitzung anzufangen... da habe ich die College-Diplome an der Wand gelesen.«

»Und?«

Sichtlich verlegen sagte Penny: »Ich habe herausgefunden, daß er Psychiater war. Psychiater behandeln verrückte Leute. Und da wußte ich, daß ich ein wenig... verrückt war.«

Überrascht und bestürzt, daß eine solche falsche Auffassung so lange unkorrigiert geblieben war, sagte Jack: »Nein, nein, nein. Mein Liebes, das hast du ganz falsch verstanden.«

Rebecca griff ein: »Penny, Psychiater behandeln größtenteils ganz gewöhnliche Menschen mit ganz gewöhnlichen Problemen. Mit Problemen, die wir alle irgendwann einmal in unserem Leben haben. Meistens emotionelle Probleme. Und die hattest du auch. *Emotionelle* Probleme.«

Penny schaute sie schüchtern an. Sie runzelte die

Stirn. Es war deutlich zu erkennen, daß sie ihr glauben wollte.

»Natürlich behandeln sie auch Geistesgestörte«, fuhr Rebecca fort. »Aber in der Praxis, bei den gewöhnlichen Patienten, bekommen sie kaum jemals einen zu sehen, der wirklich richtig geisteskrank ist. Wirklich verrückte Leute werden in Krankenhäusern oder in Anstalten untergebracht.«

»Sicher«, sagte Jack. Er griff nach Pennys Händen und hielt sie fest.

Das Mädchen blickte von Jack zu Rebecca und wieder zu Jack. »Meint ihr das wirklich ernst? Meint ihr wirklich, daß viele gewöhnliche, alltägliche Leute zum Psychiater gehen?«

»Unbedingt«, sagte er. »Liebling, das Leben hat dir ziemlich übel mitgespielt, als es deine Mama so früh sterben ließ, und ich war selbst so mitgenommen, daß ich dir nicht sehr gut helfen konnte, damit fertig zu werden. Ich hätte mich wohl... ganz besonders anstrengen müssen Aber ich fühlte mich selbst so elend, so verloren und hilflos, tat mir selbst so verflixt leid, daß ich einfach nicht fähig war, uns beide zu heilen, dich und mich. Deshalb habe ich dich zu Dr. Hannaby geschickt, als du angefangen hast, Schwierigkeiten zu bekommen. Nicht weil du verrückt warst. Weil du jemanden gebraucht hast, mit dem du reden konntest, ohne daß er jedesmal weinte, wenn du anfingst, wegen deiner Mama zu weinen. Verstehst du das?«

»Ja«, sagte Penny leise, Tränen standen ihr in den Augen, sie glänzten hell, aber sie blieben ungeweint.

»Sicher?«

»Ja, wirklich, Daddy. Jetzt verstehe ich es.«

Jack umarmte seine Tochter ganz fest. Er küßte ihr Gesicht, ihre Haare. Er sagte: »Ich liebe dich, Schäfchen.«

Dann umarmte er auch Davey und sagte ihm, daß er ihn liebe

Und dann schaute er zögernd auf seine Armbanduhr.

Zehn Uhr vierundzwanzig.

Zehn Minuten waren vergangen, seit sie in das Gebäude gekommen waren und in der Nische unter dem großen Treppenhaus Zuflucht gesucht hatten.

»Sieht so aus, als seien sie uns nicht gefolgt«, meinte Rebecca.

»Wir wollen nichts überstürzen«, warnte er. »Geben wir noch zwei Minuten zu.«

Zehn Uhr fünfundzwanzig.

Zehn Uhr sechsundzwanzig.

Es behagte ihm gar nicht, hinausgehen und sich umsehen zu müssen. Er wartete noch eine Minute.

Zehn Uhr siebenundzwanzig.

Schließlich konnte er es nicht mehr länger hinauszögern. Er schob sich unter der Treppe hervor. Er machte zwei Schritte, legte eine Hand auf den Messingknopf der Vorraumtür – und erstarrte.

Sie waren da. Die Kobolde.

Einer von ihnen hing an der Glasscheibe im Zentrum der Tür. Es war ein zwei Fuß langes, wurmähnliches Wesen mit segmentiertem Körper und vielleicht zwei Dutzend Beinen. Die feurigen Augen hefteten sich auf Jack.

Hinter dem Wurmwesen wimmelte es in dem Vorraum von ganz unterschiedlichen Teufeln; alle waren sie klein, aber alle wirkten so unglaublich bösartig und grotesk, daß Jack zu zittern begann und spürte, wie sich seine Gedärme verkrampften. Es waren mindestens dreißig. Sie bewegten sich rutschend und zappelnd über den Mosaikboden und krochen die Wände hinaus, ihre ekelhaften Zungen schossen ständig zuckend heraus, sie knirschten laut mit den Zähnen, ihre Augen glühten.

Erschrocken und angewidert zog Jack die Hand von dem Messingknopf zurück. Er drehte sich zu Rebecca und den Kindern um. »Sie haben uns gefunden. Sie sind hier. Los. Wir müssen weg. Schnell. Sonst ist es zu spät.«

Sie entfernten sich von der Treppe. Sie sahen das Wurmwesen an der Tür und die Horde im Vorraum dahinter. Rebecca und Penny starrten die Höllenbrut sprachlos an. Davey war der einzige, der aufschrie. Er umklammerte Jacks Arm.

»Wie kommen wir raus?« fragte Penny.

Einen Augenblick lang sagte niemand etwas.

Im Vorraum hatten sich weitere Geschöpfe zu dem Wurmwesen am Glas der Innentür gesellt.

»Gibt es einen Hintereingang?« überlegte Rebecca.

»Wahrscheinlich«, sagte Jack. »Aber wenn es einen gibt, dann warten diese Dinger auch dort.«

»Dann sitzen wir in der Falle«, meinte Penny.

»Daddy, laß nicht zu, daß sie mich kriegen, bitte, laß es nicht zu«, jammerte Davey.

Jack warf einen Blick zum Aufzug, der gegenüber der Treppe lag. Er fragte sich, ob die Teufel wohl schon im Aufzugsschacht waren. Würden sich die Lifttüren plötzlich öffnen und eine Welle zischender, fauchender, zuschnappender Todeswesen ausspucken?

Denk nach!

Er packte Daveys Hand und ging auf die Treppe zu.

Rebecca folgte ihm mit Penny und fragte: »Wo willst du hin?«

»Da hinauf.

Sie stiegen zur zweiten Etage hoch.

Penny sagte: »Aber wenn sie in den Wänden sind, dann sind sie im ganzen Haus.«

»Beeilt euch«, war Jacks einzige Antwort. Er führte sie, so schnell es ging, die Treppe hinauf.

3

In Carver Hamptons Wohnung über seinem Laden in Harlem brannten alle Lichter. Deckenlampen, Leseleuchten, Tischlampen und Stehlampen, kein Raum lag im Dunkeln. In den wenigen Ecken, die der Schein der Lampen nicht erreichte, waren Kerzen angezündet; bündelweise standen sie in Schüsseln, Kuchenformen und Gebäckdosen.

Carver saß an dem kleinen Küchentisch neben dem Fenster, seine kräftigen braunen Hände umklammerten ein Glas Chivas Regal. Er starrte hinaus in das Schneegestöber und nippte hin und wieder an dem Scotch.

An der Küchendecke glühten Neonleuchten. Die Herdbeleuchtung war angeschaltet. Und das Licht über dem Spülbecken ebenfalls. Auf dem Tisch lagen, in Reichweite, Streichholzschachteln, drei Kartons mit Kerzen und zwei Taschenlampen – nur für den Fall, daß durch den Sturm der Strom ausfiel.

Dies war keine Nacht für Dunkelheit.

Gräßliche Wesen wüteten in der Stadt.

Sie *nährten* sich von Dunkelheit.

Obwohl die nächtlichen Jäger es nicht auf Carver abgesehen hatten, spürte er sie da draußen auf den stürmischen Straßen, wie sie hungrig herumstrichen; sie verströmten eine greifbare Atmosphäre des Bösen – das absolute, endgültige Böse der Uralten. Er nahm an, daß es Lavelles höllische Abgesandte waren, die sich die brutale Vernichtung der Carramazza-Familie zum Ziel gesetzt hatten, denn soviel er wußte, gab es in New York keinen zweiten *Bocor*, der solche Geschöpfe aus der Unterwelt hätte herbeizitieren können.

Die Pforten waren geöffnet. Die Pforten der Hölle. Nur einen Spalt. Und unter Aufbietung all seiner gewaltigen Kräfte als *Bocor* hielt Lavelle die Pforten gegen den Ansturm der Dämonenwesen, die von der anderen Seite hereindrängen wollten.

Die Pforten zu öffnen war ein tollkühner, gefährlicher Schritt gewesen. Wenige *Bocors* waren dazu überhaupt in der Lage. Und von diesen wenigen hätten noch weniger derlei gewagt. Da Lavelle offenbar einer der mächtigsten *Bocors* war, die je ein *Vévé* gezeichnet hatten, konnte man ihm durchaus zutrauen, daß er in der Lage sein würde, die Pforten unter Kontrolle zu behalten, und daß er, wenn die Carramazzas erledigt waren, fähig sein würde, die Geschöpfe, die er aus der Hölle herausgelassen hatte, rechtzeitig zurückzuschleudern. Aber wenn er auch nur einen Augenblick lang die Kontrolle verlor...

Dann stehe Gott uns bei, dachte Carver.

Ein Windstoß von Hurrikanstärke krachte gegen das Gebäude und pfiff winselnd um die Dachvorsprünge.

Das Fenster vor Carver klapperte, als sei da draußen noch etwas anderes, das hereinwollte, herein zu ihm.

Carver senkte den Blick.

Nach einiger Zeit ließ der Wind ein wenig nach.

Er nippte an seinem Scotch. Der Whisky wärmte ihn nicht. In dieser Nacht konnte ihn nichts wärmen.

Schuldbewußtsein war ein Grund, warum er wünschte, sich betrinken zu können. Die Schuldgefühle nagten an ihm, weil er sich geweigert hatte, Lieutenant Dawson zu helfen. Das war falsch gewesen. Die Situation war zu gräßlich, als daß er nur an sich denken durfte. Schließlich waren die Pforten offen. In einem solchen Augenblick hatte ein *Houngon* eine gewisse Verantwortung.

Deshalb trank er jetzt, weil er hoffte, es würde ihm Mut einflößen. Whisky hatte die besondere Eigenschaft, daß er, in Maßen genossen, manchmal genau die Menschen zu Helden machen konnte, die er bei anderer Gelegenheit zu Narren gemacht hatte.

Er mußte den Mut finden, Lieutenant Dawson anzurufen und zu sagen: ›Ich möchte helfen.‹

Es war durchaus wahrscheinlich, daß Lavelle ihn vernichten würde, wenn er sich einmischte. Und welchen Tod Lavelle ihm auch zudachte, leicht würde er nicht sein.

Er nippte an seinem Scotch.

Er schaute zum Wandtelefon hinüber.

Ruf Dawson an, befahl er sich.

Er bewegte sich nicht.

Er schaute hinaus in die vom Blizzard durchtoste Nacht.

Er schauderte.

4

Jack, Rebecca und die Kinder erreichten atemlos den Treppenabsatz der vierten Etage des Sandsteinhauses.

Jack schaute die Treppe hinunter, die sie soeben heraufgestiegen waren. Bisher kam nichts hinter ihnen her.

Vier Wohnungen lagen auf dieser Etage. Jack ging an allen vieren vorbei, ohne zu klopfen, ohne auf Klingelknöpfe zu drücken.

Hier konnten sie keine Hilfe finden. Diese Menschen konnten nichts für sie tun. Sie waren ganz auf sich gestellt.

Am Ende des Ganges befand sich eine Tür ohne Aufschrift. Jack versuchte, den Knopf zu drehen. Von dieser Seite war die Tür nicht versperrt. Er öffnete sie zögernd, fürchtete, daß auf der anderen Seite die Kobolde warten könnten. Nichts stürzte auf ihn los. Er tastete nach einem Lichtschalter, rechnete halb damit, etwas Gräßliches zu berühren. Aber es geschah nicht. Keine Kobolde. Nur der Schalter. Klick. Ja, es war, wie er sich erhofft hatte: eine letzte Treppe, beträchtlich steiler und schmäler als die acht, die sie schon hinter sich hatten, und sie führte zu einer verriegelten Tür.

»Kommt«, sagte er.

Die Tür am oberen Ende der Treppe war mit zwei Riegelschlössern versehen und mit einer Eisenstange verstrebt. Kein Einbrecher sollte über das Dach in das Haus eindringen können. Jack klappte beide Schlösser auf, hob die Stange aus den Halterungen und stellte sie beiseite.

Der Wind drückte gegen die Tür, Jack stemmte sie mit der Schulter auf. Er trat über die Schwelle, auf das Flachdach hinaus.

Hier oben war der Sturm wie ein lebendes Wesen. Mit der Wildheit eines Löwen sprang er aus der Nacht heraus über die Brüstung, er brüllte, schnüffelte und schnaubte. Er riß an Jacks Mantel. Er stellte ihm die Haare auf, drückte sie ihm flach an den Kopf und stellte sie wieder auf. Er blies ihm seinen eisigen Atem ins Gesicht und fuhr mit kalten Fingern unter seinen Mantelkragen.

Jack ging an den Rand des Dachs, an das sich das nächste Sandsteinhaus anschloß. Die krenelierte Brüstung reichte ihm bis zur Taille. Er beugte sich darüber und blickte hinunter. Wie er erwartet hatte, war die Lücke zwischen den Gebäuden nur etwa vier Fuß breit.

Rebecca und die Kinder traten zu ihm, und Jack sagte: »Wir gehen da hinüber.«

»Wie sollen wir den Abstand überbrücken?« fragte Rebecca.

»Hier liegt sicher etwas herum, das sich dazu eignet.«

Er drehte sich um und suchte das Dach ab, das nicht völlig im Dunkeln lag; ja, es herrschte sogar eine mondähnliche Helligkeit, dank der funkelnden Schneedecke, die daraufiag. Soweit er sehen konnte, gab es weder lose Holzstücke noch sonst etwas, womit man eine Brücke zwischen den beiden Häusern bauen konnte. Er rannte zum Liftgehäuse auf der anderen Seite und sah auch beim Ausgangskasten mit der Tür oben an der Treppe nach, aber er fand nichts. Vielleicht lag unter dem Schnee etwas Brauchbares, aber das konnte man nicht feststellen, ohne vorher das ganze Dach freizuschaufeln.

Er kehrte zu Rebecca und den Kindern zurück. Penny

und Davey blieben an der Brüstung hocken, suchten dahinter Schutz vor dem beißenden Wind, aber Rebecca stand auf und ging ihm entgegen.

Er sagte: »Wir müssen springen.«

»Was?«

»Da hinüber. Wir müssen hinüberspringen.«

»Das schaffen wir nicht«, sagte sie.

»Es sind keine vier Fuß.«

»Aber wir können keinen Anlauf nehmen.«

»Das brauchen wir auch nicht. Es ist nur ein schmaler Spalt.«

»Wir müssen uns hier auf die Wand stellen«, sagte sie und zeigte auf die Brüstung, »und von da aus springen.«

»Ja.«

»Bei diesem Wind wird wenigstens einer von uns todsicher das Gleichgewicht verlieren, noch ehe er abspringt – wenn ihn eine starke Bö erwischt, stürzt er einfach von der Mauer.«

»Wir werden es schaffen«, sagte Jack und versuchte, sich selbst in Begeisterung für das Wagnis hineinzusteigern.

Sie schüttelte den Kopf. Das Haar wehte ihr ins Gesicht. Sie strich es sich aus den Augen. Dann sagte sie: »Vielleicht könnten du und ich es schaffen, wenn wir Glück haben, vielleicht. Aber die Kinder nicht.«

»Na schön. Dann springt einer von uns auf das andere Dach, der andere bleibt hier, und wir reichen uns die Kinder zu.«

»Wir sollen sie über den Spalt heben?«

»Ja.«

»In einer Höhe von fünfzig Fuß?«

»Es ist eigentlich gar nicht so gefährlich«, behauptete er und wünschte, er könne das auch glauben. »Wenn jeder die Arme ausstreckt, können wir uns an den Händen fassen.«

»Penny wird allmählich ziemlich schwer.«

»So schwer auch wieder nicht. Wir schaffen es schon.«

»Aber...«

»Rebecca, diese Wesen sind hier im Gebäude, direkt unter unseren Füßen, und sie suchen genau in diesem Augenblick nach uns.«

Sie nickte. »Wer springt zuerst?«

»Du.«

»Oh, vielen Dank.«

Der Wind pfiff wie ein Güterzug über das Dach.

5

Der obere Rand der Brüstung war zehn Zoll breit. Rebecca erschien er nicht breiter als ein Seil.

Wenigstens war er nicht vereist. Der Wind scheuerte den Schnee von der schmalen Fläche und hielt sie sauber und trocken.

Mit Jacks Hilfe balancierte Rebecca halb geduckt auf der Mauer. Der Wind zerrte an ihr, und sie war überzeugt, daß er sie umgerissen hätte, wenn Jack nicht dagewesen wäre.

Sie versuchte, nicht auf den Wind und den stechenden Schnee zu achten, der auf ihr ungeschütztes Gesicht einprasselte, ignorierte den Abgrund vor sich und richtete ihre Augen und ihre Gedanken auf das Dach des nächsten Gebäudes. Sie mußte so weit springen, daß sie dort über die Brüstung kam und auf dem Dach landete; wenn sie ein wenig zu früh aufkam, oben auf dieser taillenhohen Mauer, auf dem schmalen Steinstreifen, würde sie einen Augenblick lang aus dem Gleichgewicht geraten, selbst wenn sie auf beide Füße fiel. In diesem Augenblick höchster Unsicherheit würde der Wind sie erfassen, und sie konnte entweder nach vorne auf das Dach stürzen oder nach hinten ins Leere zwischen den Gebäuden. Sie gestattete sich nicht, an diese Möglichkeit zu denken, und sie schaute nicht in den Abgrund.

Sie spannte die Muskeln an, legte die Arme seitlich an den Körper und sagte: »Jetzt«, und Jack ließ sie los, sie sprang in die Nacht, in den Wind und in das Schneetreiben hinein.

Sobald sie in der Luft war, wußte sie plötzlich, daß sie nicht kräftig genug abgesprungen war, wußte, daß sie das andere Dach nicht erreichen, daß sie in die Brüstung krachen, nach hinten stürzen, sterben würde.

Aber was sie *wußte,* trat nicht ein. Sie übersprang die Brüstung und landete auf dem Dach, die Füße rutschten ihr weg und sie fiel auf ihr Hinterteil, so fest, daß es weh tat, aber nicht fest genug, um sich etwas zu brechen.

Als sie auf die Beine kam, sah sie den verfallenen Taubenschlag. Taubenhaltung war in dieser Stadt weder ein gewöhnliches noch ein ungewöhnliches Hobby; ja, dieser Schlag war kleiner als so manche andere, nur sechs Fuß lang. Mit einem Blick stellte sie fest, daß er seit Jahren nicht mehr benützt wurde. Er war so verwittert und verwahrlost, daß er bald kein Taubenschlag mehr, sondern nur noch ein Schrotthaufen sein würde.

Sie schrie Jack, der vom anderen Gebäude herüberschaute, zu: »Ich glaube, ich habe unsere Brücke gefunden!«

Sie war sich bewußt, wie schnell die Zeit ablief, wischte ein wenig Schnee vom Dach des Taubenschlags und sah, daß es offenbar aus einer einzigen, sechs Fuß langen Platte aus zolldickem Sperrholz bestand. Das war noch besser, als sie gehofft hatte; jetzt brauchten sie sich nicht mit zwei oder drei einzelnen Planken abzuplagen. Das Sperrholz schien stabil genug, um die Kinder und sogar Jack auszuhalten. Es war an einer Seite locker, und das machte es ihr sehr viel leichter. Sobald sie den restlichen Schnee vom Dach gewischt hatte, packte sie es am losen Ende, hob es an und zog es nach hinten. Ein paar Nägel sprangen heraus, und einige brachen ab, weil sie völlig durchgerostet waren. Innerhalb von Sekunden hatte sie die Platte losgerissen.

Sie schleppte sie zur Brüstung. Sie mußte auf einen windstillen Augenblick warten. Der kam ziemlich bald, und sie hievte das Brett schnell hoch, balancierte es auf der Brüstung und schob es hinaus, auf Jacks ausgestreckte Hände. Einen Augenblick später, als der Wind wieder lospeitschte, hatten sie die Brücke an Ort und Stelle. Nun konnten sie das Brett, wenn sie es beide festhielten, nach unten drücken, selbst wenn ein starker Windstoß darunterfuhr.

Penny legte die kurze Strecke als erste zurück, um Davey zu zeigen, wie einfach es war. Sie legte sich bäuchlings hinauf, packte die Ränder des Bretts mit den Händen und zog sich vorwärts. Überzeugt, daß es zu schaffen war, folgte ihr Davey ohne jede Unsicherheit.

Jack kam als letzter. Danach half er Rebecca, die Sperrholzplatte auf das Dach zurückzuziehen.

»Was jetzt?« fragte sie.

»Ein Gebäude ist nicht genug«, sagte er. »Wir müssen den Abstand zwischen ihnen und uns noch vergrößern.«

Mit Hilfe des Bretts überquerten sie den Abgrund zwischen dem zweiten und dritten Wohnhaus, wechselten vom dritten zum vierten und dann vom vierten zum fünften Gebäude. Das nächste war zehn oder zwölf Stockwerke höher. Damit war das Dachspringen zu Ende, und das war ihnen auch ganz recht, denn allmählich taten ihnen vom Schleppen und Heben der schweren Sperrholzplatte die Arme weh.

An der Rückseite des vierten Sandsteinhauses beugte sich Rebecca über die Brüstung und schaute in den Durchgang vier Stockwerke unter ihr. Etwas Licht gab es da unten: eine Straßenlaterne an jedem Ende der Straße, eine weitere in der Mitte, und dazu noch der Lichtschein aus den Fenstern im Erdgeschoß. Vielleicht kauerten irgendwo in den Schatten Kobolde, aber sie glaubte es eigentlich nicht, weil sie keine glühenden Augen sehen konnte.

Eine schwarze Feuertreppe aus Eisen führte im Zickzack an der Rückseite des Gebäudes zum Durchgang hinunter. Jack ging voran, er blieb an jedem Absatz stehen, um auf Penny und Davey zu warten, bereit, sie aufzufangen, wenn sie auf den kalten, schneebedeckten und gelegentlich vereisten Stufen ausrutschen sollten.

Rebecca verließ das Dach als letzte. Auf jedem Absatz der Feuertreppe blieb sie stehen und schaute in den Durchgang hinunter, und jedesmal erwartete sie, fremdartige, bedrohliche Geschöpfe durch den Schnee auf den Fuß der Eisentreppe zuspringen zu sehen. Aber da war nichts.

Als sie alle im Durchgang standen, bogen sie nach rechts ab und rannten, so schnell sie konnten, von den Sandsteinhäusern weg auf die Querstraße zu. Als sie sie erreichten, schon nicht mehr laufend, sondern nur noch schnell gehend, wandten sie sich von der Third Avenue ab und steuerten auf das Stadtzentrum zu.

Niemand folgte ihnen.

Niemand kam aus den dunklen Einfahrten heraus, an denen sie vorbeigingen.

Sie schienen momentan in Sicherheit zu sein. Aber mehr noch ... sie schienen die ganze Metropole für sich allein zu haben, als wären sie die einzigen vier Überlebenden des Jüngsten Gerichts.

Rebecca hatte noch nie so starke Schneefälle erlebt. Es war ein tobender, peitschender, hämmernder Sturm, der eher in die wilden Eisfelder der Polargegenden gepaßt hätte als nach New York. Ihr Gesicht war ganz taub, ihre Augen tränten, und alle Muskeln und Gelenke taten ihr weh von dem ständigen Kampf gegen den erbarmungslosen Wind.

Sie hatten zwei Drittel des Wegs zur Lexington Avenue

zurückgelegt, als Davey stolperte, hinfiel und einfach nicht mehr die Energie aufbrachte, alleine weiterzugehen. Jack nahm ihn auf den Arm.

So wie Penny aussah, würden auch ihre letzten Kraftreserven bald aufgebraucht sein. Dann würde Rebecca Davey übernehmen müssen, damit Jack Penny tragen konnte.

Und wie weit konnten sie es unter solchen Umständen wohl schaffen, und wie schnell? Nicht weit. Und auch nicht schnell. Sie mußten innerhalb der nächsten paar Minuten eine Fahrgelegenheit finden.

Sie erreichten die Avenue, und Jack führte sie zu einem großen Stahlgitter, das in das Pflaster eingelassen war und aus dem Dampfwolken aufstiegen. Es war ein Belüftungsschacht von irgendeinem unterirdischen Tunnel, wahrscheinlich aus dem U-Bahn-System. Jack setzte Davey ab, und der Junge konnte auf seinen eigenen Füßen stehen. Aber es war offensichtlich, daß er wieder getragen werden mußte, wenn sie weitergingen. Er sah schrecklich aus; sein kleines Gesicht war verzerrt, verkniffen und sehr bleich, bis auf die riesigen, dunklen Ringe um die Augen. Rebecca empfand tiefes Mitleid mit ihm, und sie wünschte, sie könnte etwas tun, um ihn aufzuheitern, aber ihr war ja auch nicht gerade großartig zumute.

Die Nacht war zu kalt, die erhitzte Luft, die von der Straße aufstieg, reichte nicht aus, um Rebecca zu erwärmen, als sie am Rand des Gitters stand und sich vom Wind den übelriechenden Dampf ins Gesicht blasen ließ; aber man hatte wenigstens eine Illusion von Wärme, und im Augenblick war schon die bloße Illusion aufmunternd genug, um jegliches Jammern im Ansatz zu unterdrücken.

Rebecca fragte Penny: »Wie geht es dir, Kleines?«

»Ich bin okay«, sagte das Mädchen, obwohl es ganz verloren wirkte. »Ich mache mir nur Sorgen um Davey.«

Rebecca war erstaunt, wieviel Widerstandskraft und Courage in dem Mädchen steckten.

Jack sagte: »Wir brauchen unbedingt einen Wagen. Ich fühle mich erst sicher, wenn wir in einem Wagen sitzen und fahren, uns ständig bewegen; solange wir in Bewegung bleiben, können sie uns nichts anhaben.«

»Und in einem W-w-w-wagen ist es w-w-w-warm«, sagte Davey.

Aber die einzigen Autos auf der Straße parkten am Randstein, unerreichbar hinter der Schneemauer, die die Pflüge aufgeworfen und noch nicht weggeräumt hatten. Wenn irgendwelche Autos mitten auf der Avenue stehengelassen worden waren, hatten die Leute vom Katastrophendienst sie schon abgeschleppt.

Von diesen Arbeitern war jetzt keiner zu sehen. Auch kein Schneepflug.

»Selbst wenn wir einen Wagen fänden, der nicht verschüttet ist«, sagte Rebecca, »ist es unwahrscheinlich, daß die Schlüssel stecken – oder daß er Schneeketten auf den Reifen hat.«

»Ich dachte nicht an diese Wagen«, sagte Jack. »Aber wenn wir ein Münztelefon finden und im Hauptquartier anrufen, könnten die uns einen Dienstwagen schicken.«

»Ist da drüben nicht ein Telefon?« fragte Penny und deutete auf die andere Seite der breiten Avenue.

»Der Schnee ist so dicht, daß ich es nicht sicher sagen kann«, antwortete Jack und blinzelte den Gegenstand an, der Pennys Aufmerksamkeit erregt hatte. »Es *könnte* ein Telefon sein.«

»Dann laß uns nachsehen«, entschied Rebecca.

Noch während sie sprach, kam eine kleine, mit scharfen Klauen bewaffnete Hand zwischen zwei Gitterstäben hervor.

Davey sah sie als erster, er schrie auf und taumelte zurück, weg von dem aufsteigenden Dampf.

Eine Koboldshand.

Und noch eine, die nach Rebeccas Stiefelspitze grapschte. Sie stampfte mit dem Fuß darauf, sah in der

Dunkelheit unter dem Gitter glühende, silberweiße Augen und sprang zurück.

Eine dritte Hand erschien, dann eine vierte. Penny und Jack traten beiseite, und plötzlich wurde an dem ganzen Stahlgitter in seiner kreisförmigen Einbuchtung gerüttelt, es wurde an einer Seite hochgehoben, fiel krachend zurück, wurde aber sofort wieder angehoben, diesmal etwas mehr als einen Zoll, aber wieder fiel es zurück, klappernd und scheppernd. Die Horde darunter versuchte, sich aus dem Tunnel zu winden.

Jack schnappte Davey und rannte davon. Rebecca packte Pennys Hand, und sie folgten Jack, flüchteten die vom Blizzard durchtobte Avenue hinunter, nicht so schnell, wie es nötig gewesen wäre, ja, eigentlich überhaupt nicht schnell. Keiner von ihnen wagte zurückzuschauen.

Vor ihnen, auf der anderen Seite der zweigeteilten Fahrbahn, bog ein Jeepkombi mit sich mühelos durch den Schnee wühlenden Reifen um die Ecke. Er trug das Abzeichen des Städtischen Straßendienstes.

Jack, Rebecca und die Kinder waren auf dem Weg stadteinwärts, aber der Jeep fuhr stadtauswärts. Jack lief schräg über die Avenue, auf den Mittelstreifen und die Fahrspuren dahinter zu, er wollte vor den Jeep kommen und ihn abfangen, ehe er an ihnen vorüber war.

Rebecca und Penny folgten ihm.

Wenn der Fahrer des Jeeps sie sah, so ließ er es sich nicht anmerken. Er wurde nicht langsamer.

Rebecca schwenkte wild die Arme, während sie lief, und Penny schrie, Rebecca fing ebenfalls an zu schreien, und Jack auch, alle schrien sich wie verrückt die Kehle aus dem Leib, denn der Jeep war ihre einzige Hoffnung.

6

Am Tisch in der hell erleuchteten Küche über dem *Rada* spielte Carver Hampton ein paar Partien ›Solitaire‹. Er hoffte, das Spiel würde seine Gedanken von dem Bösen ablenken, das die Winternacht unsicher machte, und er hoffte, es würde ihm helfen, seine Schuldgefühle und seine Beschämung zu überwinden, die ihn quälten, weil er nichts getan hatte, um zu verhindern, daß dieses Böse in der Welt seinen Willen durchsetzte. Aber die Karten lenkten ihn nicht ab. Er sah ständig aus dem Fenster neben dem Tisch und spürte, daß da draußen im Dunkeln etwas Unaussprechliches war. Seine Schuldgefühle wurden stärker anstatt schwächer, sie nagten an seinem Gewissen.

Er war ein *Houngon.*

Er hatte gewisse Verpflichtungen.

So etwas ungeheuerlich Böses durfte er nicht stillschweigend dulden.

Verdammt.

Er versuchte es mit Fernsehen. ›Quincy‹. Jack Klugman schrie seine dummen Vorgesetzten an, führte einen Kreuzzug für die Gerechtigkeit, bewies mehr soziales Mitgefühl als Mutter Teresa und benahm sich ansonsten eher wie Superman als wie ein richtiger Leichenbeschauer. Carver schaltete den Apparat aus.

Er war ein *Houngon.*

Er hatte gewisse Verpflichtungen.

Er holte sich ein Buch aus dem Regal im Wohnzimmer, den neuen Roman von Elmore Leonard, und obwohl er ein begeisterter Anhänger von Leonard war, und obwohl Leonard spannender schrieb als jeder andere, konnte er sich nicht auf die Geschichte konzentrieren. Er las zwei Seiten, wußte nicht mehr, was er gelesen hatte und stellte das Buch wieder ins Regal.

Er war ein *Houngon.*

Er kehrte in die Küche zurück, ging ans Telefon. Er zögerte, die Hand auf dem Hörer.

Er blickte zum Fenster. Er erschauerte, weil die gewaltige Nacht selbst von dämonischem Leben erfüllt schien.

Er nahm den Hörer auf. Er hörte eine Weile dem Freizeichen zu.

Die Büro- und Privatnummer von Lieutenant Dawson standen auf einem Zettel neben dem Telefon. Er starrte die Privatnummer eine Weile an. Endlich wählte er sie.

Es klingelte mehrmals, und er wollte gerade aufgeben, als auf der anderen Seite abgehoben wurde. Aber niemand meldete sich.

Er wartete zwei Sekunden, dann sagte er: »Hallo?«

Keine Antwort.

»Ist da jemand?«

Keine Reaktion.

Zuerst glaubte er, er habe gar keine Verbindung mit Dawsons Anschluß, die Leitung sei tot. Aber gerade als er auflegen wollte, überfiel ihn ein neuer, ungeheuerlicher Gedanke. Er spürte etwas Böses am anderen Ende, ein äußerst feindseliges Wesen, dessen zerstörerische Energie durch die Telefonleitung zu ihm strömte.

Der Schweiß brach ihm aus. Er fühlte sich besudelt. Sein Herz jagte. Sein Magen rebellierte. Ihm wurde übel.

Er warf den Hörer auf die Gabel. Er wischte sich die feuchten Hände an der Hose ab. Sie fühlten sich immer noch beschmutzt an, nur davon, daß sie das Telefon berührt hatten, das ihn kurze Zeit mit der Bestie in der Dawson-Wohnung verbunden hatte. Er ging an die Spüle und wusch sich gründlich die Hände.

Das Wesen in der Wohnung der Dawsons war sicherlich eines von denen, die Lavelle gerufen hatte, damit sie die Dreckarbeit für ihn erledigten. Aber was wollte es dort? Was hatte das zu bedeuten? War Lavelle so verrückt, daß er die Mächte der Dunkelheit nicht nur auf die Carramazzas hetzte, sondern auch auf die Polizisten, die diese Morde untersuchten?

Wenn Dawson etwas zustößt, dachte Hampton, bin ich daran schuld, weil ich mich geweigert habe, ihm zu helfen.

Mit einem Papiertuch tupfte er sich den kalten Schweiß von Gesicht und Hals, dachte über die Möglichkeiten nach, die er hatte und versuchte sich klarzuwerden, was er als nächstes tun sollte.

7

Im Jeep des Straßendienstes saßen nur zwei Männer, und so war genügend Platz für Penny, Davey, Rebecca und Jack.

Der Fahrer war ein vergnügt aussehender Mann mit rotem Gesicht, flachgedrückter Nase und großen Ohren; er sagte, sein Name sei Burt. Er sah sich Jacks Polizeiausweis genau an und war, nachdem er sich von dessen Echtheit überzeugt hatte, gerne bereit, ihnen zu helfen, den Jeep zu wenden und sie zum Hauptquartier zu fahren, wo sie sich einen anderen Wagen besorgen konnten.

Im Inneren des Jeeps war es wundervoll warm und trocken.

Jack war erleichtert, als alle Türen fest geschlossen waren und der Jeep anfuhr.

Aber gerade, als sie mitten auf der verlassenen Avenue umkehren wollten, sah Burts Partner, ein sommersprossiger junger Mann namens Leo von der anderen Straßenseite her etwas durch den Schnee auf sie zulaufen und sagte: »He, Burt, wart mal 'n Moment. Ist das nicht 'ne Katze da draußen?«

»Und wenn schon?« fragte Burt.

»Die sollte bei so 'nem Wetter nicht draußen sein.«

»Katzen gehen, wohin sie wollen«, sagte Burt. »Du bist doch so ein Katzenfreund; du müßtest wissen, wie eigenwillig sie sind.«

»Aber sie wird da draußen erfrieren«, wandte Leo ein.

Als der Jeep seine Kehrtwendung vollendete und Burt etwas langsamer fuhr, um über Leos Worte nachzudenken, warf Jack durch das Seitenfenster einen kurzen Blick auf die dunkle Gestalt, die durch den Schnee sprang; sie bewegte sich mit katzenhafter Anmut. Weiter entfernt, hinter mehreren Schneeschleiern, mochten noch weitere Wesen in diese Richtung unterwegs sein; vielleicht rückte sogar das gesamte Alptraumpack heran, um seine Beute zu erledigen; aber das konnte man nicht mit Sicherheit sagen. Der erste der Kobolde jedoch, das katzenartige Wesen, das Leo aufgefallen war, war unbestreitbar dort draußen, nur dreißig oder vierzig Fuß entfernt, und es kam schnell näher.

»Halt nur 'nen Moment an«, sagte Leo. »Laß mich aussteigen und den armen kleinen Kerl reinholen.«

»Nein!« rief Jack. »Machen Sie zum Teufel, daß Sie hier wegkommen. Das ist keine verdammte Katze da draußen!«

Burt schaute Jack überrascht über die Schulter hinweg an.

Penny begann, immer und immer wieder das gleiche zu rufen, und Davey stimmte ein: »Lassen Sie sie nicht rein, lassen Sie sie nicht hier rein, lassen Sie sie nicht rein!«

Das Gesicht an ein Seitenfenster gepreßt sagte Leo: »Jesus, Sie haben recht. Das ist keine Katze.«

»Fahren Sie!« schrie Jack.

Das Wesen machte einen Satz und prallte vor Leos Gesicht gegen das Fenster. Das Glas bekam einen Sprung, aber es hielt stand.

Leo japste, fuhr hoch, stieß sich quer über den Vordersitz zurück und drängte Burt zur Seite.

Burt stieg auf das Gaspedal, und einen Moment lang drehten die Reifen durch.

Das gräßliche Katzenwesen blieb an der gesprungenen Scheibe hängen.

Penny und Davey schrien. Rebecca versuchte, sie vom Anblick des Kobolds abzuschirmen.

Er blickte sie mit feurigen Augen durchbohrend an.

Jack spürte fast die Hitze dieses unmenschlichen Blicks. Es drängte ihn, mit seinem Revolver auf das Ding zu schießen, bis er leer war, ein halbes Dutzend Kugeln hineinzujagen, aber er wußte, daß er es nicht töten konnte.

Die Räder faßten wieder, und der Jeep fuhr mit einem Ruck an.

Burt hielt mit einer Hand das Steuerrad und versuchte mit der anderen, Leo wegzuschieben, aber Leo wollte nicht einen einzigen Zoll näher an das gesprungene Fenster heran, an das sich das Katzenwesen geheftet hatte.

Der Kobold leckte mit seiner schwarzen Zunge am Glas.

Der Jeep neigte sich zur Seite, in Richtung auf den Mittelstreifen der Avenue, und kam ins Rutschen.

Jack sagte: »Verdammt, verlieren Sie nicht die Kontrolle.«

»Ich kann nicht steuern, wenn er mir auf dem Schoß sitzt«, verteidigte sich Burt.

Er rammte Leo einen Ellbogen so fest in die Seite, daß er erreichte, was ihm mit Schieben und Stoßen und Schreien nicht gelungen war: Leo bewegte sich – wenn auch nicht viel.

Burt brachte den rutschenden Jeep zum Stehen, kurz bevor er gegen den Mittelstreifen prallte. Jetzt hatte er ihn wieder unter Kontrolle und beschleunigte.

Der Motor röhrte auf.

Eine Schneewolke wirbelte auf.

Leo gab seltsame, schnatternde Geräusche von sich,

die Kinder weinten, und Burt begann aus irgendeinem Grund auf die Hupe zu drücken, als ob er glaubte, das Geräusch würde das Wesen so erschrecken, daß es losließ.

Jacks Blick begegnete dem von Rebecca. Er fragte sich, ob seine Augen wohl genauso verzweifelt waren wie die ihren.

Schließlich konnte sich der Kobold nicht mehr halten, er fiel herunter und taumelte auf der verschneiten Straße davon.

Jack drehte sich um und sah aus dem Rückfenster. Andere dunkle Bestien kamen aus dem weißen Sturm heraus. Sie sprangen hinter dem Jeep her, konnten aber nicht Schritt halten. Schnell wurden sie kleiner.

Verschwanden.

Aber sie waren immer noch da draußen. Irgendwo.

Überall.

TEIL DREI

Mittwoch, 23.30 Uhr
bis Donnerstag, 2.30 Uhr

Wissen Sie, Tolstoi fiel,
genausowenig wie ich, auf Aberglauben –
wie Wissenschaft und Medizin – herein.

GEORGE BERNHARD SHAW

In der Angst vor Aberglauben
liegt Abergläubigkeit.

FRANCIS BACON

Kapitel sieben

1

Die Tiefgarage im Hauptquartier war zwar erleuchtet, aber nicht sehr hell. In den Ecken kauerten Schatten; sie breiteten sich wie dunkler Schimmel über die Wände aus; sie lauerten zwischen den Reihen von Autos und anderen Fahrzeugen; sie hingen an den Betondecken und beobachteten alles, was unter ihnen vorging.

In dieser Nacht fürchtete sich Jack vor der Garage. In dieser Nacht schienen die allgegenwärtigen Schatten selbst lebendig zu sein, und, noch schlimmer, sie schienen sich mit großer Schläue heimlich anzuschleichen.

Rebecca und die Kinder empfanden offenbar genauso. Sie blieben dicht beieinander, und sie blickten sich, Gesichter und Körper angespannt, besorgt um.

Es ist alles in Ordnung, beruhigte sich Jack. Die Kobolde können nicht gewußt haben, wo wir hinwollten. Jetzt haben sie erst einmal unsere Spur verloren. Wenigstens im Augenblick sind wir sicher.

Aber er *fühlte* sich nicht sicher.

Der Mann, der in der Garage Nachtdienst hatte, hieß Ernie Tewkes. Sein dichtes schwarzes Haar war straff aus der Stirn nach hinten gekämmt, und er hatte einen bleistiftdünnen Schnurrbart, der sich auf seiner fleischigen Oberlippe etwas seltsam ausnahm.

»Sie haben doch beide schon einen Wagen bekommen«, sagte Ernie und klopfte auf die Anforderungsliste auf seinem Klemmbrett.

»Wir brauchen aber noch zwei«, sagte Jack.

»Das ist gegen die Vorschriften, und ich...«

»Zum Teufel mit den Vorschriften«, sagte Rebecca. »Geben Sie uns die Autos. Sofort.«

»Wo sind die beiden, die Sie bekommen haben?« fragte Ernie. »Sie haben sie doch nicht etwa zu Schrott gefahren?«

»Natürlich nicht«, sagte Jack. »Sie sind liegengeblieben.«

»Technische Probleme?«

»Nein. Stecken in Schneeverwehungen«, log Jack.

Es kam nicht in Frage, daß sie zurückfuhren, um den Wagen vor Rebeccas Wohnung zu holen, und sie hatten auch entschieden, daß sie es nicht wagen konnten, zu Fayes und Keiths Haus zurückzukehren. Sie waren sicher, daß die Teufelswesen an beiden Stellen auf sie warten würden.

»Verwehungen?« fragte Ernie. »Weiter nichts? Dann schicken wir einen Abschleppwagen hin und ziehen euch raus und stellen euch wieder auf die Straße.«

»Dafür haben wir keine Zeit«, schnaubte Jack ungeduldig und ließ dabei seinen Blick über die dunkleren Bereiche der höhlenähnlichen Garage schweifen. »Wir brauchen sofort zwei Autos.«

»Aber laut Vorschrift...«

»Hören Sie«, sagte Rebecca, »der Carramazza-Sonderkommission wurden doch eine Reihe von Wagen zugewiesen?«

»Sicher«, sagte Ernie. »Aber...«

»Und einige von diesen Wagen stehen doch im Augenblick unbenützt hier in der Garage?«

»Tja, im Augenblick benützt sie niemand«, räumte Ernie ein. »Aber vielleicht...«

»Und wer leitet die Sonderkommission?« wollte Rebecca wissen.

»Tja... Sie. Sie beide.«

»Das ist ein Notfall, der mit der Carramazza-Geschichte zu tun hat, und wir brauchen die Autos.«

»Aber man hat Ihnen schon Fahrzeuge gegeben, und in den Vorschriften steht, daß Sie einen Pannen- oder Verlustbericht ausfüllen müssen, ehe Sie...«

»Vergessen Sie die Scheißbürokratie!« fauchte Rebecca ihn wütend an. »Geben Sie uns jetzt auf der Stelle zwei Wagen, oder, bei Gott, ich reiße Ihnen Ihren komischen kleinen Schnurrbart aus dem Gesicht, nehme die Schlüssel von Ihrem Brett hier und hole mir die Autos selbst.«

Ernie starrte sie mit großen Augen an, offenbar völlig sprachlos angesichts dieser Drohung und angesichts der Heftigkeit, mit der sie ausgestoßen wurde.

In diesem besonderen Fall war Jack sehr erfreut darüber, daß Rebecca sich wieder in die eigensinnige Amazone verwandelt hatte, mit der nicht zu spaßen war.

»Jetzt aber los!« sagte sie und machte einen Schritt auf Ernie zu.

Ernie bewegte sich. Schnell.

Während sie an der Abfertigungskabine darauf warteten, daß der erste Wagen gebracht wurde, schaute Penny ständig von einer dunklen Zone zur anderen. Immer wieder glaubte sie, in der Dunkelheit Wesen zu sehen, die sich bewegten: Dunkelheit, die durch Dunkelheit glitt; ein Kräuseln im Schatten zwischen zwei Streifenwagen; ein Pulsieren in dem schwarzen Teich hinter einem Bereitschaftswagen.

Hör auf damit!

Einbildung, sagte sie sich. Wenn hier Kobolde wären, dann hätten sie uns doch schon längst angegriffen.

Der Mann von der Fahrbereitschaft kehrte mit einem etwas ramponierten blauen Chevrolet zurück, der keine Polizeiabzeichen auf den Türen hatte, aber eine große Antenne für den Polizeifunk. Dann eilte er davon, um den zweiten Wagen zu holen.

Jack und Rebecca sahen unter den Sitzen des ersten nach, um sich zu vergewissern, daß sich da keine Kobolde versteckt hielten.

Penny wollte sich nicht von ihrem Vater trennen, obwohl sie wußte, daß diese Trennung ein Teil des Plans war, obwohl sie all die Gründe gehört hatte, warum es notwendig war, daß sie sich aufteilten, und obwohl jetzt die Zeit zum Abschiednehmen gekommen war. Sie und Davey sollten mit Rebecca während der nächsten paar Stunden langsam die Hauptstraßen auf- und abfahren, dort, wo die meisten Schneepflüge im Einsatz waren und die geringste Gefahr bestand steckenzubleiben. Unterdessen würde ihr Vater nach Harlem fahren und einen Mann namens Carver Hampton aufsuchen, der ihm wahrscheinlich helfen konnte, Lavelle zu finden. Dann würde er den Zauberdoktor verfolgen. Er war sicher, daß es nicht so schrecklich gefährlich sein würde. Er sagte, aus einem Grund, den er wirklich nicht verstünde, wirke Lavelles Magie auf ihn nicht. Er sagte, es sei nicht gefährlicher oder schwieriger, Lavelle Handschellen anzulegen, als bei irgendeinem anderen Verbrecher. Er meinte das auch ernst. Und Penny wollte gerne glauben, daß er absolut recht hatte. Aber tief in ihrem Herzen war sie sicher, daß sie ihn nie wiedersehen würde.

Trotzdem weinte sie nicht allzusehr und klammerte sich auch nicht allzusehr an ihn, sondern stieg mit Davey und Rebecca in den Wagen.

Als die die Rampe aus der Garage fuhren, blickte sie zurück. Daddy winkte ihnen zu.

Dann erreichten sie die Straße, bogen nach rechts ab, und er war nicht mehr zu sehen.

Von diesem Augenblick an hatte Penny das Gefühl, als sei er schon so gut wie tot.

2

Ein paar Minuten nach Mitternacht parkte Jack in Harlem vor dem *Rada.* Er wußte, daß Hampton über dem Laden wohnte, und er dachte sich, daß es einen Privateingang zur Wohnung geben müsse, deshalb ging er um das Gebäude herum und fand an der Seite eine Tür mit einer Hausnummer.

Im oberen Stock brannte Licht. Jedes Fenster war hell erleuchtet.

Den Rücken den heftigen Windstößen zugewandt, drückte Jack auf den Knopf neben der Tür, gab sich aber nicht mit einem kurzen Klingeln zufrieden; er ließ den Daumen drauf und drückte so fest, daß es fast schmerzte. Wenn Hampton durch den Türspion sah, wer da wartete, und beschloß, nicht aufzumachen, dann wäre es ratsam für ihn, ein paar gute Ohrstöpsel parat zu haben. In fünf Minuten würde er von dem Geklingel Kopfschmerzen bekommen.

Zu Jacks Überraschung wurde die Tür nach weniger als einer halben Minute geöffnet, und da stand Carver Hampton und sah noch größer und eindrucksvoller aus, als Jack ihn in Erinnerung hatte; und er machte kein finsteres Gesicht, wie erwartet, sondern lächelte, war nicht wütend, sondern schien hocherfreut.

Ehe Jack den Mund aufmachen konnte, sagte Hampton: »Sie sind in Ordnung! Gott sei Dank. Kommen Sie herein. Sie wissen ja nicht, wie froh ich bin, Sie zu sehen. Kommen Sie, kommen Sie.« Hinter der Tür lag ein kleiner Vorraum, dann eine Treppe, Jack trat ein, und Hampton schloß die Tür, hörte aber nicht auf zu reden. »Mein Gott, Mann, ich habe mich fast zu Tode geängstigt. Sind Sie in Ordnung? Sie sehen so aus. Würden Sie mir, um Gottes willen, bitte sagen, daß Sie in Ordnung sind.?«

»Ich bin okay«, sagte Jack. »Aber es war knapp. Ich habe Sie soviel zu fragen, soviel zu...«

»Kommen Sie rauf«, sagte Hampton und ging voran. »Sie müssen mir alles erzählen, was geschehen ist, ganz genau, in allen Einzelheiten. Das ist eine ereignisreiche und bedeutungsvolle Nacht; ich weiß es; ich spüre es.«

Jack zog seine schneeverkrusteten Stiefel aus, folgte Hampton die schmale Treppe hinauf und sagte dabei: »Ich muß Sie warnen – ich bin gekommen, um Ihre Hilfe zu verlangen, und, bei Gott, Sie werden sie mir geben, so oder so.«

»Gerne«, sagte Hampton und überraschte ihn damit noch mehr. »Ich werde tun, was immer ich kann; alles.«

Als sie in das behaglich aussehende, gut möblierte und hell erleuchtete Wohnzimmer traten, sagte der große Mann: »Heute nacht gibt es in dieser Stadt zwei Arten von Dunkelheit, Lieutenant. Erstens die Dunkelheit, die nichts anderes ist als die Abwesenheit von Licht. Und dann die Dunkelheit, die die physische Gegenwart – ja, die Manifestation – des äußersten, satanischen Bösen darstellt. Diese zweite, bösartige Form von Dunkelheit nährt sich von der ersten, gewöhnlicheren Art und umgibt sich mit ihr, vermummt sich geschickt damit. *Aber sie ist da draußen!* Deshalb will ich nicht, daß in dieser Nacht Schatten an mich herankommen, wenn ich es vermeiden kann, denn niemand weiß, wann ein unschuldiger Schattenfleck mehr sein könnte, als es den Anschein hat.«

Vor diesen Ermittlungen hätte Jack, so ›übermäßig aufgeschlossen‹ er auch immer gewesen war, Carver Hamptons Warnung nicht ernst genommen. Bestenfalls hätte er den Mann für exzentrisch gehalten, schlimmstenfalls für ein wenig verrückt. Jetzt bezweifelte er die Aufrichtigkeit oder Wahrheit seiner Feststellungen keinen Augenblick lang. Anders als Hampton befürchtete er nicht, daß die Schatten selbst ihn plötzlich anspringen und ihn mit körperlosen, aber doch irgendwie tödlichen Händen der Dunkelheit umklammern würden; aber nach allem, was er in dieser Nacht erlebt hatte, konnte er nicht einmal diese bizarre Möglichkeit ausschließen. Auf jeden Fall war auch ihm, wegen der Dinge, die sich in den Schatten verbergen konnten, helles Licht lieber.

»Sie sehen ganz durchgefroren aus«, sagte Hampton. »Geben Sie mir Ihren Mantel. Ich hänge ihn über die Heizung zum Trocknen. Ihre Handschuhe auch. Dann setzen Sie sich, und ich bringe Ihnen einen Brandy.«

»Für Brandy habe ich keine Zeit«, sagte Jack, ließ seinen Mantel zugeknöpft und seine Handschuhe an. »Ich muß Lavelle finden. Ich...«

»Um Lavelle zu finden und aufzuhalten«, sagte Hampton, »müssen Sie angemessen vorbereitet werden. Das wird einige Zeit dauern. Nur ein Narr würde mit nicht mehr als einer halb ausgegorenen Vorstellung, was zu tun ist und wohin man gehen muß, wieder in dieses Unwetter hinausstürzen. Und Sie sind kein Narr, Lieutenant. Also geben Sie mir Ihren Mantel. Ich kann Ihnen helfen, aber es wird etwas länger dauern als zwei Minuten.«

Jack seufzte, befreite sich aus seinem schweren Mantel und reichte ihn dem ›Houngon‹.

Minuten später hatte es Jack sich in einem der Sessel bequem gemacht und hielt ein Glas Remy Martin in den Händen. Er hatte Schuhe und Socken ausgezogen und auch sie an die Heizung gestellt, denn sie waren gründlich durchnäßt. Zum erstenmal in dieser Nacht wurden seine Füße allmählich warm.

Hampton setzte sich in den zweiten Sessel und sah Jack über einen Kaffeetisch hinweg an. »Wenn ich wissen soll, wie ich vorzugehen habe, müssen Sie mir alles erzählen, was...«

»Zuerst habe ich ein paar Fragen«, sagte Jack.

»In Ordnung.«

»Warum wollten Sie mir nicht helfen, als ich heute bei Ihnen war?«

»Ich habe es Ihnen doch gesagt. Ich hatte Angst.«

»Haben Sie jetzt keine Angst?«
»Mehr denn je.«
»Warum sind Sie dann jetzt bereit, mir zu helfen?«
»Schuldgefühle. Ich schäme mich.«
»Es ist mehr als das.«
»Nun ja. Wissen Sie, als ›Houngon‹ bitte ich regelmäßig die Götter des *Rada*, für mich Wunder zu wirken und Segnungen in Erfüllung gehen zu lassen, die ich über meine Kunden und andere ausspreche, denen ich helfen will. Und natürlich ist es das Werk der Götter, wenn meine Zaubertränke so wirken wie beabsichtigt. Als Gegenleistung obliegt es mir, mich gegen das Böse zu stellen und die Handlanger des *Congo* und *Pétro* zu bekämpfen, wo immer ich ihnen begegne. Statt dessen habe ich eine Zeitlang versucht, mich vor meinen Verpflichtungen zu drükken.«
»Wenn Sie sich jetzt wieder geweigert hätten, mir zu helfen... würden dann diese gütigen Götter des *Rada* weiterhin Wunder für Sie wirken und die Segnungen in Erfüllung gehen lassen, die Sie spenden? Oder würden sie Sie im Stich lassen und Ihnen die Macht entziehen?«
»Es ist höchst unwahrscheinlich, daß sie mich im Stich lassen würden.«
»Aber möglich?«
»Vielleicht, ja.«
»So sind Sie, wenigstens in gewissem Maße, durch Eigeninteresse motiviert. Gut. Das gefällt mir. Dabei fühle ich mich wohl.«
Hampton senkte den Blick, starrte einen Augenblick in seinen Brandy, sah dann Jack wieder an und sagte: »Es gibt noch einen Grund, warum ich helfen muß. Der Einsatz ist höher, als ich dachte, als ich Sie heute nachmittag aus dem Laden wies. Um die Carramazzas zu vernichten, hat Lavelle nämlich die Pforten der Hölle geöffnet und eine Horde dämonischer Wesen herausgelassen, damit sie für ihn morden. Es war eine wahnsinnige, törichte,

schrecklich hochmütige und dumme Handlung, die er da begangen hat, auch wenn er vielleicht der größte *Bocor* der Welt ist. Er hätte die geistige Substanz eines Dämons heraufbeschwören und *den* auf die Carramazzas loslassen können; dann hätte keine Notwendigkeit bestanden, die Pforten überhaupt zu öffnen, keine Notwendigkeit, diese abscheulichen Geschöpfe in *körperlicher* Gestalt auf diese Existenzebene zu holen. Es ist Wahnsinn! Jetzt sind die Pforten nur einen Spaltbreit geöffnet, und Lavelle hat sie unter Kontrolle. Soviel spüre ich bei einem vorsichtigen Einsatz meiner eigenen Macht. Aber Lavelle ist ein Irrer und könnte sich in einem Anfall von Wahnwitz entschließen, die Pforten, nur so zum Spaß, weit aufzureißen. Oder vielleicht wird er müde und schwach; und wenn er schwach genug wird, sprengen die Kräfte auf der anderen Seite die Pforten gegen seinen Willen. In jedem Fall kommen gewaltige Massen monströser Geschöpfe hervor, um die Unschuldigen, die Sanftmütigen, die Guten und die Gerechten hinzuschlachten. Nur die Bösen werden überleben, aber sie werden feststellen, daß sie sich in einer Hölle auf Erden befinden.«

3

Rebecca fuhr die ›Avenue of the Americas‹ bis fast zum Central Park hinauf, kehrte dann verbotenerweise mitten auf der leeren Kreuzung um und fuhr wieder in Richtung Zentrum, ohne sich wegen anderer Autofahrer Gedanken machen zu müssen.

Daveys Erschöpfung hatte sich schließlich als stärker erwiesen als seine Furcht. Er war auf dem Rücksitz fest eingeschlafen.

Penny war noch wach, aber ihre Augen waren blutunterlaufen. Sie wehrte sich energisch gegen den Schlaf, denn sie schien ein zwanghaftes Bedürfnis zu verspüren zu reden, als könne sie durch ständiges Gespräch die Kobolde irgendwie fernhalten. Sie blieb auch deshalb wach, weil sie, auf Umwegen, auf eine wichtige Frage zuzusteuern schien.

Rebecca war nicht sicher, was das Mädchen auf dem Herzen hatte, und als Penny endlich darauf zu sprechen kam, war sie überrascht über den Scharfblick des Kindes.

»Magst du meinen Vater?«

»Natürlich«, sagte Rebecca. »Wir sind Partner.«

»Ich meine, magst du ihn mehr, nicht nur als Partner?«

»Wir sind auch Freunde. Ich mag ihn sehr.«

»Mehr als nur Freunde?«

Rebecca blickte von der schneebedeckten Straße weg, und das Mädchen begegnete ihrem Blick. »Warum fragst du?«

»Ich dachte nur so«, sagte Penny.

Rebecca wußte nicht recht, was sie sagen sollte, und wandte ihre Aufmerksamkeit wieder der Straße zu.

Penny bohrte weiter: »Nun? Wie ist es? Mehr als nur Freunde?«

»Wärest du entsetzt, wenn es so wäre?«

»Gott, nein!«

»Wirklich nicht?«

»Du meinst, ich könnte vielleicht entsetzt sein, weil ich glaube, du wolltest die Stelle meiner Mutter einnehmen?«

»Tja, das ist manchmal ein Problem.«

»Bei mir nicht, wirklich. Ich habe meine Mama geliebt und werde sie nie vergessen, aber ich weiß, sie würde wollen, daß ich und Davey glücklich sind, und eines würde uns wirklich glücklich machen, wenn wir nämlich... eine neue Mama haben könnten, ehe wir zu alt sind, um es zu genießen.«

Rebecca hätte vor Freude über die unschuldige und doch seltsam gewählte Ausdrucksweise des Mädchens beinahe gelacht. Aber sie biß sich auf die Lippen und verzog keine Miene, weil sie fürchtete, Penny könnte ihr Lachen mißverstehen. Das Mädchen meinte es so *ernst*.

Penny sagte: »Ich finde, das wäre toll – du und Daddy. Er braucht jemanden. Du weißt schon... jemanden... den er lieben kann.«

»Er liebt dich und Davey sehr. Ich habe noch nie einen Vater kennengelernt, der seine Kinder so liebte – der sie so innig liebte – wie Jack euch beide.«

»Oh, das weiß ich. Aber er braucht mehr als uns.« Das Mädchen schwieg einen Augenblick lang, offensichtlich tief in Gedanken versunken. Dann: »Weißt du, im Grunde gibt es drei Typen von Menschen. Da sind erstens die Geber, Menschen, die nur immer geben und nie erwarten, etwas dafür zu bekommen. Von denen gibt es nicht viele. Ich glaube, das sind die Menschen, die man irgendwann, hundert Jahre nach ihrem Tod oder so, manchmal zu Heiligen macht. Dann gibt es die Geber und Nehmer, und das sind die meisten; ich bin wohl auch so. Und ganz unten, am untersten Ende, da sind die Nehmer, die miesen Typen, die immer nur nehmen und überhaupt nie jemandem etwas geben. Ich will damit nicht sagen, daß Daddy ein vollkommener Geber ist. Ich weiß, daß er kein Heiliger ist. Aber ein Geber-und-Nehmer ist er auch nicht direkt. Er steht irgendwo dazwischen. Er gibt sehr viel mehr, als er nimmt. Verstehst du? Er hat mehr Freude am Geben als am Nehmen. Er braucht mehr als nur Davey und mich zum Liebhaben... weil er noch viel mehr Liebe in sich hat.« Sie seufzte und schüttelte offenbar frustriert den Kopf. »Klingt das, was ich sage, überhaupt vernünftig?«

»Sehr vernünftig«, antwortete Rebecca. »Ich weiß genau, was du meinst, aber es erstaunt mich, daß ich es von einem elfjährigen Mädchen höre.«

»Fast zwölf.«

»Du bist sehr erwachsen für dein Alter.«

»Danke«, erwiderte Penny ernst.

»Ich liebe deinen Vater«, gestand Rebecca, und ihr fiel

ein, daß sie das Jack noch nicht gesagt hatte. Eigentlich war es das erstemal seit zwanzig Jahren, seit dem Tod ihres Großvaters, daß sie eingestanden hatte, jemanden zu lieben. Diese Worte auszusprechen war einfacher gewesen, als sie gedacht hatte. »Ich liebe ihn, und er liebt mich.«

»Das ist sagenhaft«, sagte Penny grinsend.

Rebecca lächelte. »Es ist wirklich sagenhaft, was?«

»Werdet ihr heiraten?«

»Ich glaube schon.«

»Doppelt sagenhaft.«

»Dreifach.«

»Nach der Hochzeit werde ich Mama zu dir sagen, nicht mehr Rebecca, wenn dir das recht ist.«

Die Tränen, die ihr plötzlich in die Augen stiegen, überraschten Rebecca, und sie schluckte den Klumpen in ihrer Kehle hinunter und sagte: »Das würde mich sehr freuen.«

Penny sank mit einem Seufzer in ihren Sitz zurück: »Ich habe mir Sorgen um Daddy gemacht. Ich hatte Angst, dieser Zauberdoktor würde ihn töten. Aber jetzt, wo ich das von dir und ihm weiß ... na ja, jetzt hat er noch etwas, wofür er leben kann. Ich habe immer noch Angst um ihn, aber nicht mehr soviel wie vorher.«

»Es wird ihm nichts geschehen«, sagte Rebecca. »Du wirst schon sehen. Es wird gut werden. Wir werden alle heil aus dieser Sache herauskommen.«

Als sie einen Augenblick später zu Penny hinüberschaute, sah sie, daß das Mädchen bereits eingeschlafen war.

4

Jack erzählte Carver Hampton alles, angefangen von Lavelles Anruf am Münztelefon vor dem *Rada* bis zu ihrer Rettung durch Burt und Leo in ihrem Jeep, der Fahrt zur Garage, um sich neue Autos zu beschaffen, und der Entscheidung, sich zu trennen und die Kinder in Bewegung und damit in Sicherheit zu halten.

Hampton war sichtlich schockiert und erschüttert. Er saß während der ganzen Geschichte steif und reglos da und bewegte sich nicht einmal, um an seinem Brandy zu nippen. Dann, als Jack fertig war, blinzelte er, schauerte zusammen und stürzte das ganze Glas Remy Martin in einem langen Zug hinunter.

»Sie sehen also«, sagte Jack, »als Sie sagten, diese Wesen kämen aus der Hölle, hätten einige Leute Sie vielleicht ausgelacht, aber ich nicht. Es bereitet mir keinerlei Schwierigkeiten, Ihnen zu glauben, auch wenn ich mir nicht ganz erklären kann, wie sie hierherkamen.«

Nachdem Hampton minutenlang wie erstarrt dagesessen hatte, konnte er nun plötzlich nicht mehr stillhalten. Er erhob sich und ging auf und ab. »Ich verstehe etwas von dem Ritual, das er zelebriert haben muß. Es funktioniert nur bei einem Meister, bei einem *Bocor* ersten Ranges. Auf einen weniger mächtigen Zauberer hätten die uralten Götter nicht reagiert. Um dieses Ritual zu vollziehen, muß der *Bocor* zuerst ein Loch in die Erde graben. Es hat ungefähr die Form eines Meteorkraters und geht bis in eine Tiefe von zwei oder drei Fuß. Der *Bocor* rezitiert bestimmte Gesänge... verwendet bestimmte Kräuter... Und er gießt drei Sorten von Blut in das Loch – Katzen-, Ratten- und Menschenblut. Dann singt er eine letzte, sehr lange Beschwörung, und dabei verändert sich der Boden der Grube auf seltsame Weise. In gewissem Sinn... auf eine Weise, die man unmöglich erklären oder verstehen kann, wird die Grube viel tiefer als zwei bis drei Fuß, sie koppelt sich an die Pforten der Hölle an und wird zu einer Art Straße zwischen dieser Welt und der Unterwelt. Aus der Grube steigt Hitze auf und der Gestank der Hölle, und der Boden sieht so aus, als wäre er geschmolzen. Wenn der *Bocor* schließlich die Wesen herbeiruft, passieren sie die Pforten und steigen dann durch den Boden der Grube herauf. Unterwegs nehmen diese Geistwesen körperliche Gestalt an, einen Golem-Körper, der aus der Erde besteht, durch die sie hindurchgehen, einen Lehmkörper, der trotzdem beweglich, beseelt und lebendig ist. Nach Ihrer Beschreibung der Geschöpfe, die Sie heute nacht gesehen haben, würde ich sagen, es waren Inkarnationen geringerer Dämonen und böser Menschen, früherer Sterblicher, die zur Hölle verdammt wurden und ihre niedrigsten Bewohner sind. Größere Dämonen und die uralten, bösen Götter selbst wären beträchtlich größer, bösartiger, mächtiger, und sie sähen unendlich viel abscheulicher aus.«

»Oh, diese verdammten Dinger waren abscheulich genug«, versicherte ihm Jack.

»Aber es gibt angeblich viele Uralte, deren körperliche Erscheinung so abstoßend ist, daß allein der Anblick für den, der sie sieht, sofort zum Tode führt«, erklärte Hampton und marschierte weiter auf und ab.

Jack nippte an seinem Brandy. Er brauchte ihn.

»Außerdem«, fuhr Hampton fort, »stützt die geringe Größe dieser Bestien wohl auch meine Theorie, daß die Pforten im Augenblick nicht mehr als einen Spaltbreit geöffnet sind. Die Lücke ist zu schmal, als daß die größeren Dämonen und die dunklen Götter hindurchschlüpfen könnten.«

»Gott sei Dank dafür.«

»Ja«, stimmte Carver Hampton zu. »*Allen* gütigen Göttern sei dafür Dank.«

5

Die gläsernen Lampenschirme verbreiteten einen weichen Schein, die Kerzen flackerten, und die ganz besondere Dunkelheit dieser Nacht drückte gegen die Fenster.

»Warum wollten diese Geschöpfe *mich* nicht beißen? Warum können mir Lavelles Zauberkräfte nichts anhaben?«

»Es kann nur eine Antwort geben«, sagte Hampton. »Ein *Bocor* hat keinerlei Macht über einen rechtschaffenen Menschen. Die Rechtschaffenen sind gut gepanzert.«

»Was soll das heißen?«

»Was ich eben sagte. Sie sind rechtschaffen, tugendhaft. Sie sind ein Mensch, dessen Seele nur von den läßlichsten Sünden befleckt ist.«

»Das soll wohl ein Witz sein.«

»Nein. Durch die Art, wie Sie leben, haben Sie sich Immunität gegenüber den dunklen Mächten erworben, Immunität gegenüber den Flüchen, Verwünschungen und Zaubersprüchen von Hexenmeistern wie Lavelle. Die können nicht an Sie heran.«

»Das ist doch einfach lächerlich«, sagte Jack, der sich in der Rolle des rechtschaffenen Menschen unbehaglich fühlte.

»Andernfalls hätte Lavelle Sie inzwischen schon ermorden lassen.«

»Ich bin kein Engel.«

»Das habe ich auch nicht gesagt. Auch kein Heiliger. Nur ein rechtschaffener Mensch. Das reicht aus.«

»Unsinn. Ich bin weder rechtschaffen noch ...«

»Wenn Sie sich selbst für rechtschaffen hielten, wäre das eine Sünde – die Sünde der ›Selbst‹-Gerechtigkeit. Selbstgefälligkeit, ein unerschütterliches Überzeugtsein von Ihrer moralischen Überlegenheit, eine selbstzufriedene Blindheit gegenüber Ihren eigenen Fehlern – keine dieser Eigenschaften paßt auf Sie.«

»Allmählich machen Sie mich verlegen«, sagte Jack.

»Sehen Sie. Sie sind nicht einmal der Sünde übermäßigen Stolzes schuldig.«

Jack hob sein Brandyglas. »Was ist damit? Ich trinke.«

»Im Übermaß?«

»Nein. Aber ich fluche auch. Da erlege ich mir keine Zurückhaltung auf. Ich lästere Gott.«

»Eine sehr kleine Sünde.«

»Ich gehe nicht zur Kirche.«

»Der Kirchenbesuch hat nichts mit Rechtschaffenheit zu tun. Das einzige, was wirklich zählt, ist, wie Sie Ihre Mitmenschen behandeln. Hören Sie, wir müssen das festhalten; wir müssen ganz sichergehen, daß dies der Grund ist, warum Lavelle Ihnen nichts anhaben kann. Haben Sie jemals gestohlen?«

»Nein.«

»Haben Sie jemals bei einer finanziellen Transaktion jemanden betrogen?«

»Ich war immer auf meine eigenen Interessen bedacht, in dieser Hinsicht war ich sogar regelrecht aggressiv, aber ich glaube nicht, daß ich jemals jemanden betrogen habe.«

»Haben Sie in Ihrem Beruf jemals Bestechungsgeld angenommen?«

»Nein. Man kann kein guter Polizist sein, wenn man die Hand aufhält.«

»Klatschen Sie, verleumden Sie andere?«

»Nein. Aber lassen wir die Kleinigkeiten.« Er beugte sich in seinem Sessel vor und bohrte seine Augen in die von Hampton, dann sagte er: »Was ist mit Mord? Ich habe zwei Menschen getötet. Kann ich zwei Menschen töten und trotzdem rechtschaffen sein? Ich glaube nicht. Damit wird Ihre These mehr als überstrapaziert.«

Hampton schien betroffen, aber nur einen Augenblick lang. Dann blinzelte er und sagte: »Ach so. Ich verstehe. Sie wollen sagen, Sie haben sie bei der Ausübung Ihrer Pflicht getötet.«

»Pflicht ist eine billige Entschuldigung, nicht wahr? Mord ist Mord. Richtig?«

»Welcher Verbrechen waren diese Menschen schuldig.«

»Der erste war selbst ein Mörder. Er hat eine Reihe von Spirituosenläden ausgeraubt und die Angestellten erschossen. Der zweite war ein Frauenschänder. Zweiundzwanzig Vergewaltigungen in sechs Monaten.«

»Als Sie diese Männer töteten, war es notwendig? Hätten Sie sie fassen können, ohne gleich zur Waffe zu greifen?«

»In beiden Fällen haben sie als erste geschossen.«

Hampton lächelte, und die harten Linien seines Gesichts wurden weicher. »Notwehr ist keine Sünde, Lieutenant.«

»Nein? Und warum bin ich mir dann so schmutzig vorgekommen, als ich den Abzug durchgezogen hatte? Beide Male. Ich fühlte mich besudelt. Mir war übel. Hin und wieder träume ich noch von diesen Männern, von Körpern, die von Kugeln aus meinem Revolver zerrissen werden...«

»Nur ein rechtschaffener, ein sehr tugendhafter Mensch, würde Reue empfinden, wenn er zwei bösartige Tiere wie die Männer getötet hat, die Sie niedergeschossen haben.«

»Ich bin kein heiligmäßiger Mensch«, widersprach Jack hartnäckig.

»Wie ich Ihnen schon sagte, um Lavelle zu finden und aufzuhalten, brauchen Sie nicht daran zu *glauben* – es genügt, daß Sie es *sind*.«

6

Rebecca horchte mit wachsender Furcht auf den Wagen. Immer mehr Geräusche kamen vom Fahrgestell her, nicht nur ein gelegentliches Pochen, sondern auch ein Klappern, Rattern und Knirschen. Nicht laut. Aber besorgniserregend.

Wir sind nur solange in Sicherheit, wie wir in Bewegung bleiben.

Sie hielt den Atem an und wartete jeden Augenblick darauf, daß der Motor aussetzte.

Statt dessen hörten die Geräusche auf. Sie fuhr vier Straßen weit, ohne außer dem normalen Fahrgeräusch und dem Stöhnen und Fauchen des Sturmwindes etwas zu hören.

Aber sie entspannte sich nicht. Sie wußte, daß etwas nicht in Ordnung war, und sie war sicher, daß die Geräusche wiederkommen würden. Ja, die Stille, das Warten darauf, das war fast schlimmer als die sonderbaren Laute selbst.

7

Jack trank seinen Kognac aus, stellte das Glas auf den Tisch und sagte: »In Ihrer Erklärung ist eine große Lücke.«

»Und das wäre?« fragte Hampton.

»Wenn Lavelle mir nichts anhaben kann, weil ich ein rechtschaffener Mensch bin, warum kann er dann meinen Kindern schaden? Sie sind doch nicht böse, in Gottes Namen. Es sind keine sündigen kleinen Scheusale. Es sind verdammt brave Kinder.«

»Aus der Sicht der Götter kann man Kinder nicht als rechtschaffen ansehen; sie sind einfach unschuldig. Rechtschaffenheit ist nicht etwas, womit wir geboren werden; es ist ein Zustand der Gnade, den wir nur durch Jahre tugendhaften Lebens erreichen: Wir werden rechtschaffene Menschen, indem wir bewußt in Tausenden von Situationen in unserem Alltagsleben das Gute statt des Bösen wählen.«

»Wollen Sie behaupten, daß Gott – oder alle guten Götter, wenn Sie es lieber so ausdrücken wollen – die Rechtschaffenen beschützt, aber die Unschuldigen nicht?«

»Ja.«

»Dieses Monster Lavelle kann also unschuldige kleine Kinder verletzen, aber mich nicht? Das ist empörend, unfair, schlicht und einfach nicht recht.«

»Sie haben ein übermäßig starkes Gefühl für Ungerechtigkeit, ob sie nun in Wirklichkeit oder nur in Ihrer Vorstellung existiert. Das kommt daher, daß Sie ein rechtschaffener Mensch sind.«

Jetzt war es Jack, der nicht länger stillsitzen konnte. Während sich Hampton zufrieden in einen Sessel zurücklehnte, ging Jack barfuß auf und ab. »Mit Ihnen zu streiten ist verdammt frustrierend!«

»Das ist mein Spezialgebiet, nicht das Ihre. Ich bin Theologe; ich habe zwar kein Diplom von irgendeiner Universität, aber ich bin auch nicht bloß Amateur. Meine Mutter und mein Vater waren fromme Katholiken. Um selbst meinen Glauben zu finden, studierte ich alle Religionen, die großen und die kleineren, bis ich mich irgendwann von der Wahrheit und Wirksamkeit des Voodoo überzeugen ließ. Es ist das einzige Bekenntnis, das sich immer an andere Glaubensrichtungen angepaßt hat; ja, Voodoo absorbiert und verwendet Elemente aus allen Religionen, mit denen es in Kontakt kommt. Es ist eine Synthese aus vielen Lehren, die sich gewöhnlich bekämpfen – vom Christentum und Judentum bis zur Sonnenanbetung und zum Pantheismus. Ich bin ein Mann der Religion, Lieutenant, daher steht zu erwarten, daß ich Sie bei diesem Thema in Grund und Boden rede.«

»Aber was ist mit Rebecca, meiner Partnerin? Sie wurde von einem dieser Geschöpfe gebissen, aber sie ist bei Gott kein böser oder verdorbener Mensch.«

»Es gibt verschiedene Stufen des Gutseins, der Reinheit. Man kann ein guter Mensch sein und doch nicht wirklich rechtschaffen, genau wie man rechtschaffen sein kann und doch kein Heiliger. Ich habe Miß Chandler nur einmal getroffen, gestern. Aber nach dem, wie ich sie kennengelernt habe, vermute ich, daß sie Abstand von anderen Menschen hält, daß sie sich in gewissem Maße vom Leben zurückgezogen hat.«

»Sie hatte eine traumatische Kindheit. Sie hatte lange Zeit Angst, sich von jemandem lieben zu lassen oder irgendwelche Bindungen einzugehen.«

»Da haben Sie es«, sagte Hampton. »Man kann sich nicht die Gunst des *Rada* verdienen und Immunität gegenüber den Mächten der Dunkelheit erlangen, wenn man sich vom Leben zurückzieht und vielen der Situationen ausweicht, die eine Entscheidung zwischen Gut und Böse, Richtig und Falsch erfordern. Erst dadurch, daß man diese Entscheidungen trifft, kann man in den Stand der Gnade gelangen.«

Jack stand am Kamin und wärmte sich am Gasfeuer – bis die zuckenden Flammen ihn plötzlich an die Augenhöhlen der Kobolde erinnerten. Er wandte sich vom Feuer ab. »Nur einmal angenommen, ich wäre wirklich ein rechtschaffener Mensch, wie hilft mir das, Lavelle zu finden?«

»Wir müssen bestimmte Gebete sprechen«, sagte Hampton. »Und es gibt eine Reinigungszeremonie, der Sie sich unterziehen müssen. Wenn Sie das alles getan haben, werden Ihnen die Götter des *Rada* den Weg zu Lavelle zeigen.«

»Dann wollen wir keine Zeit mehr verlieren. Kommen Sie. Fangen wir an.«

Hampton erhob sich aus seinem Sessel, ein Berg von

einem Mann. »Seien Sie nicht zu eifrig oder zu furchtlos. Es ist besser, bedachtsam vorzugehen.«

Jack dachte an Rebecca und die Kinder im Wagen, die nicht anzuhalten wagten, um nicht in eine Falle der Kobolde zu geraten, und er sagte: »Macht es denn etwas aus, ob ich bedachtsam oder tollkühn bin? Ich meine, Lavelle kann mir doch nichts anhaben?«

»Es ist wahr, daß die Götter Ihnen Schutz vor der Magie gewährt haben, vor allen Mächten der Dunkelheit. Lavelles Fähigkeiten als *Bocor* werden ihm nichts nützen. Aber das heißt nicht, daß Sie unsterblich sind. Es heißt nicht, daß Sie gegenüber den Gefahren dieser Welt immun sind. Wenn Lavelle das Risiko eingehen will, für das Verbrechen verhaftet zu werden, wenn er riskieren will, vor Gericht gestellt zu werden, dann kann er immer noch eine Pistole nehmen und Ihnen eine Kugel durch den Kopf schießen.«

8

Rebecca war auf der Fifth Avenue, als das Pochen und Rattern im Fahrgestell wieder anfing. Diesmal war es lauter, laut genug, um die Kinder aufzuwecken. Und es war auch nicht mehr nur unter ihnen; nein, es war auch vorne zu hören, unter der Motorhaube.

Davey richtete sich auf und hielt sich am Vordersitz fest, und Penny blinzelte sich den Schlaf aus den Augen und fragte: »He, was ist das für ein Geräusch?«

»Vermutlich irgend etwas mit dem Motor«, beschwichtigte Rebecca sie, obwohl der Wagen ganz ruhig lief.

»Es sind die Kobolde«, sagte Davey, und seine Stimme war halb von Entsetzen und halb von Verzweiflung erfüllt.

»Sie können es nicht sein«, sagte Rebecca.

»Sie sind unter der Motorhaube«, sagte Penny.

»Nein«, widersprach Rebecca. »Wir sind ständig herumgefahren, seit wir die Garage verlassen haben. Sie hatten keine Möglichkeit, in den Wagen zu kommen, ausgeschlossen.«

»Dann waren sie schon in der Garage drin«, sagte Penny.

»Nein. Dann hätten sie uns doch gleich dort angegriffen.«

»Es sei denn«, meinte Penny, »sie hatten vielleicht Angst vor Daddy.«

Rebecca wußte, daß sie recht hatten. Sie wollte es sich nicht eingestehen, aber sie *wußte* es.

Das Rattern im Fahrgestell und das Pochen und Klappern unter der Haube wurden stärker, fast hektisch.

»Sie reißen etwas auseinander«, sagte Penny.

»Sie werden den Wagen anhalten«, sagte Davey.

»Sie werden reinkommen«, sagte Penny. »Sie kommen rein zu uns, und wir können sie nicht aufhalten.«

»Hört auf damit!« sagte Rebecca. »Wir kommen schon raus, keine Sorge. Sie kriegen uns nicht.«

Am Armaturenbrett leuchtete eine rote Warnlampe auf, in deren Mitte das Wort ›Öl‹ stand.

Der Wagen war keine sichere Zuflucht mehr.

Jetzt war er eine Falle.

Ihre Überlebenschancen waren plötzlich genauso trostlos wie die Winternacht, die sie umgab.

Vor ihnen, im dichten Schneetreiben, weniger als eine Straße weiter, ragte die St.-Patricks-Kathedrale aus dem tobenden Sturm, wie ein großes Schiff auf kalter, nächtlicher See. Es war ein massives Bauwerk, das einen ganzen Block einnahm.

Rebecca überlegte, ob Voodoo-Teufel es wohl wagen würden, in eine Kirche einzudringen. Oder waren sie wie die Vampire in den Romanen und Filmen? Scheuten sie voll Entsetzen und Schmerz vor dem bloßen Anblick eines Kruzifixes zurück?

Eine zweite rote Warnlampe leuchtete auf. Der Motor lief heiß.

Trotz der beiden Warnanzeigen auf dem Armaturenbrett trat sie aufs Gaspedal, und der Wagen schoß vorwärts. Sie fuhr schräg über die Fahrbahn auf die Front von St. Patrick zu.

Der Motor stotterte.

Die Kathedrale war nur eine kleine Hoffnung. Vielleicht eine falsche Hoffnung. Aber es war die einzige Hoffnung, die ihnen noch blieb.

9

Für die Reinigungszeremonie war ein völliges Untertauchen in einem von dem *Houngon* vorbereiteten Wasser erforderlich.

In Hamptons Badezimmer zog Jack sich aus. Er war nicht wenig überrascht von seinem neugefundenen Glauben an diese bizarren Voodoo-Praktiken. Er hatte erwartet, daß er sich lächerlich vorkommen würde, als das Ritual begann, aber er empfand nichts dergleichen, weil er diese Höllengeschöpfe *gesehen* hatte.

Die Badewanne war ungewöhnlich lang und tief. Sie nahm mehr als die Hälfte des Badezimmers ein. Hampton sagte, er habe sie eigens für rituelle Bäder einbauen lassen.

Hampton rezitierte in einem fremdartigen Singsang, mit einer Stimme, die für einen Mann seiner Größe zu zart erschien, Gebete und Anrufungen in einem Patois aus Französisch, Englisch und verschiedenen afrikanischen Stammessprachen und zeichnete mit einem Stück grüner Seife *Vévés* über die ganze Innenfläche der Wanne. Dann füllte er sie mit heißem Wasser, dem er eine Reihe von Substanzen und Gegenständen zufügte, die er aus seinem Laden heraufgeholt hatte.

Als Hampton ihm sagte, daß es soweit war, stieg Jack in das wohlriechende Bad. Das Wasser war fast zu heiß, aber er ertrug es. Dampf wallte auf, als er sich setzte, Münzen, Steine und andere harte Gegenstände beiseite schob und sich dann soweit hineingleiten ließ, daß nur noch sein Kopf über der Wasseroberfläche war.

Hampton sang noch ein paar Sekunden weiter, dann sagte er: »Tauchen Sie ganz unter und zählen Sie bis dreißig, ehe Sie heraufkommen, um Atem zu schöpfen.«

Jack schloß die Augen, holte tief Luft und legte sich flach auf den Rücken, so daß sein gesamter Körper untergetaucht war. Er hatte erst bis zehn gezählt, als er von Kopf bis Fuß ein seltsames Kribbeln spürte. Sekunde für Sekunde fühlte er sich irgendwie... reiner... nicht nur körperlich, sondern auch geistig und seelisch. Böse Gedanken, Angst, Anspannung, Zorn, Verzweiflung – alles zog dieses Wasser aus ihm heraus.

Er machte sich bereit, Lavelle entgegenzutreten.

10

Der Motor starb ab.

Eine Schneewehe ragte auf.

Rebecca trat mehrmals auf die Bremse. Sie sprach schlecht an, aber sie funktionierte noch. Der Wagen rutschte mit dem Kühler in den aufgehäuften Schnee und kam mit einem knirschenden Ruck zum Stehen, härter, als ihr lieb war, aber nicht so abrupt, daß jemand verletzt wurde.

Stille.

Sie waren vor dem Haupteingang von St. Patrick.

Davey sagte: »Da ist etwas im Sitz! Es kommt durch!«

»Was?« fragte Rebecca verdutzt, drehte sich um und sah ihn an. Er stand hinter Pennys Sitz, drängte sich dicht an die Lehne, wandte ihr aber den Rücken zu und starrte auf die Lehne des Rücksitzes, auf dem er vor kurzem noch gesessen hatte. Rebecca spähte an ihm vorbei und sah, daß sich unter der Polsterung etwas bewegte. Sie hörte auch ein zorniges, gedämpftes Fauchen.

Einer der Kobolde mußte in den Kofferraum eingedrungen sein. Er grub sich mit Zähnen und Klauen durch den Sitz und wühlte sich ins Wageninnere vor.

»Schnell«, drängte Rebecca. »Komm zu uns nach vorne, Davey. Wir steigen durch Pennys Tür aus, einer nach dem anderen, ganz schnell, und gehen dann direkt in die Kirche.«

Davey gab unartikulierte Laute der Verzweiflung von sich, als er zwischen Rebecca und Penny auf den Vordersitz kletterte.

Im gleichen Moment spürte Rebecca, wie unter ihren Füßen etwas gegen das Bodenblech drückte. Ein zweiter Kobold wollte aus dieser Richtung ins Wageninnere vordringen.

Auf ein Zeichen von Rebecca hin riß Penny die Tür auf und stieg aus, ging in den Sturm hinein.

Mit jagendem Herzen, vor Schreck keuchend, als der bitterkalte Wind sie traf, kletterte Penny aus dem Wagen, rutschte auf dem verschneiten Pflaster aus, wäre fast hingefallen, wedelte mit den Armen und hielt irgendwie das Gleichgewicht. Sie erwartete, daß ein Kobold unter dem Wagen hervorstürzen würde, erwartete zu spüren, wie sich Zähne durch einen ihrer Stiefel in ihren Knöchel gruben, aber nichts dergleichen geschah. Die Straßenlaternen, vom Sturm verschleiert und verdüstert, verbreiteten ein schauriges Licht, wie in einem Alptraum. Ihr verzerrter Schatten ging ihr voran, als Penny über den Schneewall kletterte, den die vorbeifahrenden Pflüge aufgeworfen hatten. Die Stufen der Kathedrale waren unter tiefem Schnee verborgen, aber Penny orientierte sich an dem

Messinggeländer, klammerte sich daran, stapfte die Stufen hinauf und fragte sich plötzlich, ob die Türen zu dieser späten Stunde wohl noch offen sein würden. War eine Kathedrale nicht immer offen? Wenn sie jetzt versperrt war, würde das ihren Tod bedeuten. Sie ging zum mittleren Portal, faßte den Griff, zog daran, dachte einen Augenblick, es sei tatsächlich verschlossen, merkte dann aber, daß es nur eine sehr schwere Tür war, packte den Griff mit beiden Händen, zog noch stärker als zuvor, öffnete die Türe weit, drehte sich um und schaute den Weg zurück, den sie gekommen war.

Davey hatte zwei Drittel der Treppe hinter sich gebracht, sein Atem quoll in weißen Wolken aus seinem Mund. Er sah so klein und zerbrechlich aus. Aber er würde es schaffen.

Rebecca kam von dem Schneewall am Straßenrand auf den Gehsteig herunter, stolperte und fiel auf die Knie.

Hinter ihr erreichten zwei Kobolde den oberen Rand des Schneehaufens.

Penny schrie auf: »Sie kommen! Schnell!«

Als Rebecca stürzte, hörte sie Penny schreien, sie stand sofort auf, machte aber nur einen Schritt, ehe die beiden Kobolde an ihr vorbeirannten, schnell wie der Wind, ein Eidechsenwesen und ein Katzenwesen, beide kreischten schrill. Sie griffen sie nicht an, schnappten und zischten nicht nach ihr, blieben nicht einmal stehen. Sie wollten nur die Kinder.

Die Kobolde erreichten die Treppe und stiegen, wie es schien im Bruchteil einer Sekunde, bis zur Mitte hinauf, aber dann wurden sie unvermittelt langsamer, als hätten sie gemerkt, daß sie auf einen heiligen Ort zueilten, aber diese Erkenntnis brachte sie nicht völlig zum Stillstand. Sie krochen langsam und vorsichtig, zur Hälfte im Schnee versinkend, von einer Stufe zur anderen.

Rebecca schrie Penny zu – »Geht in die Kirche und

schließt die Tür!« –, aber Penny zögerte. Die Kobolde, von Sekunde zu Sekunde langsamer geworden, waren jetzt nur noch eine Stufe vom oberen Rand entfernt, nur ein paar Fuß vor Penny und Davey... und dann waren sie oben, Rebecca schrie in panischer Angst, und endlich schob Penny ihren Bruder in die Kathedrale hinein und folgte ihm. Gerade, als die Kobolde die Schwelle erreichten, schloß sie, wenn auch zögernd, die Tür.

Das Eidechsenwesen warf sich dagegen, prallte zurück und rollte sich wieder auf die Füße.

Das Katzenwesen heulte zornig auf.

Beide Geschöpfe kratzten am Portal, aber sie wirkten nicht sehr entschlossen, so als wüßten sie, daß diese Aufgabe zu groß für sie war. Um die Tür einer Kathedrale – irgendeines heiligen Ortes – zu öffnen, war viel mehr Kraft erforderlich, als sie besaßen.

Enttäuscht wandten sie sich von der Tür ab. Starrten Rebecca an. Die feurigen Augen wirkten heller als die Augen der anderen Geschöpfe, die sie bei den Jamisons und im Vorraum jenes Sandsteinhauses gesehen hatte.

Sie wich eine Stufe zurück.

Die Kobolde kamen auf sie zu.

Sie stieg die Treppe ganz hinunter und blieb erst stehen, als sie den Gehsteig erreichte.

Das Eidechsenwesen und das Katzenwesen standen oben und funkelten sie zornig an.

Wind- und Schneeböen rasten die Fifth Avenue entlang, der Schnee fiel so dicht, daß es fast schien, als würde sie darin ertrinken, so sicher wie in einer sich heranwälzenden Flutwelle.

Die Kobolde kamen eine Stufe herunter.

Rebecca wich zurück, bis sie auf den Schneewall am Randstein traf.

Die Kobolde stiegen eine zweite Stufe herunter, eine dritte.

Kapitel acht

1

Das rituelle Bad dauerte nur zwei Minuten. Jack trocknete sich mit drei kleinen, weichen, sehr saugfähigen Handtüchern ab, in deren Ecken fremdartige Runen gestickt waren. Sie waren aus einem Material, wie er es noch nie gesehen hatte.

Als er wieder angezogen war, folgte er Carver Hampton ins Wohnzimmer und stellte sich auf Anweisung des *Houngon* in die Mitte des Raumes, wo das Licht am hellsten war.

Hampton stimmte einen langen Gesang an, hielt ein *Asson* über Jacks Kopf und bewegte es dann langsam vor ihm nach unten, dann nach hinten und an seinem Rückgrat entlang nach oben, bis es wieder über seinem Kopf war.

Hampton hatte ihm erklärt, daß das *Asson* – eine Kürbisrassel aus der Liane eines Kalebassenbaumes – das Amtssymbol eines *Houngon* war.

Jack nahm allmählich eine Vielfalt von angenehmen Gerüchen wahr. Hampton hatte keine Räucherstäbchen angezündet; er hatte auch keine Flaschen mit Parfüm oder Essenzen geöffnet. Die Düfte schienen von selbst zu entstehen, ohne Ursprung, ohne Grund.

Als Hampton seinen Gesang beendet und das *Asson* niedergelegt hatte, sagte Jack: »Diese fantastischen Düfte – woher kommen sie?«

»Das sind die olfaktorischen Äquivalente visueller Erscheinungen«, erklärte Hampton.

Jack blinzelte ihn an, nicht sicher, ob er richtig verstanden hatte. »Erscheinungen? Sie meinen... *Geister?*«

»Ja, Geister. Gute Geister.«

»Aber ich sehe sie nicht.«

»Sie sollen sie ja auch nicht sehen. Wie ich Ihnen schon sagte, materialisieren sie sich nicht visuell. Sie manifestieren sich als Düfte – ein durchaus bekanntes Phänomen.«

»Gute Geister«, wiederholte Hampton lächelnd. »Der ganze Raum ist voll von ihnen, und das ist ein sehr gutes Zeichen. Es sind Boten des *Rada*. Ihr Auftreten hier, zu diesem Zeitpunkt, deutet darauf hin, daß die Götter des Guten Sie in Ihrem Kampf gegen Lavelle unterstützen.«

»Dann werde ich Lavelle finden und aufhalten?« fragte Jack. »Bedeutet es, daß – daß wir am Ende siegen werden? Ist das alles vorherbestimmt?«

»Nein, nein«, sagte Hampton. »Keineswegs. Es bedeutet nur, daß Sie die Unterstützung des *Rada* haben. Aber Lavelle hat die Unterstützung der dunklen Götter. Sie beide sind Werkzeuge höherer Mächte. Einer wird siegen und einer wird verlieren; das ist alles, was vorherbestimmt ist.«

In den Ecken des Raumes schrumpften die Kerzenflammen zusammen, bis sie nur noch winzige Funken an den Dochtspitzen waren. Schatten zuckten auf und wanden sich, als wären sie lebendig.

Die Fenster bebten, und das Gebäude erzitterte im Griff eines plötzlichen, gewaltigen Windes. Etwa zwanzig Bücher fielen von den Regalen und krachten auf den Boden.

»Wir haben auch böse Geister unter uns«, sagte Hampton.

Zusätzlich zu den angenehmen Düften, die den Raum erfüllten, drang ein neuer Geruch auf Jack ein. Es war der Gestank der Verwesung, der Fäulnis, des Verfalls und des Todes.

2

Die Kobolde waren bis auf die vorletzte Stufe heruntergekommen. Sie waren nur noch zwölf Fuß von Rebecca entfernt.

Sie rannte, die Kathedrale zu ihrer Rechten, den Gehsteig entlang, auf die Ecke zu, als wolle sie zum nächsten Block flüchten, aber das war nur eine List. Nach zehn Metern machte sie eine scharfe Wendung nach rechts, auf die Kathedrale zu, und stieg so hastig die Stufen hinauf, daß der Schnee wild aufstob.

Die Kobolde quiekten.

Sie war mitten auf der Treppe, als das Eidechsenwesen ihr linkes Bein erwischte und seine Klauen durch die Jeans in ihre rechte Wade schlug. Der Schmerz war entsetzlich.

Sie stolperte und fiel schreiend auf die Stufen. Aber sie schob sich auf dem Bauch weiter hinauf, mit der Eidechse an ihrem Bein.

Das Katzenwesen sprang ihr auf den Rücken. Kratzte an ihrem dicken Mantel. Bewegte sich schnell auf ihren Hals zu. Schnappte nach ihrer Kehle, erwischte aber nur ein Stück Mantelkragen und Wollschal.

Sie war oben.

Wimmernd packte sie das Katzenwesen und riß es weg.

Es biß sie in die Hand.

Sie schleuderte es fort.

Die Eidechse hing immer noch an ihrem Bein. Sie biß sie ein Stück über dem Knie in den Oberschenkel.

Rebecca griff hinunter, packte sie, und die abscheuliche Kreatur biß sie in die Hand. Aber sie konnte die Eidechse losreißen und warf sie die Stufen hinunter.

Sie erreichte die Tür und lehnte sich mit dem Rücken dagegen. Sie stieß die Tür auf, schlüpfte in die Kathedrale hinein und warf die Tür hinter sich zu.

Die Kobolde hämmerten einmal gegen die andere Seite, dann war es ruhig.

Sie war in Sicherheit. Wunderbarerweise, dankenswerterweise in Sicherheit.

Penny und Davey standen im Hauptschiff, im Mittelgang, und redeten erregt auf einen völlig verwirrten jungen Priester ein. Penny sah Rebecca zuerst, schrie auf und rannte auf sie zu. Davey folgte ihr, bei ihrem Anblick vor Erleichterung und Freude weinend, und der Priester in seiner Soutane kam hinterher.

Sie waren nur zu viert in dem gewaltigen Raum, aber das machte nichts. Sie brauchten keine Armee. Die Kathedrale war eine uneinnehmbare Festung. Hier konnte ihnen nichts geschehen. Nichts. Die Kathedrale war sicher. Sie *mußte* sicher sein, denn sie war ihre letzte Zuflucht.

3

Jack saß im Wagen vor Carver Hamptons Laden, trat das Gaspedal durch und jagte den Motor hoch, damit er warm wurde.

Er warf einen Seitenblick auf Hampton und sagte: »Sind Sie sicher, daß Sie wirklich mitkommen wollen?«

»Es ist das letzte, was ich möchte«, sagte der Hüne. »Ich bin nicht gegen Lavelles Kräfte immun wie Sie. Ich würde viel lieber oben in meiner Wohnung bleiben, wo alle Lichter eingeschaltet sind und die Kerzen brennen.«

»Dann bleiben Sie. Ich glaube nicht, daß Sie mir irgend etwas verschwiegen haben. Ich glaube wirklich, daß Sie getan haben, was Sie können. Mehr sind Sie mir nicht schuldig.«

»*Mir* bin ich es schuldig. Mit Ihnen zu gehen, Ihnen zu helfen, wenn ich kann – das ist die richtige Handlungsweise. Ich bin es mir selbst schuldig, nicht noch eine falsche Entscheidung zu treffen.«

»Na gut.« Jack legte den Gang ein, ließ aber den Fuß

noch auf der Bremse. »Ich weiß immer noch nicht, wie ich Lavelle finden soll.«

»Sie werden einfach wissen, welchen Straßen Sie folgen und wo Sie abbiegen müssen«, sagte Hampton. »Aufgrund des Reinigungsbades und der anderen Rituale, die wir vollzogen haben, werden Sie nun von einer höheren Macht geführt.«

»Hört sich besser an als ein Stadtplan. Nur... ich spüre überhaupt nicht, daß ich geführt werde.«

»Das kommt schon noch, Lieutenant. Aber zuerst müssen wir bei einer katholischen Kirche halten und diese Gefäße« – er hielt zwei kleine, leere Krüge hoch, von denen jeder etwa acht Unzen faßte – »mit Weihwasser füllen. Gleich geradeaus, ungefähr fünf Straßen weiter, ist eine Kirche.«

»Schön«, sagte Jack. »Aber noch etwas.«

»Nämlich?«

»Würdest du bitte die Formalitäten lassen und aufhören, mich Lieutenant zu nennen? Ich heiße Jack.«

»Du kannst mich Carver nennen, wenn du magst.«

»Ich mag.«

Sie lächelten einander zu, Jack nahm seinen Fuß von der Bremse, stellte die Scheibenwischer an und fuhr auf die Straße hinaus.

Sie betraten die Kirche gemeinsam.

Carver machte eine Kniebeuge und bekreuzigte sich. Obwohl Jack kein praktizierender Katholik war, fühlte er plötzlich einen starken Drang, dem Beispiel des schwarzen Mannes zu folgen, und er begriff, daß es ihm, als Vertreter des *Rada* in dieser besonderen Nacht, oblag, allen Göttern des Guten und des Lichts Ehrerbietung zu bezeugen, ob es nun der jüdische Gott des Alten Testaments war, Christus, Buddha, Mohammed oder sonst eine Gottheit. Vielleicht war dies das erste Zeichen der ›Führung‹, von der Carver gesprochen hatte.

Das Marmorbecken gleich hinter der Vorhalle enthielt nur eine kleine Pfütze Weihwasser, nicht genug für ihr Vorhaben.

»Damit können wir nicht einmal einen Krug füllen«, sagte Jack.

»Sei dir da nicht so sicher«, widersprach Carver und schraubte den Deckel von einem der Behälter ab. Er reichte Jack den offenen Krug. »Versuch es.«

Jack tauchte den Krug in das Becken, fuhr über den Marmor, schöpfte ein wenig Wasser, glaubte, nicht mehr als zwei Löffel voll erwischt zu haben und blinzelte überrascht, als er den Krug hochhielt und sah, daß er voll war. Noch mehr überraschte es ihn, als er feststellte, daß im Becken noch genausoviel Wasser war wie zuvor, ehe er den Krug gefüllt hattte.

Er sah Carver an.

Der Schwarze lächelte und zwinkerte ihm zu, verschloß den Krug und steckte ihn in seine Manteltasche. Dann öffnete er den zweiten Krug und reichte ihn Jack.

Wieder konnte der den Behälter füllen, und wieder schien die kleine Wasserpfütze im Becken unverändert.

4

Lavelle stand am Fenster und starrte in den Sturm hinaus.

Er befand sich nicht mehr in psychischem Kontakt mit den kleinen Mördern. Wenn sie mehr Zeit bekamen, Zeit, um ihre Truppen zusammenzuführen, würden sie es vielleicht noch schaffen, die Dawson-Kinder zu töten, und wenn es dazu kam, würde es ihm leid tun, daß er es versäumt hatte. Aber die Zeit lief ab.

Jack Dawson war auf dem Weg zu ihm, und keine Magie, ganz gleich wie mächtig, konnte ihn aufhalten.

Lavelle wußte nicht, wieso alles so schnell, so vollständig schiefgelaufen war. Vielleicht war es ein Fehler gewesen, die Kinder aufs Korn zu nehmen. Die Götter des *Rada* waren immer erzürnt, wenn ein *Bocor* seine Macht gegen Kinder einsetzte, und sie versuchten immer, ihn zu vernichten, wenn sie konnten. Aber, verdammt, er war doch vorsichtig gewesen. Ihm fiel kein einziger Fehler ein, den er gemacht haben könnte. Er war gut gepanzert; er wurde von der Macht der dunklen Götter geschützt.

Und doch war Dawson unterwegs.

Lavelle wandte sich vom Fenster ab.

Er ging durch den dunklen Raum zur Frisierkommode.

Er nahm eine .32 Automatik aus der obersten Schublade.

Dawson war unterwegs. Schön. Sollte er doch kommen.

5

Rebecca setzte sich in den Mittelgang der Kathedrale und zog das linke Bein ihrer Jeans bis zum Knie hinauf. Die Kratz- und Bißwunden bluteten stark, aber es bestand keine Gefahr, daß sie verblutete. Die Jeans hatten einiges abgehalten. Die Bisse waren tief, aber nicht lebensgefährlich. Sie hatten keine größeren Venen oder Arterien durchtrennt.

Der junge Priester kauerte sich neben sie und betrachtete erschrocken die Verletzungen. »Wie ist das passiert? Wer hat Ihnen das angetan?«

Penny und Davey sagten gleichzeitig: »Die Kobolde«, als wären sie es allmählich leid, zu versuchen, ihm das begreiflich zu machen.

Der Priester fragte: »Was ist das für Blut an Ihrem Hals?« Er berührte ihr Gesicht und schob sanft ihre Hand zur Seite, um die Kratzer unter ihrem Kinn betrachten zu können.

»Das ist nicht so schlimm«, erklärte sie. »Es brennt, aber es ist nichts Ernstes.«

»Ich glaube, wir sollten Sie lieber ärztlich versorgen lassen«, sagte er. »Kommen Sie.«

Sie zog das Hosenbein herunter.

Er half ihr auf die Beine. »Ich glaube, ich bringe Sie am besten ins Pfarrhaus.«

»Nein«, sagte sie.

»Es ist nicht weit.«

»Wir bleiben hier«, beharrte sie.

»Aber das sieht aus wie Tierbisse. Sie müssen sie versorgen lassen. Infektion, Tollwut... Hören Sie, es ist wirklich nicht weit zum Pfarrhaus. Wir brauchen auch nicht in den Sturm hinaus. Es gibt einen unterirdischen Gang zwischen der Kathedrale und...«

»Nein«, sagte Rebecca entschieden. »Wir bleiben hier in der Kathedrale, wo wir geschützt sind.«

Sie winkte Penny und Davey nahe zu sich heran, und sie stellten sich neben sie.

Der Priester sah sie alle an, studierte ihre Gesichter, blickte ihnen in die Augen und seine Miene verdüsterte sich. »Wovor haben Sie denn Angst?«

»Haben Ihnen die Kinder nicht schon einiges erzählt?« fragte Rebecca.

»Sie plapperten etwas von Kobolden, aber...«

»Das war nicht nur Geplapper«, fiel ihm Rebecca ins Wort, und es kam ihr sonderbar vor, daß ausgerechnet sie bekennen und verteidigen sollte, daß sie an das Übernatürliche glaubte, sie, die in dieser Hinsicht immer alles andere als ›übermäßig aufgeschlossen‹ gewesen war. Sie zögerte. Dann erzählte sie ihm so knapp wie möglich von Lavelle, von den Morden an den Carramazzas und von den Voodoo-Teufeln, die jetzt hinter Jack Dawsons Kindern her waren.

Als sie fertig war, schwieg der Priester, und er konnte ihr nicht in die Augen sehen. Er starrte lange zu Boden.

Sie sagte: »Sie glauben mir natürlich nicht.«

Er blickte auf, die Sache schien ihm peinlich zu sein. »Oh, ich glaube nicht, daß Sie mich anlügen – nicht direkt. Ich bin sicher, daß *Sie* alles glauben, was Sie mir erzählt haben. Aber für mich ist Voodoo Lug und Trug, primitive, abergläubische Vorstellungen. Ich bin Priester der heiligen römisch-katholischen Kirche, und ich glaube nur an eine Wahrheit, die Wahrheit, die unser Heiland...«

»Sie glauben an den Himmel, nicht wahr? Und an die Hölle?«

»Natürlich. Das ist Teil des katholischen...«

»Diese Wesen kommen direkt aus der Hölle, Hochwürden. Wenn ich Ihnen erzählt hätte, daß ein Satansjünger diese Dämonen gerufen hätte, wenn ich das Wort Voodoo gar nicht erwähnt hätte, dann hätten Sie mir vielleicht auch nicht geglaubt, aber Sie hätten die Möglichkeit auch nicht so schnell ausgeschlossen, weil Ihre Religion den Satan und seine Anhänger mit einschließt.«

»Ich glaube, Sie sollten...«

Davey schrie auf.

Penny sagte: »Da sind sie!«

Rebecca drehte sich um, der Atem stockte ihr, das Herz blieb ihr mitten im Schlag stehen.

Hinter dem Torbogen, durch den der Mittelgang des Hauptschiffs in den Vorraum führte, waren Schatten, und in diesen Schatten glühten silberweiße Augen.

Feueraugen.

Viele.

6

Jack fuhr durch die schneebedeckten Straßen, und jedesmal wenn er sich einer Kreuzung näherte, spürte er irgendwie, wann er rechts abbiegen mußte, wann er sich lieber links halten sollte und wann er einfach geradeaus durchpreschen konnte. Er wußte nicht, wie er das spürte; jedesmal überkam ihn ein Gefühl, das er nicht in Worte fassen konnte, und er überließ sich ihm, folgte dieser Führung.

Es war sicher ein ungewöhnliches Vorgehen für einen Polizisten, der es gewöhnt war, sich auf der Suche nach einem Verdächtigen weniger exotischer Methoden zu bedienen. Es war auch irgendwie unheimlich, und das gefiel ihm nicht. Aber er beklagte sich auch nicht, denn er hatte den verzweifelten Wunsch, Lavelle zu finden.

Fünfunddreißig Minuten, nachdem sie die beiden kleinen Krüge mit Weihwasser gefüllt hatten, bog Jack nach links in eine Straße mit pseudo-viktorianischen Häusern ein. Vor dem fünften hielt er an. Es war ein zweistöckiges Ziegelgebäude mit vielen Verzierungen im Zuckerbäckerstil. Es wies Schäden auf und brauchte dringend einen neuen Anstrich, wie alle Häuser in dieser Straße, eine Tatsache, die nicht einmal Schnee und Dunkelheit verbergen konnten.

In dem Haus brannte kein Licht, kein einziges. Die Fenster waren völlig schwarz.

»Wir sind da«, erklärte Jack.

Er stellte den Motor ab und schaltete die Scheinwerfer aus.

7

Vier Kobolde kamen aus dem Vorraum in den Mittelgang geschlichen, in das Licht, bei dem man, auch wenn es nicht hell war, ihre grotesken, widerlichen Gestalten doch genauer erkennen konnte, als Rebecca lieb war.

An der Spitze der Horde war ein fußgroßes Geschöpf von menschlicher Gestalt mit vier feuergefüllten Augen, zwei davon auf der Stirn. Der Kopf war so groß wie ein Apfel, und trotz der vier Augen nahm der von einer Fülle von Zähnen strotzende Mund den größten Teil des mißgebildeten Kopfes ein. Das Wesen hatte auch vier Arme und trug in einer Hand mit dornenförmigen Fingern einen primitiven Speer.

Es hielt den Speer in einer herausfordernd trotzigen Geste über dem Kopf.

Der Kobold in Menschengestalt, die drei noch gräßlicheren Geschöpfe dahinter und die anderen Bestien, die sich durch den dunklen Vorraum bewegten und im Augenblick nur als leuchtende Augenpaare zu erkennen waren, sie alle bewegten sich schwerfällig, als sei allein die Luft in diesem Haus des Gebets für sie eine unermeßlich schwere Last, die jeden Schritt schmerzhaft und mühsam machte.

Der Priester, der beim Anblick der Kobolde für kurze Zeit wie erstarrt war, brach das Schweigen als erster. Er kramte in einer Tasche seiner schwarzen Soutane, zog einen Rosenkranz hervor und begann zu beten.

Der Teufel in Menschengestalt und die drei Wesen unmittelbar hinter ihm kamen durch den Mittelgang unaufhaltsam näher, andere monströse Geschöpfe krochen mit gleitenden Bewegungen aus dem dunklen Vorraum, während dort im Dunkeln neue glühende Augenpaare auftauchten. Sie bewegten sich immer noch zu langsam, um gefährlich werden zu können.

Aber wie lange wird das anhalten? fragte sich Rebecca.

Vielleicht gewöhnen sie sich irgendwie an die Atmosphäre in der Kathedrale. Vielleicht werden sie allmählich kühner und nähern sich schneller. Was dann?

Die Kinder mit sich ziehend, begann Rebecca, durch den Mittelgang zum Altar zurückzuweichen. Der Priester kam mit ihnen, die Rosenkranzperlen klapperten in seiner Hand.

8

Sie kämpften sich durch den Schnee bis zu der Treppe, die zu Lavelles Haustür hinaufführte.

Jack hatte seinen Revolver schon in der Hand. Zu Carver Hampton sagte er: »Ich wünschte, du würdest im Wagen warten.«

»Nein.«

»Das ist Sache der Polizei.«

»Es ist mehr als das. Du weißt, daß es mehr ist.«

Jack nickte seufzend.

Sie gingen die Treppe hinauf.

Carver probierte den Türknopf, drehte ihn mehrmals hin und her: »Zugesperrt.«

Jack sah, daß die Tür zugesperrt war, aber etwas riet ihm, er solle es selbst versuchen. Unter seiner Hand drehte sich der Knopf, der Riegel knackte leise, und die Tür öffnete sich einen Spalt.

»Versperrt für mich«, sagte Carver, »aber nicht für dich.«

Sie traten zur Seite, um aus der Schußlinie zu kommen.

Jack stieß die Tür kraftvoll auf und riß dann die Hand zurück.

Aber Lavelle schoß nicht.

Das Haus war ungewöhnlich dunkel. Die Dunkelheit

war ein Vorteil für Lavelle, denn er kannte sich hier aus, während es für Jack völlig fremdes Gebiet war.

Er tastete nach dem Lichtschalter und fand ihn.

Er war in einer großen Eingangshalle. Links befand sich eine eingelegte Eichentreppe mit reich verziertem Geländer. Geradeaus, hinter der Treppe, wurde die Halle schmäler; sie führte bis an die Rückseite des Hauses. Ein paar Fuß weiter rechts war ein Torbogen, hinter dem ein dunkler Raum lag, ein Wohnzimmer, wie Jack vermutete.

Carver trat neben Jack und flüsterte: »Bist du sicher, daß wir hier richtig sind?«

Gerade als Jack den Mund aufmachte, um zu antworten, spürte er, wie etwas an seinem Gesicht vorbeisauste, und einen Sekundenbruchteil später hörte er zwei laute, von hinten abgefeuerte Schüsse. Er warf sich zu Boden und rollte sich aus der Halle in den Wohnraum.

Auch Carver warf sich zu Boden und rollte sich weg. Aber er war getroffen worden. Sein Gesicht war schmerzverzerrt. Er umklammerte seinen linken Oberschenkel, auf seiner Hose breitete sich ein Blutfleck aus.

»Er ist auf der Treppe«, stieß Carver hervor. »Ich habe ihn kurz gesehen.«

»Er muß im oberen Stockwerk gewesen sein und ist dann wohl hinter uns heruntergekommen.«

Jack beugte sich um den Torbogen herum und drückte sofort ab, in Richtung auf das Treppenhaus, ohne sich die Mühe zu machen, vorher nachzusehen oder zu zielen.

Lavelle war da. Er kauerte in der Mitte der Treppe hinter dem Geländer.

Jack beugte sich wieder aus dem Torbogen heraus und ließ schnell hintereinander drei Schüsse los; er zielte auf die Stelle, wo Lavelle vorher gewesen war, aber der war schon auf dem Weg nach oben, keiner der drei Schüsse traf ihn, und dann war er außer Sicht.

Jack blieb stehen, um seinen Revolver mit den Patronen nachzuladen, die er in der Manteltasche hatte, warf einen

Blick auf Carver und fragte: »Kannst du allein zum Wagen rausgehen?«

»Nein. Mit diesem Bein kann ich nicht gehen. Aber ich bin hier gut aufgehoben. Er hat mich nur gestreift. Schnapp du ihn dir nur.«

»Wir sollten einen Sanitätswagen für dich rufen.«

»Schnapp ihn dir!« sagte Carver.

Jack nickte, trat durch den Torbogen und ging vorsichtig zum Fuß der Treppe.

9

Penny, Rebecca und der Priester suchten Zuflucht im Altarraum hinter der Kommunionbank. Sie stiegen sogar auf die Altarplattform hinauf und stellten sich unter das Kruzifix.

»Sie k-k-kommen n-n-nicht hierher, od-d-d-er?« fragte Penny. »Nicht so n-n-nah ans Kruzifix. Oder?«

Rebecca umarmte das Mädchen und Davey und drückte sie ganz fest an sich. Sie sagte: »Ihr seht doch, daß sie stehengeblieben sind. Es ist schon gut. Jetzt ist alles gut. Sie fürchten sich vor dem Altar. Sie sind stehengeblieben «

Aber wie lange? fragte sie sich.

10

Jack stieg die Treppe hinauf, mit dem Rücken zur Wand; er ging seitwärts, um völlige Lautlosigkeit bemüht, was ihm fast gelang. Den Revolver in der linken Hand, zielte er auf das obere Ende der Treppe. Er wich keinen Augenblick vom Ziel ab, um sofort abdrücken zu können, wenn Lavelle sich zeigte. Er erreichte den Treppenabsatz, ohne daß auf ihn geschossen wurde, stieg drei Stufen der zweiten Treppe hinauf, und dann beugte sich Lavelle weiter oben um die Ecke, und beide schossen – Lavelle zweimal, Jack einmal.

Die Kugel fuhr Lavelle in dem Augenblick in den Arm, als er den Abzug seiner eigenen Waffe losließ. Er schrie auf, die Pistole flog ihm aus der Hand, und er taumelte in den oberen Korridor zurück, wo er sich versteckt hatte.

Jack eilte, immer zwei Stufen auf einmal nehmend, die Treppe hinauf und sprang über Lavelles Pistole, als sie heruntergepoltert kam. Er erreichte den Gang im zweiten Stock gerade rechtzeitig, um zu sehen, wie Lavelle einen Raum betrat und die Tür hinter sich zuschlug.

Carver lag unten auf dem staubigen Boden, mit geschlossenen Augen. Er war zu müde, um sie offenzuhalten. Und er wurde von Sekunde zu Sekunde müder.

Er nahm an, daß er verblutete. Die Wunde schien gar nicht so schlimm zu sein, aber vielleicht war sie schlimmer, als er dachte. Vielleicht lag es auch am Schock, daß er sich so fühlte. Ja, das mußte es sein. Schock, nichts als Schock, er verblutete doch nicht, er litt nur unter dem Schock, aber natürlich konnte auch der Schock tödlich sein.

Woran es auch lag, er schwamm, war sich seiner Schmerzen gar nicht bewußt, wippte nur auf und ab, schwebte da auf dem harten Boden, der gar nicht hart war, trieb auf einer weit entfernten, tropischen Strömung... bis er von oben Schüsse hörte und einen schrillen Schrei, und da riß er die Augen auf. Vom Fußboden aus sah er verschwommen den leeren Raum vor sich. Er blinzelte angestrengt, bis sein Blick klarer wurde, und dann wünschte er, er wäre nicht klarer geworden, denn er sah jetzt, daß er nicht mehr alleine war.

Eines der Geschöpfe aus der Grube war bei ihm, und seine Augen glühten.

Oben rüttelte Jack an der Tür, die Lavelle zugeschlagen hatte. Sie war versperrt, aber das Schloß taugte vermutlich nicht viel.

»Lavelle?« schrie er.

Keine Antwort.

»Machen Sie auf. Es hat keinen Sinn, sich da drin zu verstecken.«

Aus dem Inneren des Raumes hörte er das Klirren eines splitternden Fensters.

»Scheiße!« sagte Jack.

Er wich zurück und trat gegen die Tür, aber das Schloß hielt mehr aus, als er erwartet hatte, und er mußte viermal mit aller Kraft dagegentreten, bis er die Tür endlich aufgebrochen hatte.

Er knipste das Licht an. Ein ganz gewöhnliches Schlafzimmer. Keine Spur von Lavelle.

Das Fenster in der gegenüberliegenden Wand war zerbrochen. Die Gardinen bauschten sich im Wind.

Jack trat an das Fenster. In dem Licht, das an ihm vorbei nach außen drang, sah er im Schnee auf dem Verandadach Fußspuren. Sie führten an den Rand hinaus. Lavelle war in den Hof hinuntergesprungen.

Jack zwängte sich durch das Fenster, sein Mantel verfing sich kurz an einem Glasscherben, dann trat er auf das Dach.

Als Lavelle vom Verandadach sprang, landete er nicht auf den Füßen. Er rutschte im Schnee aus und stürzte auf seinen verletzten Arm. Der Schmerz raubte ihm fast die Besinnung.

Er begriff nicht, warum alles so danebengegangen war. Er war verwirrt und zornig. Er kam sich nackt und ohnmächtig vor. Das war ein neues Gefühl für ihn, und es behagte ihm nicht.

Er kroch ein Stück durch den Schnee, bis er die Kraft zum Aufstehen fand, und als er auf den Beinen war, hörte er, wie Dawson vom Rand des Verandadaches nach ihm rief. Er blieb nicht stehen, wartete nicht untätig darauf, bis er gefaßt wurde, nicht Baba Lavelle, der große *Bocor*. Er strebte über den hinteren Rasen dem Lagerschuppen zu.

Die Quelle seiner Macht lag jenseits der Grube, bei den dunklen Göttern auf der anderen Seite. Er wollte von ihnen erfahren, warum sie ihn im Stich ließen. Er würde ihre Unterstützung fordern.

Dawson feuerte einen Schuß ab, aber er war wohl mehr als Warnung gedacht gewesen, denn er kam gar nicht in Lavelles Nähe.

Der Wind schüttelte ihn und warf ihm Schnee ins Gesicht; es fiel ihm nicht leicht, dem Sturm standzuhalten, aber er blieb auf den Beinen, erreichte den Schuppen, öffnete die Tür – und schrie erschrocken auf, als er sah, daß die Grube sich vergrößert hatte. Jetzt nahm sie das kleine Gebäude ganz ein, von einer Wellblechwand zur anderen, und das Licht, das aus ihr hervordrang, war nicht länger orangefarben, sondern blutrot und so hell, daß es ihm in den Augen weh tat.

Jetzt wußte er, warum seine bösartigen Wohltäter ihn in eine Niederlage stürzen ließen. Sie hatten sich von ihm benützen lassen, solange sie ihn ihrerseits benützen konnten. Er war ihr Verbindungsglied zu dieser Welt gewesen, etwas, womit sie nach den Lebenden greifen und sich an ihnen festkrallen konnten. Aber jetzt hatten sie etwas Besseres als ein Verbindungsglied; jetzt hatten sie einen Durchgang zu dieser Existenzebene, einen *richtigen* Durchgang, der es ihnen gestattete, die Unterwelt zu verlassen. Und ihm war es zu danken, daß sie den bekommen hatten. Er hatte die Pforten nur einen Spaltbreit geöffnet und war sicher gewesen, diesen schmalen, unbedeutenden Spalt unter seiner Gewalt zu haben, aber er hatte die Kontrolle verloren, ohne es zu merken, und jetzt klafften die Pforten weit auf. Die Uralten kamen. Sie waren auf dem Weg. Sie waren schon fast da. Wenn sie anlangten, würde die Hölle auf die Oberfläche der Erde umgesiedelt sein.

Vor seinen Füßen bröckelte der Rand der Grube weiter nach innen ab, schneller und immer schneller.

Lavelle starrte voll Entsetzen auf das pochende Herz aus haßerfülltem Licht innerhalb der Grube. Auf dem Grund dieser tiefroten Glut sah er etwas. Es bewegte sich. Und es stieg zu ihm herauf.

Jack sprang vom Dach, landete mit beiden Füßen im Schnee und machte sich daran, Lavelle zu verfolgen. Er hatte den Rasen zur Hälfte überquert, als Lavelle die Tür zum Wellblechschuppen öffnete. Das strahlend helle, unheimliche, rote Licht, das herausströmte, ließ Jack unvermittelt stehenbleiben.

Natürlich, das war die Grube, genau wie Carver sie beschrieben hatte. Aber sie war nicht so klein, wie sie sein sollte, und das Licht war nicht weich und orangefarben. Carvers schlimmste Befürchtung bewahrheitete sich; die Pforten der Hölle schwangen auf.

Während Jack dieser wahnwitzige Gedanke durch den Kopf schoß, wurde die Grube plötzlich größer als der Schuppen, der sie umschlossen hatte. Die Wellblechwände stürzten in den Abgrund. Jetzt war nur noch das Loch im Boden da. Wie riesige Suchscheinwerfer stachen die roten Strahlen aus der Grube, hinauf in den dunklen, sturmdurchwirbelten Himmel.

Lavelle taumelte ein paar Schritte zurück, aber das Entsetzen lähmte ihn offenbar zu sehr, als daß er sich hätte umdrehen und weglaufen können.

Die Erde bebte.

In der Grube brüllte etwas. Es war eine Stimme, die die Nacht erzittern ließ.

Die Luft stank nach Schwefel.

Etwas schlängelte sich aus der Tiefe herauf. Es war wie ein Fangarm, aber nicht direkt ein Fangarm, eher ein Insektenbein aus Chitin, mit scharf eingekerbten Gelenken an mehreren Stellen und doch so biegsam wie eine Schlange. Es schnellte bis zu einer Höhe von fünfzehn Fuß empor. Die Spitze des Dinges war mit langen, peitschenartigen Anhängseln versehen, die sich um ein zuckendes, geiferndes, zahnloses Maul wanden, das groß genug war, um einen Menschen verschlingen zu können. Schlimmer, an einigen Dingen war äußerst klar erkennbar, daß dies nur ein kleiner Teil der riesigen Bestie war, die da von den Pforten aufstieg; es war im Verhältnis so klein wie ein menschlicher Finger verglichen mit dem ganzen menschlichen Körper. Vielleicht war dies das einzige Glied, welches das aus der Hölle entkommene Wesen bisher zwischen die sich öffnenden Pforten hindurchstecken konnte – dieser eine Finger.

Das riesige, fangarmförmige Insektenglied bog sich auf Lavelle zu. Die peitschenartigen Anhängsel an der Spitze schlugen aus, fingen ihn ein und hoben ihn hoch, in das blutrote Licht hinein. Er schrie und schlug um sich, aber er konnte nichts tun, um zu verhindern, daß er in dieses widerliche, geifernde Maul gezogen wurde. Und dann war er verschwunden.

Das Wurmwesen erreichte Carver Hampton, der jetzt auf dem Fußboden saß, den Rücken an die Wand gepreßt. Es richtete sich auf, bis es seinen ekelerregenden Körper zur Hälfte vom Fußboden gehoben hatte. Carver starrte in die unergründlichen Feueraugen und wußte, daß er als *Houngon* zu schwach war, um sich schützen zu können.

Da ertönte draußen, hinter dem Haus ein Brüllen; es hörte sich gewaltig und sehr lebendig an.

Die Erde bebte, das Haus erzitterte, und der Wurmdämon schien das Interesse an Carver zu verlieren. Er wandte sich von ihm ab, bewegte seinen Kopf von einer Seite zur anderen und fing an, sich zu einer Musik zu wiegen, die Carver nicht hören konnte.

Mit sinkendem Mut begriff er, was das Wesen vorübergehend in Bann geschlagen hatte: das Geräusch anderer in der Hölle gefangener Seelen, die einer langersehnten Befreiung entgegenkreischten, das Triumphgeheul der Uralten, die endlich ihre Fesseln zerrissen.

Das Ende war gekommen.

Jack trat an den Rand der Grube. Die Kante bröckelte ab, und das Loch wurde jede Sekunde größer. Er achtete darauf, sich nicht an den äußersten Rand zu stellen.

In dem wilden roten Schein sahen die Schneeflocken wie wirbelnde Glutstückchen aus. Aber jetzt mischten sich Streifen strahlendweißen Lichts in das Rot, das gleiche Silberweiß wie in den Augen der Kobolde, und Jack war sicher, daß dies bedeutete, daß sich die Pforten nun gefährlich weit öffneten.

Das monströse Anhängsel, halb insektenhaft, halb wie ein Fangarm, schwankte bedrohlich über ihm, aber er wußte, daß es ihn nicht berühren konnte. Jedenfalls jetzt noch nicht. Nicht, solange die Pforten nicht ganz geöffnet waren. Im Augenblick besaßen die guten Götter des *Rada* noch einige Macht über die Erde, und er wurde von ihnen beschützt.

Er nahm den Krug mit Weihwasser aus seiner Manteltasche. Er wünschte, er hätte auch Carvers Krug, aber der hier mußte reichen. Er schraubte den Deckel ab und warf ihn beiseite.

Eine zweite, drohende Gestalt stieg aus den Tiefen auf.

Er sah sie, ein unbestimmtes, dunkles Etwas, das durch das blendend helle Licht heraufraste und wie tausend Hunde heulte.

Er hatte akzeptiert, daß Lavelles schwarze und Carvers weiße Magie wirklich waren, aber jetzt war er plötzlich zu mehr fähig, als die Magie nur zu akzeptieren; er war fähig, sie konkret zu begreifen, und er wußte, daß er sie jetzt besser verstand, als Lavelle oder Carver es je vermocht hatten oder vermögen würden. Er blickte in die Grube, und er *wußte.* Die Hölle war kein mythischer Ort, und an Dämonen und Göttern war nichts Übernatürliches, nichts Heiliges oder Unheiliges. Die Hölle – und folglich auch der Himmel – waren ebenso real wie die Erde; sie waren lediglich andere Dimensionen, andere Ebenen der physischen Existenz. Normalerweise war es einem lebenden Menschen, Mann oder Frau, unmöglich, von einer Ebene auf eine andere überzuwechseln. Aber die Religion, diese derbe, unbeholfene Wissenschaft, hatte theoretische Wege erschlossen, auf denen man die Ebenen, wenn auch nur vorübergehend, zusammenbringen konnte, und die Magie war das Werkzeug dieser Wissenschaft.

Nachdem er diese Erkenntnis in sich aufgenommen hatte, fand er es ebenso einfach, an Voodoo oder an das Christentum oder jede andere Religion zu glauben wie an die Existenz des Atoms.

Er warf den Krug mit dem Weihwasser in die Grube.

Die Kobolde strömten durch das Gitter der Kommunionsbank hindurch und kamen die Stufen zur Altarplattform hinauf.

Die Kinder schrien, und der Priester streckte seinen Rosenkranz aus, als sei er überzeugt, daß der ihn gegen den Angriff abschirmen würde. Rebecca zog ihren Revolver, obwohl sie wußte, daß es sinnlos war, zielte sorgfältig auf das erste Wesen der Horde...

Und alle hundert Kobolde verwandelten sich in Erdklumpen, die, ohne Schaden anzurichten, die Altarstufen hinunterpurzelten.

Das Wurmwesen schwenkte seinen gräßlichen Kopf wieder zu Carver zurück, zischte ihn an und fuhr auf ihn los.

Er schrie auf.

Und keuchte dann überrascht, als Schmutz auf ihn herabregnete.

Das Weihwasser verschwand in der Grube.

Die Jubelschreie, das Haßgebrüll, das Triumphgejohle, alles hörte so unvermittelt auf, als hätte jemand den Stekker einer Stereoanlage herausgezogen. Die Stille dauerte nur eine Sekunde, dann erfüllten Schreie der Wut, des Zorns, der Frustration und der Qual die Nacht.

Die Erde bebte heftiger als zuvor.

Jack wurde umgerissen, aber er fiel nach hinten, weg von der Grube.

Er sah, daß der Rand nicht mehr abbröckelte. Das Loch wurde nicht größer.

Das riesige Anhängsel, das über ihm aufragte wie eine gewaltige Schlange aus dem Märchen, fuhr nicht auf ihn los, wie er es befürchtet hatte. Statt dessen stürzte es, während sein ekelhaftes Maul unaufhörlich ins Leere schmatzte, in die Grube zurück.

Jack kam wieder auf die Beine. Schnee klebte an seinem Mantel.

Das Licht in der Grube begann zu verblassen, ging an den Rändern von Rot in Orange über.

Auch die höllischen Stimmen wurden schwächer.

Die Pforten schlossen sich.

Von Triumph erfüllt schob sich Jack näher an den Rand heran, blinzelte in das Loch und versuchte, mehr von den monströsen und fantastischen Gestalten zu sehen, die sich in dem grellen Schein zuckend wanden.

Plötzlich pulsierte das Licht, wurde heller, und er erschrak. Das Schreien und Heulen wurde lauter.

Er trat zurück.

Das Licht wurde erneut schwächer, dann wieder heller, schwächte sich ab, strahlte auf. Die unsterblichen Wesen hinter den Pforten stemmten sich dagegen, um sie offenzuhalten, sie aufzustoßen.

Der Rand der Grube begann wieder abzubröckeln. Erde krümelte in kleinen Klumpen weg. Hörte auf. Fing wieder an. Schubweise vergrößerte sich die Grube immer noch.

Vielleicht hatte Carver Hampton sich geirrt. Vielleicht hatten Weihwasser und die guten Absichten eines rechtschaffenen Menschen nicht genügt, um der Sache ein Ende zu machen. Vielleicht war sie schon zu weit fortgeschritten. Vielleicht konnte jetzt nichts mehr das Armageddon verhindern.

Zwei glänzende, schwarze, segmentierte, peitschenartige Anhängsel, jedes einen Zoll dick, fuhren aus der Grube heraus, zuckten vor Jack nieder und schlangen sich um ihn. Das eine wand sich um sein linkes Bein, vom Knöchel bis zur Leiste. Das andere legte sich um seine Brust, wanderte in Spiralen seinen linken Arm entlang, ringelte sich um sein Handgelenk und riß an seinen Fingern. Das Bein wurde ihm unter dem Körper weggezogen. Er stürzte, schlug um sich, wehrte sich verzweifelt gegen den Angreifer, aber ohne Erfolg; er war in einer eisernen Umschlingung gefangen, konnte sich nicht befreien, die Fessel nicht lösen. Die Bestie, die die Fangarme ausschickte, war tief unten in der Grube verborgen, und jetzt zog sie an ihm, zerrte ihn auf den Rand zu wie ein dämonischer Fischer, der seinen Fang einholt. An jedem Fangarm lief ein gezackter Grat entlang, und die Zacken waren scharf; sie schnitten nicht sofort durch seine Kleider, aber wo sie die nackte Haut an seinem Handgelenk und seiner Hand berührten, rissen sie das Fleisch aus und drangen tief ein.

Er hatte noch nie solche Schmerzen empfunden.

Plötzlich überfiel ihn die Angst, daß er Davey, Penny oder Rebecca niemals wiedersehen würde.

Er fing an zu schreien.

In der St.-Patricks-Kathedrale machte Rebecca zwei Schritte auf die jetzt ganz gewöhnlichen Erdhäufchen zu, die noch einen Augenblick zuvor lebendige Geschöpfe gewesen waren, aber sie hielt ruckartig inne, als den verstreuten Schmutz ein zitternder Strom unmöglichen, abartigen Lebens durchlief. Das Zeug war also doch nicht tot. Die Erdkörner, -brocken und -klumpen schienen Feuchtigkeit aus der Luft zu ziehen; das Zeug wurde feucht; die einzelnen Stücke in jedem Haufen begannen zu beben, spannten sich und schoben sich mühsam aufeinander zu. Die mit einem bösen Zauber belegte Erde wollte offenbar ihre frühere Gestalt wiedererlangen, sie kämpfte darum, die Kobolde erneut aufzubauen.

Ein kleiner, abseits von den anderen liegender Klumpen machte Anstalten, sich zu einem winzigen, mit Klauen versehenen Fuß zu formen.

»Stirb, verdammt«, sagte Rebecca. »Stirb!«

Jack lag am Rand der Grube, er war sicher, daß er gleich hineingezogen werden würde, seine Aufmerksamkeit konzentrierte sich zum Teil auf den Abgrund vor sich und zum Teil auf den tobenden Schmerz in seiner mißhandelten Hand, und er schrie...

...und in diesem Augenblick riß sich der Fangarm um seinen Arm und seinen Rumpf plötzlich von ihm los. Einen Augenblick später glitt das zweite, dämonische Anhängsel von seinem linken Bein.

Das höllische Licht wurde schwächer.

Jetzt winselte die Bestie da unten ihrerseits in Schmerz und Qualen. Ihre Fangarme peitschten ziellos über der Grube in die Nacht.

In diesem Augenblick des Chaos und der Krise mußten die Götter des *Rada* Jack eine Erleuchtung gesandt haben, denn er wußte – ohne zu begreifen, wie –, daß sein Blut die Bestie gezwungen hatte, von ihm abzulassen. Vielleicht war bei einer Konfrontation mit dem Bösen das Blut eines rechtschaffenen Menschen (ähnlich wie Weihwasser) eine Substanz mit starken magischen Eigenschaften. Und vielleicht konnte er mit seinem Blut erreichen, was das Weihwasser alleine nicht vermocht hatte.

Wieder begann der Rand der Grube abzubröckeln. Das

Loch wurde größer. Die Pforten schoben sich erneut auf. Das Licht, das aus der Erde aufstieg, wechselte noch einmal von Orange zu Rot.

Jack stemmte sich hoch und kniete sich an den Rand. Er konnte spüren, wie die Erde unter seinen Knien langsam – und dann nicht mehr so langsam – nachgab. Aus seiner aufgerissenen Hand strömte das Blut, es tropfte von allen fünf Fingerspitzen. Er beugte sich gefährlich weit über die Grube, schüttelte seine Hand, schleuderte scharlachrote Tröpfchen in das Zentrum des brodelnden Lichts.

Unten schwoll das Kreischen und Heulen zu einer noch ohrenzerreißenderen Lautstärke an als zuvor, als er das Weihwasser in den Spalt geworfen hatte. Das Licht aus dem Ofen des Teufels wurde blasser und flackerte, der Rand der Grube festigte sich.

Jack schleuderte noch mehr von seinem Blut in den Abgrund, und die gequälten Schreie der Verdammten wurden, wenn auch nur ein wenig, schwächer. Er blinzelte heftig in den pulsierenden, sich verändernden, geheimnisvoll unbestimmten Grund des Lochs, beugte sich noch weiter hinaus, um besser sehen zu können...

...und in einem Schwall glühendheißer Luft stieg ein riesiges Gesicht zu ihm herauf, wölbte sich aus dem schimmernden Licht, ein Gesicht, so groß wie ein Lastwagen, das die Grube fast ganz ausfüllte. Es war das höhnisch grinsende Gesicht alles Bösen. Es bestand aus Schleim und Schimmel und verwesenden Kadavern, ein körniges, rissiges, klumpiges, pockennarbiges Gesicht, dunkel und fleckig, von Pusteln übersät, von Maden wimmelnd, gräßlicher brauner Schaum triefte aus seinen zerrissenen, fauligen Nüstern. Würmer ringelten sich in seinen nachtschwarzen Augen, und doch konnte es sehen, denn Jack spürte das schreckliche Gewicht seines haßerfüllten Blicks. Sein Maul klaffte auf – ein grauenhafter, zerklüfteter Schlitz, groß genug, um einen Menschen zu verschlingen – und gallegrüner Geifer rann heraus. Die

Zunge war lang und schwarz, sie strotzte vor nadelspitzen Dornen, die die Lippen durchstachen und zerrissen, wenn sie darüberleckte.

Benommen, entmutigt und geschwächt von dem unerträglichen Todesgestank, der aus dem klaffenden Maul aufstieg, schüttelte Jack seine verletzte Hand über der Erscheinung, ein Blutregen fiel von seinen Wundmalen herab. »Geh weg«, befahl er dem Wesen, in der gräßlichen Grabesluft würgend. »Verschwinde. Geh. Sofort.«

Das Gesicht wich in die Ofenglut zurück, als sein Blut es berührte. Einen Augenblick später verschwand es im Boden der Grube.

Er vernahm ein mitleiderregendes Winseln und begriff, daß er selbst es war, den er da hörte.

Und es war noch nicht vorüber. Die vielen Stimmen unter ihm wurden wieder lauter, das Licht wurde heller, erneut löste sich Erde vom Rand des Loches.

Schwitzend, keuchend, seine Aftermuskeln zusammenpressend, damit sich seine Eingeweide nicht vor Entsetzen entleerten, hatte Jack nur den einen Wunsch, vor der Grube wegzulaufen. Er wollte in die Nacht flüchten, in den Sturm, in die schützende Stadt. Aber er wußte, daß dies keine Lösung war. Wenn er der Grube jetzt nicht Einhalt gebot, würde sie sich immer mehr ausweiten, bis sie so groß wurde, daß sie ihn verschlingen konnte, ganz gleich, wo er sich auch versteckte.

Mit seiner unverletzten Rechten zog, drückte und kratzte er an den Wunden seiner linken Hand, bis sie sich weiter öffneten, bis das Blut schneller floß. Die Angst hatte ihn betäubt, er spürte keinen Schmerz mehr. Wie ein katholischer Priester, der ein heiliges Gefäß schwingt, um bei einer Segenszeremonie Weihwasser oder Weihrauch zu verteilen, so spritzte er sein Blut in den gähnenden Schlund der Hölle.

Das Licht wurde etwas schwächer, aber es pulsierte und kämpfte um sein Bestehen. Jack betete, es möge verlöschen, denn wenn es ihm damit nicht gelang, blieb ihm nur noch ein Weg. Dann mußte er sich ganz und gar opfern; dann mußte er hinunter in die Grube. Und wenn er dort hinunterginge... dann würde er niemals mehr zurückkommen.

Der letzte Rest böser Energie schien aus den Erdklumpen auf den Altarstufen gewichen. Seit einer Minute oder länger hatte sich der Schmutz nicht mehr geregt. Mit jeder Sekunde, die verging, fiel es schwerer zu glauben, daß das Zeug einmal wirklich lebendig gewesen sein sollte.

Endlich hob der Priester einen Klumpen Erde auf und zerbröselte ihn zwischen seinen Fingern.

Penny und Davey sahen ihm fasziniert zu. Dann wandte sich das Mädchen an Rebecca und fragte: »Was ist geschehen?«

»Ich weiß es nicht genau«, sagte sie. »Aber ich glaube, euer Daddy hat erreicht, was er sich vorgenommen hat. Ich glaube, Lavelle ist tot.« Sie blickte durch die gewaltige Kathedrale, als könne Jack jeden Augenblick aus dem Vorraum treten, und sagte leise: »Ich liebe dich, Jack.«

Das Licht verblaßte von Orange zu Gelb und Blau.

Jack sah gespannt zu, wagte noch nicht ganz zu glauben, daß es endlich zu Ende war.

Ein Knirschen und Knarren kam aus der Erde, als schwängen gewaltige Pforten an rostigen Angeln zu. Die leisen Schreie aus der Grube, Ausdruck der Wut, des Hasses und des Triumphs, waren in ein erbärmliches, verzweifeltes Jammern übergegangen.

Dann erlosch das Licht ganz.

Das Knirschen und Knarren verstummte.

Die Luft stank nicht mehr nach Schwefel.

Nicht der geringste Laut kam mehr aus der Grube.

Sie war kein Durchgang mehr. Jetzt war sie nur noch ein Loch im Boden.

Die Nacht war immer noch bitterkalt, aber der Sturm schien abzuflauen.

Jack krümmte seine verletzte Hand und häufte Schnee darauf, um die Blutung zum Stillstand zu bringen, denn jetzt *brauchte* er kein Blut mehr. Sein Adrenalinspiegel war immer noch so hoch, daß er keinen Schmerz empfand.

Der Wind wehte jetzt kaum noch, aber zu seiner Überraschung trug er ihm eine Stimme zu. Rebeccas Stimme. Unverkennbar. Und die vier Worte, die er so sehnlich hören wollte. »Ich liebe dich, Jack.«

Er drehte sich verwirrt um.

Sie war nirgendwo zu sehen, aber er glaubte, ihre Stimme dicht an seinem Ohr gehört zu haben.

Er sagte: »Ich liebe dich auch«, und er wußte, daß sie ihn hörte, wo immer sie auch war, so deutlich, wie er sie gehört hatte.

Der Schneefall hatte nachgelassen. Die Flocken waren nicht mehr klein und hart, sondern groß und flaumig wie zu Beginn des Sturms. Jetzt fielen sie träge, in weiten, schwingenden Spiralen.

Jack wandte sich von der Grube ab und ging ins Haus zurück, um einen Krankenwagen für Carver Hampton zu rufen.

Wir können uns der Liebe öffnen, noch ist es Zeit.
Warum uns statt dessen der Haß entzweit?
Der Glaube hindert uns nicht, zu sehen,
Daß wir selbst die Hölle lassen entstehen.
Wir machen sie wirklich; wir schüren die Flammen,
Die dann uns zur Hoffnungslosigkeit verdammen.
Auch der Himmel kann unsere Schöpfung nur sein.
Ob gerettet wir werden, an uns liegt's allein.
Nur Fantasie ist vonnöten, um uns zu befrein.

THE BOOK OF COUNTED SORROWS

HEYNE BÜCHER

WHITLEY STRIEBER

Katzenmagie
01/7666

Die Besucher
01/7789

›Whitley Strieber ist wohl der originellste Vertreter der neuen Horrorautoren.‹

Peter Straub

Seine brillant geschriebenen Thriller gehören zur Spitze der amerikanischen Horrorliteratur.

Wolfsbrut
01/8076

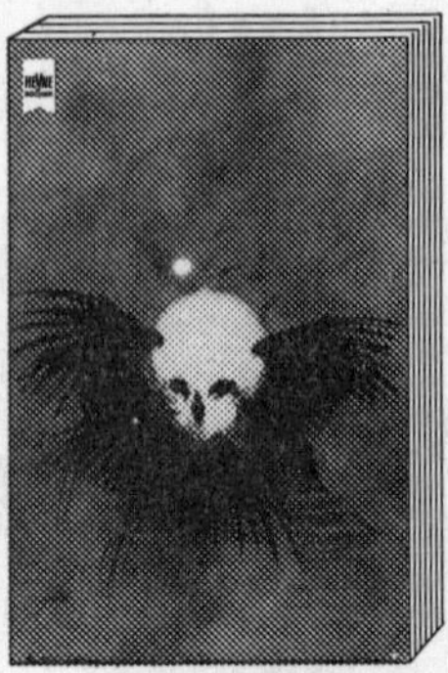

Todesdunkel
01/8179

Darüber hinaus sind als Heyne-Taschenbücher erschienen:
›Der Kuß des Todes‹ (01/7828) und
›Die Kirche der Nacht‹ (01/7888).

Wilhelm Heyne Verlag München